W0363558

NEROITALIANO

CORRADO PELAGOTTI

Tempo da lupi

romanzo

NEROITALIANO

Prima edizione: gennaio 2019
© 2019 by Corrado Pelagotti
© 2019 by Fanucci Editore
via Giovanni Antonelli, 44 – 00197 Roma
tel. 06.39366384
Il marchio Nero Italiano è di proprietà
di Sergio Fanucci
Indirizzo internet: www.fanucci.it
Proprietà letteraria e artistica riservata
Stampato in Italia – Printed in Italy
Tutti i diritti riservati
Progetto grafico: One Digital Factory Srl

CORRADO PELAGOTTI

Tempo da lupi

Il destino ha due modi per distruggerci:
negare i nostri desideri... o realizzarli.

HENRI-FRÉDÉRIC AMIEL

1

L'uomo indossò la tuta e si sistemò in testa il berretto con visiera.

Poi si guardò allo specchio.

La prima impressione fu strana, stentava a riconoscersi in quell'immagine. Forse perché nella vita privata, nonostante avesse la testa rasata, non portava mai cappelli, neanche quando faceva freddo. Si sentiva a disagio, come se in qualche modo il ricorso a quella copertura svilisse la sua virilità.

Per un attimo girò lo sguardo verso la finestra, attratto dal rumore della pioggia.

Poi tornò a osservare la sua figura riflessa, così diversa dal solito, che gli rimandava un sorriso sarcastico. Sì, con quel cappellino e quella tuta era perfetto. Il sorriso sul volto del suo doppio si allargò, gli occhi persi dentro un pensiero. Aveva organizzato tutto con la consueta precisione e questo lo faceva sentire bene, anche se la parte difficile doveva ancora venire.

La pioggia era aumentata d'intensità, con un rumore che copriva tutto. Si era fatto improvvisamente buio, l'uomo ora faticava a distinguere i lineamenti del suo volto nello specchio, a un tratto vaghi, lontani. Come se qualcosa, dall'interno, li avesse trascinati in profondità.

Un brivido lo scosse. Una piccola scarica di elettricità.

Tutto era pronto, non c'era più tempo. Era arrivato il momento di uccidere.

*

Giovanni Haber osservò l'insegna luminosa della trattoria IL CACCIATORE, combattuto sul da farsi. Poi si decise, spense il motore, uscì dall'auto e con l'ombrello stretto al corpo si diresse all'ingresso. Prima di entrare si girò un attimo verso la sua macchina, appena visibile nel buio fitto di un parcheggio deserto. Un riflesso condizionato, quell'auto era parte integrante del suo lavoro. Poi chiuse l'ombrello cercando di bagnarsi il meno possibile e spinse con la spalla la porta della trattoria.

Come nel parcheggio, all'interno del locale non c'era nessuno. Haber guardò l'orologio, disorientato, e si accorse che era presto, erano solo le sette sebbene fuori fosse già così buio. Ma forse la trattoria era vuota per via di quella pioggia battente che gli aveva fatto perdere la direzione, nonostante il navigatore. Chi avrebbe potuto aver voglia di uscire, se non c'era costretto?

Sistemò l'ombrello e diede due brevi colpi di tosse, per annunciare la sua presenza. Quindi portò la mano destra al collo e ruotò la testa da un lato e dall'altro per contrastare il forte bruciore che dalla cervicale si irradiava verso il basso, lungo tutta la schiena.

Mentre cercava di togliersi l'acqua dalla giacca, spazzolandola con le mani, un uomo sulla sessantina uscì dal retro e andò dietro il bancone del bar.

«Tempo da lupi, eh?» disse, iniziando a trafficare con la macchina del caffè.

«Può ben dirlo!» rispose Giovanni continuando a spazzolarsi.

L'uomo non aggiunse altro, finì di preparare il caffè e posò la tazzina. Poi, prima di berlo, tornò verso il fondo e accese una radio.

Haber si avvicinò e appoggiò le braccia al bancone. «Sono un rappresentante di commercio» disse. «Devo andare a Pontebosio, domani e dopodomani c'è un'importante convention della nostra società. Ma forse mi sono perso.»

Il barista alzò leggermente la testa, poi tornò a concentrarsi sulla bustina di zucchero che stava versando nel caffè. «No, non si è perso. Questa è la vecchia strada per Pontebosio. Se prosegue, fra una mezz'ora circa ci arriva. L'altra strada, quella nuova, è più veloce e più larga. Questa ormai non la fa più nessuno, solo chi ci abita. Arrivato a questo punto, però, le conviene proseguire.»

«Va bene, grazie» disse lui andandosi a sedere a uno dei tavoli apparecchiati e dando un'occhiata al menu. La fatica del viaggio cominciava a farsi sentire anche nelle gambe.

Nel silenzio della stanza, si fece più chiara la voce della radio.

'Continuano incessanti le indagini per scoprire il colpevole dell'omicidio avvenuto dieci giorni fa nella contrada della Giraffa a Siena, dove una donna è stata strangolata con un foulard di seta, poi abbandonato sulla scena del crimine. E intanto gli inquirenti indagano anche su un altro tentato omicidio, avvenuto a metà novembre a Montalcino, che sembra avere le stesse dinamiche. Siamo forse in presenza di un serial killer?'

I due uomini si guardarono per un attimo, poi il barista scosse la testa commentando: «In che mondo viviamo!»

Anche Haber scrollò la testa, per condividere il pensiero, ma si sentiva troppo stanco per iniziare un discorso su quell'argomento. Attese qualche secondo, poi disse: «A Pontebosio ho prenotato un albergo per la notte. Domani mi aspetta una giornata intensa e devo rimettermi in forze dopo questo viaggio così faticoso. È troppo presto per mangiare qualcosa?»

L'uomo alzò gli occhi sui suoi e per la prima volta gli uscì un mezzo sorriso.

«No, assolutamente, la cucina apre alle sette. Oggi non c'è ancora nessuno per via di questo tempaccio, ma di solito a quest'ora c'è sempre qualcuno. Ha trovato qualcosa di suo gradimento nel menù?»

«Sì, per cominciare prenderei le tagliatelle al cinghiale.»

«Perfetto» disse l'oste scrivendo su un blocchetto. «Le porto anche un po' di rosso della casa? È un Chianti.»

Haber annuì.

Per fortuna aveva trovato quel posto. Non ce l'avrebbe proprio fatta, con la pioggia battente, a guidare su per quelle curve ancora per mezz'ora e forse più. Sempre che non si fosse di nuovo perso. Da quando era partito da Pontremoli, una cittadina in provincia di Massa, non aveva mai smesso di piovere. Era stato un viaggio estenuante, con i camion che lungo tutto il tragitto avevano sollevato continue nuvole d'acqua dall'asfalto non drenante, rendendo la visibilità ancora più scarsa. E poi era stato incolonnato nel traffico per quasi due ore nei pressi di Firenze a causa di un incidente. Quelli erano gli inconvenienti del suo mestiere, lo sapeva, era sempre stato così, ma adesso sentiva che il suo fisico cominciava a perdere colpi.

L'oste si avvicinò con un piatto fumante.

«Ecco le sue tagliatelle al sugo di cinghiale.»

Era sufficiente uno sguardo per capire che la pasta era fatta a mano. E poi, quel profumo.

«Grazie» disse, anche se l'oste si era già allontanato.

Fra le sette e mezza e le otto gli avventori cominciarono ad arrivare. Giovanni seguì con lo sguardo tutte quelle persone, perlopiù coppie, entrare, sistemare gli ombrelli fradici, andare a sedersi ai tavoli e borbottare commenti su quell'inverno terribile.

Di secondo prese l'arista di maiale con le patate, poi una buonissima crostata di mele.

Si sentiva meglio. Stanco, certo, ma fermarsi in quella trattoria gli aveva fatto bene.

Era bastato poco a ridargli un po' di fiducia. E l'indomani si sarebbe svegliato con il sole e sarebbe stato tutto perfetto, se lo sentiva. Lavorava in quella società solo da tre mesi e quella convention era l'occasione giusta per conoscere un po' di persone, scambiare punti di vista, prendere nota della loro esperienza. Si sarebbe concentrato sul lavoro e tutti i cattivi pensieri degli ultimi tempi non l'avrebbero più tormentato.

Haber si girò verso la finestra, attirato da un lampo che, in un attimo illusorio di luce, incorniciò una campagna fradicia, come se fosse il negativo di una fotografia.

Poi, subito dopo, il rimbombo di un tuono scosse le pareti. Era da pazzi avventurarsi fuori proprio in quel momento.

La cosa strana era che gli altri avventori sembravano non accorgersi della violenza del temporale, continuavano a parlare come se nulla fosse, con lo stesso tono, come se il frastuono non potesse colpire le loro fievoli voci.

Forse era sempre così, pensò, forse in quelle campagne le scariche elettriche e i brontolii erano una presenza costante. L'affermazione di un lungo e duraturo inverno.

L'oste si avvicinò con un bicchierino. «Questa la offre la casa» disse, posandolo sul tavolo e allontanandosi senza aspettare risposta.

Per circa mezz'ora Haber sorseggiò la grappa gentilmente offerta e si guardò intorno pigramente, aspettando che la pioggia calasse un po' di intensità.

Quando finalmente i tuoni e i lampi si diradarono, si alzò e tirò fuori il portafogli. Era arrivato il momento di pagare e andare.

*

Per tutto il percorso aveva sempre piovuto, ma ora erano già dieci minuti buoni che l'uomo col berretto stava guidando in un turbine di pioggia, con la visibilità praticamente pari a zero e, nonostante gli abbaglianti e la velocità ridotta, faceva fatica a vedere i contorni della strada.

Guardò nervosamente l'orologio sul cruscotto: mancava mezz'ora. Mezz'ora all'appuntamento con la morte.

Accese la radio e la alzò al massimo, cercando di sovrastare il rumore della pioggia. Parlavano dell'omicidio di Siena e lo collegavano a quello che era avvenuto un paio di mesi prima a Montalcino, anche se in quel caso la donna si era miracolosamente salvata.

Un sorriso gli si disegnò sul volto. Ecco un argomento che lo interessava. Lo avrebbe aiutato a trovare la concentrazione e il sangue freddo che lo avevano sempre fedelmente accompagnato nelle sue azioni.

Ormai era quasi arrivato, aveva riconosciuto la curva con la grande roccia. Aveva percorso quella strada anche il pomeriggio prima, quando era andato alla villetta per manomettere l'impianto del gas. Aveva poi aspettato la sera per chiamare da un numero privato, fingendosi della società fornitrice del metano, dicendo alla donna che abitava lì che c'era stato un guasto in zona, che avrebbe dovuto passare casa per casa a ripristinare i livelli di pressione delle tubature. Si erano messi d'accordo per le otto della sera dopo, perché prima la donna non poteva.

Si fermò in un piazzale, sul ciglio della strada. Mancava ancora un quarto d'ora alle otto e non voleva arrivare in anticipo.

La pioggia era sempre forte e l'orizzonte era squarciato dai lampi. Il temporale si stava avvicinando. Un tuono improvviso echeggiò lungo, profondo, come un cattivo presagio.

L'uomo col berretto chiuse gli occhi e appoggiò la testa al sedile, facendo respiri profondi, fino a che la sua mente si svuotò di tutti i pensieri, lasciando spazio solo alla ferma convinzione di agire.

Un sorriso gli stropicciò le guance. La donna che abitava in quella villetta non era nata sotto una buona stella. Decisamente no.

Rimase fermo ancora qualche minuto, poi s'immise sulla strada buia fiancheggiata da alti alberi di cui, in quel nero compatto, più che vedere le sagome s'intuiva l'oppressione. Arrivò a destinazione in perfetto orario.

La villetta era sulla sinistra della strada. Sul lato destro, in una piccola radura, c'era una macchina, vicino alla quale parcheggiò il suo furgoncino da lavoro, che aveva rubato il giorno prima. Come al solito aveva voluto fare le cose bene. Se la donna avesse controllato la finestra e lo avesse visto arrivare, si sarebbe aspettata un mezzo del genere, non certo un suv come il suo.

Pioveva ancora, sempre forte. Percorse il breve tragitto dal furgoncino alla casa senza utilizzare ombrelli e suonò il campanello.

Da sotto la visiera del berretto vide un leggero chiarore nell'occhio magico della porta, poi sentì il rumore delle serrature. Infine l'ingresso si aprì di una decina di centimetri e la testa di una donna apparve appena sopra la catenella di sicurezza, ancora inserita e tirata.

«Buonasera signora» disse con un tono di voce conciliante, alzando in bella evidenza il tesserino falso che aveva preparato quel pomeriggio. «Sono l'incaricato della società erogatrice del gas. Sono venuto per ripristinare i livelli di pressione delle tubature, dopo la perdita di ieri, come le avevo anticipato al telefono. Mi dispiace per l'orario e per il disagio ma le prometto che le ruberò solo qualche minuto.»

La porta si chiuse per riaprirsi subito dopo, questa volta completamente. Come aveva intuito, la donna era minuta e fragile.

«Non si preoccupi, immagino che anche per lei sia un disagio lavorare a quest'ora. Con questo tempaccio, poi» replicò lei, facendosi da parte per lasciarlo entrare.

Proprio in quel momento un fulmine illuminò l'esterno e l'immediato fragore del tuono fu così forte da dare l'impressione che fosse appena scoppiata una granata alle loro spalle.

Per un attimo l'uomo ebbe l'istinto di buttarsi in avanti, come per evitare le schegge.

Ma fu solo un breve momento, un impercettibile battito di tempo, una pulsazione a vuoto nel suo cervello, inavvertibile dall'esterno. Cercò di sorridere, con quella punta di amarezza che l'argomento richiedeva, anche se non si sentì sicuro di quello che si era disegnato sui suoi lineamenti contratti. Ma non importava, ormai era dentro. E la donna era gracile. Sarebbe stato un lavoro facile.

«È dura, ma non mi lamento, signora, almeno io ho un posto sicuro» disse senza guardarla, mettendosi a frugare nel borsone da lavoro trovato nel furgoncino rubato, come a cercare gli attrezzi del mestiere. Sarebbe bastato colpirla con lo sfollagente. Non doveva usare molta forza, solo stordirla. Poi l'avrebbe presa alle spalle e le avrebbe avvolto il foulard di seta intorno al collo.

«Mi può indicare dov'è il contatore?» chiese guardandosi in giro, stringendo con il pugno il manico dello sfollagente, ancora dentro il borsone.

La donna gli fece cenno di sì con la testa e si girò per fargli strada dentro la casa.

L'uomo tirò fuori lo sfollagente, ma proprio in quel momento lei si fermò e ruotò il busto verso destra dicendo: «Che sbadata, il contatore del gas è nell'altra stanza e...» Poi si zittì, vedendo con la coda dell'occhio l'oggetto nelle mani dell'uomo dietro di lei.

Fu un attimo.

Quando l'uomo alzò il braccio per colpire, sentì un'improvvisa scossa al basso ventre che lo spinse indietro e gli fece perdere lo sfollagente. Non ebbe neanche il tempo di realizzare cosa fosse successo che la donna si avvicinò e due lame di luce ravvicinate brillarono un attimo prima di scaricarsi di nuovo e per un tempo molto più lungo sul suo addome.

Un calore fortissimo si propagò su ogni centimetro di carne, penetrando in profondità nelle ossa, accompagnato da una luce chiara che gli abbagliò gli occhi dall'interno, con l'intensità del nuovo fulmine che proprio in quel momento stava illuminando le finestre. E la dirompente forza di mille schegge, come se l'improvvisa immagine di prima fosse stata un presentimento, martoriò la sua pelle con un bruciore insopportabile.

Era un taser, uno di quegli strumenti portatili che danno la scossa.

Quella donna doveva essere rimasta così impressionata dalle notizie sul killer del foulard di seta da procurarsene uno e tenerlo nascosto nella felpa. In un flash l'uomo ricordò che quando si era mossa verso la stanza aveva messo le mani in tasca. Avrebbe dovuto insospettirsi.

Ma ormai era troppo tardi. Era caduto a terra e i suoi nervi si contraevano senza controllo.

I pensieri rimbalzavano da una sensazione all'altra: lampo, luce, bomba, schegge, fuoco, senza trovare la giusta direzione.

La donna si avvicinò ancora, proprio mentre lui cercava faticosamente di alzarsi. Con la forza della disperazione le si buttò addosso con tutto il peso del corpo, ma non riuscì a evitare di essere colpito da un'altra scarica elettrica. La donna perse l'equilibrio e i due corpi caddero all'indietro, sbattendo pesantemente sul pavimento.

Per un attimo l'uomo si rese conto che la donna aveva perso conoscenza. Ebbe solo il tempo di vedere la luce di un altro lampo e sentire il frastuono del tuono.

Poi tutto incominciò a girare e svenne anche lui.

2

Felice Ragonese fissava la pioggia cadere compatta, con un rumore sordo, amplificato dal selciato di pietra e dai tetti delle auto parcheggiate. Nel buio della sera si faceva fatica a mettere a fuoco le luci delle case di fronte, vicine ma distorte come in un quadro impressionista.

In quel momento un lampo schiarì la scena, seguito da un forte tuono che rimbombò per alcuni secondi fra le pareti delle case.

Felice si ritrasse, portandosi una mano alla guancia. Nonostante avesse preso l'ultimo Aulin non più di due ore prima, il dente aveva ricominciato a pulsare.

«Vuoi chiudere o no!»

Ragonese diede l'ultimo tiro alla sigaretta e la buttò fuori, senza curarsi di dove sarebbe atterrata. Fissò ancora per un attimo quell'ammasso compatto d'acqua che scendeva con una forza che pareva inarrestabile, poi chiuse la finestra e si volse verso l'interno della sala. Dopo un arrosto così aveva sentito il bisogno di fumare. Duro, cotto almeno il doppio del dovuto, stopposo e con un vago sentore di bruciato. Per non parlare delle verdure.

Sua sorella non sapeva proprio cucinare.

«Ecco, hai fatto entrare tutto il freddo» disse ancora lei, stringendosi sulle spalle la pashmina blu di lana e cachemire.

«È stato solo un minuto, Cinzia» replicò lui prendendo i piatti vuoti da tavola e andando verso la cucina.

La sorella lo seguì. «Non ti piace proprio, eh?» disse in un sibilo, appena entrati dalla porta.

«Quanti anni ha?» chiese lui, il mento a indicare la donna seduta in sala.

«Quarantatré, due meno di te.»

Felice storse la bocca, appoggiò i piatti sporchi sul tavolo della cucina e, dandole le spalle, sfilò di tasca il blister degli Aulin mettendosene uno in bocca senza farsi vedere. Poi lo buttò giù con un bicchiere d'acqua del lavandino.

«Dài, torniamo di là, non lasciamola sola» disse sua sorella tirandolo per l'avambraccio. «Le vuole giovani, lui...» aggiunse, come rimuginando fra sé. Poi dette uno strattone e tirò il fratello dentro la sala.

«Cinzia mi ha detto che sei un poliziotto.»

Felice si era appena seduto sul divano. Si girò di tre quarti, ancora non del tutto abituato a quella bella voce, di quelle che senti in radio e ti chiedi come sarà la donna fortunata che la possiede.

«Sì, è un agente» disse la sorella, anticipandolo. «In più di vent'anni non è riuscito a fare uno straccio di carriera.»

«Veramente sono assistente capo» replicò lui.

«Sì, perché ogni cinque anni c'è uno scatto di carriera automatico.»

Per un attimo scese il silenzio.

Era sempre così. Se le cose non andavano come aveva programmato lei, Cinzia s'inacidiva e lo sputtanava.

«Be', non ha importanza...» disse la quarantatreenne. «Dev'essere comunque un lavoro interessante, stimolante...»

La voce andava decisamente per i cazzi suoi, chilometri sopra il resto.

«Non quanto si creda» replicò lui, pensando a quando sarebbe finita quella farsa.

«State indagando anche sul delitto di Siena, sul killer della Giraffa?» continuò lei, facendosi più seria. «Alla televisione oggi hanno detto che la polizia pensa sia la stessa persona che aveva attaccato un'altra donna a Montalcino. L'aveva lasciata lì credendola morta. L'hanno portata all'ospedale e dopo una decina di giorni di coma si è ripresa.»

Felice fece mente locale per un attimo.

Il giorno prima erano stati coinvolti in una riunione presso la sede centrale di Siena, alla quale lui era riuscito a imbucarsi giusto perché era amico dell'ispettore Librace, che sovrintendeva agli incontri. Avevano seguito lo stesso corso di addestramento, poi Librace, con i concorsi interni, aveva fatto carriera.

In quella riunione era venuto fuori che i due casi erano sicuramente collegati. Nel primo, quello di Montalcino, la donna era stata assalita a fine giornata nel retro della sua enoteca, ed era stata trovata da un'amica la quale, visto che ritardava al loro appuntamento, era andata a cercarla. L'amica era un medico e, avendo constatato che c'era ancora un fievole battito nel polso, aveva prestato le prime cure di rianimazione e chiamato subito un'ambulanza. E questo le aveva salvato la vita. La mancanza di ossigeno al cervello l'aveva fatta svenire e il suo assalitore aveva interrotto la pressione, credendola morta. Sarebbero bastati ancora pochi secondi per ucciderla. Era andata in coma, ma i danni non erano stati irreparabili e dopo una decina di giorni si era risvegliata. Purtroppo era stata aggredita alle spalle, non aveva visto il suo aggressore, e non ricordava nulla della dinamica degli eventi.

La seconda vittima invece era stata trovata morta dalla donna delle pulizie, che era arrivata alle nove del mattino del dodici gennaio. L'autopsia aveva accertato il decesso per soffocamento. Sul pavimento era stato rinvenuto un foulard di seta dello stesso modello dell'altro, quello trovato nel retro dell'enoteca vicino al corpo inanime dell'altra donna.

La porta non era stata forzata. Nessuna delle due vittime era stata violentata o picchiata. L'omicida non aveva lasciato impronte sui foulard o tracce di alcun genere. Nessuno dei vicini aveva visto qualcosa di sospetto.

Non era emerso alcun collegamento fra le donne aggredite,

se non il fatto di essere entrambe single, di un'età compresa fra i trentacinque e i quarant'anni. E di assomigliarsi, per fisionomia, tutte e due magre e non molto alte, con i capelli lisci, biondo cenere. E poi di vestirsi in maniera semplice, non appariscente.

«È ancora presto per gridare al serial killer» disse riemergendo dai pensieri, ricordando la frase che aveva sentito dire quel pomeriggio a Valeri, il suo capo. In verità si era distratto perché con la coda dell'occhio aveva visto sua sorella alzarsi e andare in cucina, tornando subito dopo con il dolce dell'amica.

Cinzia gli gettò un'occhiata penetrante, accusatoria, come a dirgli che non aveva diritto a mangiare quel dolce visto che non apprezzava chi l'aveva portato.

Felice abbassò gli occhi, come se nulla fosse. Le ultime analisi, ritirate proprio un paio di giorni prima, dicevano 'glicemia a centosettanta', ma non ne aveva certo parlato a quella rompiballe di sua sorella.

Una fetta, solo una. Se la meritava. Per addolcire la disillusione di quella serata.

*

La donna riprese lentamente conoscenza. Si sentiva oppressa da un grosso peso e non riusciva bene a mettere a fuoco la situazione. C'era un corpo sopra il suo, che le impediva di alzarsi. Cos'era successo? Le faceva molto male la testa, come se qualcuno l'avesse colpita sulla nuca con un oggetto contundente. Puntò le mani su quella massa che la stava schiacciando a terra e cercò di spingerla di lato, per liberarsi, ma le mancavano le forze. Doveva stare calma, regolare il respiro, pensare.

Rimase in quella posizione per qualche tempo fino a che recuperò un po' di forze e cominciò a ricordare.

Aveva attivato per l'ultima volta il taser e aveva sentito una scossa, perché i due corpi erano a contatto e la corrente si era trasmessa da uno all'altro. Poi erano caduti pesantemente a terra e lei era svenuta. Probabilmente aveva picchiato la testa.

Con un certo sforzo sollevò il capo e si toccò dietro la nuca, dove sentiva dolore, e scoprì di avere una ferita. Era umida e bruciava.

Doveva stare calma, cercare di pensare con lucidità. Quel bastardo era ancora incosciente. Doveva approfittare del momento, liberarsi da quella posizione e chiamare subito la polizia.

Cominciò a spingere e a dimenarsi, ma a quel punto l'uomo emise un lamento gutturale.

Si fermò, atterrita. Il cuore le batteva forte nelle tempie. Si chiese dove fosse finito il suo taser. Muovendo lentamente le braccia provò a cercarlo sul pavimento, ma invano. Allora girò la testa verso destra. Era buio. Doveva essere andata via la luce a causa del temporale che stava ancora impazzando. Proprio in quel momento un fulmine illuminò la stanza, e lei vide la sua arma: era finita vicino al muro, un paio di metri più in là. Per riuscire a prenderla doveva necessariamente liberarsi. Fece un respiro profondo, piantò entrambe le mani sul corpo dell'uomo e spinse con tutta la forza di cui era capace. La forza della disperazione. Si aiutò anche con le gambe, il busto, la testa, fino a che sentì che quella massa stava lentamente scivolando verso sinistra. Raddoppiò l'intensità dello sforzo e riuscì a sgusciare fuori.

Era esausta ma doveva resistere. Rimase sulle ginocchia per qualche tempo fino a che i battiti del cuore diminuirono.

Improvvisamente tornò la luce. La donna guardò subito verso l'uomo, temendo che quel chiarore potesse svegliarlo. Ma i suoi occhi erano chiusi e il viso era di un pallore mortale. Se prima non si fosse debolmente lamentato, ci sarebbe stato da pensare che fosse morto. Invece era solo svenuto e avrebbe potuto riprendersi da un momento all'altro. La donna si mosse gattoni verso il taser. Il mal di testa era forte. Strinse i denti.

Prese la sua arma, si alzò in piedi e a fatica si allontanò di qualche passo. Dove aveva messo il cellulare? Istintivamente si toccò la tasca posteriore destra dei jeans, dove lo teneva di solito, e lo trovò. Provò un attimo di sollievo, anche se si rese conto quasi subito che c'era qualcosa che non andava. Al tatto il vetro sembrava increspato. E il display non s'illuminava, rimaneva spento nonostante avesse schiacciato più volte il pulsante di attivazione. Le salì subito una fitta di panico. Di quegli aggeggi ci aveva sempre capito poco.

Appoggiò il taser sul tavolo, le mani le tremavano e la testa le faceva sempre più male. Si toccò di nuovo la nuca e quando ritirò la mano vide che le dita erano intrise di sangue.

Provò ancora, disperatamente, ad accendere il cellulare, ma ormai aveva perso lucidità, le dita viscose scivolavano e la vista si annebbiava sempre di più, fino a che si rese conto che il telefono era rotto e in un attimo di consapevolezza capì che non avrebbe più funzionato, neanche sotto la guida di mani più esperte e pulite delle sue. A quel punto il panico l'assalì: quello era il suo unico telefono, non aveva una linea fissa in casa. Rassegnata, lo ripose nella tasca posteriore, chiedendosi cosa dovesse fare. Ma la testa le girava e la ferita le faceva male, molto male. Si toccò ancora la nuca: il sangue non smetteva di uscire. Aveva bisogno di un dottore, subito.

Intanto i lampi e i tuoni si susseguivano senza tregua.

Bisognava pensare, e farlo in fretta. Ma sì, certo, anche l'uomo doveva avere un telefono con sé. Riprese il taser e, riluttante, si avvicinò a quel corpo piegandosi sulle ginocchia. Avvicinò la mano sinistra, tenendo l'arma nella destra e, guardando attentamente il suo aggressore in faccia, tastò i pantaloni, all'altezza delle tasche, per sentire se c'era qualche rigonfiamento compatibile con la presenza di un telefono.

In quel momento l'uomo si svegliò di colpo e le afferrò il braccio. I suoi occhi erano spalancati ma annebbiati, sembravano non guardare da nessuna parte.

La donna gridò e per un attimo pensò solo a liberarsi dalla presa. Poi si ricordò del taser e lo attivò affondandolo in quel grosso corpo.

Gli occhi dell'uomo si dilatarono ancora di più con uno spasmo terribile, poi si serrarono e la sua bocca si aprì e si richiuse con una lentezza che ricordava quella di un pesce che è fuori dal mare già da un po' di tempo. Il braccio mollò la presa e crollò a terra pesante, per restarci, immobile come il resto del corpo.

Anche questa volta la corrente era passata fra i corpi e, seppur con un'intensità ridotta, aveva scosso i nervi della donna. Il cuore le batteva all'impazzata. I suoi pensieri andavano troppo veloce, mischiando immagini a riflessioni.

L'agitazione le stava pompando nelle vene adrenalina pura ma di lì a poco l'intensità si sarebbe ridotta e a quel punto non sapeva cosa sarebbe successo, forse sarebbe svenuta di nuovo, e questo avrebbe voluto dire la fine, perché sarebbe morta dissanguata. O uccisa da quell'uomo se si fosse ripreso prima di lei.

No, non se la sentiva proprio di avvicinarsi ancora e tastare quelle tasche in cerca del telefono. L'unica cosa che voleva e doveva fare era allontanarsi al più presto, mettere più strada possibile fra lei e quell'orribile individuo.

Radunò tutte le forze e corse verso la porta d'ingresso. Vi si appoggiò per qualche secondo, le girava la testa, poi l'aprì e uscì all'aperto. La pioggia le sferzò il viso dandole un attimo di lucidità. Parcheggiata al di là della strada c'era la sua macchina. Rientrò per un attimo dentro la casa, posò il taser e prese le chiavi sul comodino a sinistra dell'ingresso. Poi uscì, questa volta chiudendosi la porta alle spalle.

Proprio in quel momento i lampioni si spensero. Si girò istintivamente verso la casa: era buia. Era andata nuovamente via la luce.

Fece qualche passo arrivando fino alla strada ma un altro giramento di testa le fece perdere l'equilibrio e cadde. Aveva perso molto sangue e ora le mancavano le forze. Cercò disperatamente di alzarsi ma riuscì solo a sollevarsi sul busto, mentre la pioggia le cadeva addosso con violenza, schiacciandole i capelli sulla testa e trascinando via il sangue, che continuava a uscire copioso, in piccoli rivoli sull'asfalto nero.

*

Haber guardò l'orologio. Erano passati già quasi quindici minuti da quando aveva lasciato la trattoria, ma la strada non accennava a cambiare aspetto. Sempre buia, circondata da boschi e piena di buche. Quella pioggia, poi, ancora così forte, rendeva la visibilità difficile. Lui però era tranquillo, il navigatore segnalava l'arrivo in diciotto minuti. Ormai era questione di poco.

E dall'indomani la sua vita sarebbe cambiata, si sarebbe rimesso in piedi, avrebbe ricominciato da capo, con pazienza e determinazione. Quel capitolo buio sarebbe finito. Era da troppo tempo che si era lasciato andare alla deriva e questo nuovo lavoro sarebbe stato l'occasione giusta per ripartire. Non si sarebbe più fatto assalire da quei brutti pensieri, non avrebbe più perso il controllo, no. Avrebbe ripreso a vivere in mezzo alla gente come prima, come quando al suo fianco c'erano la moglie e il figlio. E non avrebbe più sentito quella strana sensazione di disagio che si era insediata da quando se ne erano andati, quell'impressione di essere costantemente fuori tempo.

Da quel giorno, infatti, era come se ci fosse sempre stata una stonatura leggera che creava imbarazzo, che gli faceva percepire, negli occhi degli altri, una nota di diffidenza, una naturale chiusura. E i rapporti non riuscivano a progredire, anche quando a prima vista non c'era niente di sbagliato nei suoi comportamenti.

Ritornò col pensiero per l'ennesima volta al giorno in cui era nato suo figlio, l'emozione che aveva provato. Lo aveva guardato, oltre la vetrata, con quegli occhietti azzurri e sbiaditi, i pochi capelli chiari già così lunghi e arruffati. E un'infinita tenerezza gli aveva piegato le gambe, facendolo appoggiare al vetro.

Anche se gli sarebbe piaciuto molto, sua moglie non aveva voluto dare al bambino il nome di suo padre, Ermanno.

Matteo. Quella stronza l'aveva chiamato Matteo. E lui aveva abbozzato, com'era sempre stato per tutto.

Un brivido gli percorse la spina dorsale. Non doveva più pensare a sua moglie e a suo figlio. Quel nuovo lavoro sarebbe stata l'occasione giusta per dimenticare, per ricominciare, cambiare atteggiamento nei confronti della vita. E le cose sarebbero girate, perché...

All'improvviso sentì un colpo sordo provenire dalle ruote.

L'auto aveva sbattuto contro qualcosa, passandoci sopra.

Frenò e guardò dallo specchietto retrovisore. Era appannato e non si vedeva bene, ma sulla strada c'era qualcosa.

Sembrava un grosso sacco. Cercò di guardare meglio, ma il buio e la pioggia contribuivano ad annebbiare la visuale.

Aprì il finestrino e mise fuori la testa girandola verso la strada: quella cosa aveva l'aspetto di un animale, forse un cinghiale che stava attraversando proprio mentre arrivava lui. Ma era troppo buio per capire.

Per un lungo momento pensò a cosa avrebbe dovuto fare. Proseguire?

La pioggia batteva con forza sul tetto della macchina, deconcentrandolo. Era combattuto tra due impulsi opposti, quello di andare via subito, prima che arrivasse qualcuno, e quello di uscire a vedere cosa avesse investito. Poi gli venne in mente che forse aveva danneggiato l'auto. Doveva scendere a controllare.

Tirò il freno a mano e, lasciando il motore e i fari accesi, seppur con un po' di riluttanza, prese l'ombrello dai sedili posteriori e uscì dall'abitacolo.

Si era alzato un vento insidioso e la prima cosa che avvertì, mentre cercava di tenere saldo l'ombrello, fu una sensazione di freddo.

Si avvicinò alla cosa che giaceva sull'asfalto, si accucciò sulle ginocchia e si rese conto che si trattava di un corpo umano. Una donna.

Rabbrividì: aveva investito una donna.

Si chinò concitatamente su quel corpo cercando il volto, ma era buio e le luci posteriori della sua vettura non erano sufficienti a rischiarare la scena.

Preso dall'agitazione, posò l'ombrello a terra, tornò alla macchina e fece manovra, girando il cofano verso valle. Poi mise gli abbaglianti. Scese di nuovo dall'auto e, incurante della pioggia, si chinò ancora febbrilmente, cercando di capire l'entità delle ferite causate dall'investimento. I vestiti della donna erano zuppi di pioggia e le gambe avevano una posizione innaturale. Probabilmente erano rotte. Il corpo era supino e la testa riversa sull'asfalto, come se anche il collo si fosse spezzato. Si avvicinò ancora, fino al volto, fino all'unico occhio visibile, aperto e immobile nella fissità della morte.

Per un momento gli si chiuse lo stomaco e gli salì un conato di vomito, ma riuscì a controllarlo. Non era colpa sua, si disse, i lampioni erano spenti e quella maledetta pioggia rendeva la visibilità praticamente nulla.

Ma cosa ci faceva una donna sola al centro della carreggiata di una strada in mezzo al bosco in una notte come quella?

Si guardò intorno. Era tutto deserto. Si sentiva solo il rumore della pioggia.

Sul lato destro, una ventina di metri all'interno c'era una casa. Le luci erano spente. Sull'altro lato c'erano parcheggiate due auto. Probabilmente la donna abitava in quella casa e aveva attraversato la strada dopo aver parcheggiato.

E lui l'aveva investita.

Non doveva farsi prendere dal panico. Ormai non si poteva più tornare indietro. Per fortuna non erano ancora passate altre macchine. Ma doveva sbrigarsi.

Raccolse l'ombrello per terra, tornò alla sua auto e fece una veloce ricognizione del cofano e del parafango: sembrava non ci fossero danni visibili. Ebbe solo un breve momento d'incertezza, poi salì, fece manovra per rimettersi nuovamente nella direzione di Pontebosio, e ripartì.

Non poteva permettersi di investire una donna, non con il lavoro che faceva, non con i tre striminziti punti che gli erano rimasti sulla patente. E poi aveva bevuto il vino e l'oste gli aveva offerto quella grappa. Con tutta probabilità il test alcolemico, che sicuramente gli avrebbero fatto, avrebbe superato il limite consentito. E allora ci sarebbe stato il penale. Avrebbe voluto dire perdere il lavoro e con quello tutti i suoi buoni propositi.

Avrebbe perso tutto.

3

«Questa è la terza amica che ti presento in un mese» disse Cinzia sparecchiando.

Lui la guardava andare avanti e indietro fra la sala e la cucina, seduto pesantemente su una sedia che di colpo sembrava troppo piccola. Ne aveva mangiate due, di fette di dolce, e ora se ne pentiva.

«Ma non ti preoccupare, la quarta sarà più giovane, magari sui quindici anni, in linea con la tua maturità mentale.»

Felice e sua sorella erano originari di Bonassola, un borgo marinaro della Liguria. Lui l'aveva lasciato tanti anni prima, per via del lavoro, lei invece era rimasta, insegnando alla scuola elementare fino a quando le avevano comunicato che di lì a poco la struttura avrebbe chiuso per mancanza di alunni. Era stata riassegnata a Rapallo, ma a quel punto aveva chiesto il trasferimento a Pontebosio, per riavvicinarsi al fratello più piccolo, a cui in gioventù aveva fatto un po' da madre, poiché la loro non era mai stata molto presente.

Dopo circa due anni si era liberato un posto e lei si era trasferita. Zitella e senza figli, aveva deciso che, a cinquantadue anni, si sarebbe occupata di Felice e del suo futuro.

Si era insediata temporaneamente a casa sua, con l'intesa di cercare una propria sistemazione, e non se n'era più andata.

«La verità è che non te ne va mai bene una, Felice.»

«Ma belin, a parte l'età, questa sembrava un suricato!»

«Ah, certo, ha parlato quello bello, ha parlato Alain Delon.»

«Alain Delon ha più di ottant'anni.»

«Sì, ma li porta meglio di te. Ultimamente ti sei appesantito, i pantaloni fai fatica a chiuderli, credi che non me ne sia accorta? Ti fa male mangiare sempre fuori. Le hai fatte poi le analisi del sangue?»

«No, non ho ancora avuto tempo.»

«Ah già, chissà cosa ci avrai avuto da fare di così importante.»

Felice si alzò, con una certa fatica. «Quante volte te lo devo ripetere che siamo sotto organico? L'altro mese Tabacchi è andato in pensione e non l'abbiamo sostituito. Ormai sono più i doppi turni che quelli normali.»

Cinzia sembrò pensarci un po' su. «In effetti, la sera praticamente non riesci mai a cenare a casa.»

«Ecco, appunto. Ora se non ti dispiace vado a letto. Sono stanco e domani mattina mi devo svegliare presto. Vedrai che con tutta questa pioggia si sarà sicuramente verificato qualche crollo o smottamento. E a noi toccherà romperci i coglioni.»

*

L'uomo si svegliò da un terribile incubo. Era stato dichiarato morto e lo stavano cremando. Lui cercava di parlare, gridava con tutta la forza che aveva dentro, ma il suo corpo non si muoveva di un millimetro.

Il respiro era affannato e il cuore gli batteva forte. Gli facevano male anche il petto e il fianco destro, in più punti. Cercò di alzarsi, ma riuscì solo a mettersi seduto. Il cuore batteva troppo forte per continuare.

Cos'era successo? Era annebbiato, non ricordava bene la dinamica degli eventi. Si tirò su la maglia: aveva diversi segni larghi e corti, sembravano bruciature.

Di colpo ricordò. Si era preso delle scariche elettriche. Quella donna non si era fidata della storiella del guasto alla conduttura del gas e, anche se lui si era presentato perfettamente travestito, aveva portato con sé quel maledetto strumento. Probabilmente, se non avesse cambiato direzione in modo repentino, non le sarebbe servito, perché lui l'avrebbe colpita prima che potesse attivarlo, ma le cose erano andate storte. Molto storte.

Dov'era ora la donna?

Cercò di mettersi in piedi, ma le braccia gli cedettero e cadde ancora sul pavimento. Sentiva freddo e caldo allo stesso tempo. Era una sensazione strana, come se le sue ossa fossero irrigidite da una gelida morsa che gli impediva di articolarle come avrebbe voluto, mentre le parti molli, muscoli, tendini, nervi, carne, pelle, gli davano l'impressione di essere troppo vicine a una fonte di calore eccessivo. E il cuore continuava a battere all'impazzata. Lo sforzo che aveva fatto prima per alzarsi aveva acuito le pulsazioni. Ora lo sentiva picchiare le pareti del suo sterno con una frenesia, un'urgenza, che non si ricordava di aver provato in passato. L'impressione era che si fosse dilatato e occupasse tutto il torace. Doveva calmarsi e l'unica cosa che poteva fare era sdraiarsi a pancia in su, le mani incrociate sul petto e gli occhi chiusi, immobile, cercando di azzerare i pensieri. E aspettare. Aspettare che lentamente i battiti diminuissero fino a permettergli di respirare senza affanno. Aspettare che l'aria fresca entrasse nei polmoni fino in fondo e ci rimanesse il tempo sufficiente ad abbassare la temperatura interna. Era solo una questione di tempo, una questione di tempo. Se lo ripeteva come un mantra. Solo a quel punto, quando le pulsazioni sarebbero tornate normali, quando quel bruciore si sarebbe attenuato, avrebbe provato nuovamente ad alzarsi.

*

Giovanni guidava immerso nei pensieri, riflettendo su come potessero essere andate le cose. Come aveva fatto a non accorgersi di una donna che attraversava la strada?

Era concentrato sui suoi ragionamenti ed era distratto, ma almeno all'ultimo momento avrebbe dovuto vederla. E invece no, aveva sentito solo il colpo. E l'altra auto? Ce n'erano due nel parcheggio, una era un furgoncino da lavoro. Che ci fosse stato qualcun altro nella casa? Le luci erano spente. E poi il rumore era stato forte, quel qualcuno avrebbe sicuramente sentito, avrebbe visto le luci della sua auto... per un po' aveva anche messo gli abbaglianti. Sarebbe uscito.

I pensieri si susseguivano veloci, senza un ordine preciso. Gli mancava solo di investire un pedone. La cattiva sorte che si era accanita contro di lui in quegli ultimi tempi continuava a perseguitarlo. Per fortuna nessuno l'aveva visto. L'incidente era avvenuto in aperta campagna. Con quella pioggia e quel buio, anche se ipoteticamente dalla casa si fosse affacciato qualcuno, non avrebbe certo potuto prendere la sua targa, era troppo lontano. E poi la macchina era parallela alla villetta e da lì le targhe non si potevano vedere. Doveva tranquillizzarsi, riprendere il controllo. Era andata così, era accaduto, non era una cosa che aveva voluto fare, si era trattato di una fatalità. Fra qualche minuto avrebbe raggiunto l'albergo e ci avrebbe dormito sopra, cercando di dimenticare.

E pensare che quando era arrivato a quella trattoria aveva creduto che le cose avessero incominciato a girare per il verso giusto. Quella trattoria...

Giovanni alzò il piede dall'acceleratore, accostò e fermò la macchina. La pioggia picchiava sempre forte sul parabrezza. Il buio tutto intorno.

All'improvviso un timore si era fatto strada su tutti gli altri. Non poteva scappare.

Prima o poi qualcuno avrebbe trovato il corpo, la polizia avrebbe fatto delle indagini.

Interrogato, l'oste gli avrebbe parlato del forestiero che si era perso, sapeva dove andava e anche per quale ragione, glielo aveva detto lui. E l'orario combaciava. Avrebbe anche detto di avergli servito del vino e poi quella maledetta grappa, che lui aveva bevuto solo per un senso di cortesia. Lo avrebbero trovato e avrebbero rilevato sull'auto le tracce dell'investimento. Lo avrebbero accusato di aver travolto la donna perché era ubriaco e poi, cosa più grave, di essere scappato. Con le nuove leggi del codice della strada sarebbe finito in prigione e ci sarebbe rimasto anche per un bel po' di tempo.

Giovanni picchiò con forza il palmo della mano destra sul volante, due, tre volte. Era un guaio, un maledetto guaio. Proprio adesso che stava riuscendo a reagire. Proprio adesso che qualcosa si era mosso in fondo al suo animo e gli stava tendendo una mano per dare una svolta alla sua vita, alla china che aveva preso. No, non poteva buttare via tutto per una cosa di cui non si sentiva neanche responsabile. Mise in moto e sterzò verso sinistra, fece retromarcia e girò la macchina in direzione della valle. Poi partì.

Di colpo si sentiva deciso. Per via dell'adrenalina, o forse per la forza della disperazione che subentra quando tutto sembra perduto.

Le curve si susseguivano in discesa e, visto che stava andando a velocità sostenuta, avvertiva i continui sobbalzi dell'auto su quell'asfalto dissestato. Gli abbaglianti squarciavano il buio, illuminando i tratti di strada prima delle curve, facendo apparire e subito scomparire una vegetazione fitta di alti alberi con lunghi rami spogli.

Che posto era quello? Non sembrava la Toscana che per le precedenti ore era scorsa dal finestrino della sua auto fra dolci declivi e colline coperte da interminabili filari di vite. La vegetazione sembrava mutata. O forse era solo un'impressione data da quella notte buia e da quella tempesta che non aveva alcuna intenzione di placarsi.

Finalmente arrivò nei pressi del corpo e si fermò una decina di metri prima. Poi fece nuovamente manovra, indirizzando il cofano verso la salita. Tirò il freno a mano, scese e andò ad aprire il bagagliaio. Si guardò per un attimo intorno: nulla era mutato, la casa era buia, i lampioni spenti, le due auto ferme nei parcheggi di prima. Sì, se si fosse sbrigato sarebbe stato ancora in tempo per fare quello che gli era venuto in mente di fare, l'unica cosa che gli era sembrata possibile per salvarsi, per uscirne pulito. Ma avrebbe fatto bene a darsi una mossa anche perché si stava bagnando tutto e per compiere quell'azione non poteva usare l'ombrello.

Andò verso il corpo e si chinò, prendendolo per le spalle e sollevandolo. Ma come aveva fatto a non vederla? Si chiese ancora mentre poggiava la schiena del cadavere sul bordo del bagagliaio. La sensazione che aveva provato all'impatto era stata di passare sopra un ostacolo, non di colpire un corpo eretto. Quella donna doveva essere già in terra, forse si era chinata a raccogliere qualcosa, o aveva avuto un malore. O forse l'aveva investita un'altra auto e lui poi le era passato sopra. Se era così, poteva essere già morta. Non aveva sentito grida. Ma c'era anche il caso che fosse solo svenuta e lui, travolgendola, le avesse dato il colpo di grazia.

A quel punto si accorse che qualcosa impediva al corpo di scivolare dentro. Si fermò e fece un passo indietro, nervosamente. La pioggia batteva forte e lui si stava bagnando, ma ormai, preso dalla foga del momento, non ci faceva più caso. L'adrenalina aveva preso il sopravvento e l'urgenza di portare a termine l'operazione prima che i fari di qualche macchina potessero apparire all'orizzonte lo stava opprimendo. Si spostò verso la parte destra, si chinò dentro e tastò il fondo: sì, c'era qualcosa. Guardò meglio: ma certo, era il suo trolley con dentro il cambio per quei due giorni. Ritornò sulla parte sinistra e tirò il corpo verso quel lato, poi si spostò sulla destra e prese il trolley, trascinandolo fuori. Aprì la portiera posteriore e lo mise sui sedili. Tornò all'esterno e spinse il corpo dentro il bagagliaio, poi chiuse il portellone e alzò lo sguardo sulla strada, prima a destra, poi a sinistra: no, non stava arrivando nessuno. Finalmente poteva respirare.

Aveva già la mano sulla maniglia della portiera quando un pensiero lo fermò. Si girò e controllò l'asfalto: era pulito. La pioggia aveva portato via tutto il sangue. Alzò ancora gli occhi sulla casa: le luci erano sempre spente.

Salì in macchina e mise in moto.

4

L'uomo si accorse che aveva ancora il berretto in testa. Ora era più tranquillo e provò ad aggrapparsi al tavolo. Il cuore aveva finalmente rallentato i battiti ma permaneva quel senso di malessere generale e gli era salita anche una forte nausea. Dove diavolo se l'era procurato quell'aggeggio, quella brutta puttana, se in Italia erano proibiti? E poi non si aspettava che reagisse con tanta prontezza e sangue freddo. L'aveva sottovalutata ed era andato tutto storto. Ora quella stronza era sparita. Si era nascosta da qualche parte in casa, o era uscita? Aveva chiamato aiuto?

Doveva andarsene da lì il prima possibile.

Con grande sforzo si mise dritto e riuscì a fare qualche passo verso la porta, entrando in un'altra stanza. C'era qualcosa che non andava nei suoi occhi. Le luci della casa erano spente, forse era andata via la corrente per via del temporale, ma lui vedeva dei fastidiosi bagliori. A piccoli passi riuscì ad arrivare all'ingresso.

Dalla finestra proveniva un chiarore rossiccio. Si avvicinò sempre barcollante e, appoggiandosi al vetro, guardò fuori. C'era una macchina sulla carreggiata, si vedevano le luci posteriori. Era una familiare scura. Cercò di guardare la targa ma era buio e la strada era troppo lontana. E poi quel fastidioso luccichio agli occhi gli impediva di mettere bene a fuoco. In quel momento l'auto partì, in direzione di Pontebosio. Dopo qualche secondo ripiombò il buio e il rumore della pioggia tornò padrone della scena.

Perché quella macchina si era fermata proprio davanti alla casa? Forse aveva incrociato la donna mentre usciva e adesso la stava portando alla polizia? Era un problema, quella puttana lo aveva visto in faccia, lo avrebbe potuto descrivere.

Cosa avrebbe dovuto fare ora?

Se non era ancora arrivata la polizia, voleva dire che la donna per qualche ragione non era riuscita a telefonare, ma se quella macchina le aveva dato un passaggio a momenti sarebbe scattato l'allarme.

L'uomo si mosse verso la porta d'ingresso e la sua gamba destra sbatté contro qualcosa, facendogli perdere l'equilibrio. Fortunatamente il muro era vicino e riuscì ad appoggiarvisi. Che cavolo era?

Era buio e non riusciva a vedere. Provò a strizzare gli occhi più volte, ma inutilmente. Allora si accucciò sulle ginocchia e si mosse gattoni fino ad arrivare all'oggetto. Non gli ci volle molto a capire che era la sua borsa da lavoro.

La prese per la maniglia e si alzò in piedi. La poca luce esterna proveniente dalle finestre permetteva di individuare la direzione dell'ingresso. Con un riflesso condizionato si girò per capire se vedeva ancora qualcosa, ma i bagliori dentro gli occhi tornarono a brillare nel buio. Allora aprì la porta d'ingresso e uscì all'aperto e fu subito colpito dalla pioggia battente. Alzò il volto verso il cielo. Di solito la pioggia addosso gli dava fastidio, ma ora sentire quell'acqua fredda sulla faccia era piacevole, sembrava spegnere il fuoco che gli aveva incendiato i nervi.

Piano piano si stava riprendendo. Attraversò la strada, salì sul furgoncino e posò la borsa sul sedile del passeggero. Poi mise in moto e inserì gli abbaglianti. Per fortuna guardando zone illuminate gli occhi non gli davano fastidio. Fece manovra e si diresse verso valle.

Aveva fallito.

*

Frank Sinatra cantava *Someone to Watch Over Me* e la pioggia continuava a scrosciare fitta e rumorosa, come se da un momento all'altro dovessero rompersi gli argini del cielo.

Ragonese era coricato da un lato, gli occhi aperti attirati dal riverbero della lucina rossa dello stereo.

Chissà cosa si era messa in testa quella svitata di sua sorella. Da quando era ripiombata nella sua vita, prendendo possesso della sua casa, aveva tessuto una rete di fitte relazioni con donne sole, come lei. Poi aveva cominciato a portargliele a casa.

La prima era piuttosto carina e lui aveva fatto l'errore di darle corda, nonostante i suoi discorsi fossero banali e noiosi. Attirato dalle sue gambe, l'aveva invitata fuori da sola, ma lei lo aveva travolto con la sua inconsistenza, fino a svuotarlo anche del bruto istinto. Da allora aveva tagliato i ponti con quella donna, nonostante lei continuasse a stalkerarlo su WhatsApp con foto e video di cani, gatti e neonati.

Sulla seconda Cinzia aveva puntato molto, l'aveva addirittura invitata al pranzo di Natale. «Poverina, è appena stata lasciata dal suo ragazzo dopo quindici anni di convivenza» aveva detto per giustificare l'invito. «I suoi sono morti, tra l'altro sua madre meno di un anno fa, e questo sarebbe il suo primo Natale...»

«Va bene. Non ci sono problemi, falla pure venire» aveva detto lui alzando un braccio con la mano aperta, più per fermare il racconto che per vera convinzione. Il presentimento che la giornata potesse finire a schifio, infatti, l'aveva avuto, anche se non ne aveva immaginato le proporzioni, quando Cinzia gli aveva detto che si sarebbe cimentata in un menù della tradizione toscana: salumi misti e crostini, ribollita e pici all'aglione, e per finire cinghiale in umido e baccalà alla livornese.

In quella lunga giornata, l'unica cosa che gli aveva ricordato lo spirito natalizio, cioè il calore di una famiglia riunita, era stata la somiglianza di questa amica di Cinzia alla loro zia Elvira, da tempo defunta. Stesso naso ricurvo, stessa bocca a culo di gallina, stessi denti accavallati. C'era solo da chiedersi come avesse fatto quel povero ragazzo a resistere per quindici anni. Il pranzo, poi, era stata un'escalation di acrobazie senza rete, tutte con precipizio, se si faceva eccezione per l'antipasto, visto che i salumi e i crostini erano stati comprati da Felice nella norcineria più famosa della zona. Cinzia era riuscita a fare l'*en plein*: aveva bollito troppo la ribollita, bruciato l'aglio dei pici, asciugato il sugo del cinghiale e servito un baccalà salatissimo.

L'ultimo incontro galante era stato organizzato per quella sera e l'amica di Cinzia, se si faceva eccezione per la voce... Sarebbe riuscito a immaginare quella voce sussurrargli cose sconce senza dover per forza associarla alla sua faccia? Non quella sera.

Felice si mise a sedere lentamente e si grattò la testa. Il dolore al dente era passato, ma non c'era verso di prendere sonno. Frank stava cantando *I've Got You Under My Skin*. Per un attimo pensò a come sarebbe stato svegliarsi a New York, negli anni Cinquanta. Tutto ancora a disposizione, da consumare.

E invece la mattina dopo sarebbe andato come al solito in centrale, in quell'edificio del secolo scorso, costellato di mobili risalenti all'epoca del fascio. E non si poteva dire che fosse la stessa cosa che tornare indietro nel tempo.

Da un po' faticava anche a stare dietro alle paturnie di Valeri, il commissario capo, che faceva pendant con l'ambiente, anche lui antico come un *trumeau* art déco. Guardandolo, sembrava che per lui gli ultimi venti o trent'anni non fossero trascorsi. Si era saltato in un blocco solo tutta l'era digitale. E poi voleva sempre mettere il naso nelle cose, con il risultato di rallentare tutti i processi. Non per niente lui lo aveva soprannominato 'Slow motion'.

Quell'uomo stava diventando un problema, ma lui non poteva recriminare. Se non gli stava bene, avrebbe dovuto partecipare ai concorsi interni, fare carriera, essere assegnato in qualche cittadina più grande, magari vicino al mare, che era l'unica cosa che gli mancava veramente della sua giovinezza.

E invece si era accontentato, anche perché, arrivato a Pontebosio, aveva conosciuto Rita, la sua ex moglie, che aveva una boutique proprio in centro e non avrebbe certo voluto trasferirsi.

Così si era fatto trasportare dalla vita, e ora che il matrimonio era andato a gambe all'aria, a quarantacinque anni si sentiva troppo vecchio per rimettersi in gioco.

Ragonese si alzò e andò alla finestra.

La pioggia. Era lei che lo teneva sveglio. Doveva rifugiarsi in qualcosa di sicuro, di più forte. Qualcosa che tenesse la sua mente occupata, senza lasciare spazio alle intrusioni esterne.

Sonia. Doveva pensare a Sonia. A come sarebbe stato bello se le cose fra loro avessero ingranato. Ma lo sapeva, gli mancava il coraggio.

E sull'onda di quel pensiero tornò a letto e si avvolse nelle coperte, senza che il rumore della pioggia o la lucina rossa dello stereo o le note del grande Frank scalfissero più le pareti del suo cranio.

Come se un'invisibile serranda si fosse chiusa sulle orecchie e sugli occhi, permettendogli di spiccare quel grande salto nel vuoto che, ogni volta, è passare dalla coscienza all'ignoto.

*

Improvvisamente Giovanni si rese conto di essere bagnato fradicio. Era la prima volta che faceva caso a questa circostanza, dopo aver guidato in trance per almeno cinque minuti, pensando al cadavere che si stava portando dietro. Aveva anche freddo, un freddo arrivato all'improvviso, come se qualcuno avesse aperto tutti i finestrini.

Mise il riscaldamento al massimo e intanto pensò che ormai sarebbe dovuto arrivare a Pontebosio, non doveva mancare molto, forse solo qualche curva.

E non poteva arrivarci in quelle condizioni, aveva un cadavere di cui liberarsi e se avesse incrociato qualche pattuglia i poliziotti avrebbero potuto accorgersi del suo stato e insospettirsi. Avrebbero potuto fermarlo e controllare la sua auto.

Il solo pensiero, se possibile, intensificò i brividi. E anche fosse andato tutto liscio, non poteva presentarsi in albergo con i vestiti zuppi, come se fosse caduto in un fiume. Sarebbe stato sospetto, l'albergatore gli avrebbe fatto delle domande e si sarebbe sicuramente ricordato di questa circostanza.

Doveva risultare il più anonimo possibile. Doveva passare da quell'albergo come un'ombra, un filo di vento, uno dei tanti rappresentanti di commercio che si fermano una notte, per poi continuare il loro viaggio. Persone che non suscitano alcun interesse, che non si fissano nella memoria, nemmeno in quella delle puttane occasionali di una sera.

Si fermò in uno spiazzo sul lato destro della carreggiata. Finalmente aveva smesso di piovere. Si sentivano solo dei tuoni lontani, deboli ribollii che si andavano spegnendo nella notte. Scese dall'auto e aprì la porta posteriore.

Per prima cosa controllò gli schienali dei sedili e verificò che fossero fissati correttamente. Lì dentro c'era il corpo di una donna morta, il solo pensiero lo terrorizzava.

Ora però doveva cambiarsi. Per fortuna, nel trolley, oltre al vestito buono per la convention, aveva degli abiti casual. Una volta cambiatosi sarebbe subito andato a cercare un posto adatto dove scaricare quel fardello e poi si sarebbe diretto all'albergo, come se nulla fosse, cercando di tenere un profilo basso, parlare il meno possibile. Arrivato in camera si sarebbe fatto una lunga doccia calda, per scacciare via un po' di stanchezza, poi avrebbe cercato di dormire un po'. Probabilmente avrebbe preso un sonnifero, ne aveva sempre con sé, visto che le sue notti erano spesso insonni.

Per un attimo pensò di nuovo alla moglie e al figlio. Chissà come stavano, ormai erano passati tre anni. Da quando se n'erano andati erano cominciati i problemi. Fino a quando non l'aveva persa, non aveva pensato a quanto la sua famiglia fosse importante per lui. Non aveva neanche mai valutato la possibilità che potesse accadere. Era convinto che sarebbe bastato assecondare la moglie, darle vinte quelle continue discussioni, spesso su cose di poca importanza. Ma si era sbagliato e di colpo si era ritrovato da solo a contemplare le macerie della sua vita.

Ora però c'erano cose più importanti a cui pensare.

Aprì con forza la cerniera del trolley pensando che adesso aveva una voglia matta di fumarsi una sigaretta, anche se aveva smesso, anche se doveva sbrigarsi perché era vero che c'era un'altra strada più comoda e veloce per arrivare a Pontebosio, ma avrebbe comunque potuto passare qualcuno e vederlo mentre si toglieva e metteva i vestiti. Una sigaretta, ora che sentiva freddo e aveva incominciato a tremare. Solo qualche boccata.

Tirò fuori un piccolo asciugamano e se lo passò sui capelli, poi una maglietta, un maglione e un paio di pantaloni. Si tolse le scarpe, zuppe. Ma di quelle non aveva ricambio. Il pensiero che le avrebbe dovute rimettere gli accentuò i brividi. Si sentiva debole come se avesse la febbre a quaranta.

Cercò di farsi forza. Con movimenti decisi si cambiò i vestiti, si rimise le scarpe bagnate su un paio di calze asciutte e tornò al volante. Ripartì e, guidando con raddoppiata prudenza, arrivò a Pontebosio.

Era la prima volta che andava da quelle parti, ma si rese subito conto che si trattava di una delle tante cittadine storiche della Toscana, con un vasto centro di epoca medievale e un castello all'apice del paese, opportunamente illuminato. In altre circostanze, avrebbe osservato con attenzione quegli antichi palazzi, avrebbe apprezzato quelle piazzette ai lati della strada con al centro fontane decorate, quelle vie lastricate ancora con pietre originali. Ma ora la sua attenzione era assorbita da ciò che doveva fare, dall'urgenza di mettere la parola fine a quell'angosciante vicenda. Attraversò il paese in pochi minuti e proseguì per la strada statale, in direzione opposta a quella da dove era venuto.

Adesso ai lati della strada i campi avevano sostituito le case.

Mise la freccia e accostò, parcheggiando nella prima piazzola. Sarebbe bastato scendere, aprire il bagagliaio, tirare fuori la donna e adagiarla a terra. Trovandola, avrebbero pensato che fosse stata investita lì, su quella strada e non avrebbero mai potuto ricollegarla a lui.

Ma si rese subito conto che c'era un problema. Su quella strada, al contrario dell'altra, passavano continuamente macchine. Forse non era il posto adatto.

Aspettò ancora qualche minuto, poi si arrese. Anche stare fermo per troppo tempo poteva essere pericoloso. Riaccese il motore e s'immise nella circolazione. Si sarebbe dovuto allontanare ancora un po' dalla cittadina, e magari prendere qualche stradina laterale meno trafficata. Ma con quel buio era un problema. Anche se non stava più piovendo, le nubi coprivano la luna e i lampioni erano insufficienti.

Un senso di angoscia gli attanagliò lo stomaco. Non sapeva dove andare. Percorse qualche centinaio di metri guardando a destra e a sinistra per cercare qualche traversa, qualche sentiero che si inoltrasse nei campi, ma non ne vide. Poi all'improvviso mise a fuoco qualcosa di strano. Era come se ci fosse una luce in fondo al rettilineo che stava percorrendo, al di là di un dosso. Era un leggero chiarore, intermittente. Improvvisamente realizzò: era un posto di blocco.

Frenò d'istinto, quasi fermando l'auto in mezzo alla carreggiata. Per fortuna in quel momento dietro non c'era nessuno. Poi accostò alla bell'e meglio sul bordo della strada, per non essere d'intralcio alla circolazione.

Certo, avevano scelto quella strada perché era trafficata, probabilmente per controllare i livelli di alcol nel sangue. Il cuore gli batteva all'impazzata. Stava per cadere proprio in bocca a una pattuglia che con buona probabilità lo avrebbe fermato per sottoporlo all'alcol test, lo avrebbe trovato positivo e gli avrebbe sequestrato l'auto. E forse gli avrebbe anche ispezionato il bagagliaio.

Fece inversione di marcia. L'agitazione era giunta a un punto tale che gli tremavano le mani. Il freddo era tornato, quelle scarpe bagnate gli avevano ghiacciato i piedi, li sentiva duri e aveva la strana sensazione che sarebbe bastata una botta, un colpo secco, per romperli.

Doveva calmarsi, ma ormai avvertiva che i nervi stavano per cedere. Non era nelle condizioni di cercare un altro posto dove abbandonare il suo macabro carico. No, non se la sentiva proprio. Era arrivato al capolinea, aveva già corso troppi rischi. Quella sembrava proprio essere una serata maledetta.

E su quella riflessione Haber maturò la decisione: avrebbe rimandato la faccenda al giorno dopo. Ora sarebbe andato dritto all'albergo. Lì nessuno avrebbe controllato la sua auto e lui avrebbe avuto il tempo di calmarsi, di riscaldarsi. Poi avrebbe preso un sonnifero per dormire e recuperare le energie. La mattina dopo, a mente lucida, sarebbe andato alla ricerca di un posto adatto dove occultare il cadavere. Sì, più ci pensava, più si convinceva che era la cosa giusta da fare.

5

L'uomo col berretto accese la radio alle sette del mattino e si sintonizzò su Radio Siena Tv. A quell'ora c'era il primo notiziario. Alzò il volume e andò a preparare il caffè. Aveva urgente bisogno di caffeina, si reggeva in piedi a stento, le sue gambe erano percorse da un lieve tremore, come quando la paura ti raffredda il sangue dando l'impressione che diventi più leggero e vada solo verso l'alto. Il busto invece era caldo, come un'infezione che si diffonde, rendendo la pelle rossa e tirata. L'uomo si toccò le bruciature: erano bollenti. Avrebbe dovuto medicarle ma non aveva la pomata giusta. L'avrebbe comprata dopo, in quel momento doveva concentrarsi sul notiziario, era già iniziato e non poteva permettersi di distrarsi.

Finì di preparare la moka e la mise sul fuoco, poi il suo sguardo si perse fino a fissarsi sulla finestra, su quella luce stentata che aveva cominciato ad aggredire il buio. Anche la testa era leggera e non riusciva a mantenere la concentrazione. Lentamente scivolò nel ricordo.

La sera prima aveva guidato per un tempo che gli era sembrato lunghissimo, fermandosi innumerevoli volte per riposarsi. Quella strada pareva non finire mai, ma poi era riuscito ad arrivare a Roma e aveva raggiunto la sua casa nel quartiere Tiburtino. Si era buttato sul letto, sfinito, e si era addormentato subito. Un sonno pesante, senza sogni. Come un'anestesia. E si era svegliato come se avesse i postumi di quel sonno indotto, di quella droga che ti porta in una dimensione dove non esiste più nulla. C'era voluta quasi un'ora prima che riuscisse ad alzarsi e buttarsi sotto la doccia. L'acqua fredda gli aveva restituito un po' di forze e la sua testa aveva ricominciato a funzionare, anche se solo a tratti. Gli occhi, per fortuna, non avevano più quei fastidiosi bagliori.

Il caffè borbottava. L'uomo si scosse dal torpore. Aveva perso una parte del notiziario. Ora stavano parlando delle previsioni del tempo. Spense il fuoco maledicendosi. Avrebbe dovuto aspettare un'ora per ascoltare quello successivo. Bevve due tazzine di caffè e si sentì subito un po' meglio. Gli venne in mente che la notizia della donna sfuggita a quello che ormai tutti pensavano fosse un serial killer sarebbe stata sicuramente trasmessa a livello nazionale e accese la televisione collegandosi su un Tg 24 ore.

Lo seguì per tutta la durata, con un'agitazione crescente, ma non sentì alcun riferimento al fatto. Parlavano solo del delitto di Siena e della connessione con l'altra aggressione.

Aspettò che il Tg ricominciasse, forse era stata la prima notizia e lui si era collegato poco dopo, ma no, non c'era nessuna menzione. Com'era possibile?

Passò da un Tg all'altro, si collegò sui notiziari delle radio locali e nazionali.

Niente. Nessuno parlava di quello che era successo quella notte. Gli sembrava di impazzire. Che fine aveva fatto quella donna? La cosa più probabile era che fosse andata alla polizia o ai carabinieri e che, per qualche motivo, la cosa non fosse ancora stata divulgata.

Iniziò a chiedersi se fosse sicuro rimanere a casa. Non aveva potuto fare a meno di agire a volto scoperto, la donna aveva di certo fornito un identikit. Per fortuna lui era incensurato, ma se lo avessero pubblicato sui giornali e passato nei notiziari, qualcuno avrebbe potuto riconoscerlo. Gli venne subito in mente la vicina, quella signora anziana che lo fissava sempre quando prendevano l'ascensore insieme. Sicuramente non aveva avuto di meglio da fare tutto il giorno che guardare quei programmi alla televisione, quelli sui delitti e le sparizioni. E poi anche gli altri, ormai abitava in quell'appartamento da quattro anni e, nonostante avesse cercato sempre di essere riservato e di non dare confidenza a nessuno, non aveva potuto evitare di incrociare gli inquilini dello stabile. Sì, qualcuno avrebbe potuto riconoscere in quell'identikit il suo volto, anche se, gli venne in mente solo in quel momento, aveva tenuto addosso quel cappellino con visiera, cosa che lui nella vita normale non faceva mai.

Doveva ritrovare la concentrazione, sforzarsi di riflettere.

Fece un altro caffè e mangiò delle fette biscottate con la marmellata, recuperando un po' di forze. Era ancora debole ma si sentiva meglio. Il momento critico era passato.

Ora però gli era montato un certo nervosismo. Perché non davano la notizia? Che le forze dell'ordine stessero preparando una trappola?

C'era solo un modo per saperlo, anche se un po' rischioso: telefonare a quel suo amico carabiniere che stava lavorando al caso del killer del foulard di seta. Quell'amico che gli aveva raccontato un sacco di indiscrezioni sulle indagini. Doveva chiamarlo, sicuramente gli avrebbe detto qualcosa. Doveva solo trovare una scusa valida per fare quella telefonata.

*

Ragonese arrivò sotto il commissariato alle otto meno dieci e parcheggiò di traverso, una buona parte del muso sul marciapiede e le ruote di destra sulle strisce pedonali. Aveva un vecchio 'maggiolino' giallo degli anni Sessanta, uno di quelli con i parafanghi cromati, e ne andava fiero. Non era l'auto ideale per muoversi in città, ingombrante, senza servosterzo, senza aria condizionata. Ma quando nel tempo libero imboccava una delle tante strade statali in mezzo alle dolci colline toscane e ai campi coltivati a vigneti, e si faceva cullare dal rumore roco di una marmitta con qualche buco di troppo, la voce di Sinatra in sottofondo, sentiva che quell'auto d'epoca era ancora nel posto giusto, che la cognizione del passare del tempo, forse, era solo un inganno.

Chiuse la portiera con la chiave e si diresse al bar all'angolo. Per fortuna aveva smesso di piovere e stava uscendo un sole incoraggiante. Se il tempo avesse tenuto, quel week-end sarebbe potuto andare in Maremma a camminare nei boschi e lungo le spiagge del parco dell'Uccellina. Doveva solo trovare qualcuno che lo accompagnasse. Da quando si era separato, ormai due anni fa, non era riuscito a instaurare un rapporto duraturo con nessuna donna. E in questo momento non ne aveva alcuna. Le amiche della sorella, chi per un verso chi per l'altro, erano da escludere.

Certo, ci sarebbe stata Sonia. Se solo avesse trovato il coraggio di chiederle di andare con lui.

Quando aprì la porta del bar vide subito gli agenti Albertini e Tallone al bancone.

Erano le nuove leve della centrale, un maschio e una femmina. Due agenti freschi di concorso, che spesso lo affiancavano.

Si avvicinò.

«C'hai una barba che non si può guardare» gli disse Albertini dopo un breve sguardo. «Sembra un cespuglio di rovi.»

Felice allungò il collo per guardarsi nello specchio dietro il banco, cercando il suo volto fra una bottiglia e l'altra. In effetti era un po' che non la spuntava.

«Ciao anche a te» replicò, allungando una mano verso il contenitore delle brioche.

«Fa molto uomo vissuto» aggiunse l'agente Tallone.

«Peccato che sia già un po' bianca» concluse Albertini.

Felice prese un croissant alla crema e gli diede un morso. «Per me un cappuccino» disse alla barista, che lo stava guardando sorridendo.

«Però i capelli sono ancora scuri» commentò la ragazza, girandosi verso la macchina dell'espresso.

«Volete farvi i cazzi vostri o no?» replicò Felice dando un

morso più profondo e sporcandosi la bocca di crema. Il dente aveva ripreso a pulsare. Non poteva più rimandare, quella mattina avrebbe dovuto chiamare il dentista. Tirò fuori dalla tasca il blister spiegazzato degli Aulin e ne buttò giù uno con il cappuccino.

«Tutto bene?» gli chiese la Tallone.

«Solo un po' di mal di denti.»

Albertini lo guardò. «Non dovresti prendere quella roba, ti spacca il fegato.»

«Sì, lo so, questo è il primo.»

«Di oggi» replicò Albertini.

«Grazie per la precisazione, mamma» disse lui e finì di bere il cappuccio. «Quello che mi spacca veramente il fegato» aggiunse, dopo essersi pulito la bocca con il dorso della mano «è dover vedere Valeri, con quella faccia da dagherrotipo, che mi dice di stare calmo, di non agitarmi, che le cose, se non si interviene, spesso si risolvono da sole.»

«È una filosofia che ha una sua saggezza intrinseca.»

«Ma vaffanculo, Albertini.» Ragonese tirò fuori dalla tasca posteriore una banconota spiegazzata da cinque euro e la porse alla barista. «Oggi offro io» disse. «Ora, se non vi dispiace, io, che non sono saggio, vado a lavorare.» E si diresse verso l'uscita.

*

Un raggio di luce lo colpiva proprio negli occhi. Istintivamente Haber si girò dall'altra parte e cercò di riprendere sonno ma il cervello aveva incominciato a ragionare, a ricordare. In un attimo tutto fu chiaro, si tirò su e appoggiò la schiena alla spalliera.

Era nella camera d'albergo.

Nel bagagliaio della sua auto c'era il cadavere di una donna.

Una fitta di freddo gli aggredì lo stomaco. La sera prima aveva fatto un casino e ora avrebbe dovuto sistemarlo.

Si guardò intorno. La luce era forte, i riverberi filtravano prepotentemente dai buchi della tapparella, ingrandendosi sul pavimento. Il pensiero che fuori ci fosse il sole gli diede un po' di coraggio. Per un attimo si disse che aveva avuto ragione, che era destino, quella giornata sarebbe stata la svolta, l'inizio di una nuova vita. Si sarebbe lasciato alle spalle tutto il marcio, il degrado in cui era lentamente scivolato. Era precipitato e si era fatto trascinare dalla corrente senza riuscire a opporre resistenza, fino a quella deriva esistenziale che ormai sentiva insopportabile.

Scese dal letto, i vestiti erano sparpagliati in giro, il trolley giaceva a terra e gli indumenti puliti erano parzialmente fuori, sul pavimento.

La sera prima era arrivato all'albergo e si era registrato. L'addetto alla reception lo aveva subito identificato, le prenotazioni le aveva fatte una segretaria di Milano.

«L'albergo è pieno di suoi colleghi» aveva detto. «Sono già tutti arrivati. Lei è l'ultimo.»

Lui lo aveva guardato appena, con un lieve sorriso, senza dire niente. Aveva solo preso i documenti e la chiave della camera e si era diretto all'ascensore.

Per fortuna che non conosco nessuno, aveva pensato mentre il receptionist aggiungeva: «Con questa convention avete monopolizzato l'intera cittadina. Gli alberghi sono tutti pieni. Dovreste farne più spesso.»

Lui aveva annuito ed era salito in ascensore, con la testa e lo stomaco vuoti. Sentiva che da un momento all'altro sarebbe potuto svenire.

Una volta arrivato in camera aveva aperto il trolley e per prima cosa aveva tirato fuori i vestiti bagnati, poi aveva preso le cose per la notte e le aveva appoggiate sul letto, dove si era seduto, sfilandosi le scarpe e le calze zuppe. Si era strofinato i piedi rattrappiti dal freddo e da lì aveva visto il calorifero. Vi aveva sistemato sotto le scarpe e sopra i vestiti bagnati, poi era andato in bagno e si era fatto la tanto agognata doccia.

Tornato in camera, si era infilato il pigiama, aveva preso la scatola dei sonniferi e l'aveva accarezzata, pensando che nel giro di pochi minuti una di quelle pastiglie avrebbe accarezzato lui, come nelle tante notti nelle quali il pensiero della moglie a letto con un altro uomo lo aveva tormentato al punto da non riuscire a dormire. E infatti, di lì a poco era crollato in un sonno profondo e la notte era passata. E l'alba di un nuovo giorno l'aveva trovato determinato.

Giovanni andò in bagno e si guardò allo specchio. Non era una cosa che faceva spesso, specialmente nell'ultimo periodo. Aveva sempre pensato di avere dei lineamenti ordinari, banali. Non c'era niente di bello in quella bocca un po' piccola e in quei denti minuti, in quel naso regolare ma anonimo, in quei capelli castani e lisci che si sporcavano così facilmente, in quella pelle chiara e delicata che si arrossava subito se esposta al sole. Solo gli occhi avevano un po' di luce, ma era una luminosità sporca, malata, il riflesso del suo turbamento interiore. Anche quella mattina era così, ma in quel riverbero s'intravedeva anche una risolutezza che era stata assente per tanto, troppo tempo.

Non doveva sentirsi colpevole. Se anche quella donna fosse morta a seguito del suo investimento, cosa di cui ora dubitava, era stata una tragica fatalità. Se non fosse stato per quella grappa, per la paura di superare il limite alcolemico, la sera prima avrebbe potuto chiamare la polizia. E invece si era fatto prendere dall'agitazione e aveva combinato tutto quel casino.

Ora bisognava portare a termine il lavoro e uscire dall'incubo il prima possibile.

6

L'assistente capo Ragonese salutò il piantone e si diresse verso l'open space quasi vuoto.

Di lì a poco si sarebbe riempito di agenti, sovrintendenti, ispettori. Il commissario no, lui aveva il suo ufficio.

Sarebbe stato bello avere un ufficio tutto per sé, senza le continue distrazioni dei telefoni, delle voci troppo alte, dei profumi eccessivi di certi colleghi. Ma lui non era tipo da rimanere in ufficio, gli stava bene andare in giro dove lo portava la pazzia degli esseri umani.

Sulla scrivania trovò un foglio, riferiva di una telefonata ricevuta la sera prima, alle otto e venti, quando lui era già seduto a tavola a cercare di tagliare l'arrosto 'suola di scarpa' di sua sorella, in compagnia di una donna da lei imposta e che di bello aveva solo la voce.

L'appunto che trovò su quel foglio era la segnalazione di un uomo. Diceva che il suo vicino di casa non rispondeva al campanello del suo appartamento già da un paio di giorni.

Guardò l'indirizzo: non era lontano.

In quel momento gli agenti Albertini e Tallone entrarono nella stanza e si diressero verso le loro scrivanie.

«Alla buon'ora» disse Ragonese raggiungendoli. «Tallone, non levarti il cappotto che dobbiamo fare un sopralluogo.»

Preferiva uscire prima che arrivasse Valeri. Di certo il commissario avrebbe voluto mettere il naso nella cosa, fare le sue elucubrazioni mentali, inutili congetture. Non c'era niente da supporre in quella storia, bisognava solo andare sul posto e verificare di persona.

Valeri aveva solo due anni più di lui ma sembrava un vecchio. Che facesse anche lui la stessa impressione?

«È successo qualcosa?» chiese Albertini.

«È successo che non ti fai mai i cazzi tuoi» replicò lui, innervosito da quel pensiero.

E poi Albertini, a volte, non gli faceva simpatia, con quelle 'e' sguaiatamente aperte di chi arriva dall'hinterland milanese e la presunzione di chi crede di appartenere alla gente giusta per il solo fatto di aver vissuto nelle vicinanze della grande metropoli internazionale.

Ragonese guardò la Tallone ridere divertita. «Sono contento che il fatto di uscire con me ti metta così di buonumore» disse avviandosi all'uscita.

L'abitazione da controllare era nel centro storico, e visto che non stava più piovendo avrebbero fatto prima ad andare a piedi. Certo che ne era venuta giù di acqua la sera prima. Da quando era cominciato gennaio non faceva che piovere. I marciapiedi, le strade, le facciate dei palazzi erano umidi e scuri, come se quella mattina tutti i colori avessero virato al bianco e nero. Anche nelle locandine fuori dalle edicole risaltavano nere e spesse lettere maiuscole su sfondo bianco: SVOLTA SUL DELITTO DELLA GIRAFFA, CONFERMATO IL COLLEGAMENTO CON MONTALCINO.

Raggiunsero la destinazione circa dieci minuti dopo, una di quelle case tutte unite, affacciate su stretti vicoli dove non batte mai il sole.

Le spesse pareti di pietra, oltre che dall'umidità, erano annerite dalla polvere di almeno cento anni.

Ragonese suonò al citofono di chi aveva fatto la segnalazione. «Polizia» disse, non appena risposero.

Il vecchio portone di legno si aprì su un atrio buio e umido. Dalla rampa delle scale, qualche piano più sopra, si vedeva una testa sporgere e un braccio gesticolare.

Non c'era traccia di ascensori. Sarebbero dovuti salire a piedi.

Quando arrivarono al piano, Ragonese aveva il fiatone. Si appoggiò un attimo al muro respirando forte. Forse avrebbe dovuto smettere di fumare. O cominciare ad andare in palestra. O entrambe.

C'era un odore strano in quel pianerottolo, sgradevole, di spazzatura andata a male.

«Venga, commissario.»

Felice alzò la testa. Un omino vicino agli ottanta gli stava facendo cenno di entrare in casa sua. Sicuramente la Tallone stava aspettando un suo chiarimento sul fatto che non fosse commissario. Col cavolo.

Una volta entrato in casa del vecchietto, l'attenzione di Ragonese fu subito catturata dalle pareti della stanza, dai quadri appesi. Erano tutti antichi e di buona fattura. Sulla destra c'erano due icone in legno che emanavano una luce che sembrava propria.

Era chiaro che le lampade erano state indirizzate verso le pareti proprio per dar risalto alle opere.

«Quelle due vengono dalla Russia e hanno più di seicento anni, le tele sono attaccate a una tavola di larice con colla di coniglio.» La voce lo colse quasi di sorpresa.

Ragonese si girò verso la parte buia della stanza, dove si era posizionato l'uomo. La sua faccia era scura, i lineamenti consumati dal tempo sembravano vaghi, indefiniti.

«Lei ha qui un piccolo tesoro» disse Felice, ansimando e indicando le pareti. Non aveva ancora recuperato del tutto il fiato.

«Solo una piccola collezione» si schermì l'altro.

Ragonese vinse la tentazione di avvicinarsi ai quadri. Non erano certo lì per quello. «Mi dica, perché ha richiesto il nostro intervento?» chiese.

«Vede commissario» disse allora l'omino. «Come dicevo al suo collega ieri sera al telefono, il nostro vicino, il signor Ferdani, non risponde più alle nostre chiamate. Io e mia moglie abbiamo provato più volte a suonare il suo campanello e anche a bussare alla porta.»

«Magari è andato via per alcuni giorni, in visita a qualche parente» ipotizzò Ragonese.

Sul volto dell'anziano si disegnò un sorriso malinconico. «No, no. Il signor Ferdani non esce mai di casa» rispose.

«È molto anziano?»

«No, non molto, sui sessantacinque. Ma, vede commissario, il signor Ferdani è per così dire ossessionato dai pericoli del mondo esterno. Ultimamente la cosa si è aggravata e non esce proprio più di casa.»

«Ah, e come fa a mangiare?»

«Si fa portare il cibo. Però sono due giorni che le borse della spesa giacciono sul pianerottolo, appoggiate alla porta. È per questo che ci siamo insospettiti.»

«Ma... non mi è sembrato di vedere niente» disse l'agente Tallone, scavando nella memoria visiva.

«Le abbiamo portate dentro da noi. Sono di là. Le volete vedere?»

«No, non serve» si affrettò a precisare Ragonese. Ci mancava solo il cibo stantio. «Piuttosto, avete per caso una chiave del suo appartamento, o sapete chi possa averla?»

«No, purtroppo no. Il signor Ferdani, come le dicevo, non si fida di nessuno.»

«A questo punto, *commissario*, non pensa sarebbe il caso di andare a dare un'occhiata alla porta?» chiese la Tallone guardandolo con quella faccia da presa per il culo che le riusciva così bene.

Ragonese non si scompose. Il *physique du rôle* del commissario gli calzava a pennello. «Eh già. Be', sì, forse ci conviene andare a dare un'occhiata» disse e arretrò verso l'uscita.

Tornati sul pianerottolo, li accolse ancora quell'odore sgradevole. Ragonese si avvicinò alla porta del signor Ferdani. Sì, sembrava uscire proprio da lì.

La porta era blindata, con una serratura a prova di bomba. Suonò il campanello più volte, lungamente, poi batté il palmo della mano pesantemente sull'anta. «Signor Ferdani, polizia! Apra la porta!»

Niente.

«Ci sono terrazze, balconi, dai quali è possibile avere accesso all'appartamento?» chiese all'omino.

«No, commissario, queste sono case antiche, in mezzo ai vicoli.»

«Eh già...»

«Però ci sarebbe il lucernaio» disse una voce proveniente dall'interno della casa, stridula come un acuto di tromba. Un attimo dopo una vecchietta ancora più piccola e raggrinzita dell'uomo fece capolino nel pianerottolo. Il vecchio scialle di lana sembrava pesare troppo per la sua schiena curva.

«È vero, il lucernaio» ribadì l'omino.

*

L'uomo col berretto scese lentamente le scale che portavano dall'ascensore all'uscita, tenendosi alla ringhiera.

Stava meglio, ma sentiva che le gambe erano ancora deboli. Proprio mentre affrontava gli ultimi scalini incrociò la vicina di casa che tornava con la spesa.

La salutò con una smorfia, tenendosi aggrappato al passamano con tutte e due le mani. Si sentì goffo, innaturale, tanto che la donna gli chiese se stesse bene. Ecco, quella vecchia strega si sarebbe ricordata di questa circostanza guardando il suo identikit alla televisione. Per un attimo gli venne l'istinto di seguirla, spingerla dentro casa mentre apriva la porta e farla fuori, ma allontanò subito il pensiero, ci mancava solo la polizia a indagare nel suo palazzo.

Scese gli ultimi gradini e uscì all'aperto.

Un vento freddo lo colse di sorpresa, facendolo rabbrividire. Si alzò il bavero della giacca e cercò di accelerare il passo il più possibile verso la farmacia. Comprò una pomata per le bruciature, delle garze, dei cerotti e degli antinfiammatori. Solo il fatto di averli con sé gli diede un po' di forza.

Era inutile aspettare ancora, più ci pensava, più si convinceva che quella telefonata al suo amico carabiniere della sede centrale di Roma era l'unica cosa da fare. Prese il cellulare e digitò un numero.

Rispose una voce allegra: «Proprio ieri pensavo a te e tu oggi mi chiami. Deve essere telepatia!»

L'uomo si schiarì la voce con un breve raschio, d'improvviso il cuore aveva accelerato i battiti. «Eh già... È un po' che non ci sentiamo, così ho pensato che avremmo potuto vederci per raccontarci un po' le nostre cose.»

«Buona idea!» replicò l'altro, sempre con lo stesso tono cordiale e festoso.

«Potremmo vederci a cena martedì della prossima settimana» disse l'uomo con fare incerto, riflettendo sul fatto che il tono di voce del suo amico non era quello di qualcuno che è eccitato per una recente svolta alle indagini. Allora cercò di trovare il modo di approfondire senza sollevare sospetti. «Sempre che le indagini te lo permettano, so che siete alle costole di quel tizio, quello del foulard di seta...»

«Magari!» replicò l'amico. «Quel maledetto figlio di puttana ci è passato tra le dita come il vento, senza lasciare tracce.» Poi abbassò la voce, come per timore di poter essere sentito da qualcuno del suo ufficio. «Ma non ci diamo per vinti. Di concerto con i nostri cugini della polizia, stiamo analizzando le telecamere nei dintorni dei luoghi dei crimini, bancomat, banche, supermercati, distributori di benzina. Incrociando i dati, con un po' di fortuna potrebbe saltare fuori l'immagine della stessa persona o della stessa auto in tutti e due i posti.»

«Ah, bene. Mi sembra un'ottima cosa. Ma per ora nessuna novità? Neanche un piccolo indizio? Magari quelli della polizia ne sanno più di voi» lo incalzò l'uomo cercando di provocare una reazione.

«Zero assoluto, su tutti i fronti. Su questo caso c'è completa collaborazione. Se avessero scoperto qualcosa di nuovo ce lo avrebbero detto subito» replicò l'altro con convinzione e, per chiudere un argomento dove non c'era altro da dire, aggiunse: «Comunque per me martedì sera va benissimo.»

No, non c'era possibilità che mentisse. Brancolavano veramente nel buio. Quando chiuse la comunicazione, l'uomo si sentì sicuro che quella donna non si era rivolta alle forze dell'ordine.

Ma allora dov'era?

*

Haber si vestì con calma, pensando a dove sarebbe potuto andare per sbarazzarsi del cadavere.

Avrebbe fatto una colazione frugale, tanto per non destare sospetti, poi sarebbe uscito con un buon anticipo dirigendosi fuori città, ovviamente nella direzione opposta a quella da dove era arrivato la sera prima. Avrebbe cercato uno sterrato, una stradina dissestata che portava dentro una radura o un bosco. L'avrebbe percorsa fino a un punto sicuro e, facendo attenzione che non ci fossero testimoni, si sarebbe liberato del suo fardello. Poi sarebbe andato all'hotel dove si teneva la convention, arrivando in perfetto orario.

Gli venne in mente che avrebbe potuto sporcarsi, quel corpo era tutto bagnato e anche imbrattato di sangue. Per un attimo il cuore accelerò i battiti.

Doveva stare calmo, ragionare. Ci sarebbe voluto un telo con cui avvolgere la donna, ma dove avrebbe potuto procurarselo? E poi sarebbe potuto diventare una prova. No, sarebbe passato da un supermercato a comprare dei rotoli di carta assorbente da cucina. Avrebbe tirato il corpo per le braccia, tenendolo con la carta, e lo avrebbe trascinato fuori. Poi si sarebbe sbarazzato della carta più avanti, in un bidone. A quel punto, l'importante era agire, era sicuro che in qualche modo se la sarebbe cavata. La sera prima si era fatto prendere dal panico perché le cose erano capitate inaspettatamente e lo avevano colto di sorpresa. Ma ora aveva il tempo per pianificare.

Un conto era capitare in una situazione all'improvviso, un altro era condurre il gioco. E lui era bravo a farlo.

Diede un'ultima occhiata allo specchio, aggiustandosi la cravatta, poi uscì dalla camera.

La porta dell'ascensore si aprì sulla sala da pranzo, dove larghi tavoli rotondi pieni di gente erano inondati dal sole che entrava da grandi finestroni senza tende.

Per un attimo strinse gli occhi e portò una mano al volto per proteggersi da tutta quella luce, poi sorrise. Come aveva previsto, era una bella giornata. Anche il resto sarebbe andato bene.

Si avvicinò a un tavolo libero e vi appoggiò la chiave della sua stanza.

E proprio mentre si stava dirigendo al buffet, sentì dire: «Haber! Ma sei proprio tu!»

7

Ma certo, era Adelmo Pellizzari. La mente di Giovanni tornò subito a tre anni prima, a sua moglie, quando gli aveva detto che se ne sarebbe andata e che si sarebbe portata via il figlio e lui era corso da quel suo collega a raccontargli tutto, per sfogarsi, per chiedere consigli, per cercare di capire se era davvero tutto finito, come se lei non fosse stata abbastanza chiara.

«Adelmo...» disse a bassa voce, ancora legato al filo del ricordo.

«Non mi dire che anche tu adesso lavori alla World Food!»

«Sì, io... È solo da pochi mesi... Io...»

«Ma guarda te! Io invece sono due anni e mezzo che ci lavoro.»

Ricordava tutto. Adelmo aveva lasciato il suo posto di lavoro proprio in quel periodo, quando lui era entrato in crisi con la moglie, e aveva cambiato città. Si erano persi di vista e a lui era dispiaciuto perché era l'unica persona con cui era riuscito a confidarsi, a cui aveva trovato il coraggio di raccontare i fatti privati della propria vita.

«Sembra proprio fatto apposta!» disse Adelmo, con un'enfasi che sulle prime Giovanni non comprese. «Ieri mi si è rotta la macchina e l'ho dovuta lasciare da un meccanico a riparare. E chi t'incontro? Il vecchio caro collega Giovanni Haber, e scopro che lavora proprio nella mia società e che è qui per partecipare alla convention. Non è così?»

Giovanni lo guardò con un principio di terrore negli occhi.
«Non è così?» ripeté Pellizzari battendogli una mano sulla spalla. «E non è forse vero che mi porterai con te alla sede della convention e che stasera mi accompagnerai a riprendere la macchina dal meccanico, che mi ha promesso che me la riparerà in giornata? Non è forse vero? Eh?»

*

L'uomo col berretto tornò a casa, disinfettò e medicò le ferite, poi prese gli antinfiammatori. Il fresco della pomata e le garze pulite a contatto con la pelle attenuarono il calore e gli trasmisero una buona sensazione. Probabilmente anche le pastiglie avevano cominciato a fare effetto e ora si sentiva meglio. Pure la testa aveva ripreso a ragionare con maggiore lucidità.

Ripensò al breve dialogo avuto con l'amico carabiniere e scosse il capo. Lui non avrebbe mai commesso l'errore di farsi riprendere dalle telecamere.

Riaccese la televisione e guardò i notiziari: nessuna novità. Quella donna era sparita nel nulla, come se non fosse mai esistita. Se non fosse stato per le prove che si portava dolorosamente addosso c'era quasi da pensare che fosse stato tutto un brutto sogno, uno di quei lucidi incubi in cui le percezioni sono così intense e vive da confondersi con la realtà.

Si ricordava che quando aveva chiesto del contatore la donna aveva preso una direzione, ma poi si era fermata e girata inaspettatamente, accorgendosi che lui aveva tirato fuori lo sfollagente. Poi nel suo cervello c'era un vuoto temporale fino al momento in cui aveva ripreso conoscenza. Da lì era tutto abbastanza chiaro e si rammentava anche che quando aveva cercato di rialzarsi, nel buio di quella stanza, in uno dei vari tentativi le sue mani erano scivolate su qualcosa di viscoso. Sì, anche se non l'aveva visto, doveva essere sangue.

Di colpo gli apparve l'immagine delle sue mani sotto il getto d'acqua, la superficie del lavandino che diventava rossa. La sera prima, quando era arrivato a casa, aveva le mani sporche di sangue. Lui non si era procurato tagli o ferite, quindi doveva essere della donna. Sì, era rimasta ferita. Ma quanto gravemente?

Cercò di concentrarsi su quanto potessero essere grandi quelle macchie, ma non aveva alcun parametro a cui affidarsi. Era tutto così annebbiato... Forse l'aveva ferita gravemente ma lei si era comunque nascosta da qualche parte, senza poi riuscire a trovare le forze di alzarsi. Forse era ancora lì, nascosta in qualche punto della casa, agonizzante o magari morta. E lui non se n'era accorto. Era l'unica spiegazione che gli venisse in mente per giustificare il fatto che nessuno sembrasse sapere niente.

Doveva verificare, anche se la cosa non gli faceva particolare piacere, doveva correre il rischio di tornare in quella villetta e controllare di persona.

*

Ragonese non aveva realizzato che fossero all'ultimo piano.

«I due appartamenti sono speculari e ognuno di noi ha un lucernaio» disse Miles Davis in gonnella. Peccato che non avesse messo la sordina.

«E come ci si arriva?» chiese l'agente Tallone.

«Dal tetto, da lì.» L'omino indicò una scala a mezz'aria che spariva nel soffitto.

«Bisogna tirarla» aggiunse, vedendo che i due poliziotti si guardavano interdetti.

Ragonese si avvicinò e, nonostante fosse alto, si dovette mettere in punta di piedi per afferrare il primo gradino. Poi tirò con forza. La scala scorse fino a terra e si aprì una botola.

A quel punto si fece avanti la collega. «Se permette, commissario, vorrei provare a salire io» disse spingendolo di lato. «Se prova lei rischia di tirarsi sul collo la scala e mezzo soffitto.»

Il vecchietto e la moglie si scambiarono uno sguardo incerto.

La poliziotta, intanto, aveva cominciato a salire con buona agilità.

«Ci pensi tu allora?» disse lui, mentre lei stava ormai sparendo oltre la botola. Era un po' infastidito dalla battuta, ma non gli pareva vero di averla scampata.

Dopo un paio di minuti si sentì un rumore di vetri rotti. Ancora qualche minuto e le serrature della porta blindata cominciarono ad aprirsi dall'interno.

Poi l'anta si spalancò e Ragonese non seppe dire se l'avesse turbato di più il terribile odore che si diffuse libero nell'aria, o la faccia della collega con un fazzoletto premuto su bocca e naso, gli occhi stralunati.

«Sente, commissario, questa puzza?» gracchiò la donna con i suoi acuti. «Noi ormai ci siamo abituati, ma non si può più andare avanti così!»

Ora l'agente Tallone stava tossendo, rossa in faccia.

Ragonese si tappò il naso con indice e pollice e infilò timidamente la testa dentro l'appartamento. E quello che vide lo sbalordì.

La roba accumulata sul pavimento era talmente tanta che aveva creato due colonne alte quasi due metri, in mezzo alle quali era rimasto l'unico passaggio, come in alta montagna, quando vengono quelle forti nevicate e, per aprire le strade, la neve viene accumulata ai lati.

Sacchetti di tutti i colori pieni di chissà cosa, uno sopra l'altro, frammisti a roba di ogni genere, tappeti arrotolati, oggetti in plastica, piccoli elettrodomestici rotti, insomma, tutto quel genere di cose che la gente lascia davanti ai cassonetti della spazzatura. E poi recipienti per alimenti non puliti, cibo non consumato e deteriorato, bottiglie di plastica piene e vuote, lattine di cibi in scatola aperte e incrostate. E ancora indumenti di tutti i tipi, vecchi cappotti, cuscini sgualciti, sedie sfasciate. La testimonianza di una vita, o meglio, di più vite riassunte in una sola, con somma disperazione.

Oggetti senza rilievo per occhi estranei, spazzatura, che per il padrone di casa, evidentemente, rivestivano un valore così grande da aver paura a lasciarli incustoditi.

Pezzi di vissuto, o meglio l'eco di un'esistenza passata

troppo in fretta e che, aggrappati a quegli oggetti, si vorrebbe trattenere.

«È di là, in cucina.» La voce della Tallone lo scosse dalla riflessione.

Alzò la testa: gli stava facendo segno in fondo, sulla sinistra. Ragonese uscì dall'appartamento, scese qualche gradino delle scale e fece un respiro profondo, immagazzinando più ossigeno possibile. Poi, trattenendo il fiato, rientrò nella casa e percorse il piccolo sentiero tracciato dalle pareti di rifiuti, mentre al suo passaggio scarafaggi e altri insetti sfrecciavano veloci da un nascondiglio all'altro. Arrivò fino in fondo e girò a sinistra, in cucina.

Il padrone di casa era lì, sotto una pila di giornali e altro materiale che gli era franato addosso. Vicino alla testa c'era un grosso scaffale in legno pieno, sporco di sangue.

Ragonese guardò il muro: si era staccato per il peso. Poi guardò la testa dell'uomo: aveva un grosso taglio all'altezza della tempia. Quell'eccesso di testimonianze gli era crollato addosso spezzando la sua ossessione. Come un'overdose per un eroinomane.

Aveva finito di soffrire.

«Si chiama disposofobia, l'accumulo compulsivo. Difficilmente trattabile se non attraverso un lungo percorso psicologico» disse la giovane poliziotta quando lo vide uscire e, finalmente, riprendere fiato.

«Cavolo, Tallone, che cultura!» replicò lui.

«Perché tu mi sottovaluti. In una vita precedente, ho studiato medicina.»

«Davvero? Ma sai che non lo sapevo?»

Lei scosse la testa. «Ma ti pare? Quando eri dentro ho solo dato un'occhiata su Wikipedia.»

8

Giovanni non aveva avuto il tempo di ragionare, la possibilità di valutare e proporre al collega Adelmo un'ipotesi alternativa. A volte il cervello è obbligato a pensare a cento all'ora, ma è proprio in quei frangenti che invece spesso si rilassa, si accascia, e va quasi in stand by, come se non arrivasse abbastanza sangue a irrorarlo.

Mi dispiace tantissimo, ma non posso portarti con me, era stato il giusto inizio del suo pensiero, al quale però non era seguita, con la necessaria velocità, una ragione plausibile. Era rimasto zitto mentre, consapevole che ormai era troppo tardi, aveva avviato una ricerca disperata e confusa, sovrapponendo nella sua mente possibili scuse via via sempre meno credibili. Anche la mia macchina è rotta, no, il sedile del passeggero è rotto, no, stasera purtroppo devo uscire prima, no, sono venuto qua in treno, no, ho già promesso un passaggio ad altre persone, no, ho un cadavere nel bagagliaio di cui voglio liberarmi al più presto! No!

La sua faccia doveva essere un insieme di nervi contorti, lo intuiva dalla tensione che avvertiva nei lineamenti, ma anche da come Adelmo lo stava guardando.

«C'è qualche problema?» gli chiese infatti il collega dopo poco.

«No, no» si affrettò a rispondere lui con la solerzia tipica di chi pensa la cosa contraria ma vuole nasconderlo.

Adelmo, in ogni caso, sembrò non fare molto caso a queste sottigliezze. Non chiese altro, gli era bastato sapere che non c'erano problemi, le cose erano state decise, e si mise a spalmare il burro su una fetta biscottata con l'impegno dell'orafo che cesella un gioiello. A Giovanni non rimase altro che tornare a sorseggiare il suo tè ormai freddo. Avrebbe dovuto mangiare qualcosa, ma si sentiva lo stomaco chiuso e faceva fatica anche a mandare giù quei pochi sorsi.

Quando uscirono dall'albergo, Haber si rese conto che il suo amico aveva con sé un trolley e che si stava dirigendo verso il bagagliaio della macchina.

«No!» disse con voce troppo alta, perentoria. «No, aspetta» riprese subito dopo a un tono più basso e conciliante. «Il portellone non funziona. La valigia dobbiamo metterla sui sedili posteriori.

L'altro lo guardò un po' titubante, come se volesse saperne di più.

«La serratura è rotta. Se la apriamo poi non si chiude più» disse allora lui e, per terminare l'argomento, aprì la porta posteriore, prese il trolley di Adelmo e lo buttò dentro. Poi entrò al posto di guida.

Adelmo salì a sua volta, muovendosi con una certa riluttanza. «Dovresti lavarla» disse, guardando i tappetini.

Ora trovo il coraggio e lo sbatto fuori, pensò Giovanni, stringendo i denti. Il cuore gli batteva ancora forte per il rischio corso.

«Perché ti sei portato dietro il trolley?» chiese, ignorando il commento del collega.

«Mi sposto di albergo, stasera dormo in quello dove si tiene la convention. Ieri non c'era posto e sono stato costretto ad accontentarmi di questa topaia» rispose Adelmo, ancora con quell'aria di sufficienza che Giovanni si chiese, con un po' di sarcasmo, se dipendesse dal fatto che l'interno della sua auto fosse sporco, o se ci fosse altro. Quell'atteggiamento non gli piaceva. Le persone cambiano, pensò con una punta di amarezza.

«Io mi sono trovato bene» disse secco, per chiudere il discorso. Infatti l'altro non replicò.

Un cupo silenzio calò nell'abitacolo. Un silenzio d'improvviso imbarazzo, ma da parte di Giovanni anche di rabbia, di risentimento. Adesso avrebbe dovuto aspettare fino a sera per liberarsi di quel dannato cadavere. E sarebbe stato nuovamente buio, come la sera prima, come quando quell'oscurità lo aveva spaventato e scoraggiato al punto di decidere di rimandare alla mattina dopo.

Ma, pensandoci meglio, il buio avrebbe potuto anche essere un suo alleato. Sarebbe bastato guardarsi intorno adesso, mentre percorrevano quella strada, e anche dopo, una volta finita la giornata, sulla via che portava all'officina dove stavano riparando la macchina di Adelmo. Sicuramente avrebbe trovato e memorizzato dei luoghi adatti allo scopo, luoghi dove tornare a scaricare quel cadavere. Già ora, con la luce del giorno, vedeva molte stradine sterrate che portavano nei campi. Quelli, col buio, sarebbero stati sicuramente posti adatti. E avrebbe corso meno rischi di essere visto.

Sì, doveva stare tranquillo. Fra poco avrebbero raggiunto l'hotel dove si teneva la convention e avrebbero lasciato l'auto insieme a tutte le altre, nel parcheggio. A nessuno sarebbe venuto in mente di guardare nel suo portabagagli.

La campagna scorreva dolce da entrambi i lati della strada, fra campi arati ed erba rasata che alternavano tonalità di marrone e verde. Ogni tanto un casolare, un trattore. Aveva l'aria di essere tutto talmente bello ora che c'era il sole, che il ricordo della strada della sera prima, del bosco, della pioggia torrenziale, sembrava appartenere a un passato remoto.

«Come te la passi?» chiese improvvisamente Adelmo, richiamandolo dai suoi pensieri.

«Bene» rispose Giovanni, e per un attimo cercò di illudersi che fosse vero. «Solita vita, sai, sempre in viaggio. Ma non mi lamento. Tutto a posto.»

«E di tua moglie, hai saputo più niente?»

Haber si rese conto che quella domanda era inevitabile.

Negli ultimi tempi che si erano frequentati, prima che Adelmo partisse, non aveva fatto altro che parlargli di lei. Ma non si era preparato. La preoccupazione di quel corpo senza vita dentro il bagagliaio aveva assorbito tutte le sue energie mentali.

«Niente, no» disse, e sentì di avere il fiato corto. «Forse si è trasferita all'estero. Diceva sempre che nella sua prossima vita l'avrebbe fatto. Questa è l'unica spiegazione che mi sono dato al fatto che mi avesse portato via mio figlio, senza più permettermi di vederlo. Comunque alla fine ho lasciato perdere, ho rinunciato a capire.»

«E hai fatto bene, non potevi continuare a torturarti in quel modo. A un certo punto bisogna ricominciare a vivere. Il mondo è grande e ci sono migliaia di opportunità.»

Era vero, era come se in quel momento lo capisse anche lui. Aveva buttato tre anni della sua vita.

«Mi dispiace solo per mio figlio, mi manca davvero tanto» disse, come per dare a sé stesso una giustificazione per non aver reagito prima.

«Be', certo. Mi ricordo che gli eri molto attaccato. Ma le cose sono andate come sono andate. Bisogna reagire, andare avanti, cogliere tutte le opportunità e fregarsene un po' di più degli altri, di cosa pensano, di come stanno. Dai retta a me, Giovanni, non farti troppi problemi a pensare agli altri. L'importante è come stai tu. E se tu stai bene i problemi non esistono.»

Giovanni si girò a guardare il suo amico. E provò ancora l'impressione di prima: sembrava cambiato. Non se lo ricordava così freddo, cinico. Ma questa volta aveva ragione. Se se ne fosse fregato non sarebbe mai arrivato a quel punto.

«E tu stai bene?» chiese, a conferma che quello fosse l'atteggiamento giusto.

Adelmo stava guardando la strada e si capiva che stava pensando a qualcosa. Qualcosa che doveva essere successo e che forse aveva dato una svolta alla sua vita.

«Sì» rispose, continuando a tenere lo sguardo fisso davanti a sé. «Da quando ho imparato a fregarmene degli altri, la mia vita è cambiata in meglio. Sì, adesso sto proprio bene. Adesso sto alla grande.»

E improvvisamente Giovanni sentì che quell'incontro casuale con una persona appartenuta al suo passato avrebbe significato un'inversione di rotta. Da quel momento in poi sarebbe stato più cinico, più egoista e le cose avrebbero ripreso ad andare come un tempo. Si girò a guardare ancora il vecchio amico: era ingrassato ma era sempre lui, con la faccia un po' arrotondata ma i capelli folti di un tempo, folti e spessi, come quelli delle donne. Si era chiesto alcune volte che aspetto avrebbe avuto Adelmo senza quei capelli, ma non era riuscito a immaginarselo. Erano il suo tratto distintivo, il suo punto di forza, insieme a quel portamento fiero, un po' spavaldo. Per Adelmo il tempo sembrava non essere passato e questa mera constatazione lo aveva calmato, gli aveva ridato speranza, come se inaspettatamente il nastro della vita si fosse riavvolto, concedendogli un'altra chance.

*

Sul piazzale davanti alla villetta c'era ancora la macchina della sera prima. L'uomo col berretto parcheggiò il suo suv dietro e scese con prudenza.

La strada era deserta e sembrava tutto in ordine. Dando per scontato che fosse la sua, se la donna fosse riuscita a scappare avrebbe sicuramente preso quell'auto. L'uomo pensò al temporale e alla pioggia battente. Ma se anche per qualche motivo si fosse avventurata a piedi e avesse raggiunto un qualsiasi posto da dove avvertire le forze dell'ordine, a quest'ora la zona sarebbe stata piena di agenti, polizia scientifica e, probabilmente, curiosi.

La convinzione di trovare il corpo inanime della donna in qualche sgabuzzino o angolo dentro la villetta si rafforzò fino a strappargli un sorriso involontario. L'uomo lo smorzò subito e si guardò per un'ultima volta intorno: tutto era tranquillo, il sole rischiarava il piccolo giardino davanti alla porta d'ingresso, facendo brillare le pozzanghere generate dalla notte di tempesta. Con la luce del giorno e il sole, sembrava un altro posto, pieno di verde.

Si avvicinò alla porta: era chiusa. Suonò il campanello e prestò attenzione. Nessuno rispose, nessun rumore arrivò dall'interno.

Si guardò intorno: non c'era nessuno e non c'erano macchine in arrivo. In ogni caso aveva deciso di tenere il berretto in testa: se qualcuno l'avesse visto, la descrizione che ne avrebbero fatto sarebbe stata molto più generica. Tirò fuori i ferri del mestiere e in qualche minuto riuscì ad aprire la serratura.

La prima cosa che vide, entrando, fu lo sfollagente. Era finito sul pavimento proprio vicino alla porta, in bellavista. Su quell'aggeggio c'erano le sue impronte digitali, lasciarlo lì era stata una gravissima disattenzione. È vero che era buio e lui aveva quel fastidioso luccichio negli occhi, ma doveva essere proprio stordito per non averci pensato.

Lo raccolse e se lo mise nella tasca del giaccone, poi proseguì verso l'interno, cercando le macchie di sangue. La sua sensazione era stata giusta, c'erano ed erano anche abbastanza estese. Provò a concentrarsi per provare a ricordare, ma non riuscì a cavarne niente: nebbia assoluta. Si guardò intorno per vedere se ci fossero altre macchie, ma non ne vide. Allora decise di cercare il corpo.

Setacciò la casa palmo a palmo. Frugò negli armadi, dentro i mobili della cucina, sotto i letti, nelle docce dei due bagni, guardò persino fuori dalle finestre, anche se erano chiuse dall'interno. Completò e ripeté una seconda volta la ricerca: della donna non c'era alcuna traccia.

Se il corpo ci fosse stato, l'avrebbe trovato.

E questo voleva dire solo una cosa, che quella puttana era riuscita a uscire dalla casa. E doveva averlo fatto con le sue gambe.

Cos'era successo poi? La sua auto era ancora parcheggiata di fronte alla casa. Che si fosse allontanata a piedi in una crisi di panico e fosse poi svenuta da qualche parte, magari in mezzo al bosco? L'uomo non sapeva cosa pensare. E faceva fatica a concentrarsi su un ragionamento. Era come se quelle scariche elettriche gli avessero danneggiato il cervello.

Alcuni ricordi erano riaffiorati, ma sentiva che non era tutto, c'era ancora qualcosa che gli sfuggiva, qualcosa d'importante, un'ombra che era salita quasi in superficie, la sentiva ma non riusciva a metterla a fuoco. Doveva concentrarsi, ripercorrere gli avvenimenti, da quando si era svegliato da quel terribile incubo e si era trovato solo nella stanza, il buio tutto intorno, e... ma certo!

La luce di quei fanali retrovisori.

Adesso il ricordo era riaffiorato.

Un'auto si era fermata davanti alla casa. L'aveva vista per un attimo, quando aveva spostato le tende della finestra. Era ripartita subito, ma poteva benissimo aver caricato la donna.

Improvvisamente il rumore di un motore che rallentava fino a fermarsi lo distrasse dal ragionamento, attirando la sua attenzione. Andò verso la porta dell'entrata e i suoi occhi si posarono sul taser sul comodino vicino all'ingresso. Quel maledetto strumento grazie al quale quell'esile donna aveva avuto ragione di lui. Per un attimo provò una rabbia sorda. Si era fatto fregare come un pivello, questa era la verità. Comunque quello strumento gli sarebbe potuto tornare utile, pensò, e se lo mise in tasca. Poi si avvicinò alla finestra e spostò leggermente la tenda per guardare fuori.

C'era una macchina ferma, con una donna al volante che gli sembrava stesse guardando proprio nella sua direzione. Si ritrasse istintivamente e dopo poco sentì il rumore dell'auto che ripartiva.

Perché tutti si fermavano davanti a quella villetta? Si chiese con sconcerto.

In ogni caso non era sicuro rimanere ancora lì, del resto quello che doveva vedere l'aveva visto.

Uscì, si chiuse la porta alle spalle e tornò verso la sua auto. Il sole aveva riscaldato l'aria e si era alzato un piacevole venticello che lo faceva sentire meglio.

Cosa doveva fare ora? Si appoggiò alla macchina e cercò di riordinare le idee.

Quella era una zona di villette molto simili fra loro. Poteva essere che l'auto che si era appena fermata l'avesse fatto accidentalmente, scambiando la casa per un'altra. E magari era stata la stessa cosa anche per l'auto della sera prima.

Se era così allora forse la donna era scappata a piedi, senza però riuscire ad andare dove voleva. E questo avrebbe spiegato il fatto che non era mai arrivata alla polizia. Sì, ora era questa l'ipotesi che gli sembrava più plausibile. Probabilmente valeva la pena di perlustrare i dintorni. Forse era caduta in un fosso o si era accasciata senza forze su un bordo della strada. E magari era ancora lì.

Partì in direzione di Pontebosio percorrendo la strada con lentezza e guardando verso il bosco. La visibilità era molto buona e in certi punti, dove la macchia era meno fitta, si vedevano ampie radure. Doveva porre molta attenzione, un corpo disteso non era facile da individuare.

Arrivato a Pontebosio fece inversione e tornò in direzione della casa, sempre a velocità ridottissima, controllando l'altro lato della strada, che era più roccioso e in molti punti inaccessibile. A un certo punto trovò una strada sterrata, che saliva in mezzo al bosco.

La percorse fino a una cava abbandonata. In quel posto non c'era nulla, nessuna traccia della donna né di un passaggio recente di auto. Tornò sulla strada provinciale e continuò il percorso. Una volta raggiunta la villetta proseguì per ancora qualche chilometro, fino ad arrivare al piazzale di una trattoria. Chinò leggermente la testa per leggere l'insegna: IL CACCIATORE. Spense il motore e appoggiò la testa sul volante. Si era imbarcato in un'impresa titanica. Per trovare un corpo in un tratto così vasto di bosco ci sarebbero volute parecchie persone e molto tempo. Ammesso che quel corpo ci fosse stato.

*

Quando Ragonese tornò in centrale insieme all'agente Tallone, trovarono l'open space affollato come al solito.

«Ti ha appena cercato il grande capo» gli disse subito l'agente Albertini.

«Slow motion?»

«Sì, lui.»

«E cosa voleva?»

«Non lo so. Non me l'ha detto. E io mi sono guardato bene dal chiederglielo.»

«Perché non volevi rischiare che ti assegnasse delle rogne che aveva già pensato di assegnare a me, confessalo.»

Il collega fece un sorriso maligno. «Dovresti essere contento di essere il suo preferito.»

«Vaffanculo Albertini.» Ragonese si sedette alla scrivania e accese il computer. Era indeciso se andare dal commissario Valeri per chiedergli cosa volesse o fare finta di niente. Voleva scrivere il verbale sull'accumulatore compulsivo e toglierselo di mezzo il prima possibile. E poi il dente aveva ripreso a pulsare. Sollevò la cornetta del telefono, ormai deciso a chiamare il dentista, quando una voce lo fermò.

«Ecco qua il nostro assistente capo.» Valeri era in piedi di fronte alla sua scrivania, le mani sui fianchi di una giacca doppiopetto, la cravatta ben annodata e i baffetti curati come quelli di Hercule Poirot. «Posso chiederti, se è lecito, dove sei stato fino adesso?»

Felice fece un respiro profondo. Quell'uomo aveva solo due anni più di lui.

«Certo... Stavo giusto per iniziare a scrivere il rapporto. C'è stata la segnalazione di un uomo che non rispondeva al campanello da un paio di giorni e ho pensato che non era il caso disturbarla per una cosa di così poco conto, quindi ho preso l'iniziativa e, con l'agente Tallone, siamo andati sul posto.»

«Senza cravatta?» Fra le tante domande possibili, quella era certamente la più attesa. Il commissario Valeri era un maniaco della forma. Bastava dire che usava ancora le matite e le temperava tutte alla stessa altezza. «E com'è andata?» chiese ancora il commissario, sapendo che non avrebbe ricevuto risposta alla domanda precedente.

«Quell'uomo era in casa, morto» disse Ragonese. «Un incidente domestico.» Con Valeri era sempre meglio rimanere sul vago.

In quel momento si avvicinò un agente.

«C'è una ragazza di là che vuole parlarle con urgenza» disse al commissario.

Valeri lo guardò. «Argomento?»

«Qualcosa che ha a che fare con la sparizione di una donna. Sembra piuttosto agitata.»

«Non ha detto niente di più preciso?»

«Una sua amica sembra sia scomparsa, ma non ci ha detto molto. Vuole parlare direttamente con lei.»

Valeri scosse la testa. «Ragonese, occupatene tu» disse e si girò verso il suo ufficio. «Senti cosa vuole questa signorina e, se è importante, mi fai sapere. Però, fammi il piacere, mettiti la cravatta.»

9

Haber era seduto nella sala conferenze del grande albergo in periferia di Pontebosio e guardava le altre persone prendere posto, una dopo l'altra, riempiendo progressivamente il locale. Era una sala molto grande e c'era una musica di sottofondo che però non riusciva a coprire il gran rumore prodotto dal vociare, che a lui faceva venire in mente uno sciame di vespe. Avrebbe voluto tapparsi le orecchie per spegnere in qualche modo quell'accozzaglia di suoni disarmonici che gli rimbombavano nei timpani, ma sarebbe stato un gesto troppo plateale. Se ci fosse stato Adelmo, gli avrebbe rivolto la parola e quel semplice gesto sarebbe bastato a spezzare la catena che lo stava stritolando, ma lui era andato a farsi un ultimo caffè prima dell'inizio, affidandogli il trolley, che si era portato dietro perché le camere non erano ancora pronte e non si fidava a lasciarlo nel ripostiglio della hall. Aveva anche lasciato sulla sua sedia la cartellina con le brochure, il blocco e la penna, kit che Giovanni, in una situazione normale, avrebbe subito imboscato con un piacere uguale a quello di trafugare gli oggetti da toilette dell'albergo. Ma questa volta il pensiero non lo aveva neanche sfiorato.

L'idea che quel cadavere fosse ancora nel suo bagagliaio e che qualcosa potesse andare storto lo faceva impazzire.

Se fosse stato possibile schiacciare un pulsante ed essere

proiettati all'istante in un'altra realtà! Quante volte ci aveva pensato, nel buio della sua stanza. Ora avrebbe voluto essere con suo figlio, su una giostra di Gardaland. Sì, le sue prime montagne russe, con quella piccola mano stretta nella sua, l'emozione alle stelle. E poi via sulla nave pirata e poi sui tronchi nel fiume, ubriachi di adrenalina, concitati, sudati. Fino a che la moglie non li avrebbe fermati. E allora sarebbero andati a mangiare un gelato tutti e tre insieme, e Matteo lo avrebbe guardato con i suoi occhi chiari e grandi e poi durante il viaggio di ritorno in macchina, e in seguito anche a casa, avrebbero parlato delle loro imprese, del coraggio di salire sulle giostre più alte, più pericolose.

Sì, Gardaland. Fin da quando la moglie gli aveva annunciato di essere incinta, lui aveva incominciato a fantasticare sulle loro future gite a Gardaland e ogni tanto andava a sbirciare sul sito tutte le attrazioni del parco. Ma quella puttana se ne era andata e glielo aveva portato via.

Era successo all'improvviso.

Quella sera Marta, dopo aver messo a letto il bambino, gli si era avvicinata.

C'era una partita, era un posticipo serale fra Milan e Fiorentina e il Milan stava vincendo uno a zero, Giovanni se lo ricordava ancora. Non avrebbe però mai saputo il risultato finale.

Lui l'aveva guardata, aveva intuito qualcosa di anomalo nei suoi movimenti.

Lei si era seduta vicino a lui, aveva abbassato il capo e fissando le ciabatte aveva detto, semplicemente: «Domani vado via, Giovanni.»

Poi si era alzata e si era diretta alla finestra, lo sguardo fuori, verso il buio.

«Mi dispiace dirtelo così, ma forse è la maniera migliore, è inutile discutere perché non cambierebbe nulla. Mi sono innamorata di un altro uomo e... abbiamo deciso di andare a vivere insieme.»

Lui l'aveva guardata, sgranando gli occhi come se non riuscisse a metterla bene a fuoco.

Si era alzato, ma si era dovuto subito risedere. Il cuore gli batteva forte, in modo strano. Improvvisamente si era reso conto che se avesse parlato, se avesse pronunciato delle parole, anche solo una richiesta d'aiuto, qualcosa dentro di lui sarebbe precipitato.

Allora era rimasto in silenzio, contando i battiti del cuore come faceva con le pecore per addormentarsi. Avrebbe voluto tanto addormentarsi all'istante, ma il sonno non era venuto, né in quel momento né in seguito.

Il giorno dopo Marta se n'era andata, portando con sé Matteo.

Poi, nel giro di pochi giorni, quando lui non era ancora in grado di pensare, di decidere cosa fare, anche riguardo al figlio – il giudice glielo avrebbe sicuramente assegnato, non era stato certo lui a tradire –, lei aveva fatto perdere le sue tracce. Era sparita. Evaporata. E aveva portato con sé il bambino.

L'avevano cercata, lui e il suo avvocato.

Sembrava svanita nel nulla, come se non fosse mai esistita, come se la loro relazione, il loro rapporto, gli anni di fidanzamento, di matrimonio, il figlio avuto insieme fossero solo il ricordo fallace di una mente disturbata: la sua.

*

La ragazza, che per ragioni di privacy era stata trasferita dalla sala d'aspetto della centrale in una stanza adibita agli interrogatori, stava aspettando in piedi, vicino alla porta. Era giovane e magra, ma di quella magrezza piacevole. Ragonese notò i jeans attillati, i tacchi alti, il portamento deciso. Sembrava agitata, si muoveva velocemente, come se il suo corpo fosse percorso da una scarica elettrica.

«Venga, andiamo a sederci al tavolo, che stiamo più comodi» disse lui con un tono di voce conciliante. «Così mi racconta cosa è successo.»

Lei fece sì con la testa, si sedette e accavallò le gambe, seguita dallo sguardo torbido di Ragonese.

«Sì, ha ragione, scusi» disse, cercando di concentrarsi. «Ecco, ora le spiego. La mia amica Monica non risponde al telefono.» Poi si fermò.

Lo sguardo di Ragonese era diventato incerto. Non capiva perché quella ragazza fosse così agitata. Intanto il terribile odore di quella mattina si era riproposto nelle narici, come se il naso ne avesse conservato una parte nelle sue cavità, per respirarsela con calma. Non doveva commettere l'errore di cedere a quella suggestione. Prese dalle tasche un fazzoletto già usato e soffiò con forza, nella speranza che il puzzo si trasferisse sulla carta. Poi, non sapendo bene dove buttarlo, lo rimise in tasca.

«È da ieri sera che provo a chiamarla ma il telefono è sempre spento» riprese lei, guardandolo. «Stamattina allora ho provato a chiamarla al lavoro, ma mi hanno detto che non si è presentata. Senza avvertire. L'hanno chiamata anche loro, ma hanno trovato il telefono spento.»

Un'altra persona da rintracciare nella stessa mattina. Un record, pensò Ragonese che, non avendo avuto conforto dalla soffiata, aveva cominciato a respirare dalla bocca ed espirare dal naso.

La ragazza si interruppe, continuando a guardarlo.

Per fortuna in quel momento la porta della stanza si aprì ed entrò un agente con un vassoio contenente due caffè e una zuccheriera. Sicuramente glieli aveva mandati Valeri, che era fissato col fatto che bisognasse mettere a proprio agio l'interlocutore, per renderlo più propenso a dire la verità.

Una delle sue cazzate.

«Vada pure avanti» disse Ragonese, avvicinandosi la tazzina alle labbra e respirando intensamente il profumo del caffè.

«Allora ho pensato di passare da casa sua» riprese la ragazza, guardandolo ancora incerta, mentre girava lo zucchero nella tazzina. «Abita in una villetta isolata un po' fuori Pontebosio, sulla strada vecchia.»

Ragonese annuì, invitandola a continuare, sperando che la

cosa potesse essersi risolta positivamente. Non aveva voglia di altri casini per quel giorno.

«Quando sono arrivata ho notato che sul lato della strada c'era parcheggiata una macchina di grossa cilindrata, un SUV nero, o comunque molto scuro.»

«Ha riconosciuto la marca? Che so, Mercedes, Opel...»

«No, per me i SUV sono tutti uguali.»

«E il numero di targa? L'ha preso?»

«No... Lì per lì non ci ho pensato. Ho guardato verso la casa e mi è sembrato che una tenda si muovesse. Come se qualcuno da dentro avesse sentito il rumore della mia macchina e avesse scostato la tenda per vedere chi fosse. Allora mi è presa paura. Ho ingranato la marcia e sono partita. Sono arrivata fino a valle e sono risalita a Pontebosio per la strada nuova. E intanto pensavo, pensavo...» La ragazza alzò improvvisamente lo sguardo su Ragonese. «Non le ho ancora detto la cosa più importante. La mia amica si è separata dal marito perché è un violento. La picchiava. Lui l'ha minacciata, promettendole che gliel'avrebbe fatta pagare cara.»

Ragonese mosse le spalle come in uno spasmo. «Lei pensa che il SUV fuori dalla casa potesse essere del marito?»

«Non lo so... a quanto mi risulta lui ha un'altra macchina, ma forse l'ha presa in prestito o noleggiata... Comunque, a Pontebosio sono andata a farmi un cappuccio e mi sono calmata un po'. Ho pensato che sarei potuta tornare e provare a suonare. Se non mi avesse aperto nessuno avrei preso il numero di targa del SUV.»

'Quindi?' dicevano gli occhi di Ragonese, che cominciava a essere provato da tutta quell'attesa.

«Sono tornata, ma quella macchina non c'era più. Allora ho provato a suonare.»

'E...?'

«Non ha risposto nessuno. Quindi ho pensato di venire da voi. È sicuramente successo qualcosa di brutto a Monica, me lo sento. Dobbiamo scoprirlo il prima possibile. Sperando che non sia troppo tardi.»

Ragonese bevve l'ultimo sorso di caffè, inalando gli scampoli finali di aroma, poi mosse ancora le spalle in quella maniera curiosa. Quella ragazza carina gli aveva appena raccontato una cosa che non gli piaceva per niente. E ciò che gli scocciava di più era che non era una cosa che si potesse liquidare senza alcuna azione. Avrebbe dovuto riferire al commissario Valeri.

«Può gentilmente attendere qui qualche minuto?» disse alzandosi. «Torno subito.»

Grazie al caffè il ricordo di quel miasma sembrava aver dato tregua al suo naso. In compenso, con il calore del liquido, il dente si era risvegliato. Avrebbe parlato con Valeri e poi avrebbe chiamato il dentista.

Bussò ed entrò nell'ufficio del grande capo.

«Allora Ragonese, di che cosa si tratta?» chiese il commissario, la testa bassa sul temperino e sulla matita che stava appuntando.

«Ho paura che sia una grana» rispose Felice andandosi a sedere. Era più forte di lui, appena vedeva una sedia sentiva un richiamo ancestrale.

«Dimmi tutto» replicò Valeri sempre intento nel suo lavoro.

Ragonese diede un'occhiata alla scrivania del suo capo. C'erano solo un paio di incartamenti ben ordinati, una serie di foglietti sparsi, dove il commissario prendeva gli appunti veloci, e la foto di sua moglie e dei suoi pargoletti messa di tre quarti, in modo da essere vista da entrambi i lati della scrivania, evidentemente un motivo di orgoglio. Ragonese l'aveva già sbirciata più volte: sembrava la famiglia Addams, mancava solo la mano.

Il computer era sul mobiletto dietro la scrivania, chiuso. Valeri non lo usava quasi mai.

«Sembra che una donna sia irrintracciabile da ieri sera» esordì. «Telefono spento, non risponde al campanello di casa e stamattina non si è presentata sul posto di lavoro. Ci sono precedenti di violenze familiari, l'ex marito» riassunse Ragonese.

«Mmm...» rifletté Valeri mettendo via la matita e pulendo il pianale dai trucioli. «E dove abita questa donna?»

«In una villetta isolata fuori da Pontebosio. Se è d'accordo vorrei andare a dare un'occhiata. Con quel pazzo in circolazione non c'è da stare tranquilli.»

«A chi ti riferisci?»

«Al killer del foulard di seta, o della Giraffa, come lo chiamano i giornalisti.»

Il commissario Valeri aggiustò la foto della sua famiglia, girandola un po' più verso di sé e guardandola, come a cercare una risposta suggerita da quelle sagome immobili. Ma un attimo dopo portò una mano ai baffetti e li lisciò, e Ragonese comprese che si stava specchiando nel riflesso del vetro. «Questa storia sta diventando una fobia a livello regionale» disse poi il commissario, riportando la cornice all'inclinazione originaria. «Che probabilità vuoi che ci siano che quel mostro venga a colpire proprio qui, in un posto dimenticato da dio?»

Proprio perché è dimenticato da dio... avrebbe voluto ribattere Ragonese ma sapeva che era un errore, perché Valeri voleva sempre l'ultima parola. «Poche» ammise. «Ma se si ricorda, alla riunione a cui abbiamo partecipato a Siena, l'ispettore Librace ci ha raccomandato di non trascurare neanche il più piccolo indizio che...»

«Sì, buoni quelli di Siena, sono solo capaci di dire agli altri cosa fare. Soprattutto quel Librace. È tuo amico, no?»

«Abbiamo frequentato il corso di addestramento insieme, ma a parte questo, avevo pensato...»

«Per favore, Ragonese, cerchiamo di essere realistici.»

Non era il caso di proseguire su quella strada, quando Valeri si incaponiva non c'era verso di farlo ragionare. «Comunque questa donna è scomparsa e noi dovremmo fare un sopralluogo.»

Il commissario si alzò e andò alla finestra. «Tu dici un sopralluogo» disse, guardando fuori, nella luce grigia di un mattino che sembrava tornare a rannuvolarsi.

Lo faceva apposta. Ragonese ne era convinto. Valeri era come un'automobile che senza motivo né preavviso rallenta fino a trenta all'ora, e riaccelera solo dopo che dietro si è creato il caos.

«Allora vado?» chiese l'assistente capo, cercando di stare calmo, ma il cuore aveva già aumentato i battiti.

«Se proprio lo ritieni necessario» disse infine Valeri, sempre guardando verso quell'ipotetico infinito.

«Vado.»

«Portati Albertini, quel ragazzo deve farsi le ossa» disse ancora il commissario quando lui si era già alzato e aveva raggiunto l'uscita.

Felice non rispose, non ce n'era bisogno, e si chiuse la porta alle spalle. Non avrebbe resistito lì dentro un minuto di più.

«Albertini, inforca il giaccone che andiamo a farci una scampagnata» disse passando davanti alla sua scrivania e proseguendo verso la sala d'aspetto.

Avrebbe preferito farsi il viaggio in auto da solo con quella ragazza, sarebbe stata l'occasione giusta per approfondire una conoscenza interessante. C'era qualcosa di intrigante in quella leggerezza di forme, in quell'eleganza sobria.

«Venga, signorina, andiamo a fare un sopralluogo» disse mettendo dentro la testa nella sala d'aspetto e proseguendo verso l'uscita. Lo sapeva bene, quella smania di muoversi era il contraltare alla lentezza del suo capo.

Una lentezza che lo esasperava da sempre, alla quale non riusciva ad abituarsi neppure dopo anni. Perché quell'uomo anacronistico si incaponiva a fare il commissario? Perché non faceva cose più adatte a lui, che so, il rilegatore di libri, il liutaio o l'amanuense? Ragonese se lo chiedeva spesso e la risposta era sempre la stessa: perché era nato nel secolo sbagliato.

Quando arrivarono alla villetta c'era solo un'auto sullo slargo antistante alla casa, una Fiat Panda. Evidentemente era l'auto di questa Monica. «È la macchina della sua amica?» chiese per scrupolo.

La ragazza fece cenno di sì.

«Qual è il cognome della signora?»

«Favino» rispose lei.

Scesero dall'auto e si avvicinarono alla porta d'ingresso. C'erano grosse pozzanghere ai lati del vialetto. Albertini fece un cenno a Ragonese e sparì dietro l'angolo della casa, per una ricognizione.

Ragonese guardò il cielo: si era completamente rannuvolato.

Suonarono e aspettarono, poi suonarono di nuovo e ancora, una terza volta.

Da dentro la casa non arrivava alcun rumore. Forse la donna era uscita ed era andata via con il proprietario del SUV nero.

«Entriamo» disse la ragazza risoluta.

Lui la guardò perplesso. «Lei ha le chiavi?»

«No, ma voi siete la legge. Forziamo la porta ed entriamo. Sento che è successo qualcosa di brutto.»

Ragonese sorrise e scosse la testa. «Non possiamo forzare la porta. Non c'è alcuna evidenza di reato, nessuna denuncia di sparizione. La signora Favino semplicemente non è in casa.»

«E neanche al lavoro.»

«Sì, ma questo non significa che sia in pericolo o...»

«E ha il telefono spento da ieri sera.»

«Forse, semplicemente, non vuole farsi trovare.» Ragonese strinse la mascella e sentì il dente pulsare. Non sopportava di fare il bastian contrario, ma senza un mandato non poteva violare quell'abitazione.

La ragazza s'irrigidì. «Voi forse non capite! Quando suo marito l'aveva picchiata, e poi minacciata, per un po' di tempo ho dormito da lei. Era spaventata e non voleva stare da sola. Si era anche procurata un taser, uno di quegli aggeggi che danno la scossa. Se lui avesse provato a picchiarla ancora non avrebbe esitato a usarlo. Monica era una tipa tosta, ma le assicuro che se quell'uomo voleva spaventarla, c'era riuscito in pieno. Continuava a ripetermi che lei lo conosceva bene, che era una persona cattiva, capace di tutto. Poi, col passare dei giorni, si era un po' tranquillizzata e allora sono tornata a casa mia, ma ci sentivamo sempre, ogni sera. A volte anche solo con un messaggio, ma dovevo sapere che stava bene, che era tutto in ordine. Era il nostro accordo.»

«La prego, si calmi. Capisco la sua preoccupazione, ma per entrare in questa casa abbiamo bisogno di un mandato» disse Ragonese, guardando l'agente Albertini che stava tornando dall'ispezione.

«Sembra tutto a posto» disse Albertini. «Le finestre sono chiuse e nel terreno non ci sono impronte.»

«Non possiamo forzare la serratura ed entrare come se niente fosse, signorina» ripeté Ragonese, distratto dall'idea che per il mandato avrebbe dovuto chiedere l'autorizzazione a Valeri.

«E allora chiediamolo, questo mandato!» replicò la ragazza, andando verso l'auto.

«Chi cazzo è questa, il nostro nuovo capo?» disse Albertini in un filo di voce.

«Sarebbe comunque meglio dell'altro» replicò Ragonese.

Attraversarono la strada e raggiunsero la ragazza.

«Se vi do il numero del cellulare di Monica, voi potete rilevarne la posizione, giusto?» chiese lei, prima che salissero in macchina.

I due poliziotti si guardarono. «Si può fare, certo» disse Ragonese dopo un attimo d'incertezza. Sapeva dell'esistenza di un software in dotazione del commissariato ma non c'era mai stata l'occasione di usarlo, visto che di solito a Pontebosio sparivano solo gatti o biciclette.

Ora era arrivato il momento.

*

L'uomo col berretto era ancora fermo nel piazzale della trattoria 'Il cacciatore', seduto dentro la sua auto, e fumava. Dopo aver parcheggiato e spento il motore aveva cercato di portare avanti il suo ragionamento, ma faceva fatica e aveva sentito il bisogno di chiudere gli occhi per cercare di recuperare un po' di energie. Quando li aveva riaperti si era reso conto di aver dormito quasi due ore. Si sentiva ancora scombussolato, anche se quell'intervallo di riposo gli aveva ridato un po' di energia.

Era sceso dalla macchina e si era sgranchito, poi era rientrato e si era acceso una sigaretta. Fumare lo aiutava sempre a riflettere e lui doveva cercare di concentrarsi, pensare.

La possibile soluzione all'arcano si palesò all'improvviso, semplice e verosimile: quell'auto che si era fermata davanti alla villa la sera della colluttazione aveva caricato a bordo la donna e l'aveva portata all'ospedale.

Aveva approfondito il ragionamento e il risultato era convincente. La donna aveva perso conoscenza, o comunque non era stata in grado di spiegare al conducente dell'auto cosa fosse avvenuto. Probabilmente lo stato d'incoscienza doveva essere continuato anche quando era arrivata all'ospedale, forse l'avevano operata, magari le si era formato un ematoma nel cervello a causa del trauma cranico in conseguenza della caduta. Sì, questa era la spiegazione del fatto che la polizia non fosse ancora al corrente del fatto. Non era ancora riuscita a parlare.

Ma quanto era grave il suo trauma? Doveva appurarlo il più presto possibile, per quanto ne sapeva lui quella donna avrebbe potuto riprendere conoscenza in qualsiasi momento, forse lo aveva appena fatto.

Chiamò l'ospedale di Pontebosio, poi quello di Siena.

Gli dissero che nessuna donna con quelle caratteristiche era stata ricoverata la sera prima. Non c'erano altri ospedali in zona e la possibilità che fosse stata portata più lontano era da scartare.

Stava andando tutto storto. E lui cominciava ad averne abbastanza.

Guardò fisso oltre il parabrezza, in direzione della trattoria. C'erano due uomini che avevano varcato la soglia proprio in quel momento, ma lui non se ne accorse. I suoi occhi giravano a vuoto, come il suo cervello.

Improvvisamente si sentiva di nuovo esausto. E gli era venuta una fame terribile.

Non gli era mai capitato di essere così debole, così vulnerabile. Ci sarebbe voluto del tempo per smaltire quelle scariche elettriche.

Ora si era ricordato che la sera prima non aveva mangiato. Non lo faceva mai quando doveva agire, era una sua regola.

Le tempie cominciarono a pulsare e un dolore sordo si propagò per tutta la parte destra della testa. Anche se era ancora un po' presto, era arrivato il momento di mettere qualcosa sotto i denti.

Scese dall'auto e, barcollando, si avviò verso la trattoria.

10

Quando arrivarono in centrale, Ragonese fece accomodare la ragazza nella sala di attesa, poi, seguito dal collega, raggiunse il centro dell'open space, il luogo più rumoroso dell'intero ambiente, quello dov'erano posizionate le loro scrivanie.

«Tu lo sai usare quel software?» chiese ad Albertini mentre prendevano posto.

«Quale?»

«Quello per misurare il tuo quoziente di intelligenza. Albertini, cazzo! A forza di frequentare Valeri stai assumendo i suoi ritmi cerebrali. Quello per localizzare i telefoni, dài! Lo sai usare o no?»

«No.»

Solo a lui capitavano i giovani che non sapevano smanettare con i computer. «Dài, vieni qui che ci proviamo insieme.»

Dopo venti minuti Ragonese alzò la testa dallo schermo. «Sembra proprio che non ci sia segnale» disse, cercando conferma dal suo compare.

«Avevo sentito dire che il segnale è rintracciabile anche se il telefono è spento» replicò Albertini.

«Allora forse questo potrebbe voler dire che la scheda del telefono si è danneggiata» suggerì lui.

«O che non siamo riusciti a utilizzare correttamente il programma.»

«No, abbiamo provato anche con il tuo prima, sei andato giù in strada e il computer segnalava con precisione la posizione del tuo cellulare. Dai retta a me, la scheda di questo telefono si è danneggiata, o forse è stata manomessa di proposito.»

«Ma perché manometterla?»

Ecco cosa lo irritava di Albertini, quelle 'e' sguaiate erano come una pugnalata al suo fragile equilibrio nervoso. «Cosa cazzo ne so del perché manomettere quella scheda. Quello che dobbiamo fare ora è andare da Valeri a raccontargli la cosa e convincerlo a chiedere un mandato per ispezionare quella villetta.»

«Ci vai tu?»

«No, ci andiamo insieme.»

Il commissario Valeri questa volta aveva acceso il computer e stava con gli indici sospesi a mezz'aria in cerca delle lettere da digitare.

«Interrompiamo qualcosa d'importante?» chiese Ragonese bussando alla porta già aperta.

«Venite, venite. Stavo facendo un po' di pratica. Bisogna pur stare al passo coi tempi» disse allontanando la sedia dalla scrivania e mettendosi in posizione comoda. «A cosa debbo l'onore di questa delegazione?»

«Abbiamo bisogno di un mandato per entrare nella villetta della donna scomparsa.»

«E perché?»

«Come le dicevo prima, commissario, sembra che in passato ci siano stati episodi di violenze familiari. La donna non si trova, abbiamo cercato di localizzare il suo telefono, ma la scheda risulta danneggiata. Abbiamo ragione di credere che le sia successo qualcosa.»

Valeri si alzò e andò alla finestra. «Quindi ritenete che vi siano sufficienti indizi per giustificare un'intrusione nell'abitazione privata di una nostra cittadina» disse, guardando fuori, come era solito fare quando aveva voglia di andare per le lunghe. Cioè sempre.

«Sì, è così.»

«Non so, sono indeciso» concluse Valeri dopo una pausa di silenzio. «Non vorrei disturbare un giudice per una cosa che poi magari si riduce a una bolla di sapone.»

«Le ricordo, commissario, che c'è anche quel tizio in giro, quello che strangola le donne sole» disse Albertini senza sapere della precedente discussione sull'argomento fra Ragonese e Valeri.

Il commissario guardò l'orologio. «Due ore» disse, come parlando a sé stesso. «Due ore senza che nessuno mi parlasse di questa storia. Un record.» Poi tornò alla sua postazione e si fece sotto il computer. «Ora devo finire di scrivere la lettera che stavo preparando; ci rifletterò ancora un po' e vi farò sapere cosa ho deciso» disse, e riprese a roteare gli indici sulla tastiera come se nella stanza non ci fosse più nessuno.

*

Adelmo tornò solo in tarda mattinata e si sedette accanto a Giovanni, visibilmente eccitato.

«Grandi novità all'orizzonte!» disse avvicinandogli la testa all'orecchio.

Giovanni si girò di tre quarti, guardandolo in faccia. Aveva un colorito rossastro, un po' congestionato.

«Ero al bar a sfottere Cazzaniga, un collega interista,» riprese Adelmo «quando all'improvviso mi si è materializzato davanti Clementi, come fosse piovuto dal cielo.»

«E chi sarebbe questo Clementi?» chiese Giovanni, che non aveva ancora avuto il tempo di memorizzare i nomi delle persone.

Adelmo lo fissò per un attimo. «Farai poca strada qui, te lo dico io, se non sai neanche come si chiama il nostro grande capo, l'uomo che ha il potere di vita e di morte su tutti noi.»

Dalla fila di dietro arrivò qualche cenno di protesta.

Adelmo si girò, guardandosi intorno spavaldo, come se il solo fatto di star parlando del big boss lo autorizzasse a tenere un tono di voce alto. Poi riprese. «Mi si è avvicinato senza degnare neanche di uno sguardo quello sfigato di Cazzaniga e mi ha chiesto se avevo un minuto. Ma ti rendi conto? Clementi ha chiesto a me se avevo un minuto!»

Haber stava cominciando a inquietarsi. «Abbassa la voce» disse a disagio.

Adelmo ebbe un gesto di stizza. «Ma che si fottano, questi falliti!» sussurrò avvicinandosi ancora all'orecchio di Giovanni, che ora poteva sentire il calore umido del suo fiato. Poi suo malgrado aggiunse: «Okay, okay, ti racconto bene dopo. Comunque c'è una promozione in arrivo! E il ruolo che dovrò ricoprire è di grande responsabilità.»

«Mi fa piacere» rispose Giovanni asciutto, contento che la conversazione fosse finita.

L'altro gettò un ultimo sguardo alle sue spalle, poi si assestò sulla poltrona lasciandosi scivolare verso il basso, le mani incrociate, lo sguardo rivolto allo speaker e un mezzo sorriso stampato in volto, con l'espressione di chi, più che seguire l'intervento, stia rivolgendo l'attenzione all'interno, ai suoi pensieri, al ricordo e all'elaborazione di quanto successo prima.

Giovanni si era rimesso dritto sulla sedia, cercando di concentrarsi sull'intervento in corso. Ma non riuscì a fissare l'attenzione e dopo pochi minuti tornò a pensare alla moglie.

Questa volta gli era apparso, come in un flash, il ricordo di una serata, il compleanno di lei, in un locale sulla collina, con tutti gli amici, il vino, le urla, il karaoke.

In mezzo a quel turbinio di voci, di sensazioni, di corpi sudati, di risa eccessive, ricordava di essersi sentito triste e solo come non gli era mai capitato. Quella percezione di assenza, di vuoto terribile quando fuori tutto è pieno e colorato e caldo, quel freddo che parte dal basso e si dirama, come l'olio in un motore. Sua moglie se ne stava già andando, lontano, altrove.

L'aveva già persa, quando lo guardava negli occhi cantandogli le canzoni del periodo in cui si erano conosciuti.

L'aveva già persa, quando soffiava scompostamente su

quella torta piena di candeline e dopo gli saltava al collo abbracciandolo.

L'aveva già persa, quando la osservava guardarsi smaniosa in giro, alterata dal vino, in cerca di vita nuova, di futuro, di felicità.

L'aveva sempre saputo, ma solo ora cominciava ad accettarlo.

Si sentì toccare il braccio con il gomito da Adelmo e si girò, distogliendosi da quei pensieri. L'amico gli fece segno con gli occhi verso il corridoio dove stava passando una bella mora, con un tailleur a pantalone e tacchi altissimi.

Adelmo sorrise ammiccando. «La vedi quella?» disse, avvicinandogli la bocca all'orecchio. «È la Paloschi, la più figa di tutte.»

Giovanni guardò ancora la donna, che ora stava entrando di traverso tre o quattro file più avanti per raggiungere un posto libero. La stavano guardando tutti e lei lo sapeva, lo si capiva da come faceva cadere e rialzava i capelli con il braccio.

«Qui c'è gente che darebbe un rene per farsela» riprese Adelmo. «Ma l'unico che c'è riuscito sono io.»

Giovanni si girò verso il collega, guardandolo in faccia.

«Ebbene sì» rispose l'altro alla muta domanda del suo sguardo. «Sembra impossibile ma è così. Me la sono fatta. La scorsa convention. Ed è stato super. Quella donna è di un altro pianeta. Peccato che stanotte non eravamo alloggiati nello stesso albergo.»

«Te... te la sei fatta?» chiese Giovanni, mentre una strana angoscia cominciava a montargli nello stomaco. «Ma tu... mi sembrava che tu fossi sposato.»

«Cosa c'entra questo?» La voce di Adelmo si era improvvisamente indurita.

«E non ti fai problemi a tradire tua moglie?»

«Stai scherzando? C'è gente che darebbe tutti i suoi risparmi per portarsi a letto quel bendiddio, e io sono riuscito a farmela gratis, senza neanche dover pagare l'albergo, a quello ci ha pensato l'azienda!» Adelmo rise, qualcuno si girò con sguardo severo.

Giovanni spinse la schiena contro la spalliera, lo sguardo vago verso lo speaker. A lui non sarebbe neanche passato per la mente di tradire sua moglie, ma lei lo aveva abbandonato come un oggetto senza alcun valore. E lui, a distanza di tre anni, era ancora lì a pensare a lei.

Arrivò l'ora di pausa, e Haber andò a mangiare.

Per fortuna Adelmo, invece che andare con lui, si era precipitato verso quella donna, la Paloschi, senza dirgli niente. Era semplicemente uscito dalla fila, facendosi largo con un po' di prepotenza, e l'aveva agganciata.

Lei quando l'aveva visto gli aveva sorriso, questo particolare non era sfuggito a Giovanni. E quel sorriso voleva dire tutto.

Quand'era stata l'ultima volta che una donna aveva sorriso così a lui? Non se lo ricordava, anzi gli sembrava proprio che le donne non gli sorridessero mai.

Un cupo risentimento cominciò a propagarsi come sangue infetto che scorre nelle arterie e s'irradia in tutto il corpo.

*

La trattoria era quasi vuota. L'uomo col berretto si accomodò a un tavolo vicino alla finestra e ordinò.

Era scombussolato. Le ferite all'addome e al costato avevano ripreso a pulsare e gli facevano male: Le sentiva calde, come se le ondate di corrente che gli avevano sconquassato il corpo si fossero fermate all'interno e rilasciassero quell'eccesso di energia poco a poco, sotto forma di calore. Certo che si era fatto fregare proprio come un pivello. Se non fosse stato per la gravità della situazione, non avrebbe trattenuto quel sorriso sarcastico che si stava palesando sulle sue labbra. Lui, il grande professionista, con ore di palestra alle spalle, che si vantava di progettare, studiare e pianificare le sue azioni definendosi un maniaco del dettaglio, si era fatto fregare da una donna esile e minuta. Fortunatamente l'oste si avvicinò con un piatto di salumi misti, distraendolo dal turbamento di quel pensiero.

Mangiò avidamente e bevve un bicchiere di vino. Piano piano il calore si stava riducendo e le forze stavano tornando.

Uscì nel piazzale davanti alla trattoria e si accese una sigaretta. L'aria era fredda, umida. Quell'anno l'inverno era arrivato presto, aveva cominciato a piovere e non aveva più smesso. Si guardò intorno: c'erano alberi e verde dappertutto. E silenzio. Respirò ancora, con forza. Gli sembrava che gli facesse bene, che quell'aria fredda, entrando, attenuasse un po' il calore interno.

Ritornò nella trattoria e si sedette. Mangiò del minestrone e un pollo arrosto con patate. Roba semplice ma buona. Poi uscì di nuovo a fumare. Era intossicato, se ne rendeva conto, ma la situazione era particolare e il bisogno di nicotina era superiore al normale. Quando rientrò si guardò intorno: tutti i tavoli si erano svuotati, anche quelli delle persone entrate dopo di lui. Evidentemente quello era un locale frequentato da operai, che non potevano permettersi di perdere tempo a tavola.

Erano rimasti solo lui e l'oste che, vedendolo rientrare, gli portò il dolce, una crostata. Aveva fretta di finire il servizio, pensò l'uomo, sedendosi al tavolo.

«Mi porti anche un caffè, grazie» disse, alzando la testa dal piatto, mentre mangiava le ultime forchettate del dolce.

L'oste si girò in silenzio e cominciò ad armeggiare con la macchina.

A lui erano sempre piaciute le persone di poche parole. «È un po' fuori mano questa trattoria, eh?» disse, sentendo il bisogno di staccare dai suoi ragionamenti, di distrarsi un po'.

L'oste non rispose subito, finì di far scendere il caffè, poi si girò con la stessa lentezza di prima e posò la tazzina sul piattino.

«Cosa vuole. Da quando hanno realizzato la nuova strada per arrivare a Pontebosio, di qui non passa più nessuno.»

«E come fa ad andare avanti? Scusi se mi permetto.».

L'uomo fece un cenno con la mano come a dire 'non c'è problema'.

«Qualcuno viene sempre, la nostra è una cucina genuina,

e la gente lo sa. Viene apposta. Ieri, ad esempio, nonostante il temporale, c'era metà sala piena.»

L'uomo strinse leggermente gli occhi, come se facesse fatica a rimanere concentrato. «Gente che veniva da Pontebosio? Quanto ci sarà, mezz'oretta di strada?»

«All'incirca. No, ieri c'erano solo persone che abitano nelle case sparse qui in zona, nessuno che veniva da Pontebosio. Il tempo era troppo brutto.» Sembrò pensare un attimo, poi aggiunse: «Ah, sì, poi c'era uno straniero. Uno che a Pontebosio ci andava.»

L'uomo alzò la testa verso l'oste. Gli era venuta subito in mente l'immagine di quell'auto che si era fermata davanti alla villetta. «Qualcuno che andava a Pontebosio? Ma perché non ha preso la strada nuova?»

«Si era perso per via della forte pioggia e si è fermato qui per chiedere indicazioni. Già che c'era ha approfittato per mangiare» rispose l'oste finendo di sparecchiare il tavolo. Poi si diresse verso il bancone.

«Non doveva essere uno pratico del posto, allora» disse l'uomo, cercando di tenere viva la conversazione.

«No, ha detto che era un rappresentante di commercio ed era qui per partecipare a una convention.»

Il cuore dell'uomo diede un paio di colpi a vuoto ma lui riuscì a contenerlo.

«Una convention? A Pontebosio?»

«Sì, ha detto che sarebbe cominciata oggi.»

«E quindi avrà soggiornato in un albergo di Pontebosio» stabilì, come se stesse pensando ad alta voce.

L'oste lo guardò un po' interdetto. Che interesse poteva avere la cosa? «Sì, ha detto proprio così, che avrebbe soggiornato a Pontebosio» sentenziò, per la precisione.

Rimaneva un'ultima domanda da fare, anche se l'uomo non aveva ancora trovato la giusta strada per farla senza sembrare troppo interessato.

L'oste si sedette sulla sedia alla destra dell'uomo e indirizzò lo sguardo verso il fondo della sala. Poi, come se stesse vedendo l'immagine di un ricordo, indicò con la testa: «Era seduto lì, a quel tavolo. È arrivato presto e se ne è andato prima che smettesse di piovere.»

«Che ora sarà stata?» chiese l'uomo trattenendo il fiato. Era questa la domanda che voleva fare.

«Più o meno le nove meno un quarto.»

«Presto» commentò l'uomo.

«Sembrava molto stanco, forse aveva guidato per molti chilometri.»

«E magari non aveva neanche una macchina molto comoda.»

L'oste sembrò pensarci un po' su.

«Non so, quando è arrivato era già buio e io ho dato giusto un'occhiata dalla finestra quando ho sentito il rumore delle ruote sulla ghiaia. Era una macchina scura, una di quelle familiari, come le chiamano, station-wagon, giusto? Ma non mi chieda la marca perché proprio non gliela so dire.»

«Sì, ho capito. Mah... comunque non è importante e io le sto facendo perdere tempo» disse l'uomo alzandosi e prendendo il portafogli dalla tasca posteriore dei pantaloni. «Devo dire che qui si mangia proprio bene. Complimenti. Quanto le devo?»

Aveva saputo tutto quello che voleva sapere. Un rappresentante di commercio si era fermato la sera prima a mangiare ed era ripartito verso le nove meno un quarto in direzione di Pontebosio, dove avrebbe soggiornato per partecipare a una convention. Aveva una station-wagon scura. Coincideva tutto, il tipo di macchina, il colore scuro, l'orario. Non poteva credere al colpo di fortuna che gli era capitato.

11

L'uomo col berretto era tornato a Pontebosio e aveva cominciato il giro degli alberghi, scoprendo che erano stati tutti prenotati per la convention di due giorni che la World Food, un'importante azienda nel campo della ristorazione, avrebbe tenuto all'hotel Diamante, il più grande della zona. Forse trovare il suo uomo non sarebbe stato così facile.

Ma ebbe fortuna.

Al quarto albergo, un posto semplice senza pretese, il receptionist, fissando la banconota da cinquanta euro ripiegata e appoggiata con discrezione sul bancone, ammise: «In effetti qualcosa di strano l'ho notata.»

«In che senso?» chiese l'uomo spingendo leggermente avanti la banconota.

«Ieri sera facevo il turno di notte per sostituire il mio collega che aveva trovato un gancio con una...» Il portiere si fermò, vedendo la banconota ritrarsi.

«Andiamo al sodo» disse l'uomo.

«Sì, be', ecco... dicevo che ieri sera verso le dieci è entrato un uomo, la faccia pallida, le occhiaie marcate. Aveva una prenotazione e, mentre gli facevo il check-in, sembrava in imbarazzo, come se non vedesse l'ora di salire nella sua stanza. Ho provato a fare un po' di conversazione ma lui rispondeva a monosillabi. Sembrava molto provato e aveva i capelli bagnati, come quando esci dalla doccia e ci passi sopra solo l'asciugamano.»

«Be', forse per via della pioggia. Ieri sera veniva giù all'impazzata» puntualizzò l'uomo.

«Sì, è vero. Ma la cosa strana era che i vestiti erano asciutti. Neanche una goccia.»

L'uomo lo guardò con una punta di sorpresa e avvicinò la banconota alla mano del receptionist, ma tenendola sempre pressata sotto le dita. «Lei è un acuto osservatore» considerò. «E mi dica, qual è il nome di questo signore cui piace andare a farsi le docce in giro?»

Il portiere consultò velocemente il registro. «Haber. Giovanni Haber.»

«Le dispiacerebbe scrivermelo su un foglietto?» chiese l'uomo e, mentre l'altro stava scrivendo, aggiunse: «Potrebbe anche descrivermelo?»

Il portiere sembrò pensarci un po' su. «Altezza media, capelli castani, lineamenti regolari, volto magro, un po' allungato, occhi piuttosto intensi. Età, intorno ai quaranta.»

L'uomo prese mentalmente nota. «È sicuro dell'orario, le dieci?»

L'addetto alla reception sembrò pensarci un attimo. «Non del tutto. Forse poteva anche essere un po' più tardi. Ma sicuramente era prima delle dieci e mezza, perché a quell'ora faccio sempre una pausa sigaretta.»

«E ha per caso visto che auto avesse questo Haber?»

«Sì, stamattina, mentre andavo a fare provviste, l'ho visto salire su un'Audi A4 familiare di colore scuro insieme a un suo collega.»

«Bene. Lei è una persona attenta, e a me piacciono le persone attente» disse l'uomo togliendo la mano dalla banconota.

Una volta uscito, cercò su internet l'indirizzo dell'hotel Diamante.

Il cielo si era rannuvolato, sembrava dovesse tornare a piovere.

Sospirò, sistemando la schiena contro il sedile. Aveva trovato la traccia che cercava, ora non gli restava che catturare la sua preda.

*

Era arrivata l'ora di pranzo e il commissario Valeri non si era ancora degnato di dargli una risposta.

Ragonese friggeva. Andò nella sala d'aspetto e trovò la ragazza magra intenta a leggere un libro. Ormai ci aveva messo le tende in quella stanza, era una tipa tosta, nonostante l'aspetto fragile.

«Il telefono non ha segnale» le disse, senza preamboli.

«Cosa vorrebbe dire?» chiese lei, mettendo via il libro.

«La scheda potrebbe essersi danneggiata. E questa è sicuramente la ragione per cui la sua amica non risponde alle chiamate.»

La ragazza rifletté per qualche secondo. «Sì, ma Monica dov'è? Che fine ha fatto?»

«Per accertarlo abbiamo chiesto un mandato» mentì per giustificare il suo ruolo. «Stiamo aspettando che la macchina della burocrazia si metta in moto. Ma non dovrebbe volerci molto. Se nel frattempo le fa piacere, posso accompagnarla a mangiare qualcosa.»

«La ringrazio, ma preferisco rimanere qui. Ho lo stomaco talmente chiuso che non ci entrerebbe uno spillo.»

«Come preferisce» disse Ragonese, arretrando. «Allora io vado, le farò sapere appena abbiamo novità.» Il primo assalto era fallito, ma lui non era certo il tipo da perdersi d'animo. Rientrò nell'open space e andò verso il suo blocco. «Oggi vi farò l'onore di mangiare con voi» disse arrivando.

«Come ieri» replicò Albertini.

«E ieri l'altro» rincarò la Tallone.

«E vi lamentate?» rispose lui, prendendo la giacca.

I posti dove andare a pranzo li sceglieva sempre lei, la femmina del gruppo, trascinandoli in localini moderni, ben curati, con cucine etniche, vellutate e cibi vegetariani.

«Possiamo andare in pizzeria oggi?» chiese Ragonese, una volta in strada.

«Perché?» chiese la Tallone. «Una mia amica mi ha segnalato un posto nuovo che ha aperto giusto da una settimana, dove si mangia un'ottima cucina a chilometro zero, ed ero proprio curiosa di provarlo.»

«Me lo immagino. Rape ai germogli di soia» disse Ragonese. «Dài, oggi andiamo qui sotto in pizzeria. Devo riprendermi da ieri sera, che mia sorella ha organizzato una delle sue cene rocky horror e non ho mangiato praticamente niente.» Se si faceva eccezione per i dolci, ma per Ragonese i dolci non contavano.

«Ma lo sai che sono curiosa di assaggiare uno di questi piatti mitici di tua sorella?» replicò la Tallone.

«Ti piacciono le emozioni forti?»

«Chi può dirlo, potrei anche stupirti.»

Ragonese non ribatté nulla. In certi frangenti la presenza di Albertini lo inibiva.

La pizzeria era come al solito piena, ma per fortuna c'era ancora un tavolo libero.

«Non riesco a togliermi dalla testa quell'uomo. Quell'accumulatore seriale» disse la Tallone, dopo che, ordinate le pizze, erano rimasti per un po' in silenzio, ognuno immerso nei propri pensieri.

«Io dal naso. Appena ci penso, mi sembra di avere la testa in un cassonetto» replicò Ragonese.

In quel momento arrivarono le pizze.

Felice aveva ordinato quella al salame piccante. Non era il massimo per il suo dente malandato, ma prima si era sparato un altro Aulin. Ora doveva rilassarsi un po'.

«Io invece non riesco a non pensare al nostro capo» disse Albertini. «Cosa cazzo gli frulla nel cervello? Perché non ha ancora chiesto quel cavolo di mandato?»

«Perché gli piace romperci i coglioni» disse Ragonese, portandosi alla bocca una fetta di pizza con le mani.

«Forse spera che quella donna si rifaccia viva» replicò Albertini. «Tipo quello che dicevamo stamattina, che a volte le cose si sistemano da sole.»

«Sì, e magari che venga anche in commissariato a portarci un vassoio di dolci per il disturbo.»

«Be', non sarebbe male.»

«Quello che non sarebbe male, Albertini, lasciamelo dire, è se Valeri andasse in pensione. La vecchiezza ce l'ha tutta, purtroppo però non c'ha l'età.»

«Più o meno siete coetanei, no?» intervenne la Tallone.

Felice fermò a metà strada la mano che stava portando un'altra fetta di pizza alla bocca. Improvvisamente gli si era chiuso lo stomaco.

Appena rientrati, andò in bagno e si lavò i denti, poi si mise un po' di dentifricio sulle dita e le strofinò sulle narici per evitare che l'afrore di quella casa-discarica tornasse a insediarsi nel suo naso. Per un attimo pensò a quei poveri vecchietti, i vicini collezionisti di quadri antichi, che dovevano sorbirsi quell'odore immondo ogni volta che entravano e uscivano di casa.

Quando tornò nell'open space, alzò la testa e chiese ad alta voce. «È rientrato Slow motion?» Sapeva che prima o poi qualcuno sarebbe andato a riferirglielo, ma non riusciva a resistere.

«Proprio ora, con una faccia scura scura. E si è chiuso nel suo ufficio» disse Albertini.

«Allora vuol dire che è andato a mangiare a casa. Sua moglie cucina peggio di mia sorella» replicò lui.

«In compenso quella ragazza è ancora qui» disse la Tallone, con quel tono di voce che solo le donne, quando parlano di altre donne potenziali rivali, sanno rendere così perfettamente acido.

«Sì, lo so, non molla.» Ragonese fece qualche passo verso la sala d'attesa, sbirciando dentro. La ragazza pallida e magra ora stava chattando. «Non c'è che dire, a testa dura se la gioca con Slow motion» disse, arretrando verso la sua scrivania.

«E chi sarebbe questo Slow motion?» La voce di Valeri lo colse di sorpresa.

«No, niente, un mio amico» replicò, sentendosi le guance avvampare. Con la coda dell'occhio vide il sorriso solare di Albertini.

Valeri allungò il collo verso la sala d'attesa e cambiò discorso. «Non si dà per vinta, la signorina, eh! Bene, mi piacciono le persone determinate. Le avete offerto un caffè?»

Ragonese lo guardò di sghembo. «Mi sembrava che gliel'avessimo già offerto stamattina... e poi credo che ora sarebbe più importante...»

«La cortesia, Ragonese. La cortesia è la genesi dei buoni rapporti. Ricordatelo sempre.»

Ci mancava la lezione di vita, pensò l'assistente capo rimanendo in silenzio, gli occhi bassi sulla scrivania. A cosa doveva sottostare ancora per ottenere quel benedetto mandato?

«Ho riflettuto» concesse infine il commissario. «E devo ammettere che potrebbe esserci qualcosa di strano in questa assenza di comunicazione da parte della signora Favino. Forse dovremmo approfondire la questione.»

Alla buon'ora! Con Valeri era come essere in sala parto. Ragonese si alzò. «Bene, allora vado subito a chiedere il mandato di perquisizione.»

«No, a quello ci penso io. Tu nel frattempo fai un'altra cosa, verifica se risultano denunce sporte da Monica Favino contro l'ex marito. E per favore, tagliati quella barba, che non si può vedere. C'hai due anni meno di me e sembri mio nonno.»

Non bastava la frecciatina della Tallone.

Il re del rétro, il leader indiscusso del desueto in ogni campo, gli stava dando del vecchio.

«E già che ci sono mi compro anche un doppiopetto» disse a fil di voce, mentre l'altro, ormai, era quasi arrivato al suo ufficio.

Non ci volle molto tempo per scoprire che esisteva una denuncia per percosse e minacce, fatta dalla signora Favino contro l'ex marito. Per il momento si era ancora in attesa della prima udienza, quindi nessun provvedimento era stato preso.

Nel frattempo Valeri aveva ottenuto il mandato. «Eccolo»

disse allungandolo a Ragonese come fosse l'Arca dell'Alleanza.

Ragonese lo prese e si diresse verso la sala di aspetto, dove trovò la ragazza ancora intenta a digitare sulla tastiera del suo cellulare, con la concentrazione di una pianista nel clou di un assolo.

«Abbiamo ottenuto un mandato, stiamo andando a ispezionare l'appartamento della signora Favino» disse avvicinandosi e fissando quelle dita esperte muoversi con leggiadria. Quando arrivò alla giusta distanza spostò gli occhi sullo schermo: era collegata a Facebook. Forse sarebbe riuscito a sbirciare il suo profilo.

La ragazza accelerò, se possibile, gli ultimi colpi di pollice, poi alzò la testa dallo schermo. «Finalmente!» replicò, mettendo via il telefono. «Ormai mi stavo anchilosando.» E si alzò.

Ragonese la fermò con un cenno perentorio della mano. «Sono venuto a informarla dei nostri movimenti, ma lei non può venire con noi. Se vuole può aspettare qui il nostro ritorno. Io le consiglio di andare a casa e cercare di rilassarsi, di riposarsi un po'.»

«Io veramente non...» cercò di protestare lei.

«Non insista, la prego. Sarebbe inutile. Le faremo sapere noi quando avremo novità» replicò lui e senza aggiungere altro si avviò verso l'uscita.

L'agente Albertini lo aspettava sulla soglia. «Si va o no?»

«Che hai le fregole adesso?»

«No, è che ho un brutto presentimento.»

*

L'uomo col berretto arrivò nel parcheggio dell'hotel Diamante, scese dall'auto e si accese una sigaretta. Grosse nuvole nere e spesse si stavano muovendo velocemente attraversando la campagna da ovest verso est, spinte da un vento pungente. Non pioveva, ma lo aveva fatto durante il tragitto, e la strada era bagnata.

Tutt'intorno c'erano colline dolci e campi coltivati a carciofi. Nonostante fosse solo un paio di chilometri fuori dalla cittadina, l'albergo sembrava essere in aperta campagna. Una cattedrale nel deserto, come spesso accade con costruzioni così imponenti.

Il parcheggio era grande, pieno di auto. L'uomo cercò L'Audi scura, e ne trovò quattro. Diede un'occhiata agli interni di ciascuna, ma non notò nulla di particolare. Spense la sigaretta sotto il tallone e tornò alla sua auto, aprendo il bagagliaio. Prese un computer e andò a sedersi nel sedile del passeggero, poi inserì una chiavetta e si collegò a internet, digitando sul motore di ricerca il nome di Giovanni Haber.

Non risultava iscritto a Facebook, ma a LinkedIn sì.

Ne uscì un dettagliato profilo sulla sua esperienza lavorativa, ma anche informazioni interessanti come il fatto che avesse quarantatré anni e che abitasse anche lui a Roma. Nel caso le cose si fossero complicate e avesse dovuto inseguirlo fino a lì, per lui sarebbe stato un vantaggio, conosceva la sua città palmo per palmo. Ma la cosa più importante era che quell'individuo aveva pubblicato anche una sua fotografia.

Che faccia da maniaco, pensò, ridacchiando e cercando di fissare bene nella memoria quei tratti spigolosi, quel viso lungo e asciutto, quegli occhi un po' turbati. Poi uscì, rimise il computer nel bagagliaio e si accese un'altra sigaretta. Fece solo un paio di tiri, quindi la spense e si avviò verso l'entrata. Il vento aveva cominciato a dargli fastidio. Nonostante fosse un uomo robusto e muscoloso, aveva sempre sofferto le correnti d'aria e non sopportava di sentirsi addosso i vestiti umidi o, ancora peggio, bagnati.

Entrò e si guardò intorno con discrezione. La hall era molto ampia, con pavimenti di marmo ed enormi lampadari, tutti accesi nonostante fosse giorno. C'era molta gente in giro e nessuno faceva caso a lui.

Si avvicinò al bar e ordinò un caffè, continuando a guardarsi intorno. Verso il fondo, in prossimità di uno scalone, c'erano dei cartelli. Bevve il caffè e pagò, poi senza fretta si avvicinò:

come aveva pensato erano le indicazioni per raggiungere le sale di tre eventi che si svolgevano in contemporanea. Quello della World Food si teneva nella sala Primavera, al piano superiore.

C'erano diverse porte di accesso, ma erano chiuse. L'uomo ne spinse una con discrezione, aprendo uno spiraglio sulla sala.

Uno speaker stava parlando, indicando delle immagini su uno schermo gigante. Tutti stavano ascoltando in religioso silenzio. La maggior parte delle luci era stata oscurata per rendere più visibili le immagini. L'uomo entrò e fece qualche passo verso sinistra. La sala era enorme e ci saranno state centinaia di persone.

L'uomo si guardò intorno nervosamente. La sua vista ora si era abituata all'oscurità ma dal suo punto di osservazione vedeva le persone di tre quarti o da dietro e, a parte i calvi, quasi tutti avrebbero potuto rispondere al profilo del suo uomo.

Sempre con discrezione, uscì dalla sala e si diresse verso la hall. Gli venne in mente che sarebbe potuto andare alla reception e dire che aveva urgenti comunicazioni per il signor Haber. Lo avrebbe aspettato in uno di quei divanetti disseminati nel perimetro. Ma una volta arrivato cos'avrebbe potuto fare? Affrontarlo a viso aperto avrebbe comportato troppi rischi. Se quell'individuo avesse reagito male non sarebbe stato possibile fare niente e tutta quella gente lo avrebbe visto, si sarebbe ricordata del suo volto. No, quello non era il luogo adatto. Doveva confrontarsi con quell'uomo da solo, in un posto appartato, all'aperto o in auto. Sì, doveva trovare il modo di farlo salire sulla sua auto e allontanarsi da lì. Poi, con il suo coltello, sarebbe stato convincente.

12

Quando arrivarono davanti alla villetta, aveva ricominciato a piovere. Una pioggia leggera, quasi impalpabile, ma il cielo si era rabbuiato. Sembrava già sera, nonostante fosse primo pomeriggio.

Un senso di malinconia pervase Ragonese. Un'urgenza di arrivare a fine giornata. Anche se non sarebbe potuto andare a casa. Non subito. Ne aveva abbastanza dell'arrosto della sera prima. Avrebbe chiamato sua sorella dicendo che anche quella sera doveva fare un turno straordinario e invece sarebbe andato da Nestore. Non che al pub si mangiassero cose sane o leggere, ma almeno erano commestibili. Avrebbe dovuto anche chiamare il dentista. Ormai era chiaro che il dolore non sarebbe andato via per grazia divina.

Non ci volle molto ad aprire la porta della villetta, la serratura era stata chiusa senza mandate.

Appena entrati nella casa, notarono evidenti tracce di colluttazione: sedie rovesciate, oggetti per terra. Avanzarono con cautela, passando dall'ingresso in una stanza che faceva da sala.

Il tavolo era stato spinto a ridosso del muro, e proprio nel centro della stanza c'erano delle macchie di sangue. Era evidente che lì era successo qualcosa di grave.

Ragonese guardò Albertini: «Bisogna chiamare la scientifica. Per prima cosa è necessario analizzare il sangue, scoprire se è della padrona di casa o di qualcun altro.»

«Sì, me ne occupo subito.»

Nessun cadavere, nessun foulard di seta. Solo tracce di una colluttazione violenta. Non sembrava la scena del crimine dello strangolatore. Forse per una volta Valeri aveva avuto ragione. Ma era meglio controllare bene.

Provarono a chiamare la signora senza ottenere risposta.

«Ispezioniamo il resto della casa. L'auto della signora Favino è ancora nel parcheggio: questo vuol dire che lei potrebbe essere nascosta qui da qualche parte, o che qualcuno potrebbe averla portata via magari con il SUV avvistato dall'amica.»

Setacciarono la casa palmo a palmo, senza trovare traccia della donna. Questo avvalorava la seconda tesi. E significava anche che l'aggressione doveva aver avuto luogo quella stessa mattina, quando l'amica era passata a controllare.

Ragonese elaborò quel pensiero più di una volta. Si soffermò di fronte a uno scrittoio nel salotto, dove c'erano tre foto incorniciate che ritraevano la stessa donna minuta ed esile in situazioni diverse: durante una passeggiata in montagna, al tavolo di un ristorante in stile messicano, davanti a una torta di compleanno.

Allungò la mano, estrasse dalla cornice la foto di lei in montagna e proprio mentre se la infilava in tasca si rese conto che qualcosa nel suo ragionamento non tornava. Se i fatti erano andati così, e tutto sembrava farlo credere, perché allora il telefono della signora Favino era spento o fuori uso dalla sera prima?

In macchina verso il commissariato, Ragonese non riusciva a non pensare a quel telefono spento. E al sangue, quelle macchie di sangue sul pavimento, al centro della stanza. Era sempre così, più si riprometteva di fregarsene, di limitarsi al minimo indispensabile, più si faceva tirare dentro dalle situazioni. Valeri lo sapeva, aveva a disposizione personale più qualificato, sovrintendenti, ispettori, ma si rivolgeva sempre a lui.

Giunto in commissariato, si diresse subito nell'ufficio del

suo capo, che aveva già messo al corrente per telefono dell'esito dell'ispezione.

«Questa l'ho presa a casa della signora Favino» disse mostrandogli la foto. «È abbastanza luminosa. Speriamo solo che non sia stata scattata troppi anni fa.»

Valeri lo guardò senza muovere un dito. «Diramala a tutte le sedi regionali» disse senza interesse per quell'immagine.

Ragonese assentì e fece per uscire dalla stanza. «Ah, dimenticavo» disse fermandosi sulla porta. «Mentre rientravamo abbiamo sentito gli ospedali, per via del sangue trovato nell'abitazione. Non risulta alcun ricovero, né passaggio dal pronto soccorso. E questo vuol dire che la ferita non era grave. O lo era troppo.»

«*Quien sabe?*» rispose Valeri allargando le braccia. Fra le altre cose era anche un estimatore di Tex Willer.

Ragonese uscì, senza ulteriori commenti. Avrebbe dovuto anche diramare un comunicato con l'ordine di ispezionare i SUV scuri. Predisporre posti di blocco sulle strade in uscita da Pontebosio sarebbe stato inutile, ormai era troppo tardi. Però sarebbe stato utile mandare delle pattuglie alle uscite dei caselli autostradali dei principali centri della regione e di quelle limitrofe, con l'ordine di fermare e controllare le auto con quelle caratteristiche.

E poi c'era un'altra cosa da fare. La più importante. Doveva rintracciare l'ex marito della donna scomparsa, il violento. E portarlo subito in centrale, per interrogarlo.

Quando raggiunse la sua scrivania, lì vicino Albertini stava digitando qualcosa al computer, le mani che si muovevano lente sulla tastiera, come se il cervello fosse incerto sulle parole da scrivere.

«Stai lottando con qualche congiuntivo?» gli chiese, e si mise dietro le sue spalle, con le gambe un po' larghe e le braccia incrociate.

Albertini smise di digitare e si girò a guardarlo. «Se vuoi ti prendo una seggiola, così puoi farti i cazzi miei in modo più confortevole.»

«No, grazie, non ho bisogno della tua *séggiola*» replicò Ragonese calcando la 'e'. «Tanto, qualunque cosa tu stessi facendo – e da quello che vedo non mi sembra di vitale importanza – devi interrompere.»

Albertini lo guardò. «Ma è il verbale di oggi, sull'ispezione nella villetta.»

«Sì, la villètta. Lo finirai dopo, ora dobbiamo occuparci di ritrovare la donna, non delle scartoffie. Dobbiamo andare a prendere il marito e portarlo in centrale. Dobbiamo dividerci i compiti e muoverci velocemente. Chiudi tutto e dirama un comunicato per la disposizione di posti di blocco all'uscita dei caselli autostradali di Siena, Firenze, Arezzo e Grosseto, e nei capoluoghi delle regioni confinanti con l'ordine di fermare e ispezionare i suv neri o di colore scuro. Cerchiamo una donna giovane, trentotto anni, di corporatura minuta, bionda, probabilmente ferita. Potrebbe essere trasportata contro la sua volontà, forse nel bagagliaio. Questa è la foto che ho preso alla villetta.»

Albertini prese appunti su un foglio di carta, poi prese la foto. «Okay, me ne occupo subito» disse, dopo averla fissata per qualche secondo.

«Io intanto mando due agenti a perlustrare il bosco nei pressi della casa. È un posto isolato e non possiamo escludere che per qualche ragione sia finita lì.»

Ragonese prese il telefono e diede l'ordine, poi si alzò e andò verso la sala d'attesa. Non si era sbagliato, la ragazza era ancora lì.

«Siete andati? Cosa avete trovato?» chiese lei, senza preamboli, appena lo vide, alzandosi dal divanetto in finta pelle sgualcito e andando verso di lui.

«Stia calma. La sua amica non è a casa» disse Ragonese, invitandola a gesti a rimettersi a sedere.

«E adesso? Adesso cosa farete?» chiese lei.

«Adesso andiamo a sentire cos'ha da dirci suo marito. È per questo che sono venuto da lei. Sa come si chiama?»

«Paolo, Paolo Ferrante.»

«E sa dove possiamo trovarlo, dove lavora?»

«Certo. Lavora in un bar di piazza Verdi, quella nel centro pedonale, ha presente? Ecco, il bar è quello all'angolo con via Manin.»

Ragonese fece un cenno con la testa. «Sì, ho capito. Ora andiamo a prenderlo. Ma lei mi faccia il piacere, torni a casa. La terremo informata noi sugli sviluppi.» Poi uscì senza aspettare risposta.

*

L'uomo col berretto si sentiva frustrato, aveva la sensazione che il tempo a sua disposizione stesse finendo, doveva scoprire il prima possibile cosa fosse successo, ma sapeva che ora era meglio allontanarsi da quel posto.

Uscì all'aperto, salì in macchina e mise in moto. Sarebbe tornato più tardi all'hotel Diamante, a sessione lavori finita. Se fosse rimasto lì tutto quel tempo qualcuno avrebbe sicuramente notato la sua presenza.

Entrò in autostrada e si fermò nel parcheggio di un autogrill. Era il posto ideale per sostare a lungo senza essere notati, perché la gente passa e va, senza sapere da quanto tempo sei arrivato e quando te ne andrai.

Bevve un caffè e comprò le sigarette, poi uscì e ne accese subito una. Non si era mai trovato in una situazione del genere. La sua vittima era scomparsa e la persona che forse avrebbe potuto dirgli cosa era successo era chiusa nella sala di un albergo insieme a centinaia di colleghi, e a lui non restava che attendere la fine di quella convention. Ma doveva calmarsi, trovare la foto di quel tizio su LinkedIn era stato un passo in avanti determinante. Era solo una questione di tempo.

Guardò l'orologio: non mancava molto. Accese un'altra sigaretta dal mozzicone della prima. Ancora un paio d'ore e sarebbe tornato nel parcheggio dell'hotel. Una volta finita la sessione dei lavori, i partecipanti sarebbero usciti nel piazzale e lui avrebbe identificato Haber. Lo avrebbe seguito aspettando il momento buono per agire.

Si sarebbe fatto dire che fine aveva fatto quella donna. Poi, con tutta probabilità, lo avrebbe ucciso.

*

Finalmente la prima giornata della convention era terminata.

Le ore del dopopranzo erano passate lente, prima nell'attesa che Adelmo tornasse, poi, una volta tornato a metà pomeriggio, nel desiderio che tutto finisse il più presto possibile. Il pensiero di quel cadavere da abbandonare chissà dove e chissà come era diventato costante, un peso via via sempre più greve.

Adesso che tutto era finito, Giovanni camminava lentamente fra la folla di colleghi, guardando il pavimento, le grosse mattonelle di marmo intarsiato, il turbinio di piedi e gambe, nel rumore dei passi e dei toni di voce crescenti. Sentiva lo stomaco bruciare e le orecchie gli fischiavano, come se ci fosse stato un boato, come se avesse raggiunto il valico di una montagna e ora stesse discendendo.

Adelmo gli camminava vicino, braccio a braccio. Era eccitato, Giovanni lo sentiva dalla rigidità del suo corpo, dai movimenti decisi. Era ansioso di metterlo al corrente, lo avvertiva, voleva arrivare al più presto alla macchina, rimanere solo con lui per raccontargli cosa era successo, cosa aveva fatto nel periodo di tempo in cui era sparito con quella donna.

Giovanni sentiva che il bruciore allo stomaco si stava intensificando. C'era da aspettarselo, le emozioni che si erano avvicendate dalla sera prima erano state troppo violente. La sua colite si era risvegliata. Improvvisamente arrivò una fitta. Per fortuna erano ancora dentro l'albergo.

Stava sudando. Anche Adelmo, nonostante fosse tutto preso dal suo stato d'animo, si accorse che c'era qualcosa che non andava. «Tutto bene?» gli chiese osservandolo. «Sei molto pallido.»

Sentirsi osservato non fece che peggiorare il sintomo. «Sì,

bene» rispose cercando di dissimulare, ma ormai tenendosi lo stomaco con la mano destra. «Devo solo trovare un bagno.»

Intanto la gente lo circondava, togliendogli l'aria. Sembravano tutti avere fretta, come se per qualche ragione bisognasse lasciare quel posto il più presto possibile. Le voci si facevano alte, scomposte, qualcuno rideva, i *bip bip* dei telefonini appena riaccesi si susseguivano uno dopo l'altro, le musiche delle suonerie si sovrapponevano, creando una terribile cacofonia.

Una seconda fitta, più forte, lo fece piegare su sé stesso. Giovanni si appoggiò al muro, poi si asciugò il sudore dalla fronte con il braccio libero. Vicino a lui una porta bianca si aprì e ne uscì un uomo. Con un po' di fatica alzò la testa verso la porta e vide che era una toilette. Doveva resistere ancora un attimo, poi sarebbe stato salvo.

13

Giovanni uscì dal bagno. La crisi era passata, ora si sentiva meglio. Si guardò intorno e vide Adelmo in piedi in fondo al corridoio che stava parlando con due persone, un uomo e una donna.

Si avvicinò con discrezione.

L'amico non badò a lui e continuò a parlare, fino a che gli altri due, accortisi della sua presenza, si voltarono a guardarlo.

«Ah, Giovanni» disse allora Adelmo. «Vieni che ti presento il grande capo del personale» indicando la donna con un gesto cortese e un sorriso mellifluo. Poi si girò e modulò la voce su un tono di deferenza. «Lui invece è il mega boss delle finanze.» Quindi, rivolto a loro: «Questo è Giovanni Haber, un nostro nuovo collega con cui ho avuto il piacere di lavorare anche in passato.»

I due gli tesero le mani contemporaneamente, con larghi sorrisi. E contemporaneamente dissero: «Benarrivato, come si trova da noi?»

«Mi ricordo del suo nome, è con noi da circa un paio di mesi, giusto?»

Haber strinse le mani, un po' confuso. «Sì, sì, tre» disse guardandoli alternativamente.

Poi, quando si stava ancora sforzando di aggiungere qualcosa di intelligente, il direttore finanziario disse: «Bene, è stato un piacere. Noi adesso andiamo ché si è fatto tardi e ci sono ancora diverse cose da sistemare per la cena di stasera.» Dopo un attimo entrambi si erano dileguati.

«È importante essere in buoni rapporti con le persone che contano» disse Adelmo a bassa voce, come se potesse rischiare di essere sentito. «Io me li sono fatti addirittura amici. Spesso, quando non sono in giro per lavoro, usciamo a pranzo insieme. Lei non è neanche male, non trovi? Se capitasse l'occasione, una bottarella gliela darei. Ma ora vieni, andiamo al bar dell'hotel. Hai un colorito talmente pallido che sembri uno straccio. Ti farà bene bere qualcosa di caldo, un tè o una camomilla.» E senza aspettare risposta si diresse verso il bar.

Giovanni lo seguì passivamente. Come aveva fatto in passato a confidarsi con una persona così? Forse il suo bisogno di sfogarsi era stato tale che lo aveva portato a farlo con un individuo con cui non aveva approfondito la conoscenza. Non se lo ricordava così arrivista e volgare. Che la sua vera natura fosse venuta fuori in questi ultimi anni?

«Sei curioso di sapere com'è andata con la Paloschi, eh? Di' la verità» disse Adelmo, appena seduti, dandogli di gomito un paio di volte.

«Veramente...»

«Una bomba! Non c'è altro modo di definirla.»

Si avvicinò la cameriera per le ordinazioni e Adelmo smise di parlare, ma Haber sapeva che avrebbe ripreso appena si fosse allontanata. Doveva stare calmo. In definitiva doveva soltanto portarlo dal meccanico a ritirare la macchina e subito dopo fermarsi in un posto isolato.

Ci sarebbero voluti solo un paio di minuti per liberarsi di quel corpo. Aveva fatto cose molto peggiori. Questa, in confronto, era una passeggiata.

*

Paolo Ferrante, ex marito della donna scomparsa, era seduto su una sedia di ferro nella sala interrogatori della centrale di polizia di Pontebosio. Era lì ormai da tre ore, ma non dava cenni di cedimento.

Ragonese lo osservò ancora: era sudato e la sua testa completamente rasata era lucida, come se ci avessero versato sopra dell'olio. Le spalle, le braccia, il collo erano ricoperti di una trama fitta di tatuaggi, nei quali risultava difficile trovare un filo conduttore. Geishe giapponesi, dragoni, supereroi, serpenti, ragnatele, ghirigori, pesci, aquile si sovrapponevano senza una logica apparente, se non quella di riempire gli spazi, di saturare ogni centimetro di pelle. Era seduto su quella scomoda sedia da tutto quel tempo e la sua pancia prominente era piano piano scivolata verso il basso, probabilmente per dare sollievo alla schiena. Tutta la sua figura emanava un odore acre di sudore.

Da qualche minuto era entrato in sala interrogatori anche il commissario Valeri, che sembrava particolarmente turbato da quell'olezzo e si teneva a debita distanza.

In quel momento entrò un agente con un vassoio, lo appoggiò sul tavolo e uscì.

Ragonese ci avrebbe giurato: ovunque andava, Valeri metteva in atto quella patetica messinscena.

«Beviamoci questo caffè» disse Valeri. «Mi sembra di capire che abbiamo cominciato con il piede sbagliato, ma c'è tempo di rimediare.» Prese una tazzina e la portò davanti a Ferrante, stando attento a non avvicinarsi troppo. «Zucchero?»

L'altro lo guardò rimanendo in silenzio per qualche secondo. Il sudore gli era sceso sugli occhi e glieli aveva arrossati. «Una bustina» disse infine, spostando l'attenzione su quel liquido scuro, sull'esile filo di fumo che saliva verso l'alto.

Valeri allungò lo zucchero, poi passò una seconda tazzina a Ragonese e prese la terza per sé, muovendosi con gesti lenti, studiati. Bevvero in silenzio, come se improvvisamente non ci fossero più argomenti da chiarire.

Esasperato da quell'improvvisa decelerazione, Ragonese posò la tazzina sul vassoio e alzò gli occhi su Ferrante. «Interessanti i tuoi tatuaggi. Quanti ne hai?» chiese, cercando di cambiare tattica.

«Non so, ho smesso di contarli quando sono arrivato a cinquanta» replicò l'uomo, con uno sguardo incuriosito.

«Ho letto proprio di recente un articolo che parlava dell'importanza dell'inchiostro usato nei tatuaggi» disse Valeri intromettendosi. «Sembra che alcuni siano addirittura cancerogeni.»

Ferrante lo guardò, cambiando espressione.

«Ma lei ne saprà certo più di me» si affrettò allora ad aggiungere Valeri. «È ovvio che la prima cosa di chi si fa tatuare è verificare la qualità e la provenienza dell'inchiostro. Soprattutto se lo si fa per così tante volte.»

«Ma non è questo il punto» disse Ragonese dopo che era calato un imbarazzante silenzio. «Quello che volevo dire...»

«Hai detto bene, tu non ne sai un cazzo di tatuaggi» disse Ferrante interrompendolo, rivolto a Valeri.

«Prego?» replicò Valeri.

«Hai capito bene, stronzo» aggiunse Ferrante. Poi incrociò le braccia al petto e strinse le labbra in una fessura.

Valeri si alzò di scatto, come se volesse ribattere qualcosa. Ma poi decise di lasciar perdere e guadagnò la porta. «Vai pure avanti tu, Ragonese, che io adesso ho altre cose più importanti di cui occuparmi» disse, e un attimo dopo scomparve.

Intanto la carta del dialogo era andata a farsi fottere.

Felice aveva pensato di parlare dei tatuaggi in senso generale, delle tradizioni maori, dei messaggi reconditi legati a quel simbolismo. Non sapeva se ne avrebbe cavato qualcosa. C'era una grossa probabilità che quell'individuo si fosse riempito il corpo di quei simboli indelebili semplicemente perché era di moda.

Ma ora il momento era passato, Ferrante era di nuovo teso, all'erta, combattivo. Bisognava ricominciare da capo.

«Tornando a noi» disse Ragonese, decidendo di lasciare perdere i tatuaggi. «Secondo quanto ci hai raccontato, ieri sera hai lavorato fino alle sette di sera, poi il tuo turno è terminato. Cos'hai fatto dopo?»

Ferrante sembrava valutare se era il caso di continuare a

rispondere a tutte quelle domande o rintanarsi in un ostinato mutismo. Infine sbottò con un moto di disperazione nella voce.
«Ma ve l'ho già detto cento volte!»

«E allora diccelo per la centunesima.»

Ferrante abbassò la testa verso il tavolo e la prese fra le mani. «Sono andato a cena con i miei amici» disse da quella posizione, la voce filtrata.

«I signori Aldo Macchi e Valerio Masi?» precisò Ragonese leggendo gli appunti.

«Sì.»

«Bene, verificheremo. Abbiamo già mandato qualcuno a interrogare questi tuoi amici. E chi può dirci che sei rimasto al lavoro fino alle sette? Magari sei riuscito a sgattaiolare via prima, andando dalla tua ex moglie.»

Ferrante rialzò la testa. «Lavoro in un bar e il mio turno finisce alle sette. A quell'ora arriva Roberto, il mio collega, per darmi il cambio. Se me ne fossi andato via prima il bar sarebbe rimasto sguarnito, senza nessuno. Infatti quando siete venuti a prendermi abbiamo dovuto chiamarlo.»

«Sentiremo anche questo tuo collega. Ora dimmi, fino a che ora sei rimasto a cena con i tuoi amici?»

«Ma ve l'ho già detto! Siamo stati insieme fino a circa l'una e mezza, poi sono andato a casa perché stamattina era il mio turno di apertura e dovevo essere al bar alle sette meno un quarto.»

Questo era il punto dolente. Quell'uomo, la sera prima, una volta lasciati i suoi amici, teoricamente avrebbe anche avuto il tempo di andare a casa dell'ex moglie. Ma la mattina dopo, quando l'amica della donna aveva visto il suv nero davanti alla casa, l'ex marito era sul posto di lavoro, il bar. E questo lo potevano testimoniare in molti, avevano già controllato, a partire dal suo datore di lavoro. La sua auto, poi, era una Porsche Carrera.

Avevano già verificato le testimonianze degli amici, del collega e del personale del ristorante dove avevano mangiato, anche se a lui facevano credere di non averlo ancora fatto. E tutti avevano confermato la sua versione, senza sbavature.

E poi c'era un'altra cosa che non tornava. Ammesso che quell'uomo fosse andato dalla sua ex intorno all'una e mezza, perché il telefono di lei era già spento e irrintracciabile da parecchie ore? Per ora non c'era risposta.

«Quindi dovremmo fidarci della tua parola» replicò Ragonese.

«Vi sto dicendo la verità!»

«Io non ne sono affatto convinto. Ma ora dimmi, come fa un barista a permettersi una Porsche?»

«Ho vinto una grossa somma al gioco.»

«Puoi provarlo?»

Ferrante non rispose.

«Bene bene. Sei anche un frequentatore di bische e giri di scommesse illegali.»

L'altro continuò a rimanere in silenzio.

«Anche su questo faremo delle opportune ricerche. Ma torniamo a noi. A quanto ci sembra di capire, dopo aver salutato i tuoi amici, hai avuto tutto il tempo di andare dalla tua ex moglie, ucciderla, portare via il cadavere e la mattina dopo andare regolarmente ad aprire il bar in perfetto orario.»

«No! Io non ho fatto niente! Non farei mai del male a Monica. Io le voglio ancora bene!»

«Questo però non ti impediva di minacciarla e anche di alzare le mani su di lei!» gridò all'improvviso Ragonese, avvicinando la testa a quella di Ferrante con fare intimidatorio. «E sai perché la picchiavi? Perché sei un debole che non può sopportare di essere rifiutato, uno che si riempie di tatuaggi senza manco sapere che cazzo d'inchiostro viene usato. Non sopportavi che si fosse stancata di te, delle tue cazzate, eh?»

«No!» reagì Ferrante. «È successo solo una volta, ho perso la testa. Lei mi aveva lasciato e io ci stavo male. Così un giorno, cercando un chiarimento, mi sono fatto prendere dalla rabbia e le ho gridato delle cose cattive. Le ho dato anche un paio di schiaffi. Ma me ne sono subito pentito.» Ferrante ora stava sudando. I suoi occhi erano sempre più rossi, cerchiati da pesanti occhiaie nere, come due mezze lune. «Ma lei non ha voluto accettare le mie scuse e, da quel momento, non ha voluto più vedermi. Non nascondo di essere stato male, ma poi mi sono ripreso, ho ricominciato a vivere, nello stesso modo in cui credo facciano tutti.»

«E invece io credo che tu gliel'abbia giurata, perché lei ti ha denunciato e tu hai deciso di fargliela pagare. Ce l'hai scritto in faccia» replicò Ragonese, questa volta a voce bassa. «Ora ripetici nel dettaglio cos'hai fatto dopo aver lasciato i tuoi amici Macchi e Masi» aggiunse sedendosi pesantemente su una delle sedie di metallo.

Niente, Paolo Ferrante non si era ancora contraddetto.

Che dicesse la verità? Ragonese non ne era convinto, c'era qualcosa in quell'uomo che lo turbava. Qualcosa d'indefinito, che non riusciva a mettere a fuoco. Nel suo cervello si stava facendo strada l'unica spiegazione della colpevolezza di quell'uomo che gli sembrava plausibile. La sera prima, una volta lasciati gli amici, probabilmente un po' alticcio, aveva deciso di andare dalla sua ex moglie, magari per cercare una riconciliazione e concludere la serata nel migliore dei modi. Ma lei lo aveva respinto e allora lui aveva perso la testa e in un eccesso di rabbia l'aveva colpita, uccidendola. E il sangue trovato dentro la casa era la prova della violenza perpetrata. Poi, preso dal panico, era scappato. Ma dopo, col passare delle ore, aveva recuperato l'autocontrollo e aveva capito che sarebbe stato meglio far sparire il cadavere. Ormai però era troppo tardi e lui doveva andare ad aprire il bar. E allora aveva mandato qualcun altro a fare il lavoro. Qualcuno di cui poteva fidarsi ciecamente. Qualcuno con un suv nero.

*

L'uomo col berretto era sconfortato. L'aveva perso. Erano usciti tutti insieme dall'hotel della convention e si erano rivelati veramente troppi da tenere sotto controllo nello stesso momento. Aveva cercato di stare dietro al flusso e fino a un certo punto c'era anche riuscito, ma poi aveva perso il controllo della situazione. Molti erano passati senza che lui potesse osservarli bene, e i volti che era riuscito a mettere a fuoco non corrispondevano ai lineamenti di Giovanni Haber.

Per fortuna quella era stata solo la prima giornata di lavori, il portiere della pensione gli aveva detto che la convention sarebbe durata due giorni. La sua preda era ancora lì, nei paraggi. E ci sarebbe rimasta almeno fino alla sera successiva.

Scese dall'auto e si accese una sigaretta. Stavano arrivando due persone, due ritardatari. Purtroppo neanche i loro tratti corrispondevano a quelli della foto di LinkedIn di Haber.

Mentre passavano, sentì che si davano appuntamento per la cena societaria della sera. Ma certo, avrebbero mangiato tutti assieme.

Ora dall'hotel non stava uscendo proprio più nessuno. Erano andati tutti via, probabilmente nei rispettivi alberghi a farsi una doccia e cambiarsi per andare fuori a cena. Avrebbe dovuto ricominciare da capo, cambiare criterio di analisi, e doveva farlo subito, aveva già perso troppo tempo.

Spense la sigaretta schiacciandola con decisione sotto una scarpa, poi salì in macchina. Era inutile aspettare ancora. Doveva andare all'altro albergo, la pensione dove soggiornava il suo uomo e appostarsi nei pressi dell'ingresso. Sicuramente sarebbe tornato lì per rinfrescarsi e poi sarebbe uscito per andare alla cena.

Quella poteva essere l'occasione giusta per abbordarlo.

Durante il tragitto si mise ad ascoltare i notiziari di varie emittenti radio locali. Un paio avevano parlato di una donna misteriosamente scomparsa, il cui ex marito era stato fermato e messo sotto interrogatorio. Non avevano aggiunto altro, solo che la notizia era trapelata nonostante il riserbo delle forze dell'ordine che, fino al quel momento, non avevano voluto rilasciare comunicati né dichiarazioni.

Le cose si stavano complicando, ma era inevitabile.

Arrivò alla pensione dove era alloggiato il rappresentante e parcheggiò sul lato opposto della strada. Si accese una sigaretta e cominciò a tenere d'occhio l'ingresso.

Sentiva di nuovo pulsare le bruciature sulla pancia. Erano calde, umide, avrebbe dovuto darsi una sciacquata, cambiare la medicazione. Trenta metri più avanti c'era un bar. Doveva assolutamente recuperare il sangue freddo. Andare in bagno e risistemarsi. Per almeno dieci minuti doveva lasciare l'appostamento, non c'era alternativa.

14

Giovanni si sentiva meglio. Lo stomaco aveva smesso di bruciare. Provava un po' di debolezza, però era normale, gli succedeva sempre quando gli venivano i suoi attacchi. Il medico si era raccomandato di evitare le emozioni forti, ma come poteva prevedere di finire invischiato in eventi del genere?

Ora non doveva pensarci. Doveva solo portare quel borioso di Pellizzari fino all'officina dove aveva lasciato la sua macchina a riparare e poi non avrebbe più avuto niente a che fare con lui.

Alzò lo sguardo verso la vetrata: il cielo si era fatto buio e sembrava avesse ripreso a piovere. Era già praticamente notte.

Adelmo si era allontanato per fare un paio di telefonate a dei clienti. Ma non importava, avrebbe aspettato ancora il tempo che ci sarebbe voluto, forte del pensiero che di lì a poco tutto sarebbe finito. Finalmente sentiva di poter tenere l'ansia sotto controllo.

Eccolo là, stava tornando. Adesso era arrivato proprio il momento di andare.

Giovanni si alzò, Adelmo prese il suo trolley e lo seguì verso l'uscita.

«Perché non lo lasci qui? Non hai detto che stasera dormi in questo albergo?» gli chiese.

Adelmo fece ancora quell'espressione compiaciuta per

lui così terribile da sopportare. «C'è stato un cambio di programma. La Paloschi mi ha fatto capire che le piacerebbe passare la notte con me. E lei sta in un altro albergo.»

Giovanni provò l'istinto di ribattere qualcosa di velenoso, del tipo 'Ancora? Sei sicuro di farcela?', ma riuscì a frenarsi.

Uscì e guardò di nuovo verso il cielo, verso la pioggia che gli cadeva sul volto.

Probabilmente si sarebbe dovuto bagnare ancora. Non ce l'avrebbe fatta a tirare fuori il cadavere di quella donna tenendo l'ombrello. Pazienza, era l'ultima cosa che avrebbe dovuto fare.

Poi sarebbe tornato all'albergo e la sua vita sarebbe ricominciata.

*

Ragonese era tornato nell'open space. Ora a torchiare Ferrante c'era un altro agente.

Nonostante il rumore generalizzato, sentì il suo telefono abbaiare. Aveva impostato quel segnale per i messaggini. Cercò di sbirciare allontanando l'apparecchio ma il suo braccio aveva una lunghezza limitata. Seppur controvoglia prese gli occhiali. Non sopportava di doverli usare per leggere dal cellulare. Faceva vecchio.

Il mittente era Tamara, l'amica di sua sorella, quella con le belle gambe. Ecco, avrebbe anche potuto fare a meno di tutto quel traffico. Era uno dei soliti filmatini con gatti o pupattoli che quella donna gli mandava di continuo. Ragonese si chiese qual era stato l'equivoco. Quand'era che le aveva fatto credere di apprezzare quel genere di cose? Lui si ricordava una serata pallosa a casa, con sua sorella che per quell'occasione aveva preparato dei tagliolini che venivano su tutti insieme con una forchettata e poi... ah, sì, un polpo che sembrava cingomma. Di cosa avevano parlato? Buio completo. Poi lui, attirato dalle sue gambe, l'aveva invitata a uscire la settimana dopo, l'aveva portata in un bel ristorante di pesce, che gli era anche costato un botto. Sì, era lì che lei aveva cominciato a parlare di animali e bambini. Ragonese ora sapeva perché si era innestato l'equivoco. Le aveva dato corda, mentendo spudoratamente, con la sola intenzione di compiacerla per poi portarsela a letto. Ma il bello era che non c'era riuscito. Tamara non era tipa da darla via al primo appuntamento. E lui non se l'era proprio sentita di andare avanti. Non l'aveva più chiamata e non aveva mai risposto a quei messaggi, che però continuavano ad arrivare impietosi.

«Quanto ti manca?»

La voce di Albertini lo riportò alla realtà. «Prego?»

«Dicevo, quanti decimi ti mancano?»

«Ah no, poco. Potrei farne anche a meno.» In verità erano quasi due.

«Sì, però ti ci vorrebbe una prolunga per il braccio.»

La Tallone scoppiò a ridere. Ma non avevano mai un cazzo di meglio da fare quei due che rompergli i coglioni? Ragonese guardò ancora lo schermo del cellulare e fece partire il filmato. Quando si rese conto dell'errore era troppo tardi. Un gattino stava suonando un pianoforte, battendo fuori tempo le zampine sui tasti. Non fece in tempo a interromperlo che Albertini era già con la testa nello schermo.

«Ah, non lo sapevo che ti piacevano i gattini! Allora sei un tenerone!»

«Vaffanculo, Albertini.»

«E chi è Tamara?» disse ancora Albertini, continuando a sbirciare sullo schermo. «Un bel nome da zoccolona...»

«È la mia fidanzata.»

La Tallone scoppiò di nuovo a ridere. E pensare che la pagavano anche per venire in ufficio.

Albertini si contrasse. «Ah... Scherzavo, dài...»

Ragonese lo guardò di sghimbescio. «Anch'io, scemo» disse, mettendo via il telefono. Poi, avendo avuto l'ultima battuta, si allontanò verso l'uscita. Dopo tutto quel tempo in sala interrogatori sentiva il bisogno di un altro caffè.

Quando uscì dal commissariato si accorse che aveva cominciato a piovere. Seppur controvoglia, si mise a correre per arrivare al bar dell'angolo.

«Il solito?» gli chiese la ragazza dietro il bancone, vedendolo entrare.

Odiava essere prevedibile. 'No, oggi un Fernet Branca' avrebbe voluto dire, ma poi gli sarebbe toccato berlo. «Sì, grazie» rispose, a corto di fiato.

Era stata una giornata intensa, come non succedeva da parecchio tempo. Il pensiero tornò alla casa dell'accumulatore seriale, al fatto che qualcuno avrebbe dovuto svuotarla di tutta quella roba. Il solo ricordo gli fece venire voglia di ordinarlo, quel Fernet.

In quel momento entrò nel bar l'amica della donna scomparsa, chiudendo il suo ombrellino e ancheggiando sui tacchi alti verso il bancone, pallida come un vampiro e flessuosa come una pantera.

Ragonese le fece un cenno con il braccio.

«Chi si vede» disse lei, avvicinandosi.

Bene, era anche spiritosa. «Posso offrirle qualcosa?» le chiese.

«Ero venuta giusto per un caffè.»

«Ma non ha seguito il mio consiglio» disse lui, facendo cenno alla barista di mettere su un caffè.

«Quale consiglio?»

«Di andare a casa a riposarsi un po', distrarsi. Che so, leggere un buon libro.»

«Lei si intende di libri?»

Quando aveva letto l'ultimo? Non ricordava bene. «Sì, mi piace leggere la sera, prima di andare a letto, giusto un paio di pagine, gustare la scoperta di una storia nuova che si rivela poco a poco. Un po' come entrare in un mondo parallelo.»

«Anche per me è così» disse lei, prendendo la tazzina.

«A proposito, ero venuto a bere un caffè veloce per poi andare alle librerie Feltrinelli qui vicino, le va di accompagnarmi? Così si distrae un po'...»

«Ma sì, mi sembra una buona idea» disse lei, sorridendo e

porgendo la mano tesa. «A proposito, io sono Camilla, se non le dispiace possiamo anche darci del tu.»

«Felice» rispose lui, stringendo quella mano aggraziata.

*

Haber attivò gli abbaglianti, tanto di macchine dall'altro lato era già un po' che non ne passavano. La pioggia era aumentata d'intensità e la visibilità era notevolmente diminuita. Stavano percorrendo una statale con l'asfalto vecchio, non drenante, e non c'erano lampioni.

«L'idea è quella di affidarmi la responsabilità sui capi zona. In pratica avrei il controllo dell'intera area vendite.» Adelmo stava riassumendo il colloquio avuto quella mattina con il grande boss. «Ti rendi conto di cosa vuol dire?» Ora lo stava guardando con serietà, come se quell'investitura per lui significasse tantissimo.

Giovanni provava un senso di fastidio. Da un lato era contento che il collega avesse avuto il ritegno di non scendere nei dettagli della sua squallida storia di sesso con quella donna. Probabilmente c'era un limite che anche Adelmo non riusciva a superare. O forse lo aveva solo fatto perché prima, quando si era fatto trasportare dall'orgoglio maschile e si era vantato delle sue gesta con una donna così avvenente, desiderata da tutti, le sue reazioni erano state talmente fredde che qualcosa gli aveva suggerito che non era il caso di insistere su quell'argomento.

«A cascata si tratta di controllare più di duecento persone. Duecento! Ti rendi conto?» continuò Adelmo, guardandolo ancora con quell'aria insopportabilmente seria.

«Ma dài» replicò lui asciutto, visto che l'altro continuava a fissarlo con insistenza, come se quel commento fosse necessario per continuare.

«Eh sì, invece. Duecento persone che dovranno seguire le mie direttive e che tutte le mattine si sveglieranno pensando al modo migliore per soddisfare le mie aspettative» aggiunse Adelmo.

Haber stava guidando e in quel momento non vedeva la sua faccia, ma dal tono di voce intuiva l'espressione che doveva stravolgere quei lineamenti regolari che piacevano tanto alle donne. Sicuramente i suoi occhi erano dilatati, le sopracciglia sollevate, forse l'enfasi del resoconto gli aveva prodotto piccole palline bianche di saliva ai lati della bocca che gli aveva visto già altre volte in passato.

L'officina ormai avrebbe dovuto essere vicina, il navigatore segnava un chilometro, ma, sarà stato per la pioggia o per il buio e la visibilità così scarsa, quella strada sembrava proprio portare nel nulla.

Era il luogo ideale per scaricare il corpo, pensò Giovanni, e un brivido improvviso gli salì dal basso della schiena.

Il corpo. Per la prima volta da quando erano partiti realizzò pienamente il rischio che stava correndo. Stavano viaggiando con il cadavere di quella donna nel bagagliaio e Adelmo era lì, a poco più di un metro di distanza, a vantarsi dei suoi successi professionali, dopo aver consumato quella squallida avventura con la collega, quella puttana. Gli salì una rabbia sorda anche verso di lei. La Paloschi era quel tipo di donna che sapeva esattamente cosa fare per attirare i mosconi nella rete. Senza scrupoli, senza pensare a eventuali conseguenze. Come sua moglie. Ma subito il pensiero ritornò al cadavere e l'angoscia che qualcosa potesse andare storto iniziò a martellargli la testa. Ormai erano praticamente arrivati e una volta liberatosi di Adelmo sarebbe tornato indietro e alla fine di uno di quei rettilinei, nel fossato che delimitava la strada dai campi coltivati a carciofi... In quel momento si accorse che Adelmo gli stava mostrando qualcosa. Si voltò verso di lui e inquadrò un foglio con delle caselline disegnate a penna, con dentro dei nomi.

«Prima quando eri in bagno, ho fatto uno schema, un organigramma con i riporti diretti.»

Gli ci volle un attimo per ricondurre l'attenzione alla realtà.

«Non fare quella faccia. Ho capito a cosa stai pensando, sai, cosa credi? Ho capito perché sei così serio» aggiunse Adelmo, inaspettatamente.

Per un attimo lo assalì il timore di essersi in qualche modo tradito, di aver reso troppo palese la sua agitazione. Rimase zitto, incapace di dire qualcosa.

«Dammi solo un po' di tempo» continuò l'altro. «Tu qui ora, in questa lista, non vedi il tuo nome. Ma devi avere pazienza, sei appena arrivato, e gli altri sanno che siamo amici. Ma non ti preoccupare, in futuro, se saprai meritartelo, ci sarà spazio anche per te nel *board* di comando.»

Haber fece cenno di sì con la testa, continuando a guardare avanti, nella speranza di vedere le luci dell'officina. Non ne poteva proprio più di dar retta a quell'imbecille. C'erano cose più importanti che gli stavano occupando il cervello.

Improvvisamente l'auto sbandò sulla sinistra con un sussulto. Giovanni sterzò a destra ma qualcosa lo tirava ancora verso sinistra, come se ci fosse della colla sull'asfalto. L'auto sobbalzò, lui scalò e ridusse la velocità, accostando al bordo della strada.

Aveva bucato una gomma.

Era frastornato, d'istinto spense il motore e di colpo il buio li avvolse. Il buio e il ticchettio della pioggia sul tetto della macchina. Riaccese subito i fari, illuminando un cespuglio di rovi. Da lontano si sentiva il rumore di un'auto, che passò veloce, facendoli leggermente sobbalzare per lo spostamento d'aria, poi si allontanò fino a scomparire.

Ora c'era di nuovo silenzio. Un silenzio rotto dalla pioggia insistente e buio tutt'intorno al piccolo cono di luce artificiale dei fari.

Poi un rumore nuovo, quello di una portiera che si chiudeva. Giovanni si scosse da quell'attimo di torpore e si rese conto che Adelmo era uscito. Si girò d'istinto e vide la sua ombra sormontata da quella dell'ombrello andare verso il retro.

Il suo cuore ebbe un mancamento. Doveva fermarlo.

Aprì con affanno la portiera e uscì sotto la pioggia, precipitandosi verso il retro della macchina.

Ma Adelmo aveva già aperto il portellone. «Poi te lo faccio

mettere a posto dal meccanico ma adesso dobbiamo prendere il cric e la ruota di scorta» disse, vedendolo arrivare. Poi, dato che era buio fitto, appoggiò l'ombrello a terra e infilò la testa dentro il bagagliaio, tastando il fondo con le mani.

Fu un attimo.

Giovanni vide il corpo di Adelmo contrarsi in una posa innaturale, già intuiva quello che il collega stava pensando, cercando di decifrare cosa potesse essere quella massa inaspettata sotto le sue mani.

E allora si chinò, prese la prima pietra che vide sul ciglio della strada e quando Adelmo si girò verso di lui con uno sguardo di stupore, gli picchiò la pietra con forza sulla testa.

L'altro non se l'aspettava e, preso di sprovvista, non riuscì a parare il colpo, anche se rimase in piedi. Vacillò, si appoggiò al bordo del bagagliaio, respirò con affanno e Giovanni sentì tutti i suoi interrogativi, li sentì forti, terribili urla silenziose, ma era troppo tardi per le spiegazioni e allora colpì ancora, questa volta mirando meglio e prendendolo proprio al centro della testa.

Le ginocchia di Adelmo cedettero e si accasciò scomposto a ridosso del bagagliaio, le braccia ancora dentro, aggrappate, come un naufrago che non vuole arrendersi allo strapotere del mare. Cercò anche di dire qualcosa, le sue labbra si mossero in un suono fievole, incomprensibile, fino a che un terzo colpo spezzò quel filo di speranza, quel barlume di volontà che lo teneva ancora disperatamente aggrappato alla vita.

Gli occhi si chiusero, i nervi si distesero e il corpo scivolò a terra, sotto il paraurti.

Giovanni lo guardò, come se non fosse ancora convinto di quello che era successo.

Si sentiva lontano, le orecchie gli ronzavano e ciò che vedeva, quel corpo accasciato, quell'ammasso di stracci, sembrava non appartenere a quella dimensione.

Poi il rumore di un'auto che arrivava dalla corsia opposta lo riportò alla realtà.

L'auto si avvicinava, nella pioggia battente, e lui aveva ancora il sasso tra le dita. Lo teneva stretto, nonostante la mano gli facesse male. I suoi nervi erano rigidi, bloccati in quella morsa d'acciaio.

L'auto era ormai a una decina di metri e lui non trovò di meglio da fare che accucciarsi, vicino al corpo senza vita di Adelmo, a ridosso della sua vettura, riparato e invisibile per chi arrivava dalla direzione opposta.

La macchina passò, senza neanche rallentare. Forse chi guidava non si era reso conto di niente, o forse aveva visto solo un'automobile ferma sul bordo della carreggiata opposta.

Ora c'era di nuovo buio. E silenzio.

15

La pioggia si era fatta davvero forte ed era sceso un buio che sembrava notte fonda. Felice si strinse a Camilla sotto l'ombrellino di lei, fino alla porta della libreria.

Quando entrarono lui si diresse verso i libri ai primi posti in classifica e, senza esitazioni, prese da una pila l'ultimo di Fabio Volo. Non che avesse mai letto qualcosa di lui, ma prima, nella sala d'aspetto, con la coda dell'occhio aveva visto la copertina del libro che Camilla stava leggendo, e ne aveva riconosciuto l'autore.

«Ti piace Fabio Volo?» chiese lei, un po' sorpresa.

«Sì, perché?»

«Strano. Di solito non è un autore che piace agli uomini. Fa tanto simpatia alle donne, quanto antipatia agli uomini.»

Ragonese si passò una mano sulla barba, lisciandola. «Non siamo tutti uguali» disse, senza il coraggio di tenere lo sguardo sollevato. «Pensa che è uno dei miei autori preferiti, lo trovo così fresco, spontaneo... A te non piace?»

«Io lo adoro!» rispose lei, con un sorriso largo, tirando fuori la sua copia dalla borsa. «Guarda. È anche autografata, sono andata a Siena alla presentazione del libro.»

«Ma pensa, siamo più simili di quanto credessi...» osservò lui, dicendosi che ora avrebbe dovuto cambiare argomento. Se Camilla avesse cominciato a parlare dei precedenti libri di

Volo, il suo bluff si sarebbe miseramente scoperto. «Sei preoccupata per la tua amica?» chiese, approfittando di un momento di silenzio.

Lei s'incupì subito. «Sì, non è proprio nel DNA di Monica andare via senza lasciare tracce.»

E non sai ancora del sangue ritrovato a casa sua, pensò Ragonese, ma disse solo: «Di sicuro ci deve essere stato un imprevisto.»

«E cosa può essere successo al suo telefono per non essere rintracciabile?» disse ancora lei.

«Al momento non lo sappiamo, magari parlare ancora un po' di Monica potrebbe chiarirci le idee» replicò lui, poi la prese con delicatezza per un braccio. «Vieni, andiamo a sederci.» E così dicendo si diresse verso uno dei tavolini del bar interno. Con quella pioggia, non gli era venuto in mente altro luogo.

«Sei sicura che la tua amica non fosse coinvolta in qualcosa di strano, che so qualche prestito non saldato o situazioni del passato non del tutto risolte?» chiese dopo che si erano sistemati.

Camilla bevve un sorso della sua cioccolata calda. Poi lo guardò e disse con convinzione: «No, Monica è una donna tranquilla, con un lavoro da impiegata. Nessuno scheletro nell'armadio. Almeno per quanto ne so io. Non ha mai frequentato ambienti pericolosi. L'unico sbaglio della sua vita è stato sposare quel violento.»

«Cosa sai di lui?»

«Poco, Monica non ne parla volentieri. Dice che l'ha sposato per amore e che lui a quel tempo non era l'uomo che poi è diventato. Io l'ho conosciuta che era già sposata, quindi non so dirti, ma quell'individuo non mi ha mai fatto una buona impressione, con tutti quei tatuaggi...»

«Quella potrebbe essere solo una moda.» La cioccolata di Felice era ancora intatta. L'aveva ordinata perché l'aveva fatto lei, ma in quel momento non aveva voglia di niente.

«Sì, per carità. Ma uno che alza le mani su una donna...» replicò Camilla. «E poi hai visto con che macchina gira? Come fa un barista a permettersi una Porsche?»

«Lui dice che l'ha vinta al gioco. Comunque lo accerteremo.»

Camilla bevve l'ultimo sorso di cioccolata. «Non so, mi sembra tutto così irreale, come se quello che sta accadendo non possa essere vero» disse, poggiando la tazza vuota sul tavolo. «Di una cosa però sono sicura: Monica ultimamente aveva paura di lui.»

«Se Ferrante ha qualcosa a che vedere con la sparizione della tua amica, stai sicura che lo scopriremo» replicò Felice allungando una mano su quella della ragazza.

Rimasero così, in quella posizione, per qualche tempo, senza dire più niente.

Poi lei ritrasse delicatamente la mano. «Ora, se non ti dispiace, vorrei andare a casa, mi sento sfinita.»

«Ma certo» disse lui, alzandosi e andando a pagare le cioccolate.

«Il libro» disse lei, portandoglielo.

«Ah, certo, che sbadato» replicò lui prendendolo dalle sue mani e avviandosi alla cassa. Cosa ne avrebbe fatto di quel libro? Ovvio, lo avrebbe sbolognato alla sorella spacciandolo per un regalo.

Fuori stava ancora piovendo forte.

Felice prese l'ombrellino dalle mani di Camilla e uscì per primo, aprendolo e fermandosi sulla soglia per farle da scudo. «Ma tu stai tremando...» disse osservandola.

«È solo una reazione nervosa...» rispose lei stringendosi le braccia al petto.

«Vieni, andiamo via di qui» disse lui, tirandola sotto il riparo dell'ombrello. «Ora ti porto alla fermata dei taxi, così vai a casa, ti fai un bel bagno caldo e poi ti metti sotto le coperte. A Monica ci pensiamo noi.»

Lei lo guardò e fece un sorriso triste. Poi si lasciò guidare.

Felice pensò che una volta risolta quella storia avrebbe cercato su Wikipedia le trame dei romanzi di Fabio Volo e poi l'avrebbe chiamata. La storiella delle anime gemelle funzionava quasi sempre.

Per fortuna che il parcheggio dei taxi era proprio sotto il commissariato, così, rientrando, riuscì a non bagnarsi troppo.

Paolo Ferrante era ancora lì, sotto fermo. Ragonese tornò in sala interrogatori e ci rimase fino a che Albertini non andò a sostituirlo.

Aveva provato ancora a provocarlo, ma non era venuto fuori niente di nuovo. Ferrante, forte del suo alibi, continuava a negare ogni coinvolgimento.

Quando tornò nell'open space si accorse che si era fatto tardi. E non aveva chiamato il dentista. Era proprio una testa di cazzo. Ormai avrebbe dovuto aspettare la mattina dopo. Il dente, ovviamente, aveva ripreso a pulsare e lui si sentiva stanco. Aveva voglia di rilassarsi e andare a casa, ma lì c'era sua sorella.

Anche quella cosa, com'era successa? Cinzia era arrivata un giorno piovoso di un anno prima. Non aveva mai avuto un marito, Felice non si ricordava di averla mai vista con un uomo. 'Mi sono sposata con la didattica' diceva quando era costretta a entrare in argomento. Ma dopo tanti anni d'insegnamento a Bonassola, la scuola aveva chiuso e Cinzia aveva deciso che era giunto il momento di cambiare la sua vita. E lo aveva fatto radicalmente.

Si era trasferita a Pontebosio e aveva incominciato a occuparsi di lui. Poi aveva preso a frequentare un circolo di burraco e aveva stretto rapporti con quella cerchia di amiche.

Lodevole, se non per il fatto che a prenderlo in quel posto era stato lui che, di punto in bianco, si era trovato la casa occupata senza più la possibilità di portarci una donna.

Doveva essere una situazione temporanea, per darle il tempo di cercare con calma la giusta sistemazione, ma ormai era passato un anno.

Se almeno fosse stata capace di cucinare. Quello era il punto più dolente, perché per non farsi avvelenare, lui aveva preso l'abitudine di mangiare fuori, anche quando non ne aveva voglia. Mangiare al ristorante da soli è una cosa deprimente, così aveva preso ad andare al pub del suo amico Nestore. Se non altro scambiava due chiacchiere. E poi Nestore era un estimatore di Frank Sinatra, come lui.

Nel giro di un anno però era ingrassato di quindici chili e i valori del sangue si erano impennati.

Ora stava piovendo davvero forte, come la sera prima. Si sentiva il rumore salire dalla strada, nonostante i vetri fossero chiusi. Ragonese prese il blister stropicciato degli Aulin. Ne era rimasto solo un paio. Se ne ficcò uno in bocca e lo mandò giù con la saliva.

L'open space era vuoto, se ne erano già andati via tutti. Albertini era nella sala interrogatori. La Tallone chissà dov'era.

Pensò di nuovo a Ferrante e al suo alibi di ferro. Lo stavano ancora spremendo, ma ormai le speranze che si contraddicesse erano poche, avrebbero dovuto rilasciarlo. Forse quella dell'ex marito non era la pista giusta da seguire, anche se qualcosa nello sguardo torbido di quell'uomo non lo aveva convinto.

Ma probabilmente quella donna si era semplicemente imbattuta nella persona sbagliata su qualche chat, qualcuno che aveva carpito la sua fiducia e le aveva fatto del male. Avrebbe fatto controllare anche il suo computer.

Ragonese appoggiò la schiena contro la spalliera. Gli facevano male le reni.

Si sentiva appesantito, sia nel corpo sia nella mente. Quel week-end gli sarebbe piaciuto andare a camminare al parco dell'Uccellina e magari avrebbe trovato il coraggio di chiedere a Sonia di andare con lui.

Dalla sala interrogatori si sentivano delle urla. Albertini aveva preso la faccenda seriamente.

Si alzò a fatica e si mise le mani sui lombi, stirando la schiena. Forse aveva ragione Valeri, si era fatto vecchio.

*

Medicare le ferite gli aveva fatto bene. Mentre si aggiustava il berretto sulla testa l'uomo si accorse che gli davano meno fastidio.

Guardò la porta dell'albergo ancora immobile e chiusa e poi l'orologio: le sette e mezza.

La pioggia batteva forte sul parabrezza e sull'asfalto, riducendo la visibilità al minimo.

La porta all'improvviso si aprì e uscì un gruppo di persone che corsero verso alcune macchine parcheggiate lì vicino.

Dovevano essere loro, quelli della convention. Era arrivata l'ora di andare a cena ed erano usciti tutti assieme. Evidentemente si erano dati appuntamento.

Ma la scarsa visibilità e il fatto che si stessero riparando la testa con le mani gli impedirono di capire se Giovanni Haber fosse tra loro.

Per un attimo rimase indeciso. Avrebbe potuto aspettare ancora, ma quante probabilità c'erano che quel tizio fosse rimasto dentro e uscisse più tardi da solo? Poche, e lui non sapeva dove fosse il ristorante.

Mise in moto, poi si accodò alle auto. A questo punto non gli rimaneva che seguirli.

Dopo circa un quarto d'ora raggiunsero il locale. Dalle grandi vetrate s'intravedevano molte persone in piedi, con dei bicchieri in mano.

L'uomo fermò l'auto e rimase per qualche minuto a osservare quello spicchio di realtà filtrato dallo schermo dei vetri, come se stesse guardando un film. E paradossalmente gli sembrò che ci fosse più finzione lì, che le cose si svolgessero in modo così banale che se fossero state riprodotte in una pellicola non sarebbero state credibili.

Gli piaceva analizzare il comportamento delle persone. Creata una situazione tipo, tutti si comportano allo stesso modo. Quella ne era l'ennesima prova. Gli esseri umani sono prevedibili e noiosi. E proprio di questo lui aveva fatto la sua forza. Almeno fino a quel momento.

Cercò di vedere se almeno riusciva a identificare il volto di Haber. Gli sembrava di seguire un fantasma che ogni volta, un attimo prima di rivelarsi, svaniva nel nulla. Scese dall'auto e si avvicinò di qualche passo ma la pioggia era aumentata e la visuale si era notevolmente confusa. Oltretutto si stava bagnando.

Tornò in macchina. Sarebbe stato inutile rimanere lì fuori. E poi qualcuno avrebbe potuto notarlo. Quell'individuo era senz'altro lì, fra la folla dei colleghi, e ci sarebbe rimasto per tutta la sera, attorniato dalla gente. Impossibile intercettarlo.

Doveva rassegnarsi. Avrebbe dovuto aspettare il giorno dopo.

Ora poteva anche allontanarsi e trovare qualche posto dove andare a mangiare anche lui. Gli venne in mente la trattoria sulla vecchia strada, quella dove era stato a pranzo.

Si mangiava bene, valeva la pena fare qualche chilometro per raggiungerla.

*

Il primo pensiero che venne in mente a Giovanni fu lasciare il corpo di Adelmo sul ciglio della strada, scaricare anche quello della donna, girare la macchina e mettere più distanza possibile con quel posto.

Ma si rese subito conto che non poteva farlo, che doveva calmarsi un po' e cercare di ragionare. Tutti i colleghi l'avevano visto con Adelmo e magari alcuni di loro sapevano che l'avrebbe accompagnato dal meccanico. Se avessero trovato il corpo sul ciglio della strada, a un chilometro scarso dall'officina, ci avrebbero messo poco a ricostruire i fatti. Con l'aggravante del secondo cadavere.

Mise per un attimo in pausa il cervello, cercando di regolarizzare il respiro.

Il cuore gli batteva ancora forte nel petto, provocandogli affanno. La pioggia gli picchiava addosso con insistenza, creandogli ulteriore disagio e azzerandogli i pensieri. S'inclinò verso il bagagliaio per riparare almeno la testa e appoggiò una mano sul cadavere della donna, ritraendosi di colpo.

Era assurdo, ma era stato colto di sorpresa. Aveva i nervi a fior di pelle, doveva cercare di calmarsi. Rimase in quella posizione per qualche minuto, poi, quando finalmente il cuore aveva ridotto i battiti, provò a fare mente locale sulla situazione.

Era chiaro che non poteva lasciare nessuno dei due corpi nel fossato a bordo strada. Prima o poi qualcuno avrebbe cercato Adelmo e il ritrovamento di un cadavere nei pressi dell'officina dove lui lo aveva accompagnato avrebbe sollevato dei sospetti. Quindi, avrebbe dovuto portarsi via entrambi i corpi e abbandonarli da qualche altra parte. Il solo pensiero lo sgomentò. Ma non c'era alternativa, doveva caricare anche Adelmo nel bagagliaio e andarsene da lì il più presto possibile. Prima però doveva cambiare la gomma.

Con ritrovata energia si mosse verso la parte anteriore dell'auto ma inciampò subito nell'ombrello aperto che Adelmo aveva appoggiato a terra, cadendo rovinosamente.

Una fitta di rabbia gli offuscò i pensieri. Si alzò di scatto e cominciò a prendere a calci e pestare l'ombrello, furiosamente, fino a che non lo ridusse a una poltiglia di stoffa e metallo ricurvo. Poi quella furia estemporanea si placò. Allora si accorse che aveva le mani e le braccia tutte sporche di terra. Si pulì alla meglio, strofinandole sui pantaloni, aprì la portiera del passeggero e frugò nel vano portaoggetti. Prese una torcia e tornò sul retro.

Come ricordava, la ruota di scorta era in un vano, chiuso da un pannello, sotto il corpo della donna. Si fece forza e lo prese per le gambe, tirando. La stoffa dei vestiti era ancora bagnata. Fredda e bagnata. Haber strinse i denti e strattonò il corpo, che diede un colpo sordo sul bordo. Era diventato rigido. Lo tirò ancora e lo depose a terra, in parte sopra quello di Adelmo. Della rabbia di prima non esisteva più traccia, era subentrata l'ansia, un'agitazione che riusciva a stento a controllare. Se fosse passata qualche macchina nella direzione di marcia verso l'officina, avrebbe inquadrato la macabra scena di due cadaveri uno sopra l'altro e un uomo curvo dentro il bagagliaio. Con le mani che gli tremavano svitò il bullone che teneva fermo il pannello e lo tolse. Poi prese la ruota e la tirò con forza, ma non si mosse. Era fissata con altri tre dadi. Il sudore gli calava abbondante sulla fronte mischiandosi con l'acqua che scendeva dai capelli.

Improvvisamente gli sembrò di intravedere un chiarore.

Si alzò di scatto e batté la testa contro il tetto dell'auto. Cercando di non fare caso al dolore, si girò verso la strada, ma non vide nulla. Poi sentì il rumore del motore. Era un camion, ancora lontano. Stava arrivando dalla direzione opposta, dall'officina verso la città.

Haber spense la torcia e si buttò sul corpo della donna spostandolo da sopra quello di Adelmo, poi si appiattì anche lui a terra. Il camion passò veloce, alzando grandi spruzzi d'acqua che lo colpirono sulla schiena.

Lanciò dentro di sé le peggiori bestemmie, poi aspettò che il camion fosse arrivato alla curva in fondo al rettilineo e si alzò, tornando verso il bagagliaio. Non fece neanche caso al fatto di essere bagnato fradicio e di grondare acqua da tutte le parti. Doveva tirare fuori il prima possibile quella maledetta ruota. Svitò i dadi con una frenesia che non aveva mai provato, afferrò la ruota e la gettò a terra, oltre i corpi. Poi si chinò su Adelmo, tirandolo su dalle ascelle. Lo sollevò e per un attimo la testa arrivò quasi a contatto con il suo volto. Quei capelli così folti e forti, ora intrisi di sangue e distanziati da grossi squarci rossi, gli fecero una strana impressione. Come se non si trattasse più di un essere umano ma di un animale. Cercò di scacciare il pensiero e ultimò lo sforzo appoggiando la schiena di Adelmo sul bagagliaio. Poi entrò nell'auto dalla portiera posteriore, abbassò i sedili e tirò dentro il corpo. Tornò fuori e si chinò sulla donna, sollevandola con molta più facilità. La depose sopra il corpo di Adelmo, poi raddrizzò i sedili e chiuse il portellone.

La cosa più importante era fatta. Se fosse passata una macchina avrebbe visto solo uno sfortunato automobilista che stava cambiando una gomma sotto la pioggia battente. Andò a prendere la ruota e la portò davanti a quella bucata. Poi rimase fermo, come se qualcuno o qualcosa gli avesse improvvisamente tolto energia. Si era dimenticato del cric.

Con la forza della disperazione andò ad aprire di nuovo il portellone. Dove poteva essere il cric? Per sua fortuna lo trovò in un vano sulla parte destra e riuscì a estrarlo senza dover spostare ancora i corpi.

Cambiò la ruota in un quarto d'ora circa.

Prese la gomma bucata e la fece rotolare fino al bagagliaio. Fece per aprirlo per l'ennesima volta quando un pensiero lo fermò. Infilarla al suo posto, dentro l'apposito vano, avrebbe voluto dire tirare fuori i cadaveri e poi rimetterli dentro. Oltre che essere rischiosa la cosa lo repelleva a tal punto che non ci pensò molto: sollevò la ruota e la buttò nel campo.

Poi aprì il portellone per mettere dentro il cric, e diede un'ultima occhiata ai corpi. Improvvisamente gli venne in mente lo smartphone di Adelmo. Si mise a frugargli nelle tasche. Quell'aggeggio era meglio di un segnalatore. Lo trovò e se lo infilò in tasca. Dove avrebbe potuto buttarlo?

Si mosse verso la portiera ma si fermò subito. Forse anche la donna aveva con sé un telefono. Con un mugugno di disperazione riaprì il portellone e infilò le braccia fra quel corpo e quello di Adelmo, tastando all'altezza delle tasche. Lo trovò in una posteriore. Sembrava essersi rotto, forse quando le era passato sopra con le ruote dell'auto. Infilò in tasca anche quello. Ora non gli restava che salire in macchina, mettere in moto e fare inversione.

Ma c'era un altro problema.

Per tutto il tempo aveva piovuto. Inoltre quel camion lo aveva preso in pieno con l'onda d'acqua sollevata dalla strada. Aveva di nuovo i vestiti fradici e sporchi. Ancora di più della sera prima. Ora però non aveva con sé il trolley con dentro i ricambi. Cosa avrebbe dovuto fare? Non poteva certo presentarsi all'albergo ridotto in quel modo.

Ma certo, il trolley di Adelmo.

Salì in macchina, sui sedili posteriori. Il trolley si era incastrato fra il sedile di destra e il pavimento. Nelle concitate operazioni di prima per tirare dentro i corpi lo aveva spinto lì senza rendersene conto. Lo tirò verso la seduta e per un attimo un sorriso involontario gli stravolse il volto: la stessa scena della sera prima.

Poi aprì la cerniera, verificando l'interno con una certa apprensione. Sì, c'erano almeno due ricambi, uno casual e un vestito gessato. Adelmo era più grosso di lui, forse un paio di taglie, ma non importava. Negli abiti casual non si sarebbe notato.

Si tolse gli indumenti fradici, notando che erano tutti macchiati di sangue. Si osservò le mani e si spostò in avanti girando verso di sé lo specchietto retrovisore per guardarsi la faccia: per fortuna la pioggia aveva portato via quasi tutti i residui dalla pelle. Chissà quanto doveva essercene nel bagagliaio. Una volta liberatosi dei corpi avrebbe dovuto pulire tutto con cura. Ma ora doveva pensare al presente. Nel trolley c'era anche un asciugamano, lo prese e se lo passò bene su tutto il corpo e sui capelli, per paura di essere ancora sporco di sangue e anche per asciugarsi. Quindi prese i vestiti asciutti.

Neanche Adelmo aveva scarpe di ricambio. Come la sera prima, avrebbe dovuto tenersi quelle bagnate.

Per fortuna teneva sempre qualche sacchetto nelle guaine dei sedili posteriori. Ne prese un paio e ci mise dentro i vestiti bagnati, sistemandoli nel trolley del collega.

Mise in moto, alzò il riscaldamento al massimo e lo orientò sui piedi, poi fece inversione e si allontanò a bassa velocità.

Si sentiva sfinito. Aveva due cadaveri nel bagagliaio e doveva liberarsene al più presto.

Forse avrebbe dovuto arrivare fino al mare e gettarli in acqua. Con un po' di fortuna se li sarebbero mangiati i pesci e non li avrebbero mai trovati.

Intanto era entrato in città e stava percorrendo le vie del centro senza particolare attenzione, fino a che arrivò nel piazzale della stazione.

Improvvisamente gli venne un'idea.

Fermò la macchina e scese in prossimità di un'aiuola. Si guardò intorno per essere sicuro di non essere visto, prese i due telefoni dalla tasca e li buttò dentro un cespuglio.

A quel punto, se gli inquirenti fossero risaliti a lui, avrebbe detto che Adelmo gli aveva chiesto un passaggio alla stazione e che lui lo aveva accompagnato. Sì, era senz'altro più credibile che se avesse detto di averlo portato in un posto in mezzo al nulla.

Tornò alla macchina. Sentiva che le forze gli stavano mancando. Doveva fermarsi, rifocillarsi un po', mangiare qualcosa.

Si ricordò che quella sera sarebbe dovuto andare alla cena societaria. Guardò l'orologio: le otto meno venti. Il tempo era volato.

No, era ridotto troppo male e poi non era nella situazione emotiva giusta per partecipare all'evento. Il giorno dopo avrebbe inventato una scusa, avrebbe detto che non si era sentito bene.

Ora però doveva trovare un posto tranquillo dove recuperare le forze.

Nel frattempo aveva preso la vecchia strada per uscire da Pontebosio. Essendo così poco frequentata c'era meno rischio di trovare qualche pattuglia che lo fermasse per i controlli di routine.

Improvvisamente vide la luce di un'insegna sul lato destro e si ricordò della trattoria della sera prima, IL CACCIATORE. Sterzò e frenò nel parcheggio. Radunò le ultime forze, scese dall'auto ed entrò nel locale.

16

Aveva già chiuso il computer e stava andando in bagno, quando Albertini lo fermò.

«Ragonese, aspetta.»

Felice si girò con una speranza negli occhi. «È venuto fuori qualcosa di nuovo?» chiese, tornando verso la sua scrivania.

«No, no» replicò Albertini. «Niente. Adesso mi hanno sostituito Raggi e Sarti, che lo terranno sveglio per tutta la notte, ma se vuoi il mio parere quell'uomo sembra proprio estraneo ai fatti. Prima ho provato a forzare un po' la mano ma non c'è stato niente da fare.»

«Questo è ancora presto per stabilirlo, comunque dimmi, cosa c'è?»

«Volevo sapere se ti andava di andare a mangiare un boccone insieme. Sono stanco e stasera non ho voglia di preparare. Andiamo in una trattoria che conosco, dove si mangia da dio, e poi subito a casa a cercare di dormire un po'. Cosa ne dici?»

Felice rifletté per qualche secondo. Aveva in mente di andare al pub di Nestore, anche perché lui era uno che conosceva un sacco di persone, e voleva chiedergli se sapesse qualcosa su Ferrante. Ma avrebbe potuto passarci più tardi, dopo aver mangiato e accompagnato Albertini a casa.

«Be', se è vero che si mangia così bene...»

«Fidati. Poi mi saprai dire.»

«Okay, dài. Aspetta che chiamo mia sorella per avvertirla che non rientro.»

Albertini lo guardò con un sorriso maligno.

«Quando penso a te e a tua sorella, mi vengono in mente quei fratelli ormai diventati vecchietti che vivono assieme per farsi compagnia.»

«Vai a farti fottere, Albertini, tu e i tuoi cazzo di vecchiètti!»

Sul parabrezza del maggiolino c'era un amalgama di carta fradicia d'acqua, tenuto fermo da un tergicristallo. Nonostante fosse ormai indecifrabile, non c'era da sbagliarsi: era una multa. Era già la terza dall'inizio del mese. Ormai era arrivato a un bivio: o andare al lavoro coi mezzi o andare in ufficio prima, cercando un parcheggio consentito. Il solo pensiero lo fece rabbrividire. Tolse quell'impasto di carta dal parabrezza, lo strizzò e, entrando in auto, lo buttò sul pianale portaoggetti.

«Era una multa quella?» chiese il collega divertito.

Felice non disse nulla, si limitò a guardarlo ingrugnito.

Albertini gli diede le istruzioni per arrivare alla trattoria, poi, durante il tragitto, nessuno dei due parlò. Pioveva forte e il rumore delle gocce che rimbalzavano sul tetto copriva quasi per intero le note del buon Frank, che, per quanto si sgolasse, per una volta non riusciva a catalizzare l'attenzione di Ragonese.

Quando arrivarono, il piazzale davanti alla trattoria era pieno per metà di auto. Nel buio della sera, nonostante la pioggia, l'insegna del locale era ben visibile: IL CACCIATORE.

*

Di nuovo lì. E di nuovo con la pioggia. Haber si guardò intorno, notando delle cose che la sera prima non aveva visto, come ad esempio una testa di cinghiale appesa a una parete nell'ingresso.

Stessa trattoria, stessa ora e stesso tempaccio, anche se quella sera, fino ad allora, si era limitato a piovere senza tuoni e lampi. Era passato un solo giorno e per un attimo immaginò di essere tornato indietro, di essere ancora alla sera precedente e gli venne in mente un film che aveva visto, il cui protagonista andava a letto e la mattina dopo si svegliava sempre nello stesso giorno, quello appena trascorso.

Per un attimo provò una vertigine al pensiero di dover ricominciare da capo, dalla sera prima. Aveva gli occhi pesanti, il collo e la schiena a pezzi.

Era successo tutto così velocemente che non si rendeva conto di come fosse stato possibile. Ma ormai era troppo tardi per tornare indietro. Doveva andare fino in fondo. E doveva necessariamente recuperare le forze, perché c'era ancora una parte fondamentale del lavoro da fare e non aveva ancora deciso come portarla avanti. Anche se nella sua testa un'idea si stava facendo strada.

Ordinò un antipasto di salumi e si alzò per andare in bagno.

*

L'uomo col berretto aveva mangiato immerso nei pensieri. Avrebbe portato a termine la missione e poi si sarebbe concesso un periodo di riposo. Con i soldi di quell'ultimo lavoro avrebbe fatto un viaggio. Ne aveva bisogno. Sarebbe andato in un posto caldo, su un'isola deserta. Alle Maldive.

Ma adesso doveva recuperare la concentrazione. Sapeva che se non avesse ritrovato quella donna, se non avesse visto con i suoi occhi che era morta, avrebbe corso il rischio di pagare un pegno più alto del dovuto.

Si diede una scossa. Se la sarebbe cavata anche questa volta, come era sempre accaduto.

Fu allora che un uomo seduto a un tavolo vicino all'uscita si alzò per andare in bagno e dopo qualche secondo l'oste si avvicinò. «Quando si parla del diavolo, spuntano le corna» disse ammiccando.

L'uomo col berretto lo guardò senza capire.

«Quel tizio che è appena andato in bagno è quello di cui le parlavo oggi, quello che andava a Pontebosio» precisò allora l'altro. «Per tornare subito la sera dopo si vede che deve proprio aver mangiato bene.»

«Eh, già... un po' come me» replicò l'uomo col berretto in un filo di voce.

Stentava a crederci. Il rappresentante di commercio a cui aveva dato la caccia per tutto il giorno era lì, in quella trattoria. E lui, nonostante l'avesse visto in foto, non l'aveva identificato.

Il fatto che potesse entrare da quella porta era talmente remoto che quando aveva varcato la soglia della trattoria pochi minuti prima, il suo cervello non aveva cercato con attenzione i lineamenti di quel volto, il suo sguardo.

Ma adesso era lì, in bagno, a pochi metri di distanza.

17

Per fortuna in bagno Giovanni era riuscito a calmare gli spasmi della colite. Si guardò intorno, cercando di distrarsi. Gli fischiavano le orecchie e sentiva un calore sottopelle, come quando hai la febbre alta. Probabilmente aveva la pressione del sangue alle stelle.

Si ricordò che quando aveva percorso la vecchia strada da Pontebosio verso valle aveva notato l'indicazione arrugginita di una cava. Era un piccolo sterrato che s'infilava nel bosco.

La sera prima non ci aveva proprio fatto caso, forse era troppo teso. Quello poteva essere il luogo adatto per liberarsi dei cadaveri, sembrava un posto abbandonato dove non va mai nessuno, se non forse qualche coppietta in cerca di privacy.

Ma mentre lo pensava, si rese conto che adesso non avrebbe più potuto farlo.

Non avrebbe più potuto scaricare il cadavere della donna in quella cava abbandonata perché nella sua macchina ora c'era anche Adelmo. E lui non poteva scaricare il corpo del collega come se nulla fosse, perché quest'ultimo era stato visto per l'ultima volta in sua compagnia e se avessero trovato i suoi resti con la testa fracassata, ovunque li avessero trovati, in quella cava o in qualsiasi altro posto, dopo un giorno o un mese, la prima cosa che avrebbero fatto sarebbe stata andare da lui e metterlo sotto torchio. E questo non doveva succedere.

*

«Hai fatto caso alla foto di quella donna?» chiese Albertini, posando il bicchiere vuoto sul tavolo.

Avevano ordinato e stavano aspettando i primi, consolandosi con un po' di vino.

«Quale donna?»

«Quella scomparsa. Non ti sembra che assomigli alle altre due?»

«Ti riferisci alle donne aggredite con il foulard di seta?»

«Sì, loro. Stessa conformazione fisica, stessi capelli.»

«Sì, l'avevo notato. Però credo che sia un caso. Quante donne ci sono in giro che hanno quelle caratteristiche? Un sacco. E poi la nostra donna è scomparsa e nella sua casa non c'era traccia di sciarpe di seta.»

«Hai ragione. Dicevo così, perché ci ho fatto caso. Forse questa pressione dei media mi sta condizionando. Hai visto le locandine della *Nazione* e del *Corriere di Siena*? Sembra che sia tornato il mostro di Firenze!»

«Sì, ho visto. Ormai parlano esplicitamente di serial killer, anche se tecnicamente si può definire così un individuo che ha ucciso almeno in tre occasioni. Questo, invece, ne ha uccisa solo una, perché l'altra, ammesso che sia stato sempre lui, si è salvata.»

«Sai cosa gliene frega ai giornalisti dell'aspetto tecnico! A loro importa fare sensazione.»

«Sì, certo. E comunque due casi analoghi nel giro di un paio di mesi, effettivamente, fanno pensare a un atteggiamento compulsivo, magari solo nella fase iniziale.»

In quel momento l'oste si avvicinò con due piatti fumanti di pici all'aglione. Felice aveva voluto rischiare, perché se non si fosse tolto al più presto dalla testa il sapore di quelli preparati a Natale dalla sorella, era sicuro che non sarebbe più riuscito a mangiarli.

«Secondo te che aspetto potrebbe avere questo tizio?» chiese Albertini quando Felice aveva portato alla bocca, con braccio incerto, la prima forchettata.

«Qualsiasi aspetto» rispose Ragonese, rincuorato dal sapore. Quei pici erano semplicemente perfetti. «Che so, potrebbe essere quel tipo al tavolo d'angolo, quello con la testa rasata, o quell'altro, quello appena rientrato dal bagno. Chi mangia da solo, caro Albertini, qualche problemuccio ce l'ha.»

Albertini osservò entrambi gli uomini con attenzione. «Direi più quello uscito dal bagno, gli occhi da stralunato ce li ha tutti.»

«Ma non è affatto detto che un pluriassassino abbia un aspetto stralunato. Potrebbe anche essere una persona normalissima, che in questo momento è seduto sul divano di casa, vicino alla moglie e ai figli, a guardare la sua serie tv preferita.»

«Sì, una serie crime.»

*

L'uomo teneva la testa bassa sul tavolo, sul piatto vuoto, ripetendosi di non guardare nella direzione del rappresentante. Doveva far finta di non averlo proprio visto, doveva comportarsi come prima che fosse entrato da quella porta.

La tentazione, però, era forte. Lo aveva osservato, quando era tornato dal bagno, e poi dopo, con discrezione, quando, seduto al tavolo, stava aspettando che gli servissero le portate. E finalmente aveva riconosciuto quegli occhi, incavati e cerchiati, il colorito pallido, quasi verde. Quell'individuo dava l'impressione di essere sul punto di crollare a terra da un momento all'altro.

E poi aveva i capelli umidi e i vestiti asciutti. Come la sera prima, come gli aveva detto il portiere. Cosa poteva significare? E perché non era andato alla cena aziendale con tutti gli altri?

Lo guardò ancora. Aveva la faccia di chi ha appena visto l'inferno. E ne era rimasto talmente colpito che si era dovuto fermare per recuperare un po' di energie e lucidità mentale. Se ne stava assorto nei suoi pensieri, che non dovevano essere pensieri distesi, lo si capiva dall'espressione tesa che gli stravolgeva i lineamenti. Le cose che oltrepassano i limiti della coscienza umana lasciano il segno, lui lo sapeva.

Improvvisamente si sentì degli occhi addosso. Sì, c'erano due uomini seduti a un tavolo al centro della sala che lo stavano guardando. Abbassò nuovamente lo sguardo verso il piatto, cercando di essere naturale. Gli sembrava che lo avessero indicato con la testa, ma non potevano essere persone che lo conoscevano, doveva stare calmo. Forse si era sbagliato, o forse stavano indicando qualcos'altro. Le spiegazioni potevano essere tante. Alzò appena gli occhi e li mise a fuoco. No, non erano facce note. Ora il più giovane stava guardando Haber. Chi erano quei due uomini? Che fossero al corrente di qualcosa?

Sull'onda di quella riflessione l'uomo sentì salire una caldana. Doveva bere un po' d'acqua, il suo fisico continuava ad avere cedimenti. Aveva cominciato a sudare e aveva l'impressione di dare nell'occhio.

Decise che la cosa migliore da fare era andare fuori a fumare una sigaretta.

Si alzò dal tavolo e uscì.

18

La soluzione gli venne in mente all'improvviso, come se fosse sempre stata lì, evidente. Giovanni la analizzò più volte, tirando lentamente su con il cucchiaio la sua minestra di verdura.

Più ci pensava e più si convinceva che avrebbe potuto funzionare.

Nel bagagliaio aveva una piccola tanica che teneva per le emergenze, nel caso fosse rimasto senza carburante. Era sul lato destro, fermata con una cinghia. Non avrebbero dovuto esserci particolari problemi a prenderla, nessuno dei due corpi poteva esserci finito sopra.

La prima cosa da fare quindi era quella: prendere la tanica. Forse era meglio farlo subito, ora che aveva ricominciato a piovere e che fuori non c'era nessuno.

Finì di mangiare la minestra aumentando la velocità delle ultime cucchiaiate. Ora stava pensando che ci sarebbe voluta una sigaretta. Un po' perché la voglia gli era risalita prepotente, come la sera prima. Un po' perché avrebbe avuto la scusa per uscire.

Si guardò intorno.

C'era un uomo che aveva un pacchetto di sigarette appoggiato sul tavolo.

Senza pensarci oltre si alzò e andò verso di lui. «Mi scusi se la disturbo. Non avrebbe per caso una sigaretta da offrirmi?» disse, cercando di sorridere.

L'uomo aveva un'aria tesa.

Probabilmente anche lui avrà avuto dei problemi, i normali problemi degli esseri umani. Per un attimo pensò che avrebbe fatto volentieri cambio con i suoi. Poi allungò la mano per prendere il pacchetto che l'altro gli stava tendendo, sfilò una sigaretta, ringraziò e andò verso la porta.

«Vengo fuori a fumarne un'altra con lei, se non la disturbo» gli disse improvvisamente quell'uomo, subito prima che afferrasse la maniglia.

Non ci voleva, pensò Haber, uscendo e tenendo la porta aperta al tizio che stava arrivando.

Poi pensò ancora che doveva stare calmo. Non era importante prendere la tanica proprio ora, poteva farlo benissimo più tardi.

Il fatto era che non ne poteva più di tutti quei piccoli grandi intoppi, avrebbe voluto fare tutto subito, controllare se la tanica era proprio lì dove si ricordava che fosse, se era vero che i cadaveri non si erano spostati durante il tragitto e non l'avevano coperta.

«Anche lei in giro per lavoro?» La voce dell'uomo interruppe i suoi pensieri mentre una fiamma si avvicinava al suo volto.

Giovanni cercò di staccarsi dal vortice dei propri pensieri, facendosi più sotto la tettoia, per non bagnarsi. Accese la sigaretta e fece una lunga tirata. La prima da chissà quanto tempo. Il fumo gli si schiacciò caldo nella gola e lo fece tossire. Non era più abituato.

La seconda boccata andò un po' meglio. Alla terza si sentì come se non avesse mai smesso di fumare.

Adesso stava pensando che appena quella storia allucinante fosse finita ne avrebbe comprato un pacchetto. Avrebbe dovuto cambiare tutto, a cominciare dal modo di vivere. Come aveva vissuto negli ultimi tre anni? Non aveva vissuto, questa era la verità.

«Eh, già...» disse, vedendo che quell'uomo lo guardava aspettando una risposta.

«E viene anche lei da Pontebosio?»

Ci mancava solo questo rompicoglioni in vena di fare domande. «No, in verità ci sto andando. Mi scusi, ero soprappensiero e le ho detto una cosa non vera, sono un po' stanco. In verità sto andando a Pontebosio perché lì c'è mio suocero che sta molto male. Domani dovrò accompagnarlo in ospedale.»

«Ah, mi dispiace...»

«Sono cose che capitano, purtroppo. Ora, se vuole scusarmi, io rientro, il mio secondo dovrebbe essere arrivato. Grazie ancora per la sigaretta.»

*

L'uomo col berretto aveva provato a fargli delle domande ma non c'era stato verso. Quell'individuo si era chiuso a riccio. Gli aveva raccontato una storiella inventata.

Però quella sigaretta insieme era stata un vero colpo di fortuna. Avevano rotto il ghiaccio. Ora si conoscevano. Quando lo avrebbe avvicinato ancora, nel corso di quella notte, l'altro sarebbe stato meno diffidente. E gli era venuta anche l'idea di come fare.

Tornò dentro e aspettò che Haber finisse di mangiare. Poi, quando lo vide chiedere il conto, uscì dalla trattoria e prese la strada in direzione di Pontebosio.

Mentre la pioggia batteva ritmica sul parabrezza, continuava a chiedersi perché quel tizio fosse andato a mangiare lì invece che partecipare alla cena aziendale e perché fosse così turbato, ma su una cosa si sentiva di scommettere: uscito da lì, quell'Haber sarebbe andato nel luogo più sicuro che conosceva. Più ci pensava più si convinceva che probabilmente gli era appena accaduto qualcosa di grave e doveva avere a che fare con la sparizione di quella donna.

E quando hai compiuto un'azione che va oltre il tuo ordinario modo di agire, una volta che tutto è finito, sale forte un bisogno di sicurezza, di ordinarietà; il giorno dopo Haber avrebbe dovuto partecipare alla seconda giornata della convention, quindi il luogo più sicuro sarebbe stato uno solo: l'albergo.

E lui l'avrebbe aspettato lungo la strada.

*

Sull'onda dell'esperimento pici riuscito, Ragonese aveva ordinato il cinghiale in umido e si era deliziato a intingere il pane in quel sughetto dalla consistenza perfetta. Per una volta Albertini l'aveva fatta giusta, senza volerlo aveva contribuito a rimuovere un trauma.

Ma perché non trovava il coraggio di dire a sua sorella come stavano le cose? Forse per via di qualche trauma precedente, avvenuto in tenera età, Felice non lo sapeva, ma non trovava il coraggio di affrontare l'argomento. Le povere amiche, quando erano state invitate, per una questione di irrinunciabile cortesia, avevano azzardato persino dei tiepidi complimenti. Certo, non erano mica nella sua situazione, che doveva avere a che fare con quel problema tutti i giorni.

«Adesso mi sento veramente a pezzi» disse Albertini, portandosi una mano alla bocca per contenere un solenne sbadiglio.

Avevano finito i caffè e anche il grappino offerto dall'oste.

«E pensare che c'hai vent'anni.»

«Ventisette per la precisione.»

«Sì, va be', ventisette. Voglio vedere come ci arrivi alla mia età.»

«Il problema è così lontano nel tempo che non vale la pena pensarci ora.»

Albertini sbadigliò ancora, questa volta in modo più evidente.

«Ho capito, ho capito. Ora ti porto a casa. Voi milanesi siete tutti delle mezze seghe.»

«Tu invece ora cosa fai, ti lanci in una notte brava?»

Non era il caso di battibeccare, si sentiva riconciliato con la cucina toscana e voleva pagare lui. Era il minimo che potesse fare.

Non era neanche il caso di dirgli che voleva andare al pub di Nestore per cercare informazioni su Ferrante. Non voleva che Albertini si sentisse obbligato ad accompagnarlo. Prese il conto, si alzò e andò al bancone.

19

Haber si era ricordato quasi subito di quel distributore. L'aveva notato la sera prima, quando si era perso, perché cercava un posto dove chiedere informazioni. Ma non c'era nessuno, era un distributore automatico. Non doveva essere molto lontano, si ricordava che dopo poco si era fermato in una piazzola per guardare meglio l'insegna della trattoria, perché la pioggia battente non gli permetteva di vederla.

Lì avrebbe riempito la tanica, poi sarebbe tornato su, verso Pontebosio, e avrebbe preso lo sterrato che portava alla cava.

Pagò, uscì dalla trattoria e andò verso la macchina.

Pioveva ancora.

Fece manovra e si diresse a valle. Dopo poche curve, come ricordava, incontrò il distributore. Era deserto. Parcheggiò l'auto un po' lontana dalle pompe, poi scese e aprì il bagagliaio.

Sì, la tanica era ancora lì, legata con la sua cinghia al lato destro del baule, con il corpo di Adelmo solo appoggiato.

La estrasse con facilità e si diresse verso la pompa, inserì dieci euro nella macchinetta e la riempì.

Tutto intorno c'era silenzio. Da quella strada non passava proprio nessuno.

Meglio, così nessuno avrebbe potuto ricordarsi di averlo visto riempire una tanica.

Chiuse bene il tappo e rimise la pompa al suo posto.

Andò al lato del passeggero, aprì la portiera e sistemò il recipiente nel vano anteriore, vicino al sedile. Richiuse la portiera e si diresse verso il posto di guida.

Ora era arrivato il momento di scrivere la parola 'fine' su quell'assurda storia. E la parola 'fine' l'avrebbe scritta con il fuoco.

*

L'uomo col berretto si era fermato in un tratto di strada illuminato, sotto un lampione, per essere visto bene. Nell'ultimo tratto prima della cittadina la strada riprendeva a essere illuminata.

Gli avrebbe fatto cenno di fermarsi e quello lo avrebbe riconosciuto. Magari malvolentieri, ma si sarebbe fermato perché lui si sarebbe messo in mezzo alla strada e si sarebbe sbracciato, dicendo che la macchina gli si era fermata, pregandolo di dargli un passaggio. Non avrebbe potuto negarglielo. Non c'era pericolo che fosse un bandito, si erano già visti alla trattoria.

E a quel punto gli avrebbe fatto confessare i suoi peccati, come un prete eretico.

Conosceva tanti modi per mettere paura alle persone, a cominciare dal coltello che portava nascosto sul fianco e che proprio in quel momento stava accarezzando.

L'importante era non commettere l'errore di ammazzarlo prima che avesse parlato.

L'uomo guardò l'orologio. Erano già passati dieci minuti da quando si era fermato a metà di quel rettilineo, sotto un lampione che gettava una luce chiara sulla strada, facendola riflettere come un mare oscuro.

Era quasi arrivato a Pontebosio per trovarlo, ma era un posto perfetto per il suo scopo. Il rettilineo che precedeva era abbastanza lungo per accorgersi in tempo che c'era una macchina ferma. Quella luce, poi, lo illuminava a sufficienza. Haber lo avrebbe visto e riconosciuto.

Sarebbe stata sicuramente questione di pochi minuti, forse

anche meno, e i fari di quell'Audi scura sarebbero sbucati in fondo al rettilineo, scintillanti nel buio come gli occhi di un predatore.

E invece sarebbero stati quelli della sua preda.

*

Il pub era vuoto, era ancora presto. Felice si andò a sedere su uno sgabello al bancone. «Ciao Patty, me la dai una birra rossa?» chiese.

La musica di Frank correva leggera fra le pareti. «Non c'è Nestore?» chiese ancora, mentre la ragazza gli metteva la birra davanti.

«È di là, in cucina» rispose lei e poggiò i gomiti sul banco, sporgendosi in avanti. «Non ti vedo molto in forma stasera» disse, fissandolo.

«Giornata dura» rispose lui, buttando giù metà della birra in un solo sorso.

«Lo state cercando, quel maniaco?» domandò lei, facendosi ancora più avanti.

«Chi?»

«Il killer, quello che strangola le donne che mi assomigliano.»

Ragonese alzò la testa. Non ci aveva fatto caso, ma era vero. Anche Patty rispondeva pienamente ai tratti fisici delle vittime. Buttò giù un altro sorso. «Tu vivi da sola?» chiese poi, asciugandosi la bocca con il dorso della mano.

«No, con un'amica.»

Non era al sicuro, pensò Ragonese. Non era al sicuro come non lo erano chissà quante altre centinaia di donne che rispondevano a quelle caratteristiche fisiche.

«Ma per qualche giorno lei non ci sarà, è andata a Bari a trovare i genitori. Se devo essere sincera un po' di paura io ce l'ho. Con questo tempo da lupi, poi.»

Non aveva tutti i torti ma Ragonese non glielo disse. Finì la birra con un ultimo sorso. «Dammene un'altra» disse, porgendole il boccale. «E non puoi andare a stare da qualcuno? I tuoi dove abitano?»

«A Torino. Purtroppo non c'è una corriera comoda la mattina per venire qui.» Fece una pausa, poi aggiunse: «Però potrei venire da te.»

Ragonese alzò la testa, la ragazza si era messa a spillare la birra e non lo stava più guardando. Per un momento si chiese se avesse capito bene, ma non poteva essersi sbagliato. Patty gli aveva appena chiesto di andare a dormire da lui. Se solo avesse avuto la casa libera...

In quel momento Nestore entrò dal retro. «Ciao Felice, come butta oggi?»

«Stavo giusto dicendo a Patty che ho avuto una giornata pesante.»

«Pesante quanto?»

«Più del dovuto. E mi fa anche male un dente.»

«Ah, mi dispiace. Vuoi venire di là nel retro per un consulto psicanalitico o preferisci mangiare qualcosa?»

«No, grazie, ho già mangiato.» Felice fece una pausa, poi indicò genericamente verso il soffitto. «Che pezzo è questo?»

«Questa è *All of Me*, 1954.»

«Che anni, quelli! Si faceva accompagnare da una big band costituita da quattro trombe, quattro tromboni e cinque sax. Più una sezione ritmica di quattro elementi. Quella formazione gli diede l'opportunità di sfoderare il suo innato senso dello swing.»

Il volto di Nestore si illuminò all'improvviso. «E questo è niente, pensa che quando è venuto a Roma nel 1987 aveva una banda di trentacinque elementi!»

«Non dirmi che sei andato a quel concerto!»

«Sì, ho avuto questa fortuna.»

«Certo che a volte anche essere vecchi è una fortuna...»

«Vaffanculo, Felice.»

Ci fu una pausa di silenzio.

Poi Felice, che aveva reclinato la testa verso il basso, alzò gli occhi su Nestore. «Adesso però avrei una cosa da chiederti.»

«Spara.»

«Conosci uno che si chiama Paolo Ferrante? Lavora in un bar in piazza Verdi. Un tipo grosso, rasato, pieno di tatuaggi.»

Nestore rifletté qualche secondo, poi disse. «Sì, so chi è. Ogni tanto viene qui con i suoi amici.»

«Che tipo è?»

«Mah... non saprei. Penso di non averci mai parlato. Quello che posso dirti è che non frequenta bella gente. Però, adesso che ci penso, c'è uno che forse lo conosce meglio di me, Manuel. Mi ricordo di averli visti parlare.»

«Chi cazzo è Manuel?»

«Ma sì, dài, quel mio amico che viene al pub quasi tutte le sere, chissà quante volte l'hai visto. Alto, magro, con i capelli lunghi sempre legati con una coda di cavallo.»

«Ah, sì, ho capito» replicò Ragonese guardandosi intorno.

«Adesso è presto per lui. Se viene, arriva più tardi, verso le undici.»

Felice fece un cenno di assenso e bevve un altro lungo sorso di birra. Poi tirò fuori una copia spiegazzata della foto di Monica Favino. «E questa la conosci?»

Nestore la esaminò con attenzione. «No, mai vista» disse poi, restituendo il foglio. «C'è altro?»

Ragonese lo guardò. «No, torna pure in cucina» disse. «Ah, se ce la fai, alza un po' il volume dello stereo.» Poi buttò giù quello che rimaneva della birra.

Il pub si stava riempiendo. Ragonese prese posto a un tavolino, perché stare appollaiato allo sgabello dopo un po' gli aveva fatto tornare il dolore alle reni. Anche se era ancora presto, aveva già bevuto tre birre e adesso era in uno stato di rallentamento emotivo.

Nestore era impegnato con altri clienti, e così anche Patty. Neanche Frank gli era più di conforto perché Nestore non aveva alzato il volume e il vociare alto e scomposto copriva il suo cammino sul velluto delle note.

Ogni tanto si guardava intorno per vedere se scorgeva la sagoma di quel Manuel, ma senza successo. Forse era ancora presto, o magari quella sera non sarebbe venuto.

Più ci pensava più sentiva che quel Ferrante era coinvolto. Il suo alibi era troppo preciso, sembrava costruito a tavolino: la cena con gli amici, il turno al bar la mattina dopo.

Prima aveva ipotizzato che dopo la cena Ferrante fosse andato dall'ex moglie, l'avesse uccisa, e poi avesse mandato qualcuno, il proprietario di quel SUV, a far sparire il corpo. E se invece avesse mandato un sicario fin da subito, dalla sera prima, quando lui era a cena? Era dal quel momento infatti che il telefono della donna aveva smesso di ricevere.

E il SUV visto la mattina dopo da Camilla? La tenda che si muoveva dall'interno della casa? Forse il sicario era tornato per portare via il corpo, o forse perché si era accorto di aver lasciato qualche traccia del suo passaggio.

Piano piano, sorso dopo sorso, Ragonese cessò di pensare a quel rompicapo, si sentiva troppo stanco, e un po' intontito dall'alcol. Pensò a Patty, a quell'ambiguo autoinvito, e subito dopo ancora alla sorella che gli si era piazzata in casa, e per associazione d'idee gli venne in mente la sua infanzia, quando correva in fondo allo spiaggione di Bonassola, con i suoi amici, per raggiungere gli scogli e andare a tuffarsi. Lui aveva sempre avuto un po' paura, ma quando c'era lei, Teresa, la bambina più bella del paese, era il primo a buttarsi giù, quasi sempre scomposto, la schiena e le gambe che bruciavano dopo l'impatto con l'acqua.

Che fine aveva fatto Teresa? Si chiese, e gli sembrò che fosse trascorso un tempo lunghissimo, una distanza siderale. La vita li aveva separati con un taglio così netto che non aveva mai più pensato, neanche per un minuto, a quella bambina. E ora, nel torpore dell'alcol, saliva improvvisa, un'assurda, ingiustificata nostalgia di quella vita, del fatto che non si fosse incrociata con la sua.

«Guarda che coincidenza, anche tu qui?» La voce della Tallone lo colse di sorpresa.

Alzò lo sguardo e vide la sua collega tirata a lucido, con un vestitino attillato e un paio di stivali tacco dodici. I capelli neri lisci, che al lavoro portava legati in una coda, sciolti sulle spalle. Il trucco più intenso, che le faceva risaltare gli occhi chiari.

«Cosa ci fai qui?» le chiese senza riuscire a smettere di guardarla.

«La vuoi finire di scannerizzarmi?» disse lei, imbarazzata.

In quel momento, da dietro le sue spalle si materializzò un tipo, un bel ragazzo moro. «Ciao» disse allungando la mano verso Ragonese. «Io sono Mauro.»

«Lui è Mauro» lo presentò la Tallone, quasi in contemporanea.

L'avevo capito, disse fra sé Ragonese che gli porse a sua volta la mano.

«C'è un bel casino, qui, eh?» disse lei. «Non c'è un tavolo libero.»

«Eh, già...» replicò Felice. L'idea di farli sedere al suo tavolo non lo stava neanche sfiorando.

«Be', allora noi andiamo a vedere se troviamo posto in un altro locale. Sarà per via della pioggia, ma stasera sembrano tutti pieni.»

«Eh, già...» replicò ancora Ragonese distrattamente. L'immagine della Tallone a letto con quel tipo si era fatta strada. E anche la voglia di bere qualcosa di forte.

20

Lo sterrato era stretto e dissestato, la macchina sobbalzò sulle pietre sporgenti, raschiando le fiancate contro i cespugli di rovi. Ma a Giovanni non importava di rigare l'auto, anzi, stava pensando che da quella strada, se così si poteva ancora definire, non passava più nessuno da chissà quanto tempo e che sicuramente neanche le coppiette ci si avventuravano per paura di sfasciare la macchina.

Bene, non avrebbe potuto trovare posto migliore, si disse, sbucando in una radura sassosa. Si fermò, spense il motore e subito un buio profondo lo avvolse. Anche se aveva smesso di piovere, il cielo era pieno di nuvole che coprivano la luna e le stelle.

Avrebbe dovuto abituare gli occhi a quel buio, ma nel frattempo accese i fari, che squarciarono l'oscurità illuminando una pietraia.

Poi scese e prese la tanica che aveva riempito nel distributore a valle.

Sì, quello era proprio il posto perfetto. Appoggiò la tanica a qualche metro di distanza e aprì il bagagliaio. Ora doveva tirare fuori i cadaveri. Avrebbe voluto dire rischiare di sporcarsi di nuovo di sangue, ma nella peggiore delle ipotesi avrebbe potuto cambiarsi ancora, con il vestito buono di Adelmo.

Per un attimo pensò a quanto tutto fosse paradossale, ma

non c'era tempo per le riflessioni, ora doveva concentrarsi sul lavoro che gli rimaneva da fare.

Fece un bel respiro, radunando le forze, e agguantò le gambe di Adelmo, trascinandole fuori dal bagagliaio. Poi si girò e prendendo il corpo per le caviglie cominciò a tirarlo.

In quel momento ricominciò a piovere. Uno scroscio violento, improvviso. Ma non c'era tempo per ripararsi, quel lavoro doveva essere finito il più presto possibile, anche se il freddo stava cominciando a schiacciargli le ossa e i brividi a salirgli dalla schiena.

Doveva farsi coraggio, resistere. Lo sforzo lo avrebbe aiutato a combattere quella sensazione. Tirò ancora e il corpo cadde a terra, con un rumore sordo. Continuando a tenerlo per le gambe, lo trascinò una decina di metri lontano dalla macchina. Poi finalmente mollò la presa e si girò di nuovo verso l'auto. Ora toccava alla donna. Tornò al bagagliaio e sollevò con maggiore facilità quel corpo, ma si rese conto troppo tardi che, nonostante fosse più leggero, sarebbe stato meglio prendere anche quello per le gambe. Lo sollevò e poi, per non cadere in avanti, fu costretto ad avvicinarlo e stringerlo al petto, sporcandosi. Ma la cosa più grave fu sentire il contatto, avvertire il freddo della morte.

Lo trasportò così, in quel macabro abbraccio, un manichino di carne e sangue seccato, avvolto da una stoffa ancora intrisa d'acqua appoggiata al suo volto girato di lato, con il collo storto nell'inutile sforzo di evitare quella terribile aderenza.

Poi finalmente lo posò a terra, vicino a Adelmo, e si allontanò di qualche passo, mentre un brivido gli percorreva la schiena come una scarica elettrica. La pioggia gli cadeva addosso con violenza, fredda come quel cadavere. Guardò per un attimo le sagome informi e pensò che per appiccare il fuoco avrebbe dovuto aspettare che smettesse di piovere. Ora, intanto, doveva prendere la cassetta degli attrezzi.

Ma prima doveva fare un'altra cosa. Si avvicinò al corpo del collega e cominciò a tastarlo. Trovò quasi subito il portafogli. Lo aprì e ne controllò il contenuto: sì, c'erano i documenti. Se lo mise in tasca e tornò alla cassetta degli attrezzi, frugò un po', per via del buio, e ne estrasse un cacciavite. Poteva sempre servire, pensò, e si infilò anche quello in una tasca posteriore dei pantaloni. Frugò ancora e infine tirò fuori una pinza.

Poi si avvicinò di nuovo al corpo di Adelmo. Era arrivato il momento peggiore. Ora doveva farsi veramente forza. Non poteva permettersi che venisse riconosciuto. E il fuoco, da solo, non sarebbe riuscito a cancellare tutte le tracce.

Forse ci sarebbero voluti molti giorni per trovarlo, ma già l'indomani qualcuno, probabilmente sua moglie, ne avrebbe denunciato la scomparsa.

Quando, presto o tardi, avrebbero trovato quei resti umani carbonizzati, non avrebbero dovuto riconoscerlo, e l'unico modo perché questo fosse possibile, era togliergli i denti.

Si chinò e, tenendo la pinza nella destra, provò ad aprire la bocca di Adelmo con la sinistra. Con una mano sola però non ci riuscì e allora posò la pinza per terra e con tutte e due le mani aprì la bocca, che per fortuna non si richiuse, ma rimase spaventosamente aperta, come una grotta buia e misteriosa, un punto di collegamento con l'inferno, il terribile inferno dove aveva scaraventato il suo collega e dove prima o poi sarebbe andato a raggiungerlo.

Giovanni prese di nuovo la pinza e strinse il primo dente. Poi tirò ma la pinza scivolò e la presa gli scappò. Riprovò subito, stringendo più forte, ma scivolò ancora. Provò mettendo la pinza di traverso. Per un po' resse, ma il dente faceva resistenza, non voleva venire. Dette uno strattone più forte e la pinza scivolò di nuovo.

Così non ce l'avrebbe mai fatta. Doveva trovare qualche altra soluzione.

Andò alla cassetta degli attrezzi e frugò nervosamente fra cacciaviti e chiavi inglesi. Ci sarebbe voluto un martello, ma purtroppo i martelli non sono in dotazione di quei kit di soccorso.

Si guardò intorno: era pieno di pietre. Pensò che doveva essere destino. Con una pietra l'aveva ucciso e con una pietra gli avrebbe spaccato i denti.

Ne prese una grossa, ma che poteva stringere salda, alzò il braccio sopra la testa di Adelmo, fece un respiro profondo, e assestò il primo colpo.

Il sasso si abbatté sulla bocca con un rumore sordo, il rumore di qualcosa che stava cedendo. Allora colpì ancora, e ancora, trovando al tatto una superficie progressivamente sempre più morbida, fino a che la sua coscienza si annullò e l'istinto ancestrale emerse con la forza, il peso di migliaia di anni. Era come se fosse entrato in una dimensione parallela, come se non fosse lui a sferrare quei colpi sempre più forti sul volto di Adelmo, ma stesse solo assistendo alla scena, in un vortice d'immagini sempre più veloci, in un crescendo di emozioni che culminò in una sorta di eccitazione, di liberazione.

Ora sentiva caldo e si rese conto che aveva smesso di piovere. Nonostante fosse tutto bagnato, aveva la fronte sudata. Si asciugò il sudore con l'avambraccio.

Anche se la luce dei fari non illuminava la scena direttamente, vide quella poltiglia rossa e per un attimo si rese conto dell'atrocità che aveva compiuto.

E lo stomaco gli si chiuse, per riaprirsi subito dopo in un conato di vomito.

Non si allontanò, vomitò il cibo mangiato alla trattoria, spostandosi solo un po' verso il petto del cadavere.

Poi si asciugò la bava con il dorso della mano. Faceva fatica a respirare. Vomitò ancora, tossì.

Poi si calmò. Non c'era più niente nello stomaco, ora sarebbe andata meglio. Con un po' di fatica si alzò e fece qualche passo, cercando di respirare a fondo. Aveva ucciso, ma quello che stava facendo adesso era qualcosa di più.

L'aria era fredda, umida, e gli entrò nei polmoni con violenza, dandogli una sensazione forte ma positiva. Nel giro di qualche minuto si riprese e allora tornò a concentrarsi sul corpo. Si chinò e andò a tastare la bocca. Sì, i denti si erano spaccati. Li prese, raccolse tutti i resti e se li ficcò in tasca. Se ne sarebbe liberato dopo, in un altro luogo.

Tastò ancora quella bocca informe: alcuni denti erano rimasti attaccati. Prese di nuovo il sasso e colpì con determinazione.

Non era più riconoscibile già ora, ma voleva fare le cose fatte bene, non voleva correre rischi. Voleva salvarsi, non doveva essere condannato per aver assassinato quell'uomo.

Era una cosa che avrebbe dovuto gestire con la propria coscienza, come le altre, ma senza interferenze. Nessuno avrebbe potuto capire fino in fondo com'erano andate le cose, il perché di quel gesto così estremo.

Prese i pezzi degli ultimi denti fracassati e li mise in tasca insieme agli altri. Aveva tutte le mani imbrattate di una poltiglia densa, se le passò sul corpo, per pulirsele un po'.

Il più era fatto.

Si fermò un attimo a respirare affannosamente, guardando verso il cielo, verso il buio.

Ripensò a tutto, sì, ora rimaneva solo un'ultima cosa da fare: la più facile. Prese la tanica, la aprì e versò metà della benzina sui corpi. Poi andò verso la macchina, aprì la portiera del passeggero e poggiò la tanica sul pianale, si chinò sul vano portaoggetti e prese un blocco di carta e un accendino. Per fortuna ne teneva sempre uno per le emergenze.

Uscì, richiuse la portiera, strappò un foglio dal blocco, lo arrotolò e gli diede fuoco. Fece qualche passo e lo tirò sul corpo di Adelmo. In un attimo, si sollevò un fuoco che si propagò velocemente anche sulla donna.

Dopo pochi secondi, però, le fiammate iniziali si ridussero fino a diventare una fiammella che, nel giro di altri pochi secondi, si spense. C'era troppa acqua.

Si avvicinò e, seppur controvoglia, si chinò per tastare i corpi. Una buona parte doveva essere evaporata, anche se il fuoco alla fine si era spento.

Tornò verso la macchina e prese il blocco. Staccò tutti i fogli e li sparse sui cadaveri. Per un attimo guardò il cielo pregando che non riprendesse a piovere proprio in quel momento. Poi prese la tanica e versò la benzina rimanente. Infine diede ancora fuoco.

*

Felice aveva preso un whisky torbato.

Nestore aveva una vera e propria fissazione per i torbati e li beveva con tutti i cerimoniali: acqua ghiacciata a parte, sigaro.

Lui invece non era così sofisticato. Gli piaceva quel retrogusto di affumicato e li beveva volentieri. Ma non disdegnava neanche i whisky classici e i bourbon.

Ogni tanto gettava lo sguardo verso l'ingresso del locale, nella speranza di vedere entrare Manuel, l'amico di Nestore che conosceva Paolo Ferrante. Prima aveva detto di sì, ma in verità non si ricordava bene che aspetto avesse quell'uomo. La coda di cavallo, sì, ma i lineamenti?

«Problemi sentimentali?» Nestore si era fatto sotto con un secondo bicchiere.

Ragonese alzò la testa riemergendo dalle sue elucubrazioni. «Magari. Sono solo a pezzi» disse, sgranchendo i muscoli del collo. «Come ti dicevo è stata una giornataccia.»

«E allora fatti una bella dormita e vedrai che domattina la vita ti sorriderà di nuovo.»

Ragonese lo guardò. «A parte che parli come una pubblicità dell'Amplifon, ma sono appena le undici.»

«E allora?»

«Allora mia sorella è ancora sveglia e se mi becca è capace di farmi una testa così sulla sua amica di ieri, quella che voleva presentarmi.»

«Ah, vedi che c'è di mezzo una donna!»

«Chi, mia sorella?»

«No, l'altra, l'amica.»

«Il suricato? Ma figurati!»

«Allora un'altra opzione potrebbe essere quella bella mora che si è avvicinata prima al tuo tavolo.»

Ragonese fece un respiro profondo. «L'opzione di farti i cazzi tuoi non l'hai valutata?»

Nestore sorrise. «Colpito e affondato» disse, e fece per allontanarsi verso altri tavoli.

«Il tuo amico?» chiese Ragonese, fermandolo con un braccio.

Nestore scosse la testa. «Non si è ancora visto.»

Non è serata, pensò Felice, prendendo il telefono dalla tasca e controllando se, con quel casino, gli erano arrivate delle chiamate che non aveva sentito.

Ce n'era una di sua sorella, ma poteva aspettare, tanto di lì a poco sarebbe tornato a casa. E poi c'erano due messaggi di Tamara. Nel primo dei cani con tutù di tulle colorato facevano numeri da circo e nell'altro un gattino pelosissimo emetteva un miagolio straziante che sembrava umano mentre un neonato di pochi mesi gli tirava una manata in testa.

Ragonese rifletté su quanto sarebbe stato tutto più facile se gli fossero piaciuti cuccioli d'uomo e di animali. Avrebbe cominciato una relazione costruttiva con quella donna della sua età, avrebbero preso un gatto, avrebbero fatto dei viaggi in posti romantici, mangiato vellutate a lume di candela, frequentato amici con i quali vedere un film o andare a teatro.

E invece nella sua testa c'era Sonia. Anche se non ci sarebbe dovuta essere.

Scosse la testa e guardò ancora una volta verso la porta del locale.

Un uomo era appena entrato nel pub. Aveva i capelli bagnati e il fiato corto di chi ha corso.

Subito dopo entrò una ragazza con i capelli viola, incollati alla testa, spingendolo dentro come se fosse inseguita da qualcuno. Quella pioggia non dava proprio tregua, per quanto sarebbe durata ancora?, si chiese, guardando i due dirigersi al bancone.

Fu allora che si accorse che lui aveva i capelli raccolti in una coda. Raddoppiò l'attenzione.

L'uomo scambiò qualche parola con Nestore, poi si girò, guardando brevemente verso il suo tavolo.

Parlarono ancora per qualche minuto, poi Nestore andò da lui.

«È arrivato» disse. «Gli ho già anticipato la questione.» Poi, senza aspettare risposta, tornò verso il bancone e fece un cenno con la testa al suo amico.

L'uomo si avvicinò al tavolo di Ragonese, portandosi dietro la birra che nel frattempo Patty gli aveva servito. Dietro di lui, la ragazza con i capelli viola. Ora che si avvicinava, Felice notò che era piena di piercing.

«Di solito non parlo con gli sbirri» disse Manuel, sedendosi, lo sguardo fisso su quello di Ragonese. «Ma Nestore mi ha detto che quel bastardo ha picchiato la moglie.»

«Ex moglie» precisò lui.

«E io non sopporto quelli che picchiano le donne» aggiunse Manuel guardando la ragazza coi piercing, che gli si era seduta accanto.

Ma lei non condivise il suo sguardo. Si guardava in giro, come se l'ambiente non le fosse congeniale.

Ragonese approfittò di quell'assenza di attenzione per squadrarla: era fragile, pallida, sembrava fatta di porcellana. Dai capelli bagnati alcune gocce d'acqua le scendevano sulla fronte, scivolando su quella superficie liscia fino all'argine delle sopracciglia, dove c'erano i piercing, facendoli brillare di una luce irreale.

Tornò a guardare Manuel e con un cenno gli chiese se poteva parlare liberamente davanti a lei.

Lui fece sì con la testa.

«Cosa sai di lui?»

«Il suo lavoro al bar è una copertura. I soldi veri li fa con la ricettazione.»

«Che tipo di merce?»

«Principalmente arte. Robe antiche trafugate nelle chiese e nei musei.»

Ragonese rimase in silenzio per qualche secondo. Poi chiese: «E l'ex moglie era coinvolta?»

«Non lo so, non credo. Sicuramente qualcosa sapeva, ma non credo prendesse parte attiva ai traffici.»

Ragonese rifletté ancora un attimo. «Sai dove tiene la roba rubata?» chiese poi, abbassando la voce, come se gli desse fastidio che la ragazza sentisse quella domanda.

«No. Da certe cose è meglio tenersi lontano, ci si guadagna

in salute» disse, prendendo un sorso di birra e riappoggiandola pesantemente sul tavolo. «Non so se mi spiego.»

«Mi stai dicendo che Ferrante è un tipo pericoloso, vendicativo?»

«Diciamo che non ha un buon carattere.»

«Fino al punto di uccidere?»

«Questo dovete chiederlo a lui.» Manuel finì la birra, poi si alzò. «Ora, se non ti dispiace, noi dovremmo andare.»

«Un'ultima domanda» disse Ragonese rimanendo seduto. «C'è qualcuno dei suoi amici, che tu sappia, che ha un SUV di colore scuro?»

Manuel rifletté per qualche secondo. «No, non mi sembra. Ma non lo escluderei a priori, quelli cambiano macchina più spesso di quanto cambino i telefoni» disse, poi si allontanò, seguito da quella strana creatura.

Il rumore era ancora aumentato e Ragonese non ce la faceva più a stare nel pub. C'erano molte persone in piedi e gli sembrava gli mancasse l'aria. Ma la cosa peggiore era che aveva cominciato a pensare a Valeri. A quando era arrivato solo due anni prima, fresco di una promozione che secondo Ragonese gli era stata data da qualche superiore per toglierselo dalle palle. Da allora, da quando quell'uomo aveva messo piede nel commissariato di Pontebosio, le cose si erano complicate.

Avevano richiesto un 'problem solver' ed era arrivato un 'problem maker'.

Valeri non faceva le cose, ma voleva metterci il naso. Voleva dimostrare di essere brillante, perspicace, il poliziotto che arriva a risolvere i casi con l'intuizione, l'osservazione dei dettagli nascosti, senza bisogno di sporcarsi le mani. Voleva sentirsi dire 'quanto sei bravo'. E se il complimento non arrivava, cominciava a romperti i coglioni.

Ma lui non era bravo a blandire, a fare sorrisi di circostanza, non lo era mai stato.

Doveva lavorare su questa cosa, cercare di compiacerlo di più, buttare lì qualche complimento ogni tanto. Era tutto quello che gli veniva richiesto, e cristo, non era così difficile.

Bevve l'ultimo dito di whisky rimasto e posò il bicchiere sul tavolino. Era davvero arrivato il momento di tornare a casa, a quella ficcanaso di sua sorella avrebbe detto che non stava bene e sarebbe andato subito a letto.

Si alzò e andò a pagare.

«Ci vediamo domani» gli disse Nestore.

La sua vita era diventata troppo prevedibile. Andò verso l'uscita e cercò il suo ombrello in mezzo a una selva, senza trovarlo. Stava pensando di prenderne uno a caso quando la porta d'ingresso si aprì ed entrò la Tallone, quasi andandogli a sbattere contro.

«Ehi!» disse lui. «Che ci fai ancora qui?» Guardando intanto verso la porta in attesa del suo ganzo. «Hai dimenticato qualcosa?»

«Non c'è» disse lei. «L'ho scaricato.»

«L'hai scaricato?»

«Sì, era un bel figo, ma era anche un cretino.»

«Ah.»

«Hai presente il genere, ci sarà anche al femminile, no?»

«Ah, certo. L'aspetto fisico non è tutto.» Con le donne mentire su questo argomento era d'obbligo.

«Appunto. E poi mi sei venuto in mente tu, sembravi così a terra... E allora mi sono detta magari se torno dentro lo trovo ancora e chiacchieriamo un po'.»

«Hai fatto bene. La giornata è cominciata storta con quell'accumulatore seriale ed è proseguita anche peggio. È scomparsa una donna e nella sua casa abbiamo trovato del sangue.»

«Ho sentito qualcosa da Albertini» disse la Tallone. «Hai voglia di raccontarmi?»

Ragonese si guardò in giro. «Va bene, magari in un altro posto.»

«Hai la macchina?» chiese la Tallone.

«Sì, ma l'ho lasciata un po' distante, quando sono arrivato non c'era un posto a pagarlo oro.»

«Allora prendiamo la mia, ho trovato un buco proprio qui fuori.»

*

Era passata quasi mezz'ora e di Giovanni Haber nemmeno l'ombra.

Qualcosa doveva sicuramente essere andata storta.

L'uomo col berretto non ce la faceva più a rimanere lì, fermo sul ciglio di quella strada in mezzo al nulla, con un silenzio glaciale rotto solo dal battito della pioggia, che aveva ripreso con forza a rimbalzare sull'asfalto e sul tetto della sua auto.

Sentiva di averlo perso. Aveva sprecato anche troppo tempo fermo in quel piccolo tratto di asfalto bagnato, in attesa di qualcosa che sarebbe dovuta arrivare attimo dopo attimo, minuto dopo minuto, ma che non era arrivata e ormai era troppo tardi perché arrivasse.

L'uomo andò alla macchina, gettò l'ombrello sui sedili posteriori, si rimise il berretto e salì al posto di guida. Poi fece inversione e tornò verso la trattoria, percorrendo la strada lentamente, guardando bene a destra e sinistra in quel buio compatto reso impenetrabile dalla pioggia. Se era successo qualcosa di imprevisto non doveva sfuggirgli. Forse quel tizio aveva avuto un momento di stanchezza, un colpo di sonno, magari in un tornante, e si era andato a schiantare.

Curva dopo curva, però, arrivò nel piazzale della trattoria.

La prima cosa che vide fu che l'Audi non c'era più.

Non c'erano molte alternative. Se Haber non aveva preso la strada verso Pontebosio e non era neanche più nella trattoria, non rimaneva che una spiegazione: aveva preso la strada verso valle. Forse il suo stress era ancora a un livello tale che aveva sentito il bisogno di fare un giro in macchina.

L'uomo pensò per un attimo se fosse il caso di percorrere anche lui quella strada, ma decise di no e prese la direzione per Pontebosio. Era passato ormai troppo tempo per sperare di poterlo raggiungere. E poi, prima o poi sarebbe tornato all'albergo. Sarebbe bastato appostarsi lì davanti e aspettare.

21

Ragonese poggiò la forchetta sul piatto, arrendendosi.

La Tallone non aveva ancora mangiato e quindi avevano provato ad andare in quattro o cinque di quei localini che le piacevano tanto, ma ormai stavano tutti chiudendo. Alla fine avevano ripiegato in una tristissima pizzeria. Per tenerle compagnia aveva ordinato un calzone, ma ora una buona metà era ancora lì, intatta.

La Tallone sembrava non badarci, anzi aveva ordinato anche un affogato al caffè.

«Cos'è successo con quel tipo, perché l'hai scaricato così in fretta?» chiese lui, guardandola.

Lei condivise il suo sguardo per un attimo, poi tornò a fissare il piatto. «Preferirei non parlarne, se non ti dispiace» disse. «Magari un'altra volta, ma non stasera.»

Per un attimo scese il silenzio. Uno di quei silenzi sbagliati, dove nessuno è a suo agio.

«Tu piuttosto, raccontami di quella donna scomparsa...»

Ragonese allontanò da sé il piatto con il calzone, come se la sola presenza gli desse fastidio. «Non so. Ho come un cattivo presentimento. A casa sua abbiamo trovato tracce di colluttazione e di sangue.»

«E non avete un'idea di che cosa possa esserci dietro?»

«Per ora no. Abbiamo torchiato l'ex marito, ma ha un alibi.»

«E perché sospettate che sia coinvolto?»

«Perché lei lo ha lasciato e lui è un violento, in passato l'ha picchiata. La donna ha anche sporto una denuncia.»

La Tallone rimase in silenzio per qualche tempo, poi prese la birra di Ragonese, la sua era finita. Bevve un sorso. «Sì, è molto probabile che sia coinvolto» disse, posando il boccale.

«Come mai questa sicurezza?» obiettò lui. «Come ti dicevo ha un alibi che è stato confermato da diversi testimoni.»

«Non lo so, forse perché mi hai detto che è una persona violenta. E poi la soluzione è quasi sempre la più ovvia. Chi altri poteva avere interesse a farle del male? Fammi pensare. È stata rapita perché è ricca?»

Ragonese fece cenno di no con la testa, anche se non ne era sicuro. La villetta era piuttosto malandata e il mobilio di poco valore. L'auto poi era una Fiat Panda. Tutto faceva pensare a una persona comune. Ma non avevano controllato.

«È implicata in faccende di droga o prostituzione?» chiese ancora la Tallone, con gli occhi un po' socchiusi, come faceva sempre quando era concentrata.

Ragonese fece ancora cenno di no con la testa. Ci aveva pensato anche lui, prima. Le foto viste in salotto parlavano di una persona apparentemente normale, con una vita tranquilla, se si escludono le violenze familiari. Ma sapeva che a volte l'apparenza poteva essere d'intralcio alla verità. «Non credo, però domani faremo delle indagini anche in quella direzione.»

«Allora forse ha contratto dei debiti di gioco o è finita nelle mani di uno strozzino. Queste sono le eventuali possibili strade alternative. Non si scappa» aggiunse lei, con la sicurezza di chi ha seguito i corsi di addestramento con perizia e diligenza. «Ma se le indagini dovessero rilevare che nessuna di queste ha un fondamento oggettivo nella realtà, allora dovete continuare ad andare a fondo con l'alternativa più probabile: il marito violento.»

Ragonese continuava a fare segno di no con la testa, come se avesse un tic a cui non era in grado di resistere. «Lo so, lo so. Anche a me quell'uomo non convince. Fra l'altro, proprio stasera ho scoperto che fa il ricettatore di roba antica. Ma le cose non sono così semplici. La donna non risponde al telefono da ieri sera. Quindi lui in teoria avrebbe potuto avere il tempo di agire. Sembra però che stamattina qualcuno fosse nella casa della donna. Qualcuno con un suv nero. E non poteva essere il marito, perché era sul posto di lavoro e molte persone lo possono testimoniare.»

«E allora perché non ti convince? Pensi che la sua attività illecita possa entrarci qualcosa?» chiese la Tallone.

«Non so...» replicò lui, la testa bassa, gli occhi fissi nel ricordo. «All'inizio era solo una questione di pelle, forse perché ero influenzato dal fatto che sapevo che aveva picchiato l'ex moglie. Ma adesso mi sembra che ci sia qualcosa di più, qualcosa che non torna.»

«Cosa?»

«Non ne sono sicuro, ma più ci penso più mi convinco che quando ci siamo presentati al bar dove lavora per portarlo in centrale, non fosse sorpreso. Si comportava quasi come se ci stesse aspettando, come se sapesse che saremmo andati a prenderlo.»

«Forse pensava ai suoi traffici. Un delinquente mette in conto di poter essere scoperto.»

«No, gli abbiamo accennato subito che si trattava dell'ex moglie. Ma è solo quando siamo arrivati in centrale che gli abbiamo detto che era scomparsa nel nulla... E a quel punto... per un attimo, nella profondità dei suoi occhi ho visto un lampo di sorpresa. Non so, è come se si fosse aspettato qualcosa di diverso.»

«Del tipo?»

«Non lo so... Forse la mia è stata solo un'impressione sbagliata... Sono stanco e faccio fatica a ragionare.»

«E magari hai bevuto un po' troppo...»

Ragonese si passò una mano sulla faccia. Era come se un velo gli coprisse la superficie degli occhi, rendendo tutto un po' sfumato, e le orecchie gli ronzavano. «Giusto un paio di birrette» disse.

«Eh sì, diciamo un paio...»

Scese il silenzio. La ragazza sembrava riflettere. Poi di colpo alzò la testa. «E non è possibile che sia coinvolto il killer del foulard di seta?» disse, incrociando le braccia.

Ancora quell'individuo.

«A quanto ci risulta, questo non è il suo modus operandi. Nelle due precedenti aggressioni di cui siamo a conoscenza, per uccidere ha usato un foulard e nelle scene del crimine non c'erano tracce di sangue. E poi ha lasciato in terra l'arma del delitto. Quest'uomo ci vuole sfidare, vuole che lo cerchiamo. In questo caso oltretutto, se di omicidio si tratta, non ci sono né il cadavere né tantomeno il foulard di seta.»

La Tallone lo guardò con una punta d'incertezza negli occhi. «Magari è stato interrotto o c'è stato un contrattempo...»

Ragonese scosse la testa. «C'è una fobia generale per questo individuo... Prima anche Patty, al pub. No, deve esserci una spiegazione più logica.»

«E allora non ci sono alternative, segui il tuo istinto, stai addosso all'ex marito.»

Rimasero ancora dieci minuti, giusto il tempo di un caffè, poi uscirono e, visto che stava ancora piovendo, la Tallone lo accompagnò sotto casa. Ma Felice, dopo averla salutata, non aveva più voglia di salire nel suo appartamento. Al pub, quell'ombrello a caso l'aveva preso, e ora stava fumando una sigaretta camminando sul selciato bagnato, che rifletteva le luci delle insegne dei negozi chiusi, dei lampioni, dei fari delle auto. Un mare nero contaminato di riflessi. Come l'inconscio umano.

Tirò l'ennesima boccata di fumo e pensò che avrebbe dovuto chiedere alla Tallone di portarlo al pub a prendere il suo maggiolino. Se la mattina dopo fosse piovuto ancora, avrebbe dovuto farsela a piedi con l'ombrello.

Gettò il mozzicone della sigaretta, e mise la mano infreddolita in tasca, percependo la superficie metallica del suo cellulare. Lo prese e guardò lo schermo: c'era un'altra chiamata non risposta della sorella e nessun nuovo messaggio. Pensò a Tamara. A quei filmati.

Per un attimo valutò l'idea di bloccare il suo numero come indesiderato, ma poi rinunciò. Tamara era un'altra delle tante persone sconfitte dalla vita. Sola e senza figli, quando le sue priorità erano sempre state un marito con prole. Perché accanirsi con lei? Erano i figli di puttana che andavano trattati male, gente come quel tatuato di merda che picchiava la moglie, o il killer del foulard di seta.

Chiuse l'ombrello ed entrò nel portone. Era arrivato il momento di andare a sentire cosa avesse di tanto urgente da dirgli Cinzia.

«Oh, finalmente sei arrivato. Ma cosa te lo porti dietro a fare il cellulare se poi non rispondi?» lo investì lei appena varcata la porta di ingresso. «Comunque vieni che ti faccio vedere.» E così dicendo lo prese per un braccio e lo trascinò verso la cucina.

Felice fece per un attimo resistenza, giusto per infilare l'ombrello nel portaombrelli, poi si lasciò trascinare da quel vento a cui ormai era abituato. «Pensavo fossi già andata a letto» disse solo, a voce bassa.

«Ma quale letto! Ho un sacco di pensieri che mi tengono sveglia» replicò lei, tirandolo ancora per il braccio. «Come sicuramente ti ricorderai domani sera c'è l'altra cena, quella con la mia amica avvocato. Una bella donna di trentotto anni, separata da due, una figlia adolescente già indipendente.»

Felice rimase in silenzio.

«Bene, adesso non mi dire che a trentotto anni è troppo vecchia per te perché sennò mi incazzo.»

Silenzio.

«E poi Pamela c'ha un sacco di interessi, le piace la letteratura ed è molto colta, pensa che si ricorda a memoria un sacco di poesie.»

Ancora silenzio.

«Vieni a vedere» continuò Cinzia. «Ho fatto una lista di quello che potrei cucinare.»

Eccoci al dunque. «E se, tanto per fare una cosa diversa, ordinassimo del sushi?» disse lui trattenendo il respiro. Era un tentativo da fare.

I lineamenti di Cinzia si contrassero subito in quell'espressione tanto familiare quanto temuta di disappunto. «Sushi?» chiese, con le labbra a culo di gallina.

«Sì, c'è un ristorante dalle parti di via Dante che ha aperto da poco e fa anche consegne a domicilio e...»

Ma Cinzia era già partita in quarta. «No, fammi capire. Tu vorresti che io invitassi a casa mia per la prima volta una cara amica e le propinassi quelle porcherie cinesi che devi tirare su con le bacchette dai contenitori di cartone?»

Casa tua?, pensò Felice in un attimo di panico. Poi cercò di farla ragionare. «Cosa c'entra il cinese? Io dicevo il sushi e...»

«Non se ne parla proprio!» sentenziò lei perentoria e prese un foglio dal tavolo. «Senti qua. Di primo paccheri ai capperi, cosa ti sembra?»

«Mi sembra uno scioglilingua.»

«Era per provare qualcosa di diverso, ma forse è meglio andare sul sicuro, cose già sperimentate tipo una bella amatriciana.»

Esperimento fallito malamente, ricordò Felice, la pasta si era incollata nei piatti sin da subito e una volta finita, per staccare il guanciale avevano dovuto usare il Cillit Bang. «O sennò?»

«Mah, avevo pensato alle orecchiette con le cime di rapa. Sono facili e piacciono a tutti.»

Non le tue, credimi. «Va be', e di secondo?»

«Ecco bravo, di secondo avevo pensato all'arrosto...»

«Ma l'hai già fatto ieri...»

«Hai ragione... Ci penso sempre perché è un mio cavallo di battaglia, ma qualche volta è anche giusto rischiare. Cosa ne pensi del maialino in crosta?»

«Basta che non diventi crosta di maialino.»

Cinzia lo guardò stranita, come se non capisse quell'osservazione e a lui venne un'irrefrenabile voglia di uscire di nuovo. Fece dietrofront e tornò all'ingresso, poi prese l'ombrello e fece per aprire la porta.

Cinzia lo seguì. «Scusa Felice, mi dici che stai facendo?»

«Esco, ho dimenticato una cosa in ufficio.»

«Che cosa, se posso chiedere?»

Felice non rispose. Si chiuse la porta dietro le spalle e uscì dal portone senza voltarsi.

L'aria aveva dimenticato, ecco cosa.

Camminò per le strade scarsamente illuminate, cercando di evitare le pozzanghere più grosse, fino nei pressi del pub, per recuperare il maggiolino. Senza quell'auto si sentiva come se gli mancasse un braccio. Non era più abituato ad andare a piedi, soprattutto con quel tempaccio.

Quando arrivò, nonostante l'ombrello, era tutto bagnato e col fiatone.

Salì sull'auto e chiuse con forza la portiera. L'odore di quella macchina lo riportava all'infanzia, quando il padre si era comprato la Fiat 128 e la domenica scarrozzava la famiglia in quelle gite fuori porta nell'entroterra ligure, tra alte colline e infiniti boschi impenetrabili.

Per qualche minuto rimase lì, in silenzio, ad assaporare quell'odore e a guardare le gocce precipitare dal cielo, a migliaia, e schiantarsi sul parabrezza esplodendo in schegge d'acqua infinitesimali.

Aveva deciso di tornare al pub, ma quando arrivò stava chiudendo.

Nestore stava tirando giù la saracinesca e Patty, di fianco a lui, lo vide.

Si avvicinò al maggiolino sotto un ombrello più grande di lei.

«Allora, cosa hai deciso di fare?» gli disse quando ancora il finestrino non era del tutto abbassato.

«In che senso?» rispose lui.

«Vengo da te o no?»

Gli ci volle ancora un attimo per riconnettersi. «Ah, dicevi sul serio...» disse poi. «Il killer, giusto?»

«Sì.»

«Volentieri, ma purtroppo casa mia da un anno a questa parte non è più casa mia.»

«In che senso?»

«Oh, è una lunga storia. Se hai un paio di minuti provo a raccontartela.»

*

I corpi bruciavano, in una poltiglia di ossa, vene, muscoli, tendini, sangue, che si sarebbero consumati velocemente fino a diventare carbone. Sì, di Adelmo sarebbe rimasto solo un mucchietto di carbone.

Nell'aria c'era un terribile odore di carne cotta. In verità era più un'esalazione di fumo denso e aspro di resti umani bruciati, ma a Giovanni vennero subito in mente i barbecue che faceva con la moglie e gli amici di allora. E la sua mente si trovò senza volerlo in quei tempi lontani, vittima di un macabro scherzo dei sensi. In estate, in quelle serate calde, in cui l'aria non si muoveva, nessuno si avvicinava alla griglia perché si sudava solo a guardarla da lontano. E come al solito ci andava lui.

Era bravo con il barbecue e gli piaceva che gli altri lo riconoscessero, anche se spesso lo lasciavano solo in quel compito. Con una bottiglia di birra fresca in mano, passava in rassegna i pezzi di carne sul fuoco e di tanto in tanto alzava la testa per osservare la moglie da lontano mentre parlava con le sue amiche e gesticolava, rideva, esternava brevi esclamazioni ad alta voce che anche lui, da lì, poteva sentire.

Era in quei momenti, quando aveva il tempo di guardarla senza essere visto, quando lei si muoveva nel suo mondo, parlava, interagiva con gli altri, senza filtri o condizionamenti, era allora in special modo che sentiva di amarla di un amore irrazionale e profondo.

Giovanni cercò con tutte le sue forze di ricacciare indietro quei pensieri. Ormai non era più tempo per i ricordi.

Si allontanò di qualche passo. La cava era fiocamente illuminata e riuscì a vederne i contorni. La radura era circondata su tre lati da alte rocce e per il resto dal bosco. Dalla strada quel fuoco non poteva essere avvistato.

In quella posizione sentiva il calore delle fiamme e nonostante fosse tutto bagnato non aveva freddo. Gli sembrava di stare meglio e la parte più difficile si era conclusa. Ora rimaneva solo da sistemare i dettagli.

Si riavvicinò alla macchina, entrò dalla portiera posteriore e si posizionò sui sedili. Prese il trolley di Adelmo, lo aprì, tirò fuori l'abito da lavoro e si cambiò. Poi prese i pantaloni bagnati. Lì dentro c'erano il portafogli di Adelmo e i suoi denti spaccati.

Li tirò fuori con una certa riluttanza e li mise in un sacchetto che chiuse con due nodi e infilò in una tasca laterale della giacca del vestito nuovo. Poi trovò il cacciavite che aveva preso prima dalla cassetta degli attrezzi e lo infilò nell'altra tasca. Le altre cose, chiavi di casa, portafogli, spiccioli e fazzoletti di carta, li trasferì nelle tasche dei pantaloni. Poi mise nel trolley quegli indumenti casual che aveva indossato neanche un paio d'ore prima e che adesso erano bagnati e sporchi di sangue. Come i suoi, quelli che aveva già posato nel trolley e che, con lungimiranza, aveva avvolto in un sacchetto per non bagnare l'altro vestito. In ultimo prese l'asciugamano e, anche se era ancora umido, si strigliò per bene i capelli, se lo passò su faccia e mani.

Si guardò nello specchietto retrovisore interno.

Gli era rimasta una macchia di sangue sulla guancia destra. La tirò via con l'asciugamano. Guardò ancora: ora era pulito. Ancora poco e sarebbe potuto andare via.

Aveva calcolato che dal bivio fra lo sterrato e la statale e l'albergo dovevano esserci al massimo tre, quattro chilometri. Avrebbe dovuto guidare solo per pochi minuti.

Sarebbe stato facile, anche se le gambe gli facevano male e nella mano destra sentiva un dolore sordo, caldo.

In quella mano aveva stretto il sasso che aveva ucciso Adelmo.

In quella mano, poi, aveva stretto l'altro sasso con cui gli aveva massacrato il volto.

Adesso sentiva di nuovo freddo. Portò il riscaldamento

al massimo, gli battevano i denti e non riusciva a controllare bene i movimenti del braccio, che si muoveva a scatti.

Guardò l'orologio: le dieci e dieci. La cena aziendale doveva essere ancora all'inizio. Non avrebbe trovato nessuno dei suoi colleghi e così non avrebbe dovuto giustificarsi. Il giorno dopo, se qualcuno glielo avesse chiesto, avrebbe detto di non essere stato bene. Punto. Non ci sarebbe stato altro da aggiungere.

*

L'uomo col berretto sentiva un forte senso di frustrazione. Possibile che non ne andasse una giusta?

Accese gli abbaglianti e raddoppiò l'attenzione sulla strada. Aveva smesso di piovere del tutto, anche se poco prima si era sentito un tuono.

Gli stava salendo una rabbia sorda. Ora si era veramente rotto i coglioni.

Avrebbe ucciso quell'uomo solo per il gusto di farlo. Così imparava a farlo girare a vuoto, come un pivello. Voleva vedere chi era il pivello, una volta che sarebbe riuscito a guardarlo dritto in quegli occhi da psicopatico. Lo avrebbe fatto cagare addosso dalla paura fino a che quel verme schifoso non avesse pianto, non l'avesse pregato in ginocchio e, a quel punto, gli avrebbe affondato il coltello nella pancia e l'avrebbe girato, per vedere quanto quegli occhi già pazzi potessero trasfigurarsi nel delirio della paura.

Si sentì rincuorato. L'idea di uccidere gli dava sempre un brivido di eccitazione.

Nelle strade di Pontebosio c'era poco traffico. Era una cittadina piccola, senza grandi attrazioni, e a quell'ora della sera e con quel tempaccio non c'era in giro quasi nessuno.

Percorse il breve tratto di città fino all'albergo dove alloggiava il suo uomo, notando distrattamente che l'auto davanti a lui stava facendo la stessa strada.

Quando si rese conto che si trattava di un'Audi familiare, era troppo tardi. Si era già fermata in un parcheggio davanti all'entrata e il conducente stava scendendo.

Era lui, Haber.

In quel momento dall'albergo uscì una coppia.

L'uomo col berretto imprecò. Non poté fare altro che continuare a percorrere lentamente la strada. Haber era già arrivato alla porta dell'hotel e stava entrando.

Gli era sfuggito ancora una volta. E ora era al sicuro.

Quell'individuo era veramente protetto da una buona stella.

Adesso entrare nell'albergo e arrivare alla sua camera senza essere visto sarebbe stato molto difficile. Senza contare che lui avrebbe potuto gridare e attirare l'attenzione degli altri ospiti. No, avrebbe dovuto aspettare il giorno dopo. Ora doveva solo calmarsi e progettare un piano. Non era ancora arrivato il momento di andare a dormire, anche se si sentiva stravolto. La rabbia e quel senso di frustrazione lo avrebbero tenuto sveglio comunque.

L'uomo vide che il bar sull'altro lato della strada, dove era andato nel tardo pomeriggio, era ancora aperto. Scese dall'auto e ci si diresse. Chiese un caffè e una grappa, che bevve in un lungo sorso. Poi uscì e si accese una sigaretta guardando in direzione dell'albergo.

E i suoi occhi si posarono sull'auto del rappresentante. C'era qualcosa di strano.

Non riuscì a metterlo a fuoco subito ma dopo un po' capì. Era sporca di fango.

E quando l'aveva vista nel piazzale della trattoria, quando era uscito, quel fango non c'era. Ne era sicuro.

22

Giovanni era arrivato. La hall era piccola e alla reception c'erano delle persone che non conosceva. Sicuramente non facevano parte della sua azienda, perché si stavano registrando.

Superò la fila avvicinandosi dalla parte sinistra e fece un cenno all'impiegato che interruppe un attimo quello che stava facendo per dargli la chiave. La prese con la mano sinistra, poi si diresse all'ascensore pensando che c'erano ancora degli alberghi che non avevano cambiato le chiavi con le schede magnetiche. Gli fece piacere, l'immutabilità delle cose gli aveva sempre trasmesso un senso di sicurezza.

La mano ora gli faceva molto male. Avrebbe dovuto fasciarla. Ma con cosa?

Si mise davanti all'ascensore e mentre aspettava che arrivasse, il suo sguardo si posò sulle maniche un po' troppo lunghe del vestito di Adelmo. Gli coprivano le mani fino all'inizio delle dita. Incrociò le braccia. Se l'impiegato dell'albergo l'avesse notato chissà cosa avrebbe pensato. E poi sentiva che i suoi capelli erano ancora bagnati. Resistette all'impulso di girarsi, anche se di colpo era calato un silenzio quasi irreale.

Poi, finalmente, le porte dell'ascensore si aprirono.

«È già finita la cena aziendale?» chiese, proprio in quel momento, l'impiegato dell'albergo con una voce che Haber valutò troppo alta per far finta di non averla sentita.

Si girò, gli occhi stretti in una fessura.

Quel ragazzo ora era solo, gli altri ospiti dovevano essere usciti, e lo stava guardando con occhi attenti, come se si fosse accorto che qualcosa non tornava.

«No, sono io che sono venuto via prima perché non mi sento bene» rispose Haber, girando di nuovo la testa verso l'ascensore. La porta era rimasta aperta e lo specchio sulla parete centrale gli rimandava la sua immagine a figura intera. Quel vestito gessato era un vero disastro. Era largo di spalle e quella destra risultava più sollevata. Nonostante le braccia incrociate, la giacca era davvero lunga. Troppo.

«Ah ecco, in effetti mi sembrava un po' presto» disse l'impiegato senza smettere di fissarlo. «Mi dispiace per lei. Si faccia una bella dormita e domani vedrà che starà meglio.»

Haber mosse la testa in senso affermativo, poi fece un passo in avanti e, sempre tenendo le braccia incrociate, entrò nell'ascensore come un soldatino.

«Buonanotte.» Fu l'unica cosa che si sentì di dire.

Poi schiacciò il pulsante del suo piano. Le porte si chiusero e lui sciolse subito l'incrocio degli arti, perché in quella posizione la mano aveva cominciato a pulsare. Si guardò ancora allo specchio, questa volta da più vicino: i capelli erano schiacciati sulla fronte, visibilmente umidi.

Una volta in camera, pensò e ripensò a che impressione poteva essersi fatto il receptionist.

In piedi davanti allo specchio dell'armadio, si avvicinò e si allontanò più volte, soffermandosi su quei capelli appiattiti, su quella giacca fuori misura, sui pantaloni risvoltati all'interno ma sempre un po' troppo larghi e lunghi. Di profilo gli sembrava si notasse meno. Sì, quel ragazzo lo aveva visto di profilo e quindi, forse, non si era accorto del vestito troppo grande. Ma che importanza poteva avere, poi, l'opinione di quell'individuo? Al massimo avrebbe pensato che non aveva gusto, che aveva sbagliato taglia. Doveva stare calmo. Non c'era niente di cui preoccuparsi. Non c'è mica la prigione per chi non si sa vestire.

Ma intanto continuava a guardarsi.

Fu allora che si rese conto dei rigonfiamenti nelle tasche della giacca. Ma certo, lì dentro c'erano i denti e i documenti di Adelmo.

Si sentì gelare.

Non voleva neanche pensare a cosa sarebbe successo se glieli avessero trovati in tasca. Disfarsene era la prima cosa che avrebbe dovuto fare la mattina dopo.

Nell'altra tasca invece c'era il cacciavite. Lo tirò fuori e lo appoggiò sulla scrivania. Poi finalmente si decise a togliersi il vestito e appoggiarlo su una sedia. Guardarsi ancora sarebbe stato solo un atto di masochismo.

Andò in bagno e si fece una lunga doccia. La mano e il polso gli dolevano, li sentiva più caldi rispetto al resto del corpo e ogni movimento, anche se minimo, gli procurava dolore. Ci sarebbe voluta una fasciatura, qualcosa che li tenesse fermi. Quando tornò nella camera cercò un oggetto che potesse servire allo scopo e l'unica cosa che trovò fu il cacciavite. Lo posizionò fra il polso e la mano arrotolandoci intorno due calze, riuscendo a fissarlo con un nodo. Non era certo la migliore delle fasciature, ma perlomeno teneva la parte ferma e gli sembrava che gli facesse un po' meno male. Il giorno dopo sarebbe andato in una farmacia, dicendo che era caduto e il polso gli si era storto, e gli avrebbero messo una pomata sfiammante e fatto una fasciatura come si deve.

Ora doveva solo dormire e, siccome era sicuro che il dolore alla mano lo avrebbe torturato per tutta la notte, prese due sonniferi.

Sarebbero stati meglio gli antidolorifici ma non ne aveva. A mali estremi, estremi rimedi, pensò, e ora che la chimica stava cominciando a fare effetto, si sentì più rilassato. Di lì a poco sarebbe crollato in un sonno profondo e anche quella notte sarebbe passata.

Nessuno lo aveva visto e ora che si era liberato dei corpi e aveva reso i resti del cadavere di Adelmo non identificabili, nessuno sarebbe potuto risalire a lui.

Il sonno arrivò, schiacciando il suo ultimo pensiero in un magma indistinto.

*

La fanghiglia sull'Audi lo insospettiva. Dov'era andato quell'Haber quando era uscito dalla trattoria?

Di certo non aveva preso la strada per Pontebosio.

No, era andato dall'altra parte ed era finito in qualche sterrato. A fare cosa?

L'uomo col berretto lasciò trascorrere il tempo fino a quando il bar chiuse e nel parcheggio fu tutto deserto e tranquillo.

Poi scese dalla sua vettura e si avvicinò all'Audi. Fin da ragazzo aveva imparato ad aprire le serrature. Quelle delle auto erano anche più facili di quelle delle case. Doveva solo stare attento all'allarme, se c'era. Doveva essere veloce ad aprire il cofano e strappare il filo che lo collegava. Nessuno fa caso all'allarme di una macchina se suona solo per qualche secondo.

Si avvicinò al lato del passeggero, dove era più coperto nel caso fosse passato qualcuno e lavorò per qualche minuto alla serratura. Poi la portiera si aprì. Non c'erano allarmi. Entrò nell'auto e, mentre urtava con i piedi la tanica, sentì subito l'odore di benzina.

Pensò che quell'uomo doveva essere così agitato da essere rimasto a secco. Gli venne in mente il distributore vicino alla trattoria. Magari la macchina gli si era fermata dopo poco che era uscito e si era dovuto fare un pezzo a piedi per andare a fare rifornimento con la tanica. Forse era anche per questo che era passato tutto quel tempo prima che arrivasse. Certo, non poteva esserci altra spiegazione. Ma ormai aveva un'importanza relativa. Si guardò un po' in giro. L'auto era sporca, i tappetini erano tutti infangati.

Si sporse verso la parte del guidatore, cercò la leva del bagagliaio e la tirò. Poi scese dall'auto e andò verso il retro. Alzò lo sguardo sulla strada: non c'era nessuno.

Aprì il portellone.

A una prima occhiata sembrava vuoto. Però c'era uno strano odore.

Infilò la testa dentro per guardare meglio. C'erano delle macchie e quell'odore... Tastò la tappezzeria, era umida. Ritrasse la mano e la guardò. Capì subito, e ricollegò anche l'odore: era sangue. Il bagagliaio di quel rappresentante di commercio era tutto sporco di sangue.

Ebbe un attimo di smarrimento.

Cosa stava succedendo? Chi era veramente quell'individuo?

E di colpo gli sembrò tutto chiaro. La donna era morta e quel pazzo se l'era portata dietro per tutto quel tempo.

E questo spiegava perché alla trattoria avesse quell'espressione così stravolta. Doveva ancora liberarsi di quel fardello. E il fango sui parafanghi testimoniava che l'avesse fatto solo quella sera, in qualche stradina sterrata piena di pozzanghere, dopo essere uscito dal locale. Ecco perché non si era diretto subito verso l'albergo.

Ora tutti i tasselli del puzzle sembravano magicamente ricongiungersi. La donna era uscita dalla casa e aveva raggiunto la strada e quel rappresentante di commercio l'aveva travolta. Perché se l'avesse trovata agonizzante o senza conoscenza non l'avrebbe messa nel bagagliaio ma sui sedili posteriori. Invece evidentemente l'aveva investita. La notte era buia, pioveva e le luci erano saltate. Non l'aveva vista. E quando si era reso conto di averla uccisa si era fatto prendere dal panico e l'aveva caricata nel bagagliaio.

Quello che disorientava ancora l'uomo era perché non si fosse sbarazzato subito del cadavere, andandolo a scaricare in un altro luogo, la sera stessa. Perché avesse atteso la sera dopo. Evidentemente aveva avuto dei contrattempi.

Chiuse il portellone non riuscendo a trattenere un sorriso di autocompiacimento. Se i suoi ragionamenti erano giusti, e tutto ormai portava a credere che lo fossero, quella donna era morta. E se era morta, lui non correva più alcun rischio. Ma doveva essere prudente, era dalla sera prima che le sue congetture si erano rivelate sbagliate. Doveva accertarsi di persona, doveva vedere quel cadavere con i suoi occhi.

Guardò ancora dentro l'auto. Sui sedili di dietro c'era qualcosa. Aprì una portiera posteriore e salì nell'abitacolo. Era un trolley. L'uomo aprì la cerniera. Dentro c'erano dei vestiti bagnati e sporchi di sangue: due paia di pantaloni, una camicia, una giacca, una maglietta e una felpa.

L'uomo rimase sconcertato. Cosa poteva significare?

*

Ragonese si svegliò di soprassalto, come se ci fosse stato un rumore.

Cercò con la mano l'interruttore della lampada sul comodino, ma con quel buio non riuscì a trovarlo. Allora provò a calmarsi, ad abituare gli occhi all'oscurità.

Piano piano i contorni della camera si disegnarono e cominciarono a emergere tenebrose sagome di suppellettili varie. Cos'era quell'ammasso scuro sulla destra?

Sembrava un armadio, ma non poteva essere, il suo armadio era a sinistra.

Di colpo un leggero rumore, come un breve borbottio di animale lo fece sobbalzare.

Cosa c'era nel letto?

Raddoppiò l'attenzione e si spostò lentamente verso la fonte di quel bisbiglio, ed ecco, lo sentì di nuovo.

C'era un'altra persona che stava dormendo vicino a lui e... Allungò una mano e tastò.

Era un corpo, nudo. Poi si rese conto di essere nudo anche lui e finalmente ricordò.

La sera prima davanti al pub aveva incontrato Patty e lei gli aveva chiesto di dormire insieme, per via del killer del foulard. Lui le aveva raccontato la storia di sua sorella, di come era piombata nella sua vita e nella sua casa, scombussolandole.

Lei era rimasta in silenzio per un po', seduta sul sedile del passeggero del suo maggiolino, il grande ombrello fra le gambe, ancora sgocciolante. Poi aveva alzato la testa e, con semplicità, aveva detto: «Allora vieni tu da me.»

Non c'era stato bisogno di aggiungere altro. Gli aveva dato l'indirizzo e nel tragitto erano rimasti in silenzio.

Mentre percorrevano quella specie di labirinto di case ordinate, tutte della stessa altezza e colore nella periferia sud di Pontebosio, Ragonese era tornato a pensare al lavoro.

Il commissariato era la sua vita. Da quando sua moglie lo aveva lasciato perché lo aveva scoperto a baciarsi con un'altra, il lavoro era tutto quello che gli era rimasto.

Non più uscite con coppie di amici brillanti, non più viaggi nelle capitali europee e americane. Si era piano piano inselvatichito fino a non fare più nulla, se non prendere qualche volta il suo maggiolino e andare in Maremma a passeggiare da solo, in quelle spiagge infinite.

Tutti gli altri spazi erano stati occupati dal lavoro. E da qualche donna, anche se non era più riuscito a imbastire un rapporto serio.

Forse con Sonia sarebbe stato diverso.

Se solo avesse avuto il coraggio di dichiararsi, di dirle che per lui lei non era come le altre, che non era solo un'attrazione fisica, che gli piaceva come si muoveva, come diceva le cose, che sarebbe stato ore a guardarla e ascoltarla senza stancarsi e... Ma Sonia era il frutto proibito e, in attesa di coglierlo, Felice si guardava un po' in giro.

Ora Patty gli aveva buttato lì quella cosa inaspettata e subito era subentrato quello stato di eccitazione di quando devi fare una cosa vietata, quell'energia torbida che ti s'irradia nel corpo e il cui unico antidoto è andare fino in fondo.

La verità era che non sapeva resistere alle tentazioni, era sentimentalmente un debole, lo era sempre stato.

E anche questa volta lo aveva dimostrato.

Felice si alzò facendo attenzione a non fare rumore e andò in cucina a cercare dell'acqua. Aveva la bocca impastata e incollata, come se ci avessero messo dentro della sabbia. Bevve lentamente dal lavandino, poi si asciugò la bocca con il dorso della mano.

Cos'era quell'odore?

Si girò e vide un sacchetto della spazzatura davanti alla porta.

Evidentemente Patty lo aveva messo lì per ricordarsi di buttarlo la mattina dopo.

Il ricordo salì prepotente e quel sacchetto si moltiplicò in decine, centinaia di esemplari, accatastati uno sull'altro. Un conato lo colse di sorpresa e vomitò nel lavandino.

Ora sentiva freddo, aveva i piedi scalzi e le mattonelle erano gelate.

Entrò nella stanza opposta alla camera, era una sala. Sul divano c'era una coperta.

Si sedette e si coprì fino al collo, rimanendo lì, immobile, per chissà quanto tempo, fissando la sagoma appena visibile della televisione spenta. Il dente pulsava, e la gengiva si era gonfiata, lo sentiva con la lingua. E non aveva neanche chiamato sua sorella per dirle che non sarebbe rientrato.

Fu in quel momento che vide la foto di Patty. Era appesa al muro ed era rischiarata dalla luce della cucina. In quell'immagine Patty aveva un taglio di capelli diverso e, per un attimo, a Ragonese sembrò di vedere un'altra foto di Monica Favino. La somiglianza fra le due donne era davvero notevole. Stessi capelli, stessi tratti fisici.

Quei tratti fisici che sembravano attirare il killer del foulard di seta.

23

Aveva dormito. Un unico, lungo e vuoto sonno fino alla sveglia, che lo aveva resuscitato da quel baratro fra la vita e il nulla.

La testa gli faceva male e la mano gli pulsava. La fasciatura si era disfatta e il cacciavite si era perso nelle pieghe del letto.

Haber si alzò e con passo incerto andò in bagno. Si fece una lunga doccia e quando uscì gli sembrava di stare un po' meglio. Il più era fatto, continuava a dirsi, mentre, non senza fatica, radunava le sue cose per sistemarle nel trolley.

Era sceso più volte a patti con la sua coscienza, specialmente dopo che la moglie se ne era andata portandosi via il bambino, dopo che tutto gli era crollato addosso e avevano cominciato a farsi strada le ossessioni. L'incapacità di riemergere dal baratro dove era crollato aveva stremato i suoi nervi e la corrente lo aveva trascinato, senza che riuscisse a opporre resistenza. Era stato male, aveva pianto, si era disperato, aveva anche pensato al suicidio. Ma poi, lentamente, con il passare del tempo, aveva preso le misure alla sua nuova condizione, era sceso a patti, aveva cominciato ad accettare il cambiamento. Non era più l'uomo di prima e non lo sarebbe stato mai più. Aveva superato un limite nel quale non sarebbe più rientrato. Se voleva continuare a vivere doveva accettarlo. E lo aveva fatto.

Ora però era diverso. Quello che era successo era andato oltre la sua volontà. Non si era trattato di un desiderio corrotto che si era subdolamente fatto strada, non c'era stata una presa di coscienza e, soprattutto, non era stato lui a condurre le danze. Gli eventi lo avevano travolto e lui aveva perso la testa, commettendo degli atti gravissimi.

In quel momento la coscienza gli bruciava più di quanto si aspettasse. Si disse che era normale, che a freddo il ricordo delle nefandezze riempie gli spazi del cervello, facendole sembrare abnormi.

Doveva stare calmo, farsi forza, cercare di non pensarci. Aveva anelato per troppo tempo quella nuova vita, quella ripartenza verso la normalità. Ora che c'era praticamente arrivato non poteva permettersi di cadere ancora.

Giovanni si disse che era ancora possibile. Aveva perso la testa ma per fortuna era riuscito a reagire e aveva anche fatto in modo di non lasciare prove. Nessuno lo avrebbe giudicato. Con la sua coscienza avrebbe patteggiato ancora ed era sicuro che col tempo si sarebbe ammorbidita. Come in passato. Ora doveva solo andare avanti, quella giornata sarebbe finita e lui sarebbe tornato a casa. E non ci sarebbe stato più modo di collegarlo ai delitti.

Si fece forza e aprì la cerniera del trolley per prendere i vestiti. Improvvisamente un pensiero gli gelò lo stomaco: il trolley di Adelmo era rimasto sui sedili posteriori della sua auto. Era una prova di cui si sarebbe dovuto sbarazzare il più presto possibile. Di lì a poco qualcuno avrebbe denunciato la scomparsa di Pellizzari e sicuramente sarebbero venuti a fare domande anche a lui, forse avrebbero anche perquisito la sua auto.

Alzò la testa e lo sguardo si posò sulla sedia. La vista di quel vestito gessato gli fece salire un altro improvviso brivido lungo la schiena. Doveva stare calmo, recuperare il sangue freddo che la sera prima gli aveva permesso di fare quello che aveva fatto. Si ripeté che il più era concluso, ora rimanevano solo alcuni dettagli da sistemare, come il trolley del collega e il suo vestito, che ora era appoggiato alla spalliera della sedia. Quel completo gessato con quel sacchetto nella tasca destra della giacca e il suo carico d'orrore.

Quei denti spezzati, quella poltiglia di gengive e ossa lo avrebbero mandato all'ergastolo. Avrebbero gridato al mostro.

Sì, sapeva di essere un mostro, ma le ragioni erano altre. Questa era stata necessità, istinto di sopravvivenza. Mica aveva provato piacere a farlo, aveva anche vomitato.

E al pensiero un'altra ondata di freddo gli attraversò lo stomaco: se avessero trovato tracce di quel vomito avrebbero potuto ricavare il suo DNA.

No, aveva vomitato addosso a Adelmo e il fuoco si era portato via tutto. Doveva stare calmo.

Quello che doveva fare ora era finire di preparare la valigia, mettendoci dentro anche il vestito di Adelmo, rasarsi, vestirsi di tutto punto e scendere a fare colazione, come se nulla fosse. Dopo avrebbe preso la sua auto e sarebbe andato alla prima farmacia, facendosi fasciare la mano.

Poi avrebbe tolto dal suo trolley il vestito di Adelmo e lo avrebbe messo nell'altro trolley, quello che era rimasto in macchina. Prima di liberarsene da qualche parte, magari nei pressi di un bidone della spazzatura, avrebbe dovuto ricordarsi di passarci sopra un fazzoletto, per togliere le sue impronte.

Infine sarebbe andato alla convention e si sarebbe finalmente rilassato.

Haber chiuse il trolley e si guardò intorno. Gli faceva male la testa e tutte quelle cose che doveva ancora fare per sentirsi veramente sicuro lo angosciavano. Cercò di concentrarsi: spazzolino, dentifricio, telefono, caricatore del telefono, tablet, caricatore del tablet: sì, aveva messo via tutto. Prese anche i docciaschiuma, lo shampoo, i cotton fioc, le cuffiette e gli altri oggetti da toilette che puntualmente si portava via dagli alberghi. Come avrebbe fatto in una normale routine. Guardò un'ultima volta verso il letto e vide qualcosa fra le lenzuola: era il cacciavite. Lo prese e lo infilò in una tasca della giacca. Sarebbe potuto tornare ancora utile.

*

L'uomo col berretto fece colazione nel suo albergo sforzandosi di mangiare il più possibile. Poi uscì, prese l'auto e andò a posizionarsi davanti alla pensione dov'era alloggiato Haber. Erano le sette.

Dall'altra parte della strada c'era un'edicola e l'edicolante stava sistemando le locandine della cronaca. L'uomo si sporse leggermente verso sinistra per leggerle.

IL KILLER DELLA GIRAFFA HA COLPITO ANCORA? era scritto in lettere cubitali sul *Corriere di Siena*. E più in piccolo: 'Scomparsa una donna a Pontebosio.'

Scese dall'auto, ne comprò una copia, poi tornò nell'abitacolo e si concentrò sull'articolo. Il giornalista puntava sul fatto che, come le altre vittime, la donna fosse di corporatura minuta e avesse i capelli biondi e lisci, e per questa ragione ipotizzava un collegamento con il killer, anche se ammetteva che non fosse stato espletato il rituale delle volte precedenti: nessun cadavere, nessun foulard di seta. Quella donna sembrava essere sparita nel nulla. E loro non avevano in mano nient'altro che supposizioni.

L'uomo sorrise. Non avrebbero dovuto attendere ancora molto.

Gli era venuta un'idea su come procedere. Per prima cosa doveva farsi dire da quell'individuo dove si fosse sbarazzato del corpo e verificare che la donna fosse veramente morta. Appena appurata la sua morte, avrebbe ucciso quel rappresentante di commercio e lo avrebbe sotterrato nel bosco, prendendo il suo telefono cellulare, dal quale avrebbe fatto una telefonata anonima dicendo dove trovare il cadavere della donna. Poi avrebbe distrutto la scheda per non farlo rintracciare. Le indagini si sarebbero indirizzate e arenate nella direzione di quell'anonimo venditore, di cui si erano perse le tracce.

L'uomo sorrise ancora all'idea, sempre con un occhio alla porta dell'albergo, dove finalmente vide uscire Haber con il suo trolley.

Lo seguì con lo sguardo fino alla macchina, dove sistemò il trolley nel portabagagli.

Questo voleva dire che ne aveva due o, più probabilmente, che uno dei due trolley non era suo.

*

Era stato un errore bere così tanto ed era stato un errore andare a letto con Patty.

Cosa gli era preso la sera prima? Si era fatto vincere da quella smania che ogni tanto arriva, come la nebbia quando cala silenziosa, e ti avvolge, nutrendosi della tua voglia di vivere. E come spesso gli capitava, aveva reagito nel modo sbagliato.

Ragonese si era svegliato presto e aveva cercato di sistemare il casino di quella notte, in special modo il vomito nel lavandino. Poi aveva lasciato un messaggio a Patty: 'Scusa, devo scappare. Grazie per la bella serata', ed era uscito. Ora avrebbe dovuto gestire anche quella situazione. L'ultima cosa che voleva fare era ferirla, ma non se la sentiva di cominciare una storia con lei.

In ultimo, mandò un sms alla sorella: 'Tutto bene, ho dormito da un'amica, a dopo.'

Quel finale gli piaceva, perché diceva tutto e niente. Pensò per un attimo alla sorella. Se la vedeva, svegliarsi come al solito alle sette e, per prima cosa, prima ancora di andare in bagno, cercarlo nella sua stanza. Era come essere tornati indietro all'adolescenza. Avrebbe dovuto elaborare un piano per rispedirla a Bonassola.

Appena arrivato in centrale avrebbe chiamato il dentista, non poteva più rimandare, si stava gonfiando la gengiva. Poi si sarebbe messo subito a redigere il verbale sull'accumulatore seriale, prima che arrivasse Valeri e lo tirasse scemo con le sue cazzate.

Quando arrivò al commissariato, come al solito non c'era

un parcheggio a pagarlo oro. Girò un paio di volte intorno all'isolato riflettendo sulla serata precedente, la Tallone che aveva liquidato quel bel tipo, le rivelazioni di Manuel su Paolo Ferrante, la conclusione nel letto di Patty. Era un po' che non gli capitava tutto quel movimento.

Ora avrebbe dovuto... Con la coda dell'occhio vide un'auto uscire da un parcheggio sul lato sinistro. Sterzò di colpo e sentì uno stridere di gomme, e una voce. «Testa di cazzo!» Poi ancora una moto che ripartiva e il braccio del conducente alzato a sventagliargli il dito medio.

Ragonese non si perse d'animo, proseguì verso il parcheggio e ci entrò di muso, invadendo una buona fetta di marciapiede.

L'auto che era uscita era una Smart e neanche Hamilton sarebbe riuscito a farci entrare il maggiolino, ma con quella soluzione ci stava anche largo.

Peccato per i pedoni.

Ma non si poteva sperare sempre nella situazione ideale.

Quando entrò nel bar sotto il commissariato, c'erano come ogni mattina gli agenti Albertini e Tallone ad attenderlo.

«Stessi vestiti di ieri sera?» chiese lei senza neanche dargli il tempo di avvicinarsi.

La camicia, oltretutto, era macchiata, lo aveva visto mentre la indossava e ci aveva strofinato sopra il fazzoletto bagnato senza ottenere nulla.

Ragonese non rispose e andò diretto verso il dispencer delle brioches, prendendone una al cioccolato.

«Questo potrebbe significare che il nostro dongiovanni non ha dormito a casa» aggiunse Albertini, guardandolo avvicinarsi al bancone.

«La volete piantare di giocare ai detective con l'uomo sbagliato e farvi invece un po' di cazzi vostri?» replicò lui, cercando di non incrociare lo sguardo della Tallone. Per qualche ragione si sentiva in difetto con lei, come se avesse tradito la sua fiducia.

«Il solito cappuccino?» gli chiese la barista.

«Ce l'ho scritto in fronte» rispose lui, mettendosi in bocca l'ultimo pezzo di brioche.

Quando entrarono in commissariato il piantone li avvertì che era stato segnalato un crollo, in località Foce.

Di solito si occupava lui dei sopralluoghi. Era un'occasione come un'altra per andare in giro, fuori da quelle mura claustrofobiche, lontano da quella mummia di Valeri. Ma quella mattina aveva altro da fare.

Per prima cosa andò in bagno e si sciacquò la faccia con dell'acqua fredda. L'alcol nel sangue si stava smaltendo, ma era ancora intorpidito e aveva mal di testa. Prese il blister degli Aulin e cavò l'ultima pastiglia rimasta, buttandola giù con un sorso di acqua dal lavandino. Avrebbe fatto bene sia alla testa sia al dente.

Quanto tornò nell'open space Albertini era seduto al suo posto e, sprofondato nella sedia, stava sfogliando un libro.

«È tuo?» gli chiese quando lo vide, mostrandogli la copertina.

«No» rispose lui, riconoscendo il romanzo di Fabio Volo. Se ne era completamente dimenticato. «Perché?»

«Perché era sulla tua scrivania.»

Dove l'aveva scordato lui la sera prima. «Boh... ce l'avrà appoggiato qualcuno, forse la Tallone.»

«O forse ti è esplosa la vena romantica... Se non sbaglio ieri guardavi il filmato di un gattino...»

«Albertini, hai rotto i coglioni. Adesso ti faccio vedere io quanto sono romantico...»

In quel momento dal fondo del salone comparve la sagoma del commissario Valeri che, con il suo loden verde e un cappello alla borsalino, si stava avvicinando al loro blocco. Ragonese, che aveva già afferrato la spalliera della sedia dove era seduto Albertini, si fermò di colpo. Poi si abbottonò frettolosamente la giacca, per nascondere la macchia sulla camicia.

«Novità?» chiese Valeri, arrivato a tiro.

Non certo nel tuo modo di vestire, pensò Ragonese, che invece disse: «C'è stato un crollo in località Foce, avrei pensato di mandare l'agente Tallone, perché io vorrei dedicarmi appieno al caso della donna scomparsa.» Non voleva certo riferirgli della suggestione che aveva avuto quella notte, quando aveva visto la foto di Patty. Albertini lo aveva sicuramente condizionato. E poi Valeri avrebbe fatto una sfuriata, e lui voleva mantenere i propositi fatti la sera prima: nessun contrasto e, se possibile, apprezzamenti.

Quello che doveva fare era convincerlo a indagare su Ferrante e sul suo giro di antiche reliquie e oggetti d'arte rubati.

«Va bene, allora facciamo il punto della situazione» disse Valeri. «Vieni, andiamo nel mio ufficio. E vieni anche tu Albertini, che tre teste pensano meglio di due.»

Questa gli era nuova, considerando soprattutto la testa di Valeri, ma Ragonese non ribatté nulla e seguì il suo capo.

Valeri appese con cura loden e borsalino all'appendiabiti, poi si aggiustò il nodo della cravatta, anche se era già perfetto. «Qualche novità sul fronte della donna scomparsa?» chiese andando a prendere posto dietro la scrivania.

«Non molte» disse Ragonese. «Ma ho fatto delle scoperte interessanti sull'ex marito, Ferrante.»

Valeri alzò il palmo di una mano. «Prima di andare avanti, volevo dirvi di essere stato informato dai validi ispettori che hanno interrogato per tutta la notte questo Ferrante, che non sono emersi ulteriori elementi a suo carico. Nostro malgrado, quindi, ci vediamo costretti a rilasciarlo, con l'ordine restrittivo di non allontanarsi dalla cittadina, almeno nello svolgimento delle prossime quarantotto ore d'indagine.»

Quando parlava Valeri, a Ragonese venivano in mente i documentari dell'epoca del fascio.

«Sì, però ieri sera, tramite un mio informatore, sono venuto a sapere...» cominciò a dire, ma Valeri lo fermò subito.

«Tu hai un informatore?»

«Be', diciamo di sì, dicevo...»

«E chi sarebbe questo informatore? Da dove è saltato fuori?» lo interruppe ancora Valeri. «E che è, siamo a Los Angeles?»

Eppure lo sapeva. Sapeva che il commissario avrebbe avuto quella reazione. Perché aveva tirato fuori la storia dell'informatore? Sarebbe bastato dire un mio amico, o meglio conoscente, o un generico 'si dice in giro', e sarebbe potuto andare avanti liscio. Ora invece il macchinario nella testa di Slow motion aveva trovato il granello e si era inceppato.

«Capo, non si fanno i nomi degli informatori» disse Albertini vedendo che Ragonese non rispondeva. «Lo sanno anche i bambini.»

«I bambini siete voi due teste di cazzo che giocate a fare gli investigatori americani!» gridò Valeri.

In quel momento, per fortuna, si aprì la porta ed entrò un agente con gli immancabili caffè.

«Bando alle ciance» disse il commissario abbassando la voce. «Cosa ti ha detto questo tuo informatore?»

Bando alle ciance? Ragonese si ricordò di aver letto quell'espressione in un giornaletto di Topolino quando era piccolo, o forse nel *Manuale delle Giovani Marmotte*. A malincuore rispose: «Mi ha detto che Ferrante è un ricettatore.»

Valeri rifletté un attimo, poi disse: «Se anche fosse vero, non vedo cosa c'entri questo con la sparizione della sua ex moglie.»

«Ad esempio lei potrebbe averlo minacciato che se non la lasciava in pace lo avrebbe denunciato.»

Valeri girò verso di sé la foto di Morticia e pargoletti e, abbassandosi leggermente, si lisciò i baffetti.

«No, non mi convince» disse poi, tornando a guardare Ragonese.

«E perché?»

«Perché quell'uomo ha un alibi. E il fatto di avere un alibi lo esclude dalla lista delle persone sospette.»

«Non sono d'accordo, secondo me potrebbe essersi servito di qualcuno che ha fatto il lavoro al posto suo e...» replicò Ragonese, ma Valeri aveva di nuovo alzato la mano.

«Ogni cosa a suo tempo, Ragonese» disse, interrompendolo. «Faremo delle indagini su questa soffiata, ma prima dobbiamo occuparci di sondare altre strade. Non vi hanno insegnato gli americani che bisogna andare per priorità?»

Dove aveva sbagliato? Sì, era stato quando aveva detto di non essere d'accordo. Eppure si era ripromesso di assecondarlo.

Sia Ragonese che Albertini rimasero in silenzio e il commissario prese in mano la tazzina e finì il caffè in due sorsi ravvicinati. Poi disse: «Ora, se non vi dispiace, vorrei fare un po' di esercizio al computer.» E così dicendo inforcò gli occhiali e si concentrò sullo schermo.

I due agenti tornarono nell'open space e andarono a sedersi alle loro scrivanie.

«E adesso che si fa?» gli chiese Albertini.

«Non me ne frega un cazzo di quello che dice Valeri. Io Ferrante non lo mollo» disse Ragonese, in un moto di frustrazione.

«Sì, ma se non verifichiamo anche altre strade, poi quello si incazza» replicò Albertini.

Ragonese si massaggiò il collo. «Allora facciamo così. Mentre io mi occupo di Ferrante, tu fai delle ricerche sulla vita privata della donna, i conti bancari, ad esempio, oppure se abbia debiti di gioco, o se sia finita nelle mani di uno strozzino. E anche se frequentasse gli ambienti legati al mondo dello spaccio o della prostituzione.» Ci pensò su ancora un attimo, poi aggiunse: «Sarebbe anche interessante verificare il suo computer. A casa sua ho visto che aveva un portatile. L'avranno sicuramente preso quelli della scientifica. Recuperalo e portalo dagli informatici. Se Monica Favino frequentava qualche chat in quel computer ce n'è sicuramente traccia. E se viene fuori che ultimamente aveva allacciato rapporti stretti con qualcuno...» Ragonese si interruppe. Valeri gli si era piantato di nuovo di fronte.

«È stata denunciata un'altra sparizione» disse il commissario appena ci fu silenzio. «Questa volta si tratta di un uomo.»

24

Che cosa stava succedendo? In una cittadina perlopiù tranquilla, improvvisamente due persone sembravano svanite nel nulla.

Ragonese era in una saletta riunioni con Albertini e stringeva fra le mani il foglietto che gli aveva dato il commissario Valeri con il numero della donna che aveva denunciato questa seconda scomparsa. «Occupatevi voi di sentirla, io oggi sono preso su altri fronti» aveva detto, senza specificare di quali fronti si trattasse.

Ragonese per un attimo rifletté che non aveva fatto in tempo a chiamare il dentista, e nemmeno a redigere il verbale sull'accumulatore seriale. E su quest'ultima cosa, la meno importante di tutte, sicuramente Valeri di lì a poco gli avrebbe rotto i coglioni.

«Albertini, metto il vivavoce, che quattro orecchie sentono meglio di due» disse, imitando la voce di Valeri.

«Sì, *two is megl che one.*»

Felice distese la schiena sulla spalliera. Sentiva già i lombi tirare. Poi inforcò gli occhiali e digitò il numero leggendolo dal foglietto.

Una voce di donna rispose al primo squillo.

«Buongiorno signora, sono l'assistente capo Felice Ragonese, della centrale di polizia di Pontebosio. La chiamo in merito alla segnalazione di scomparsa che ha fatto questa mattina.»

«Sì, buongiorno.»

«Signora, potrebbe gentilmente ripetermi la dinamica degli eventi?»

La donna rimase per qualche secondo in silenzio.

«Sì, certo, come dicevo al suo collega,» disse poi parlando lentamente, come se stesse pensando bene a cosa dire «Adelmo, mio marito, è venuto a Pontebosio per partecipare a una convention della sua azienda. Ieri sera ci saremmo dovuti sentire per telefono, ma lui non mi ha chiamata. Allora ho provato io, ma il suo telefono suonava libero.»

Ragonese pensò subito a una faccenda di corna.

«Ho lasciato passare un'ora, ma lui non richiamava» continuò la donna. «Allora ho riprovato, ma niente, suonava libero.»

«Forse suo marito lo aveva silenziato e si è dimenticato di ripristinare il sonoro» suggerì lui.

La donna sembrò pensarci un po' su, poi disse: «Sì, ma a una certa ora se ne sarebbe dovuto accorgere. Quando è fuori una telefonata me la fa sempre, anche solo per dirmi 'tutto bene', come è successo due sere fa, quando è arrivato alla pensione. Invece niente. Adelmo continuava a non rispondere e allora ho cominciato a preoccuparmi, e dopo diversi tentativi ho chiamato un suo collega, di cui avevo il numero. Era alla cena societaria e mi ha detto che Adelmo non era lì e non sapeva dove fosse.»

Ragonese guardò Albertini facendo il gesto delle corna.

«Sono stata sveglia tutta la notte ad aspettare, ma niente. Allora stamattina presto ho cercato il numero dell'albergo dove si teneva la convention e ho chiamato. Mi hanno detto che sì, Adelmo era alloggiato lì e hanno provato a passare la comunicazione alla sua stanza, ma non ha risposto nessuno. Ed erano le sei del mattino!»

«Forse suo marito stava dormendo e non ha sentito il telefono...»

«No! Ho riprovato anche alle sette e poi alle otto. Allora ho deciso di chiamare la polizia. Mi creda, a Adelmo è successo qualcosa. Lui è sempre stato meticoloso e preciso. So cosa sta pensando, commissario, ma anche se avesse deciso di tradirmi non avrebbe mancato di chiamarmi e rassicurarmi che tutto andava bene.»

«Va bene signora, faremo qualche accertamento. Vedrà che ci sarà una spiegazione logica e tutto si risolverà per il meglio. In ogni caso le daremo un riscontro al più presto» disse Ragonese congedando la donna.

I due poliziotti si guardarono. Quella seconda sparizione era una spiacevole coincidenza.

«Cosa ne pensi?» chiese Albertini.

«Be', potrebbe essere una faccenda di corna» disse Ragonese. «Quell'uomo ha approfittato di essere lontano per divertirsi un po', magari con una collega. Forse ha silenziato il telefono, ha bevuto un po' troppo, e si è dimenticato di chiamare casa.»

«E non è rientrato in albergo?» domandò Albertini.

«Forse la serata è finita nella stanza dell'amante.»

«Sarà, ma la cosa non mi convince» disse l'altro.

E non convinceva neanche lui. Non aveva mai creduto alle coincidenze. E due denunce di persone scomparse nel giro di due giorni non erano cosa da prendere sottogamba.

*

L'uomo col berretto seguì Giovanni Haber fino a una farmacia e lo vide uscire con una mano fasciata. Forse si era preso una distorsione sollevando il corpo di quella donna.

Infine lo vide fare la cosa più strana. Fermò la macchina vicino ai bidoni della spazzatura, scese, prese l'altro trolley, quello che era sui sedili posteriori, e lo buttò dentro a un bidone.

La cosa era talmente illogica che aspettò che ripartisse, scese a sua volta e andò a controllare.

Sì, era quello con dentro i vestiti sporchi di sangue.

Ma perché quell'uomo andava in giro con due trolley? E perché ne aveva buttato via uno? Se voleva liberarsi dei vestiti, non poteva buttare solo quelli?

A rigor di logica quel secondo trolley non doveva essere suo. Ma di chi poteva essere? E perché ce l'aveva lui e ci aveva messo dentro quegli abiti bagnati? E perché adesso lo aveva buttato nella spazzatura? L'idea dei due cambi di vestiti tornò a galla prepotentemente. Tutto faceva pensare che ci fosse una terza persona. Un fantasma ancora più evanescente di lui, il cui ruolo, in quella storia, sembrava non avere alcun senso.

L'uomo era perplesso. Cosa si era perso? Ma per il momento doveva tenere a bada la curiosità. Al massimo entro la fine di quella giornata l'avrebbe saputo.

Caricò quel trolley nel bagagliaio, e riprese la strada verso l'hotel Diamante, riagganciando la macchina del rappresentante dopo poche curve. Ma non trovò l'occasione giusta per avvicinarlo e costringerlo a salire sulla sua auto. C'era sempre troppa gente in giro, soprattutto nei pressi dell'hotel.

Avrebbe dovuto pazientare ancora fino a sera. Fino a quando la convention sarebbe finita e allora quell'individuo sarebbe salito sulla sua vettura per tornare a casa.

*

Haber arrivò all'hotel Diamante ed entrò nell'elegante hall con passo deciso. Si era liberato dell'ultimo fardello. Ora si sentiva meglio, nonostante la testa gli facesse ancora male, avesse collo e spalle doloranti e un leggero senso di vertigine a offuscargli i pensieri. Con tutta l'acqua che aveva preso le due sere precedenti, gli si erano bloccate le cervicali. Ci mancava solo questa. Ma in farmacia aveva comprato degli antidolorifici.

Si diresse verso il bar e ordinò un tè. Poi prese un cornetto e si girò spalle al bancone. Era l'ora d'inizio dei convegni e molte persone stavano transitando dall'ingresso verso le sale. Lui era uno di loro, si disse cercando di convincersene. Fra poco si sarebbe unito a quel flusso e si sarebbe mischiato a quelle persone normali, ben vestite, ordinate. La cosa importante ora era rimettersi in forze. Si girò, prese un paio di pastiglie di antidolorifico e le mandò giù con il tè. Per fortuna gli avevano detto che nella mano non c'era niente di rotto, solo una leggera infiammazione al tendine. Dieci giorni d'immobilità sarebbero bastati a farla passare.

Ormai ne era fuori. L'incubo era finito.

Compiere quelle azioni sulla strada verso la sicurezza si era rivelato anche un efficace sistema per ridurre il peso sulla sua coscienza.

Ora poteva permettersi di distrarsi un po', rientrare in quella normalità che fino al giorno prima gli era sembrata così insopportabile ma che in quel momento gli dava conforto. Pensare a suo figlio.

Si chiedeva spesso che aspetto avesse ora, se incontrandolo accidentalmente lo avrebbe riconosciuto. A volte si metteva davanti alle scuole elementari, all'orario di uscita – Matteo aveva compiuto sei anni lo scorso febbraio – e guardava quel flusso di bambini correre verso i genitori, cercando di mettere a fuoco i volti dei più piccini, nell'impossibile speranza di riconoscere in qualcuno di loro i suoi tratti, come i capelli biondi e lisci e i denti piccoli che Matteo aveva ereditato da lui.

A un tratto, il sorriso che gli aveva stropicciato la faccia si rattrappì in uno spasmo.

I denti.

Si era dimenticato di togliere il vestito di Adelmo dal suo trolley e metterlo nell'altro, quello che poi aveva buttato nel cassonetto.

Il vestito di Adelmo, con in tasca i suoi documenti, i denti maciullati e i resti delle sue gengive.

25

Ragonese aveva mandato subito un agente all'albergo in cui alloggiava quel tale, Adelmo Pellizzari. La sua stanza era risultata vuota e il letto fatto, come se nessuno ci avesse dormito. Intanto Albertini aveva avviato le indagini sulla situazione finanziaria della signora Monica Favino e su altre sue possibili implicazioni in fatti criminosi.

Ragonese era tornato alla sua postazione e finalmente era riuscito a chiamare il dentista, che gli aveva trovato un buco per le sette di quella sera. Allora era sceso alla farmacia e si era fatto dare sottobanco altri Aulin dalla commessa sua amica. Era incredibile quanto fosse difficile avere degli innocui farmaci senza ricetta. Ne aveva subito preso uno e si era messo a scrivere quel benedetto verbale, ma dopo neanche cinque minuti, si era fermato: non sapeva perché ma gli si era piantato in testa un pensiero scomodo.

Si alzò e fece cenno ad Albertini di interrompere le sue ricerche e seguirlo nella saletta riunioni. Poi digitò di nuovo il numero di quella donna e mise il vivavoce.

«Sono l'assistente capo Ragonese, mi scusi se la disturbo ancora, signora, ma avrei bisogno di un'altra informazione.»

«Mi dica, sono a sua disposizione.»

«Potrebbe gentilmente dirmi che modello di auto ha suo marito?»

«Una Mercedes.»
«Sì, ma che modello?»
«Una di quelle grosse, un suv. Perché vuole saperlo, avete trovato la sua auto abbandonata?»
Ragonese fece un respiro profondo.
«No, signora, al momento non abbiamo ancora trovato alcuna traccia, ma se dobbiamo cercarlo, più informazioni abbiamo e meglio è. Mi dica, di che colore è?»
«Nero.»
Ragonese e Albertini si guardarono. «Si ricorda il numero della targa?» continuò lui.
«No, mi dispiace. Se crede, posso vedere se lo trovo fra le carte di Adelmo.»
«Grazie. Adesso vorrei che mi desse il numero di cellulare di suo marito.»
«Sì, quello lo so a memoria: tre tre cinque, novantotto dieci sei zero sette.»
«La ringrazio. Un'ultima cosa poi la lascio andare. Può inviarmi tramite mail una foto di suo marito?»
«Certo, nessun problema.»
«Bene. Per adesso è sufficiente. Se dovesse venirmi in mente qualcos'altro da chiederle, mi permetterò di chiamarla ancora.»
«Certo, mi chiami tutte le volte che vuole.»
Ragonese interruppe la comunicazione e guardò Albertini fisso negli occhi. «Forse c'è un collegamento fra le due persone scomparse.»
«Il suv?»
«Sì, il suv.»
Ragonese cercò di fare mente locale. Che quell'Adelmo Pellizzari fosse l'uomo in combutta con Ferrante, il sicario?
No, non aveva senso. Quell'uomo non era del posto, era arrivato lì per partecipare alla convention dell'azienda per cui lavorava. L'agente che quella mattina era andato a prendere informazioni aveva riferito che era arrivato alla pensione Miranda la sera di due giorni prima e quella successiva si era tra-

sferito nell'albergo dove si teneva la convention. O perlomeno avrebbe dovuto farlo, perché in quella stanza, poi, non aveva dormito.

Era più probabile invece che Pellizzari fosse in qualche modo in contatto con Monica Favino, forse si erano conosciuti proprio tramite chat. La mattina del giorno prima era andato a prenderla e l'aveva portata da qualche parte, poi alla fine della convention erano spariti assieme. Ma perché allora la donna non rispondeva al telefono dalla sera precedente? E perché il sangue nell'abitazione?

Per ora non c'era risposta a quei quesiti, ma il SUV scuro faceva pensare che le due sparizioni fossero in qualche modo collegate. E se era così, allora c'erano buone probabilità che Ferrante fosse veramente estraneo ai fatti. E, a dio piacendo, sarebbe caduta anche l'ipotesi del serial killer.

«A cosa stai pensando?» gli chiese Albertini, riportandolo alla realtà.

«Pensavo che il fatto che quest'uomo abbia un SUV scuro e che un'auto simile sia stata vista davanti alla casa di Monica Favino sia una strana coincidenza.»

«E tu non credi alle coincidenze, giusto?»

«Non lo so» disse Ragonese. «Mi sembra strano che due persone scompaiano nello stesso posto e nello stesso giorno, e se c'è un possibile collegamento fra di loro, anche se minimo, vale la pena approfondirlo.»

«E quindi ora che facciamo? Andiamo da Valeri?»

«Per carità!» rispose Ragonese digitando il numero che gli aveva dato la moglie di quel tizio scomparso. «La prima mossa da fare adesso è provare a chiamare direttamente questo Pellizzari. Non voglia mai il caso che risponda.»

Ma il caso non volle. Dopo quindici squilli a vuoto Ragonese si arrese e interruppe la comunicazione.

«E la seconda mossa?» chiese Albertini.

Ragonese rifletté per qualche secondo, poi disse: «La seconda mossa è cercare di rintracciare questo telefono, sperando di essere più fortunati che con quell'altro, quello della donna. Pensaci tu, Albertini, che adesso sai come si fa, io intanto chiamo la ragazza, l'amica che ha denunciato la scomparsa di Monica Favino, per vedere se sa qualcosa di questo Pellizzari.»

*

Come aveva fatto a dimenticarsi di una cosa così importante? Il suo cervello quella mattina stava proprio girando al rallentatore. Giovanni si chiese cos'altro poteva essersi dimenticato, oltre ai denti e alle gengive di Adelmo.

Ripensò all'albergo, alle sue cose, al suo trolley, a quando lo aveva messo nel bagagliaio dell'auto, quel bagagliaio impregnato di sangue dove per molte ore aveva occultato il cadavere della donna, e poi quello di Adelmo... Certo, come aveva fatto a dimenticarsi anche del bagagliaio?

Per un attimo sentì le gambe tremare.

Era tutta un'illusione.

Lui non era uno di loro, non era una persona normale.

Lui era un dannato. E non sarebbe mai riuscito a liberarsi da quella condizione.

Una sensazione di freddo si impadronì del suo corpo, come se di colpo si fosse abbassata la temperatura esterna. E una fitta allo stomaco lo fece piegare in avanti.

Ci aveva messo tanto tempo per curare la colite, ma lo stress di quei giorni doveva aver riaperto qualche buco nel suo intestino. Si sentiva malissimo, come se una mano gli fosse entrata dentro il corpo e gli stesse strappando le budella.

Portò il braccio sinistro sullo stomaco e con grande fatica si diresse verso il bagno. Doveva stare calmo, continuava a ripeterselo, ma la sola cosa su cui riusciva a fissare l'attenzione era il fatto che non fosse ancora al sicuro, che sarebbe bastato un banale controllo e la situazione sarebbe precipitata. Il giorno prima era stato visto in compagnia di Adelmo e forse a fine giornata qualcuno li aveva notati salire sulla sua auto e andare via insieme.

*

L'uomo col berretto aveva preso quel trolley senza molto riflettere, non ce n'era stato il tempo. Ma ora stava pensando che quei vestiti insanguinati erano una prova schiacciante di colpevolezza, e se li avesse mostrati al rappresentante di commercio sarebbe stato più facile farlo confessare, fargli dire dove aveva occultato il cadavere.

Rimase per qualche tempo nei pressi dell'hotel Diamante, dentro la sua auto, pensando a quale sarebbe stata la sua prossima mossa. Poi mise in moto e partì, uscendo da Pontebosio e imboccando l'autostrada.

Si fermò come il giorno prima in un autogrill. Aveva pensato che non sarebbe servito piantonare il luogo della convention, avrebbe rischiato di dare nell'occhio. Quel tizio sarebbe rimasto sicuramente lì almeno fino alle cinque del pomeriggio, ora di chiusura dei lavori, avrebbe di certo adottato un basso profilo e avrebbe fatto trascorrere la giornata: ormai si sentiva al sicuro, non poteva certo immaginare di essere braccato da un assassino.

Fece colazione, comprò le sigarette e ne fumò due di fila prima di rientrare nell'auto.

Poi ascoltò i notiziari per circa un'ora: della donna non c'era traccia. L'unica novità, se si poteva definire tale, era che l'ex marito era stato interrogato per tutta la notte ma non aveva confessato. Ci sarebbe mancato solo quello.

Poi scese e prese dal bagagliaio il trolley, portandolo sul sedile del passeggero. Rientrò in auto e lo aprì. C'erano troppe cose che non gli tornavano e che doveva riuscire a inquadrare.

26

Camilla era sembrata contenta di sentirlo e aveva accettato di buon grado di andare al commissariato per rispondere ad altre domande.

In attesa, Ragonese era tornato nell'open space e si era messo al computer.

La Tallone non era ancora rientrata dall'ispezione per lo smottamento in località Foce, e Albertini era intento a trafficare con il software per rintracciare il telefono di quell'uomo, Adelmo Pellizzari.

Quei due giovani colleghi erano arrivati da poco e nonostante la notevole differenza di età, chissà per quale ragione, tra loro tre c'era stata da subito l'alchimia giusta. Con Albertini c'era voluto di più, per via di quella spocchia da *bauscia* che inizialmente lo aveva disturbato. Ma ormai si era abituato, e quando quei due non c'erano sentiva che mancava qualcosa.

Si alzò e andò a sbirciare sul monitor di Albertini. Il software per localizzare i cellulari si era messo in ricerca e stava elaborando i dati. In quell'edificio tutto sembrava lento, a partire dal capo, giù fino ai macchinari.

Tornò alla scrivania e si sedette sulla sua sedia scomoda. Adesso che aveva il tempo per redigere il verbale sull'accumulatore seriale, non ne aveva voglia. Quell'attesa lo snervava, abbassandogli il livello di energia sotto la soglia del fare.

Si alzò e si sgranchì la schiena, con i palmi girati sui lombi. Poi vide in fondo al corridoio Camilla, pallida e sinuosa come il giorno prima. Il piantone la stava accompagnando verso la sala d'aspetto.

Ragonese andò in bagno e si guardò allo specchio: era un disastro.

La barba, crescendo, stava diventando spinosa, e poi era davvero un po' tendente al bianco. Gli occhi erano lucidi e cerchiati, i classici occhi di un dopo sbornia. Gli sembrava addirittura che si vedesse il gonfiore del dente attraverso la mascella. Si abbottonò la giacca per nascondere la macchia sulla camicia, si sistemò i capelli alla bell'e meglio e uscì, dirigendosi verso la sala d'aspetto.

«Buongiorno» disse entrando nella stanza.

«Buongiorno» rispose lei, distogliendo lo sguardo dallo schermo del cellulare.

Anche oggi indossava dei jeans neri attillati, con un dolcevita dello stesso colore.

«Interrompo qualcosa?» chiese lui, indicando con il mento il cellulare.

«No, no. Per ingannare l'attesa stavo guardando le cavolate di Facebook.»

«Ah, sì, anch'io lo uso poco, c'è un sacco di gente esibizionista» replicò lui, pensando che la prima cosa da fare a breve sarebbe stato chiederle l'amicizia. Intanto disse: «Come andiamo oggi, ti sei ripresa, ti sei riposata un po'?»

«Sto meglio, grazie, anche se ho dormito poco» replicò lei. «Ieri ho avuto un collasso nervoso per un eccesso di stanchezza, ma adesso comunque sto meglio. Solo un po' debole.»

«Ma sempre bella» puntualizzò lui.

La ragazza arrossì. Un rosa leggero sul marmo delle guance.

«Ti ho fatto venire perché volevo sapere se conosci un uomo. Si chiama Adelmo Pellizzari» disse allora lui, porgendole un foglio dove aveva stampato la foto inviatagli dalla moglie.

«Il nome non mi dice niente» rispose Camilla prendendo il foglio, poi osservò la foto con attenzione. Era un primo piano. «No» confermò. «Non lo conosco.»

«Monica non ti ha mai parlato di qualcuno che magari aveva conosciuto via chat?»

«No, niente del genere. Monica era...» Camilla si fermò e si corresse «È in quel particolare stato d'animo nel quale non hai voglia di conoscere nuovi uomini. È ancora troppo scottata da com'è andata a finire col marito. Non so se mi spiego.»

«E quindi tu tenderesti a escludere che per qualche ragione sia entrata in contatto con questa persona a tua insaputa.»

Camilla alzò la testa e lo guardò dritto negli occhi. «Io e Monica ci diciamo tutto. Se ci fosse stata, ieri sera le avrei raccontato di te, del fatto che ti piace Fabio Volo. Figurati se non mi avrebbe detto di uno sconosciuto piombato nella sua vita.»

Ragonese si avvicinò e le diede un bacio sulle labbra. «Spero che tu possa presto raccontarle che un poliziotto ti ha baciata mentre eri sotto interrogatorio» disse e sorrise, perché quelle labbra avevano risposto positivamente.

«Ma tu sei matto, siamo in una centrale di polizia!» disse Camilla, arrossendo di nuovo.

Ragonese le strizzò un occhio. Poi tornò serio. «Anche quest'uomo è sparito da ieri, come lei. E ha un SUV nero come quello che hai visto davanti a casa di Monica.»

Lei guardò ancora la foto. «E chi è?» chiese.

«È un rappresentante di commercio arrivato a Pontebosio per partecipare a una convention.»

«Ma allora cosa c'entra con Monica?»

«È quello che vorremmo scoprire. Abbiamo il suo numero e stiamo cercando la posizione del suo cellulare.»

«Certo, come ieri, con Monica.»

«Sperando che questo abbia segnale» concluse lui. «Ora devi scusarmi ma devo proprio andare a vedere a che punto siamo. Tu vai pure a casa o dove vuoi, ti chiamo io appena ci sono novità. D'accordo?»

«Va bene» disse lei alzandosi a sua volta. «Allora io aspetto che mi chiami.»

Ragonese l'accompagnò all'uscita, poi tornò verso l'open space.

Aveva fatto l'ennesima cazzata. Questa volta addirittura in commissariato.

Se Sonia l'avesse saputo di sicuro non l'avrebbe più voluto.

Tornò alla scrivania e vide che Albertini stava fissando il monitor. Sembrava ipnotizzato.

«Come butta?» gli chiese Felice, avvicinandosi.

Ma il collega non gli diede retta subito. Il programma aveva ultimato la ricerca e sullo schermo appariva una cartina geografica, e una lucina rossa pulsava nel mezzo di una piazza. Si girò verso Ragonese e disse: «Bingo. Il telefono di Adelmo Pellizzari è nel piazzale della stazione.»

La bocca di Ragonese si contrasse in una smorfia. «Dobbiamo fare presto, allora. Potrebbe prendere un treno da un momento all'altro.»

*

Haber uscì dal bagno e tornò al bar dell'albergo, questa volta per bere una camomilla. Si sentiva meglio, la crisi era passata. Cercò di distrarsi guardandosi ancora intorno: i convegni erano iniziati, ora era tutto molto tranquillo. Per un attimo pensò in quanti alberghi aveva soggiornato nei lunghi anni in cui aveva fatto la vita del rappresentante. Negli anni in cui la sua esistenza aveva avuto un corso regolare e lui se l'era fatta bastare, come facevano tutti. Com'erano lontani quei tempi. Il solo ricordo gli sembrava ingannevole, confuso. Alzò lo sguardo sulla cameriera, che stava già preparando i tavoli per il pranzo. Era giovane, carina. Chissà quali erano i suoi pensieri, i suoi progetti. Probabilmente assomigliavano a quelli di tutti gli altri: un amore, la casa, i figli... la sicurezza di cose concrete, accettate da tutti. Era stato anche lui così, un tempo, prima che il suo treno deragliasse in mezzo a una landa desolata.

Si riscosse da quel pensiero. Era un errore farsi prendere dalla malinconia. Doveva tornare subito con i piedi per terra. Aveva ancora delle cose da fare. Doveva disfarsi di quel vestito insanguinato e portare l'auto a lavare. E doveva farlo al più presto. Non poteva aspettare fino a sera. Se gli avessero fatto delle domande e, per qualche ragione, avessero voluto vedere l'auto, sarebbe stata la fine. Oltretutto dopo le cinque avrebbe rischiato che gli autolavaggi fossero chiusi.

Non c'era più spazio per gli errori.

Si diresse verso la sala e si accomodò in una delle ultime file.

Rifletté per un po', nella penombra, fissando il pulpito, apparentemente immobile. Ma il suo cervello viaggiava veloce.

Liberarsi di quel vestito sarebbe stato facile. Poi avrebbe cercato un autolavaggio.

Si ricordava di aver notato un grosso distributore, sulla strada fra l'hotel Diamante e la cittadina, e gli sembrava proprio che avesse anche il lavaggio. Ma presto si rese conto dell'assurdità di quell'idea. Gli addetti al lavaggio si sarebbero subito accorti delle macchie di sangue. Al solo pensiero serrò i denti, tese i nervi e, nonostante l'antidolorifico, avvertì un repentino dolore al collo e alle spalle. Avrebbe dovuto fare da sé: andare in un supermercato, comprare spugne e detersivi, poi trovare un posto isolato con dell'acqua, tipo una fontana, e pulirsi la macchina da solo. Ma dove avrebbe trovato un posto del genere?

Era precipitato ancora una volta nell'incubo.

Gli sembrava tutto troppo difficile. Doveva pensare a una soluzione più pratica. Avrebbe potuto comprare delle bottiglie d'acqua, per bagnare le spugne che, una volta impregnate di sangue, avrebbe infilato in un sacco della spazzatura e buttato in un bidone. Non serviva fare un lavoro di fino. Sarebbe bastato togliere il grosso. Magari avrebbe buttato via anche il tappeto di moquette che rivestiva il bagagliaio.

Doveva agire ora.

Doveva alzarsi e allontanarsi con discrezione. Sarebbe veramente stato l'ultimo atto di quell'incredibile vicenda.

*

L'uomo col berretto se ne stava nel parcheggio dell'autogrill dentro la sua auto, fissando il contenuto del trolley appena aperto. Tirò fuori una camicia, piegata e impacchettata in un cellophane trasparente, e notò subito le cifre: AP.

Quell'individuo si chiamava Giovanni Haber e questo chiariva definitivamente perché ci fossero due trolley: uno non era il suo.

Rimaneva da capire perché fosse nella sua macchina. Forse qualche collega gli aveva chiesto un passaggio e se lo era dimenticato. Ma allora perché c'erano dentro quei vestiti bagnati e sporchi di sangue?

L'uomo cercò di concentrarsi. Era sempre stato bravo a prevedere i comportamenti umani, a pianificare, a far sì che certe cose non succedessero. Ma ora la situazione si era rovesciata, qualcosa era già successo e lui doveva capire perché. Era snervante.

Quell'individuo forse, paradossalmente, gli aveva fatto un favore, aveva impedito che qualcun altro trovasse la donna e la portasse alla polizia, viva o morta che fosse.

Ma ora il ritrovamento di quei vestiti bagnati appartenuti a un'altra persona portava a pensare che ci fosse un secondo uomo. Un ectoplasma che era salito a bordo dell'auto di quel rappresentante di commercio e lo aveva aiutato a occultare il cadavere e che poi si era cambiato insieme a lui e aveva lasciato in macchina un trolley dove erano stati infilati gli abiti bagnati di entrambi. Un trolley che, la mattina dopo, Haber aveva buttato in un bidone della spazzatura.

Più ci pensava più ne usciva pazzo.

C'era un altro buco temporale che non era in grado di colmare. Un buco nel quale si era infilato qualcuno per poi subito scomparire.

Che ci fosse un altro testimone?

27

I due agenti erano arrivati nel piazzale della stazione.

Ad Albertini, che aveva con sé il portatile, gli ci vollero alcuni minuti per localizzare il punto esatto.

Nel frattempo Ragonese aveva cercato con lo sguardo un SUV scuro fra le auto parcheggiate. Sembrava non ce ne fossero. I bar erano troppo lontani, il segnale non poteva provenire da lì e le poche panchine erano occupate solo da pensionati. Dove poteva essersi nascosto quell'uomo?

Ragonese si avvicinò. «Allora?»

«Ancora un attimo.»

Felice si guardò intorno, spazientito. Un venditore ambulante aveva frettolosamente raccolto la sua mercanzia e si stava allontanando, una donna con un passeggino e un cane stava camminando in direzione della stazione, una vecchietta si stava sedendo sull'ultima panchina libera.

Albertini, con il computer in mano, fece qualche passo verso sinistra, fino a un cespuglio.

«È qui» disse con voce asciutta.

Ragonese si avvicinò al cespuglio. «È qui cosa?»

«Il telefono che cerchiamo» replicò Albertini.

Ragonese guardò incredulo quel groviglio di arbusti, poi allungò le mani dentro, spostando le piante.

Circa a metà, impigliato, c'era un telefono.

Lo prese. Si accorse subito che era danneggiato, il vetro rigato non combaciava correttamente. Rifletté qualche secondo, poi si rivolse ad Albertini.

«Prova a chiamare il numero.»

L'altro rimase fermo, interdetto.

«Il numero di Adelmo Pellizzari» ripeté lui. «Prova a chiamarlo dal tuo apparecchio.»

Albertini eseguì e un attimo dopo si sentì il flebile rumore di una suoneria. Ma a suonare non era il telefono che aveva in mano Ragonese. Il suono era attutito e proveniva dallo stesso cespuglio dove avevano appena trovato l'altro apparecchio.

Dopo un attimo di sorpresa, si mossero all'unisono, ma Ragonese arrivò prima e tuffò le braccia dentro gli arbusti, tirando fuori un secondo telefono. Lo osservò con uno sguardo disorientato per qualche secondo. Poi interruppe la comunicazione e andò subito a verificare la lista delle chiamate. Le ultime due erano le loro, poi ce n'erano dodici che provenivano tutte dalla stessa persona 'wife', ed erano state fatte fra quella mattina e la sera prima.

Tutte non risposte.

Andando a ritroso c'erano due chiamate in uscita, una alle cinque e quarantanove e una alle cinque e quaranta della sera prima. Avrebbero dovuto appurare a chi fossero state fatte. Ma prima Ragonese voleva fare altre verifiche. Senza dire niente andò verso la macchina e salì sui sedili posteriori. Albertini lo seguì.

«Andiamo alla pensione Miranda» disse all'autista. «Sai dov'è?»

L'altro fece un cenno affermativo con la testa.

Poi Ragonese si rivolse ad Albertini. «Purtroppo la cosa si fa seria. Chiama il comando e disponi che qualcuno venga qui alla stazione a cercare la Mercedes suv di Pellizzari. Digli di chiamare sua moglie e chiedere se ha trovato la targa. Per fortuna ha già provveduto a inviarci via mail una sua foto. Di' agli uomini di mostrarla in giro, principalmente al personale dipendente della stazione, bigliettai, controllori e altro. Non è da escludere che il nostro uomo abbia preso un treno. Intanto noi andiamo all'albergo dove Pellizzari ha alloggiato la prima notte. Dobbiamo ricostruire le sue mosse a partire da quando è uscito dalla sua stanza.»

Il ritrovamento di quello smartphone non significava nulla di buono. Ragonese non era certo un tipo ipertecnologico, ma era un buon osservatore e sapeva che nessuno avrebbe abbandonato il suo cellulare se non per un motivo grave. Sì, abbandonato, perché era altrettanto chiaro che quell'aggeggio non fosse stato perso. Qualcuno lo aveva deliberatamente infilato in quel cespuglio, per non farlo trovare. Sembrava che Pellizzari avesse voluto o dovuto cancellare le sue tracce. Ma perché?

E insieme a quel cellulare ce n'era un altro. Che fosse stato un secondo telefono di Pellizzari? Non era certo infrequente vedere gente in giro con due, anche tre telefoni. Ma perché quel secondo apparecchio era danneggiato?

La strada scorreva, proiettando immagini alternanti, come in un film mandato avanti velocemente. Ragonese fissava quelle forme e figure al di là del finestrino, senza cercare di metterle a fuoco, troppo concentrato sulle sue riflessioni. E un'idea di chi potesse essere quel secondo apparecchio se l'era fatta. Anche se non gli piaceva per niente.

Dopo un breve tragitto arrivarono alla pensione Miranda.

Era un posto ordinato e, almeno a quell'ora della mattina, tranquillo.

Ragonese mostrò il tesserino al receptionist. «Vorremmo farle alcune domande su un vostro cliente, che ha soggiornato qui la sera scorsa. Si chiama Adelmo Pellizzari.»

«L'albergo è stato prenotato per due notti quasi interamente da un'azienda, la World Food» rispose il portiere digitando qualcosa sulla tastiera del computer e guardando lo schermo. «Dovrebbe quindi trattarsi di un loro dipendente.»

«Sì, è corretto» rispose Ragonese.

«Ecco sì, risulta nella lista. Però ha soggiornato qui solo una notte, quella di ieri l'altro. Ieri notte deve avere cambiato albergo.»

«Questa è una sua foto.» Ragonese gli allungò un foglio stampato. «Lo riconosce?»

Il receptionist guardò l'immagine solo un attimo. «Sì, mi ricordo perfettamente di lui. Qui non abbiamo molte camere, solo quindici, e la mattina servo io la colazione. Mi ricordo perfettamente che questo signore si è seduto al tavolo con un altro ospite della pensione e, dopo che il signor Pellizzari ha fatto il check-out, sono usciti insieme.»

Ragonese lo guardò con un certo grado di ammirazione. Gli erano sempre piaciute le persone pronte e con buona memoria.

«E si ricorda il nome di questa seconda persona?»

«No, ma mi ricordo bene di lui perché, se posso permettermi, è una persona un po' sui generis. Mi faccia controllare al computer... Ecco, sì, la persona con cui il signor Pellizzari ha lasciato la pensione si chiama Giovanni Haber.»

Ragonese fece cenno ad Albertini di segnarsi il nome. Poi guardò il receptionist dritto negli occhi.

«Perché sui generis?»

Il ragazzo ora sembrava imbarazzato. «No, niente, è che ieri è rientrato prima degli altri e aveva un vestito di una taglia troppo grande, come se fosse dimagrito di una decina di chili ma non avesse fatto stringere l'abito. E poi aveva i capelli bagnati. Come la sera prima.»

Il commissario soppesò per un attimo quelle informazioni.

«In che senso?»

«No, niente. Solo che mi è sembrato strano che avesse i vestiti asciutti e i capelli bagnati. Due sere di fila.»

«C'è una piscina in zona?» chiese Albertini.

«Sì, a meno di un chilometro da qui» disse il ragazzo, combattuto se accennare o no a quell'uomo, quello che gli aveva dato cinquanta euro per avere informazioni su quel Giovanni Haber.

«Va bene, credo sia tutto» disse Ragonese. «E se le viene in mente qualcos'altro non esiti a contattarci.» Poi, senza aspettare risposta, si diresse verso la porta.

«Certamente» rispose il ragazzo, decidendo che non era il caso di aggiungere altro.

«Sarà andato a nuotare» disse Albertini una volta fuori. «Succede sempre anche a me, quando esco dalla piscina non ho voglia di asciugarmi i capelli, mi vesto e vado a casa.»

«Sì, può darsi. E per il vestito, credimi, non è così strano» aggiunse Ragonese. «C'è in giro un sacco di gente che non sa vestirsi. Soprattutto se si tratta di uomini single. Niente di più facile che abbia infilato in valigia l'abito sbagliato.»

*

Giovanni uscì dall'hotel approfittando della pausa caffè, salì in auto e si diresse verso Pontebosio, alla ricerca di un supermercato. Ne trovò uno all'inizio della cittadina e comprò le spugne, l'acqua e i detersivi. Poi mise tutto sui sedili posteriori e si diresse verso quella strada, la vecchia provinciale, dove non passava mai nessuno. Arrivò al bivio per la cava e percorse il sentiero fino al piazzale.

Le buche dello sterrato gli riacutizzarono il dolore alla mano, costringendolo a guidare e fare tutto il resto con la sinistra, tranne quello che non era possibile, come mettere le marce.

Quando finalmente arrivò a destinazione scese dall'auto e si guardò in giro. Con la luce del sole sembrava un altro posto, più esteso di quanto gli era sembrato col buio.

La vecchia cava in disuso era in fondo allo spiazzo, a ridosso di un'alta parete, che saliva dritta fino alla cima, almeno una cinquantina di metri più su. Tutt'intorno aveva preso piede una fitta vegetazione, a testimonianza dell'abbandono.

Haber rifletté un attimo sul senso profondo di quella parola. Tutto nella sua vita sembrava essere abbandono. Le relazioni sociali fatte di tradimenti e falsità, le rinunce e l'incuria che avevano preso piede nel suo quotidiano, la lenta deriva che lo aveva portato fino a lì, a bruciare quei cadaveri.

Un improvviso magone salì inarrestabile, fino a bagnargli

gli occhi di un pianto che non veniva da troppo tempo. Prese un fazzoletto da una tasca e con lentezza si asciugò le lacrime. Poi si avvicinò ai corpi carbonizzati. C'era ancora nell'aria un leggero odore di carne bruciata, anche se non c'erano più braci. Rimase fermo per un lungo momento, aspettando che il respiro si regolarizzasse. Serrò i denti per qualche secondo, poi si chinò, concentrandosi su quei resti umani. Era il caso di esaminarli più da vicino.

Aveva deciso di tornare lì non perché fosse un amante del macabro ma perché, con tutti gli errori che aveva fatto, gli si era insinuato il pensiero che potesse averne commesso qualcun altro, come ad esempio che i corpi non fossero interamente bruciati e potessero essere identificati, in special modo quello di Adelmo.

Con tutti gli sforzi fatti per renderlo irriconoscibile, sarebbe stato imperdonabile. E poi in quel luogo era sicuro di poter pulire il bagagliaio dell'auto senza che nessuno potesse vederlo.

In mezzo a quelli che a una prima occhiata potevano sembrare resti di rifiuti bruciati, c'erano delle ossa annerite, con tracce di carne carbonizzata e residui di tessuto. Le estremità sembravano essere bruciate meno, le scarpe si erano sciolte sui piedi e facevano pensare a dei legni anneriti dal fuoco. Le teste, invece, erano bruciate bene. Si vedevano i teschi. In quello di Adelmo mancava quasi tutta la parte inferiore.

Il fuoco aveva fatto il suo dovere.

Poi vide le chiavi.

All'altezza del bacino c'era un mazzo di chiavi.

Ma certo, dovevano essere quelle di Adelmo, quelle di casa. Il fuoco non era stato in grado di liquefarle, erano solo un po' storte e annerite.

Si chinò, le prese, le scrollò dalla fuliggine e se le mise in tasca.

Aveva appena scoperto l'errore più grave. Quelle chiavi avrebbero permesso di identificare il cadavere del suo collega, nonostante di lui rimanessero solo dei resti informi.

*

L'uomo col berretto guardò l'orologio e tirò su col naso. Era ancora presto per tornare all'hotel Diamante, ma una cosa ormai gli era chiara: se ci fosse stato un altro testimone avrebbe dovuto saperlo prima di uccidere Haber. Lo avrebbe dovuto interrogare, illuderlo di potersela cavare con una confessione. Era bravo in questo campo, quando era il momento di indossare la maschera dell'indulgenza. Si trasformava perfino nella voce, che diventava più profonda, pastosa. Non era poi così difficile imbrogliare il prossimo, soprattutto se si trattava di persone comuni, dilettanti.

Uscì dall'auto e si accese una sigaretta. La verità era che si stava innervosendo. E l'indifferenza verso quell'individuo cominciava a trasformarsi in astio. E questo non era positivo. Un buon professionista deve essere sempre distaccato.

Guardò l'autogrill e spense la sigaretta sotto la suola di una scarpa. Mangiare qualcosa forse lo avrebbe calmato.

28

Albertini tornò dal laboratorio tenendo una scheda telefonica fra le dita.

«Indovina un po' di chi è questo secondo telefono?»

Ragonese lo guardò scuro in volto. «Di Monica Favino.»

«Esattamente.»

Questa era la prova definitiva che esisteva un collegamento fra le due persone scomparse. E che tutte le sue supposizioni sulla colpevolezza di Paolo Ferrante probabilmente erano errate.

«Sono appena rientrati gli agenti dalla stazione» disse Ragonese, mentre Albertini prendeva posto alla sua scrivania. «Nessuna traccia né della macchina né di quel tale, Pellizzari. Nessuno sembra averlo visto. Nel frattempo ho fatto verificare le chiamate partite del suo cellulare nel pomeriggio. Due telefonate di lavoro, confermate dai clienti stessi.»

«Io invece ho completato alcuni accertamenti sulla Favino» disse Albertini. «Ma non ho trovato niente di strano. La casa l'ha ereditata dai genitori e sul conto corrente risultano esserci novemila euro.»

«Droga? Altro?»

«Niente. Sembra facesse una vita tranquilla. Ma continueremo a scavare.»

Per sentire le ultime parole di Albertini, Ragonese si era

dovuto sporgere in avanti, per metà fuori dalla scrivania. A quell'ora l'open space era al massimo del suo potenziale, casino allo stato puro, con l'intensità acustica alle stelle. Quel vociare scomposto alimentava la sua irritazione.

Si girò verso la Tallone, che era finalmente rientrata e gridò: «Non capisco perché cazzo la gente debba gridare!»

«Hai finito gli Aulin?» replicò lei.

Ragonese si alzò e si avvicinò alla collega, sbirciando sullo schermo del suo computer: c'era un foglio di Word, fitto di righe.

«È il verbale del sopralluogo di ieri?» chiese con improvviso interesse.

«No, è quello dell'uscita di stamattina. Mi devo sbrigare perché sono stati segnalati altri crolli e oggi pomeriggio devo fare altre verifiche.»

«E quello dell'accumulatore seriale?» insistette Ragonese.

«Quello ormai è passato remoto. Già fatto e archiviato.»

«E non è che mi ci fai dare un'occhiata?»

La Tallone lo guardò severa. «Come al solito sei in ritardo con il tuo.»

«Non è questione di ritardo, è che ho avuto da fare e...»

«Ti costerà almeno dieci colazioni.»

«Facciamo il pranzo di oggi» rilanciò Ragonese.

«Okay. Però al Grifo Nero.»

Il Grifo Nero era il miglior ristorante della zona, di sicuro quello più caro.

«Non possiamo andare in uno di quei bistrot alternativi che ti piacciono tanto?»

«No, al Grifo Nero.»

«Sei una becera ricattatrice. Come tutte le donne.»

«E tu un maschilista ottuso. Come tutti gli uomini.»

In quel momento gli suonò il telefono. Era una chiamata interna. Ragonese rispose.

«A rapporto» disse la voce di Valeri. «Subito.»

Ragonese si avviò verso l'ufficio del suo capo, ripetendosi il suo nuovo mantra: assecondare, abbozzare.

Bussò ed entrò.

«Non ho ancora visto il tuo rapporto su quel collezionista di spazzatura» disse Valeri, con la schiena sprofondata nella spalliera reclinabile della sua poltrona.

Se c'era una cosa che Ragonese gli invidiava era proprio quella poltrona, sarebbe stata un toccasana per la sua schiena malandata. «È praticamente pronto» disse sedendosi invece in una delle sedie rigide riservate agli ospiti.

Valeri cambiò posizione, accavallando le gambe. «Novità sull'altro caso?»

«Abbiamo ritrovato i telefoni delle due persone scomparse. Erano in un cespuglio nel piazzale della stazione.»

Il commissario si alzò e andò verso la finestra.

Per un attimo Ragonese fu tentato di prendere il suo posto nella poltrona.

«Potrebbe quindi trattarsi di una fuga romantica» disse Valeri, guardando come al solito fuori.

«Non credo, a casa della donna abbiamo trovato tracce di sangue» replicò Ragonese.

«E allora tu che idea ti sei fatto?» replicò Valeri, tornando verso la scrivania e riaccomodandosi nella poltrona.

«Nessuna idea precisa per il momento, a parte il fatto che le sparizioni sono sicuramente collegate.»

«Quindi le tue convinzioni sulla colpevolezza dell'ex marito erano errate» puntualizzò Valeri, poi aprì un cassetto e tirò fuori il temperino, prese la matita appoggiata su uno dei tanti foglietti sparsi e cominciò ad appuntirla.

Se voleva pungerlo nel vivo, ci stava riuscendo. «Non dimentichiamoci però il movente» disse Ragonese, cercando di non tradire nervosismo nella voce.

«Quale movente?»

«Ferrante aveva un movente per far sparire l'ex moglie.»

Valeri finì di temperare la matita, poi spazzò via i trucioli con il taglio della mano. «Se vuoi continuare le tue indagini personali su questo individuo, Ragonese, fai pure» disse, senza alzare lo sguardo da quella attività. «Noi intanto andiamo avanti con il caso delle persone scomparse.»

Ragonese rimase in silenzio, rimuginando su quel 'noi'. Che coraggio. Come se Valeri fino ad allora avesse fatto qualcosa. Ma sapeva che qualunque parola avesse pronunciato in quel momento sarebbe stata sbagliata.

«Dai retta a me, Ragonese» aggiunse allora Valeri. «Dimenticati di quell'uomo e riparti dai telefoni, da quello che ci dicono. Anche gli oggetti a volte parlano e questi due telefoni ci stanno dicendo che c'è un legame segreto fra quelle due persone. E se noi scopriamo di che natura è questo legame vedrai che scopriamo anche dove sono nascosti.»

Grazie tante, pensò Ragonese, come se fosse facile. «Dalle prime indagini non è venuto fuori niente» disse.

«Ma noi non ci arrendiamo, giusto?»

Ancora, quel *noi*... Ma come... Ragonese ricordò il suo mantra. Assecondare, abbozzare. «Giusto» rispose a denti stretti.

«Bene, ora vai, che devo finire di preparare il discorso per il mio intervento di oggi pomeriggio a Siena, al convegno sul futuro delle forze dell'ordine.»

Valeri e il futuro? Un ossimoro vivente, pensò Ragonese, ma disse: «Deve essere una cosa interessante.»

Il commissario lo guardò di sghembo. «Se proprio vuoi il mio parere, è una perdita di tempo.»

Certo che se i relatori sono tutti come te...

«L'ha organizzato quel tuo amico, l'ispettore Librace» continuò Valeri. «Da quello che ho capito, a Siena ha l'incarico di sovraintendere a tutti gli incontri e gli eventi.»

«È una persona in gamba, la riunione sul killer del foulard di seta era stata organizzata bene» commentò Ragonese, memore del precedente apprezzamento negativo del suo capo.

Valeri lo guardò ancora, con quella faccia da schiaffi. «Lo sai come la penso. Un buon poliziotto lo si vede sul campo, non a teorizzare o maneggiare scartoffie.»

Assecondare, abbozzare. «Sì, forse ha ragione.»

«Certo che ho ragione. Ma ora per piacere vai, ché sono già in ritardo.» E così dicendo, Valeri lo prese per un braccio e lo invitò a prendere la porta.

Ragonese tornò alla propria scrivania e si sedette. Se la sedia degli ospiti dell'ufficio di Valeri era rigida la sua era un monolite.

«Cosa voleva il capo?» chiese Albertini.

«Rompere i coglioni.»

«Be', è la cosa che gli riesce meglio.»

«Ah sì, in quello è un vero professionista.»

«Già... Cosa facciamo ora?»

«Ora chiudiamo tutto e usciamo.»

«E dove si va?»

Ragonese non rispose subito. Si alzò, si sgranchì la schiena e prese il giaccone. «Andiamo all'hotel Diamante» disse poi. «Dove si tiene la convention della società per cui lavora quel Pellizzari. Lì dovremmo trovare quel tale con cui sembra essere uscito dall'albergo ieri mattina, come si chiama...» Ci pensò su qualche secondo, poi ricordò: «Haber, Giovanni Haber. Andiamo a fargli qualche domanda.»

*

Haber si tolse la giacca e si rimboccò le maniche della camicia. Poi allentò il nodo della cravatta a sufficienza per sfilarla dal collo. Appoggiò gli indumenti sui sedili posteriori della sua auto, da dove prese le spugne, l'acqua, il detersivo, il rotolo di Scottex e i sacchi della spazzatura che aveva comprato. Sarebbe stato l'ultimo atto di quell'assurda rappresentazione. La purificazione. In tutti i sensi.

Si guardò intorno e respirò a pieni polmoni l'aria rinfrescata dalle piogge dei giorni precedenti, fino a quando non avvertì ancora l'odore di carne bruciata. Per un attimo si chiese quanto ci sarebbe voluto perché andasse via.

Si era un po' ripreso, il nodo alla gola che lo aveva attanagliato fino a fargli sgorgare quelle lacrime di autocommiserazione si era dissolto e forse gli aveva fatto bene. Era stato il culmine, la vertigine prima dell'inversione di rotta.

Tirò fuori una sigaretta, ne aveva comprato un pacchetto

dal tabaccaio vicino al supermercato. Mentre l'accendeva pensò a quanta forza di volontà gli ci era voluta per smettere. Ma questo e tutto il resto appartenevano alla sua vita passata. Ora, finalmente, era arrivato il momento di liberarsi della sua vecchia pelle, come i serpenti. E fra le tante cose che sarebbero cambiate c'era anche questa: il fumo. Fece un paio di tiri decisi poi spense il mozzicone sotto la suola di una scarpa. Si stava già allontanando quando pensò che non doveva fare lo sbaglio di lasciarlo a terra, doveva portarlo via insieme alle altre cose. Lo raccolse e lo buttò in un sacco. Su quel filtro avrebbero potuto trovare il suo DNA.

Un sorriso amaro gli stravolse il volto. Tutte quelle ore passate a guardare polizieschi alla televisione, senza avere nient'altro di meglio da fare, in qualche modo erano state utili. L'inesperienza lo aveva portato a commettere errori, come ad esempio non pensare che Adelmo, oltre ai documenti, avesse in tasca anche le chiavi di casa. Ma alla fine se la stava cavando, ne stava venendo fuori. Ora gli rimaneva solo da pulire il bagagliaio dell'auto.

Prese il suo trolley dal portabagagli e lo mise a terra. Afferrò una spugna con la mano sinistra e la intrise d'acqua, rovesciandola da una bottiglia con la destra, facendo attenzione a non bagnare la fasciatura. Sempre con la sinistra, passò la spugna su tutti i lati del trolley, poi sulla moquette del baule. Quando la strizzò per terra, sempre con la sinistra, facendo attenzione a tener lontano la fasciatura, ne uscì un liquido rossastro. Ripassò la spugna un altro paio di volte, poi la infilò in un sacco nero e ne prese una pulita. Andò avanti per almeno mezz'ora. Il fatto di avere una mano sola rallentava le operazioni. Una volta buttata nel sacco l'ultima spugna si sciacquò e si asciugò accuratamente con lo Scottex. Poi si allontanò di qualche passo e guardò il bagagliaio: sembrava pulito.

Si accese un'altra sigaretta e si avvicinò, osservando i dettagli, gli angoli, le pieghe della moquette. Aveva fatto un buon lavoro, nessuno avrebbe potuto pensare che in quel baule ci fossero stati due cadaveri. Per trovare tracce di sangue ci sarebbero voluti degli esami chimici.

Poi aprì il trolley e tirò fuori il vestito gessato di Adelmo, e lo infilò dentro a un altro sacco. Ci mise anche le chiavi trovate prima. Annodò anche questo e posò il tutto nel bagagliaio, chiudendo il portellone. Si ispezionò i vestiti per essere sicuro di non essersi macchiato, si srotolò le maniche della camicia, rimise la cravatta, strinse il nodo con una certa fatica e infine si infilò la giacca. Si sentiva soddisfatto, aveva agito come avrebbe fatto un professionista. Diete un'ultima occhiata alla scena e salì in macchina.

Guidò per circa tre chilometri, poi, alla periferia di Pontebosio trovò un bidone della spazzatura. Si fermò e aspettò che non passassero persone o macchine, scese e buttò i sacchi.

Quando ripartì provò un senso di leggerezza. Aveva appena messo la parola fine a quel film dell'orrore.

Si fermò al primo bar e fece colazione. Gli zuccheri delle due paste e quello che aveva messo nel tè gli iniettarono energia nuova. Si sentiva sempre meglio. Anche la morsa al collo e alle spalle si era allentata. La mano gli faceva ancora male, ma non poteva essere diversamente.

Tornò all'albergo dove si svolgeva ancora la convention tenendo il telefono all'orecchio, facendo finta di parlare. Voleva fare le cose fatte per bene, anche ora che non ce n'era più bisogno.

Poi andò a sedersi nello stesso posto di prima e si guardò intorno: nessuno sembrava badare a lui.

*

L'uomo col berretto aveva mangiato una brioche con un cappuccino all'autogrill ed era tornato in macchina. Aveva preso una decisione: doveva sbarazzarsi di quel trolley. Mostrare al rappresentante di commercio i vestiti trovati nella valigia sarebbe stato senza dubbio utile ad aumentare la sua paura, ma il rischio di andare in giro con degli indumenti sporchi di sangue era troppo grosso.

Scese dalla macchina, aprì la portiera del passeggero, lo prese e si avviò verso il bidone dell'indifferenziata. Si guardò intorno per essere sicuro di non essere notato e lo infilò dentro.

Rientrò in auto e cercò la posizione più comoda. A forza di stare seduto, la schiena aveva cominciato a fargli male. Abbassò la spalliera del sedile e provò a rilassare i muscoli. La stanchezza stava tornando, forse per via della digestione. Se ci fosse riuscito, gli avrebbe fatto bene dormire un po'.

Doveva essere in forma per il gran finale.

29

Quando vide l'impiegata dell'albergo andare verso il pulpito, Giovanni non ci fece caso. Il suo cervello la catalogò come una normale comunicazione di servizio e la cancellò subito dall'attenzione.

C'erano cose più importanti che gli frullavano in testa. Stava pensando che avrebbe dovuto comprarsi un paio di vestiti nuovi, dopotutto era da poco in quell'azienda e doveva fare buona impressione. E magari cambiare taglio di capelli, iniziare a usare un dopobarba serio, tipo Hermès o Fahrenheit.

Si sentiva sollevato, aveva fatto tutto quello che doveva e sapeva di averlo fatto bene, era quasi euforico.

Così, quando lo speaker pronunciò il suo nome, lì per lì non capì. Si accorse solo che in sala era calato il silenzio. Lo speaker ripeté il messaggio: «Il signor Haber, Giovanni Haber è pregato di andare subito alla reception dell'albergo per comunicazioni urgenti.»

A quel punto si alzò di colpo, come investito da una scossa elettrica. Poi si fece strada fra le gambe dei colleghi, impacciato, sentendosi tutti gli occhi addosso.

Non c'era niente di cui preoccuparsi, si ripeteva, doveva stare tranquillo.

Ma intanto il cuore gli batteva forte.

*

Sprofondato su un divanetto nella hall dell'hotel Diamante, Ragonese stava pensando a Valeri, a come gli aveva ancora una volta sbolognato l'indagine di un caso spinoso, dove le supposizioni erano molte e nulla sembrava tornare. La cosa non gli dispiaceva affatto, anche se un'indagine di quello spessore l'avrebbe dovuta condurre lui, il commissario. Invece, come era già successo in passato, sarebbe intervenuto solo alla fine, per prendersi gli eventuali meriti.

Le sue riflessioni si interruppero quando vide Haber. Veniva verso lui e Albertini, accompagnato da un'impiegata dell'albergo, l'andatura dinoccolata.

Quell'individuo aveva una faccia stanca, di uno che ha dormito male. E gli ricordava qualcuno, anche se non riusciva a mettere a fuoco chi.

Ragonese notò subito la fasciatura alla mano destra mentre l'altro, al suo invito, porgeva la sinistra.

Notò anche che l'abito era di una taglia giusta. Evidentemente ne aveva due o il receptionist della pensione aveva visto male.

«Buongiorno, sono l'assistente capo Ragonese, del commissariato di Pontebosio, e lui è l'agente Albertini. Avremmo bisogno di farle alcune domande sul suo collega Adelmo Pellizzari» disse senza preamboli, invitandolo a sedersi su una delle poltroncine di fronte al divano.

Una volta seduto, Haber chiese con voce incerta: «È successo qualcosa a Adelmo?»

«Perché pensa sia successo qualcosa al suo collega?» lo incalzò Ragonese.

«Non so... stamattina non si è ancora visto» rispose, gli occhi bassi sul pavimento. «E adesso la polizia sta chiedendo di lui» aggiunse alzando lo sguardo.

Dove cavolo aveva già visto quella faccia? Eppure doveva essere una cosa recente. «Ancora non lo sappiamo» rispose dopo qualche attimo di esitazione. «Per questo motivo vorremmo farle alcune domande.»

Haber fece di sì con la testa.
«Ci è stato detto che ieri mattina, dopo la colazione, lei e il signor Pellizzari siete usciti insieme dal vostro albergo. Conferma?»
Haber non ebbe esitazioni. «Sì. Siamo venuti qui, ieri mattina iniziava la convention.»
«E come ci siete venuti?»
«Con la mia auto.»
«E che auto è?»
«Un'Audi A4 familiare.»
«Colore e targa?»
Haber lo guardò interrogativo.
«Nel caso avessimo bisogno di fare dei controlli.»
«Sì, certo. Canna di fucile... FA001CR.»
Ragonese stette qualche secondo in silenzio, trascrivendo i dati su un blocchetto, prima di formulare la domanda successiva. Erano già arrivati a un punto cruciale.
«E l'auto del signor Pellizzari?»
Haber aspettò qualche secondo prima di rispondere. «Non so... Penso l'abbia lasciata all'albergo. Vede, commissario, io e Adelmo ci conosciamo da molto tempo, eravamo colleghi in un'altra azienda. Quando ieri ci siamo trovati qui, abbiamo iniziato a parlare dei vecchi tempi, così quando lui mi ha detto 'Andiamo insieme alla convention' mi è sembrata una cosa naturale.»
Ragonese volse lo sguardo verso Albertini, scuro in volto. La risposta di quell'uomo non era quello che avrebbe voluto sentire.
Non tornava niente, regnava il caos puro. Perché Pellizzari non aveva preso la macchina? La notte successiva avrebbe cambiato albergo. Albergo dove, poi, non aveva soggiornato. Perché andare con l'auto del collega per poi dover ritornare al primo albergo a prendere la sua e poi andare al secondo? E, cosa ancora più importante, come aveva fatto quell'auto a essere stata vista davanti alla casa della donna scomparsa quella stessa mattina? Forse allora il suv scuro visto da Camilla non

era quello di Pellizzari. Dopotutto di quel genere di auto sono piene le strade.

«E quindi la sera, una volta finita la convention, l'ha riportato alla pensione. Giusto?» chiese ancora riemergendo dalle sue elucubrazioni.

«No... E a dire la verità, adesso che ci penso, mi sembra una cosa strana. Quando la convention è finita, Adelmo mi ha chiesto di portarlo alla stazione.»

Eccola, la stazione. Era come se due caselle di un puzzle si fossero composte, lasciando però il disegno ancora sconosciuto.

«E poi? Non l'ha più visto?» chiese ancora Valeri, anche se la risposta sembrava ovvia.

«No, mi dispiace» rispose Haber allargando le braccia.

«Neanche alla cena aziendale?»

«Effettivamente no. Non potrei metterci la mano sul fuoco, perché eravamo veramente in tanti, ma adesso che mi ci fa pensare, mi sembra proprio che Adelmo non ci fosse.»

Ragonese si alzò e tirò fuori dalle tasche della giacca un foglio piegato. Poi si risedette, aprendolo e porgendolo a Haber. «Lei conosce questa donna? L'ha per caso vista durante la giornata di ieri?»

Haber osservò la foto di Monica Favino con attenzione.

Ragonese lo fissò ma non notò alcuna increspatura su quel volto. Solo gli sembrò che perdesse colore, ma forse era un'impressione o magari era quello che lui avrebbe voluto vedere.

«No, mi dispiace. Non l'ho mai vista» disse Haber alla fine e allungò il braccio per restituire il foglio.

Fu in quel momento che Ragonese la notò. Una macchia rossa sulla fasciatura. Una macchia di sangue.

«Che cosa ha fatto alla mano?» chiese.

Haber lo guardò. «Una distorsione. Sono scivolato nella doccia e ho messo male il pollice, che si è storto.»

«Come mai allora c'è del sangue sulla fasciatura?»

Haber rimase un attimo in silenzio.

«In effetti, nella caduta mi sono anche tagliato» disse infine, dopo aver sollevato il braccio e guardato la parte nascosta della fasciatura, dove c'era la macchia.

«Tagliato? E con cosa?» chiese Albertini.

«C'era un bicchiere per gli spazzolini. Scivolando l'ho tirato giù con me e si è rotto. Ma che importanza ha?»

«Nessuna importanza» replicò Ragonese con voce conciliante, mentre i suoi occhi dicevano tutt'altro.

«Un'altra strana coincidenza, non trovi?» disse Albertini una volta usciti dall'albergo.

«Ti riferisci al sangue?»

«Non dirmi che non l'hai riconosciuto.»

«In effetti quell'Haber mi ricordava qualcuno ma non riesco...»

«Ieri sera alla trattoria.»

«Ma certo! L'uomo che mangiava da solo, quello che era andato in bagno. Ma allora ci ha mentito riguardo alla cena aziendale, lui non c'era. E se lo ha fatto, vuol dire che non ci ha riconosciuto.»

«Penso proprio di no, ieri sera sembrava totalmente immerso nei suoi pensieri. Credo che non abbia alzato lo sguardo sulla sala neanche una volta, se si fa eccezione a quando è andato a battere una sigaretta all'altro uomo solo, quello con i capelli rasati.»

«Cavolo, Albertini, che memoria visiva! E pensare che eri anche mezzo addormentato.»

«Un buon poliziotto non dimentica mai una faccia.»

Ragonese sorvolò sul colpo basso. «Dunque quell'uomo ci ha mentito» disse pensieroso. «E ha una mano fasciata con tracce di sangue. Anche se non ricordo di averla notata ieri sera.»

«No, neanch'io, ma poteva averla nascosta sotto la felpa, o magari avere solo un cerotto nella parte interna, che ha sostituito poi con la fasciatura.»

«Sì, è possibile. Comunque il fatto rilevante è che quell'Haber ha una ferita che perde ancora sangue. E noi abbiamo trovato tracce di sangue nella casa della signora Favino.»

*

L'uomo si svegliò di soprassalto. Si era addormentato e il sogno si era trasformato in incubo. Era sdraiato a terra e non riusciva a muoversi, la schiena incollata al pavimento, così come le braccia. Cercava disperatamente di sollevarle ma riusciva solo a smuoverle di qualche centimetro, sentendo i filamenti della colla cedere appena e poi ricompattarsi. La donna era sopra di lui ma la faccia non era la sua, era quella di un cane, con la bocca aperta e la bava che scendeva copiosa. Nelle mani aveva il taser e lo avvicinava al suo petto, emettendo uno strano grugnito.

Si svegliò prima dell'impatto di quell'infernale strumento sulla pelle.

Sudava. Si tolse il berretto e alzò lo schienale del sedile.

Il cielo si era di nuovo rabbuiato e in quel momento c'erano pochissime auto nel parcheggio dell'autogrill. Grosse nuvole nere si stavano muovendo velocemente in direzione dei monti. Probabilmente sarebbe tornato a piovere.

E a lui la pioggia non piaceva proprio.

30

Tornati al commissariato, Ragonese accese il computer e controllò le mail. Poi lanciò alcune stampe. Si alzò, si massaggiò come al solito i lombi, e andò a prenderle. Tornando vide che Albertini, rientrando verso la scrivania, si era fermato a sbirciare nel suo computer.

«Sono le foto di Adelmo Pellizzari e Monica Favino» disse lui tornando a sedersi. «Dobbiamo diramarle a tutte le questure nazionali, segnalandole come persone scomparse.»

«Più la guardo e più mi fa venire in mente la 'donna tipo' del maniaco con il foulard di seta» disse Albertini.

«È vero» replicò Ragonese. «L'ho notato anch'io e per qualche tempo ho anche pensato che potesse essere coinvolto quel mostro, ma poi è arrivata la segnalazione della seconda scomparsa e la prova che c'è un collegamento con la prima. Cosa c'entrerebbe il killer con la scomparsa di Pellizzari?»

Albertini non sembrava convinto. Prese dalle mani di Ragonese un foglio con la foto dell'uomo scomparso e la fissò lungamente. «E se fosse proprio lui il nostro psicopatico?» disse, alzando gli occhi verso Ragonese.

«Pellizzari? Il killer? No. Non avrebbe abbandonato i telefoni nel cespuglio, non ha senso. Piuttosto l'altro, il suo collega, quello che abbiamo interrogato oggi. Quell'uomo di sicuro ci nasconde qualcosa. Ha una mano ferita, forse un taglio. Abbastanza profondo da sanguinare ancora a un giorno di distanza e macchiare la fasciatura. Una ferita compatibile con la quantità di sangue trovata a casa della donna sparita. Quell'uomo inoltre è stato visto uscire dall'albergo in compagnia di Pellizzari, che possiede un SUV nero. E poi ci ha mentito riguardo alla cena aziendale.»

Albertini ci pensò un po' su. «Sì, ma anche questo è troppo poco per spiegare cosa sia successo a quei due.»

«Piacerebbe saperlo anche a me, Albertini. Ma per adesso possiamo solo cercare di fare ipotesi. Quando arrivano i risultati delle analisi sul sangue trovato nella casa della Favino?»

«Li ho sollecitati non più di un'ora fa» disse Albertini. «Li avremo in giornata. Pensi davvero che il sangue possa appartenere a questo Haber?»

«*Quien sabe?*» replicò lui, scimmiottando Valeri. «Se le analisi dicessero che non è quello di Monica Favino, sarà la prima cosa da accertare. Nel frattempo ho pensato di diramare queste foto e anche di intensificare i posti di blocco. Se abbiamo un po' di culo, qualcuno potrebbe intercettarli.»

«Ma sì, affidiamoci al culo!»

«Non sarebbe la prima volta.»

In quel momento la porta di Valeri si aprì. Il commissario sembrava provato. «Venite, che facciamo un po' di brainstorming» gridò, senza avvicinarsi. «Delle vostre fidanzate potete riprendere a parlare dopo.»

«Veramente stavamo parlando del caso e...» Valeri era già rientrato e Ragonese si rese conto di aver abboccato all'amo come un principiante. Brainstorming, si disse per allontanare il fastidio, entrando nell'ufficio del commissario, brainstorming. Ci mancavano solo i termini in inglese.

«Mi ha chiamato il questore» disse Valeri, tornando a sedersi sulla Ferrari delle sedie. «Vuole vedermi subito per un resoconto sulle persone scomparse.»

Ah, ecco spiegato il perché di questo improvviso interesse, pensò Ragonese, andando a sedersi sul rigido.

Ci volle circa mezz'ora per metterlo al corrente dei fatti, di tutto quello che lui e Albertini avevano fatto fino a quel momento.

Il commissario Valeri, che durante il resoconto si era alzato ed era andato come di consueto alla finestra a fissare l'orizzonte grigio, rimase pensieroso per un paio di minuti, poi disse: «E io cosa gli racconto al questore?»

«La verità» rispose Ragonese. «Che stiamo ancora cercando di capire come possono essersi svolti i fatti.»

«Sì, certo, la verità» disse Valeri con un sorriso tagliente. «Ragonese, fammi il piacere, ci vai tu dal questore a dirgli che non ci stiamo capendo un cazzo?»

«Io non la metterei in questi termini. Stiamo indagando e...»

«Il questore vuole sentirsi dire cose concrete, vuole vedere passi avanti nelle indagini. Avete letto i titoli dei giornali di stamattina? I giornalisti gridano al mostro per vendere più copie, alimentando una psicosi generale. Dobbiamo fermarli, smentirli con i fatti. Questo Haber, ad esempio, con la fasciatura sporca di sangue. Parliamo ancora di lui. Non potrebbe essere in combutta con il suo collega? Magari quei due tizi ieri mattina, dopo aver fatto colazione alla pensione Aurora, sono usciti insieme, ma, contrariamente a quanto ha affermato Haber, che ha mentito anche sulla cena aziendale, sono andati alla convention con due macchine.»

«E per quale ragione?» chiese Albertini.

«Ipotizzo. Una volta arrivati alla convention, forse in coincidenza con un coffee break, sono sgattaiolati via, prendendo l'auto di Pellizzari, e sono andati a casa di quella donna.»

«Ma perché?» chiese Ragonese. «La conoscevano? Non abbiamo riscontri in questo senso.»

«Uno dei due poteva avere una relazione segreta con lei.»

«E perché allora andare là in due?»

«Non lo so, Ragonese. Stavo solo facendo delle ipotesi che avreste già dovuto fare voi. Perdiana, se le due sparizioni sono collegate, dobbiamo trovare un punto di incrocio. E non dimentichiamoci che davanti alla villetta della donna è stato visto un suv come quello di Pellizzari.»

«Sì, ma Haber?»

«Haber è collegato a Pellizzari e ha una ferita. Il sangue trovato in quella casa potrebbe anche essere il suo.»

Ragonese pensò per un attimo al momento in cui Haber aveva fissato la foto di Monica Pellizzari e all'impressione che aveva avuto lui guardandolo: quell'uomo era impallidito davvero o se l'era sognato? «E il movente?» chiese poi a Valeri.

Il commissario stirò il collo in alto, verso destra, come a farlo schioccare. Lo faceva sempre quando si innervosiva. «Non lo so, cazzo, non lo so. Ditemi le vostre idee, se ne avete qualcuna.»

Ragonese e Albertini si guardarono. La ricostruzione del capo non era plausibile, ma era inutile polemizzare e loro non avevano altre ipotesi.

La verità era che brancolavano nel buio.

Avrebbero dovuto fare un passo indietro, ripartire da quel poco che sapevano.

Una donna era sparita e nella sua abitazione erano state trovate macchie di sangue. Poi era sparito anche un uomo e aveva smesso di rispondere al suo telefono già dalla sera del giorno prima, telefono che era stato trovato nel piazzale della stazione insieme a quello della donna. Quest'ultimo, rotto. Un altro uomo, visto il giorno prima in compagnia di quello sparito, aveva una ferita alla mano destra e, interrogato sul collega, aveva mentito almeno una volta. Questi erano i fatti. Il resto erano solo congetture che, messe assieme, perdevano senso.

«Non ne avete, di idee, questa è la verità. D'altronde c'era da aspettarselo» disse Valeri rompendo un silenzio imbarazzante. «Come al solito mi lasciate da solo a togliere le castagne dal fuoco col questore. Non è certo una novità. Ora, per favore, levatevi dalle palle.»

Il gesto del braccio di Valeri era stato inequivocabile, al pari delle parole.

I due agenti uscirono dall'ufficio del capo senza replicare.

«Le castagne dal fuoco, che metafora originale» disse Albertini una volta fuori.

«Quell'uomo è un fenomeno, noi indaghiamo e lui intanto fa il castagnaro» rispose Ragonese.

Albertini sorrise. «Dovresti portare più rispetto al tuo capo.»

Felice sorrise di rimando, scuotendo la testa. «Comunque quel tizio, Haber, non convince neanche me. Forse hai ragione, abbiamo accantonato troppo presto la pista del killer del foulard di seta. Chissà, magari varrebbe la pena fare un approfondimento sul campo. Intanto mandiamo un'auto davanti a quell'hotel con un paio di agenti in borghese. Se Haber dovesse allontanarsi per qualche ragione dalla convention, voglio che lo seguano.»

In quel momento la sagoma della Tallone si palesò davanti alla scrivania di Felice, assorbendo completamente la sua attenzione. «Cosa cazzo ti è successo?» chiese, strabuzzando gli occhi.

«Lascia stare. Tutta la mattina in giro per frane. E c'era più fango che in una palude. Come se non bastasse, sono pure scivolata giù da uno smottamento.»

«Non sapevo che avessimo anche la divisione dei Marine mimetizzati» commentò Albertini, ridacchiando.

«Ti piacerebbe farne parte?» replicò la Tallone andandogli incontro con le braccia tese.

«Vade retro!» gridò Albertini ma Ragonese si mise di mezzo per interrompere la cagnara.

«Hai un cambio qui in ufficio?» chiese serio alla Tallone.

«La divisa di ordinanza, come tutti, nell'armadietto» rispose lei, un po' titubante.

«Va bene, allora vatti a dare una ripulita e cambiati, che mi devi accompagnare a verificare una cosa.»

La Tallone sembrò pensarci un po' su. «Okay, ma prima andiamo a pranzo al Grifo Nero. Non ti scordare che mi hai fatto una promessa.»

*

Haber tornò nella sala conferenze e trascorse molto tempo pensando alla macchia di sangue sulla fasciatura.

Possibile che non gliene andasse una dritta?

Eppure era stato attento. Ma fare certe cose con la sinistra non è facile, lo si realizza solo quando si è costretti a usarla.

Si era appoggiato per mantenere l'equilibrio e non aveva sentito la sensazione di quando si tocca qualcosa di umido, viscoso, perché era stata la fasciatura a entrare in contatto con il sangue. A lavoro ultimato aveva controllato i vestiti, non aveva però pensato a guardare là sotto.

Pazienza. Anche se quel poliziotto aveva fatto una faccia strana, la cosa non era poi così grave. Stavano cercando Adelmo e il fatto che lui si fosse tagliato o meno non poteva avere rilevanza alcuna. Forse l'avrebbe avuta se lui ne avesse abbandonato il corpo nel luogo dove gli aveva spaccato la testa. Ma ora che di Adelmo non rimaneva che un mucchietto di ceneri e un teschio senza denti, non ci sarebbero potute essere sorprese.

Eppure c'era un'altra cosa che lo aveva turbato.

La foto che gli aveva mostrato il poliziotto. Probabilmente era della donna che aveva investito e che si era trasportato per tutto quel tempo nel bagagliaio della sua auto.

Non poteva esserne certo, quando l'aveva caricata a bordo era buio e quella donna aveva il volto sfigurato e irriconoscibile, i capelli bagnati appiccicati al viso, ma era molto probabile.

Qualcuno ormai ne doveva aver denunciato la scomparsa ed era normale che la cercassero.

Ma non era quello che l'aveva turbato: era stato quel volto, gli aveva ricordato qualcosa di conosciuto.

Trascorse il tempo rimanente fino alla pausa pranzo cercando di seguire gli interventi della conferenza senza riuscire mai a concentrarsi davvero. Se gli avessero chiesto di cosa avessero parlato i relatori non sarebbe stato in grado di dirlo.

Sprofondò in una specie di assenza di pensieri, che in ogni caso era sempre meglio di quel continuo sali e scendi di emozioni. Poi, quando le luci si accesero e tutti si alzarono, si diresse anche lui verso la sala da pranzo. Improvvisamente aveva sentito fame e si era ricordato che la sera prima aveva vomitato la cena.

*

Il piano era chiaro: l'uomo col berretto sarebbe entrato nel parcheggio dell'hotel Diamante solo una ventina di minuti prima della fine della convention, avrebbe cercato l'auto del rappresentante e avrebbe aspettato nei pressi.

A convention finita le persone sarebbero confluite nel parcheggio, ognuna in direzione della propria auto. Nella confusione generale nessuno lo avrebbe notato.

Quando la sua preda avrebbe aperto la portiera per salire, lui in contemporanea sarebbe salito al posto del passeggero. Una volta dentro lo avrebbe minacciato con il coltello e lo avrebbe costretto a partire. Soli, dentro la macchina, non sarebbe stato difficile ottenere ciò che voleva.

Mentre pensava a tutto questo, era uscito dall'autostrada e aveva imboccato la statale in direzione Pontebosio stando attento a rispettare i limiti di velocità. Non aveva fretta ed era in largo anticipo. E poi ci mancava solo di incappare in un autovelox con tanto di foto e orario del passaggio per complicarsi ancor di più la vita.

Ciononostante si sentiva inquieto. La luce fuori dai vetri della sua auto era strana, elettrica, quell'orizzonte chiaro sovrastato da nuvole scure dense di pioggia gli ricordava le vecchie foto in bianco e nero delle montagne dove i suoi nonni erano stati sfollati durante la Seconda guerra mondiale. Sembrava fosse calato un velo sopra tutto, trasformando i colori in varie tonalità di grigio.

Poi, dietro una curva, uno squarcio di blu brillante, intermittente. E la paletta di un poliziotto che gli faceva segno di accostare.

Gli perquisirono l'auto scrupolosamente, illuminando il bagagliaio con delle pile. E così fecero con un altro suv scuro, che era transitato mentre lui era ancora lì.

Stavano cercando un'auto come la sua.

Per fortuna non trovarono niente e lo lasciarono andare, ma aveva corso un bel rischio.

Se fosse incappato in quel posto di blocco all'andata, avrebbe avuto con sé quel trolley con i vestiti sporchi di sangue.

31

Era arrivata l'ora di pranzo, Ragonese l'aveva capito perché aveva visto il commissario Valeri uscire dall'ufficio con il suo loden verde e dirigersi verso l'ingresso.

Proprio quando aveva deciso di alzarsi per andare in bagno a prendere un altro Aulin senza il rischio dei soliti commenti, gli suonò il telefono fisso. Rispose.

«Ciao, sono io, Cinzia.» Sua sorella gli telefonava sempre prima sul fisso perché le era rimasta l'idea che chiamare i cellulari costasse di più.

«Cosa c'è?» chiese lui.

«Niente, volevo solo ricordarti che stasera c'è l'altra cena, con quella mia nuova amica avvocato. Ti ricordi, vero?»

Silenzio.

«Bene, prima che tu me lo chieda ancora, ti rinfresco le idee: si chiama Pamela, ha trentotto anni ed è divorziata da due. Ha una figlia quattordicenne, indipendente. Donna di classe, colta, molto interessante.»

Silenzio.

«Per quanto riguarda il menù, poi ho deciso di fare le orecchiette alle cime di rapa e il maialino in crosta, così andiamo sul sicuro.»

Silenzio.

«Allora ti aspetto a casa. Mi raccomando, puntuale alle otto. Ah, poi mi dirai anche dov'eri stanotte.»

Ragonese mise giù la cornetta, pensando ancora una volta al perché non trovasse il coraggio di rifiutarsi di partecipare a quegli incontri e di cacciarla di casa una volta per tutte.

«Allora, andiamo?» La Tallone si era parata davanti alla sua scrivania, con la divisa di ordinanza e il soprabito già indosso.

Felice si alzò e, in silenzio, s'infilò il giubbotto. Ora stava pensando che, per colpa di sua sorella e di quella cena inutile, quella sera non sarebbe potuto andare al pub di Nestore e la cosa lo disturbava un po'. Non presentarsi avrebbe voluto dire esplicitamente che non era interessato a Patty e lui, anche se era la verità, voleva gestire la cosa in un altro modo, con delicatezza. Ci teneva a quella ragazza.

«Come sei pensieroso» commentò la Tallone, sulla strada del ristorante. «Sempre infognato in quella storia di sparizioni?»

«Sì, le cose si stanno complicando. Ero convinto che fosse implicato l'ex marito, ma poi c'è stata l'altra sparizione e adesso... c'è un uomo, un collega del tizio scomparso, che ha un taglio alla mano e potrebbe essere coinvolto.»

«L'avete già interrogato?»

«Solo brevemente. Aspettiamo l'esito degli esami del sangue trovato a casa della signora Favino. E poi c'è la somiglianza di quest'ultima con le vittime del killer del foulard di seta.»

«Pensi che il killer possa essere lui, l'uomo con la mano ferita?»

«A dire la verità non so più cosa pensare. Però ho sentito il dovere di andare in fondo anche a questa ipotesi. Adesso mangiamo e cerchiamo di distrarci un po', poi andiamo a Montalcino a fare quattro chiacchiere con la donna che è scampata all'omicidio. Chissà che non ne venga fuori qualcosa che possa aiutarci.»

La Tallone gli diede una pacca sulla spalla. Erano arrivati alla porta del Grifo Nero. «Okay, ma adesso, se permetti, vorrei godermi il mio pranzetto gentilmente offerto.»

«Io piuttosto direi estorto.»

«Pensa quello che vuoi ma devi promettermi che ti farai passare quel muso lungo e che, almeno per il tempo del pranzo, parleremo d'altro.»

Il Grifo Nero era un ristorante rustico, con alcune pareti lasciate a roccia, senza intonaco. Ragonese c'era già stato un paio di volte. La cucina era di buon livello, anche se la cosa migliore erano i dolci.

«Allora, cos'è successo ieri sera?» chiese lui, mentre la collega stava ancora guardando il menù.

Lei alzò la testa. «Quando, scusa?»

«Con quel tipo, quello che mi hai presentato. Cos'è successo di tanto grave da scaricarlo così velocemente?»

La Tallone rimase in silenzio.

«Ma forse ti ha scaricato lui...» la provocò Ragonese, con un sorriso ambiguo.

«Sì, ci manca!»

«E allora che è successo? Ha fatto il geloso?»

La Tallone continuava a stare muta.

«Per caso ha fatto dei commenti su di me?»

Quegli occhi rimanevano fissi sul menù, la bocca piombata. Probabilmente aveva colto nel segno.

«Quanto sei egocentrico. E comunque, lasciamo stare» disse infine lei, rialzando lo sguardo. «Tu, piuttosto. Ieri sera ti ho portato sotto casa. Come mai stamattina ti sei presentato con gli stessi vestiti del giorno prima stropicciati come se non li avessi nemmeno levati?»

Ora era Ragonese a fissare il menù. «Li ho levati eccome» disse senza alzare gli occhi dalle pagine.

«Immagino. Solo che poi te li sei rimessi. La camicia è tutta macchiata» aggiunse lei.

«Be' sì, era solo una macchiolina, appena visibile.» Con il fatto di aver chiuso la giacca pensava che nessuno si fosse accorto della cosa. E invece.

«A me sembra più una patacca.»

Si avvicinò il cameriere. «Avete già scelto?»

«Sì, per me pollo al limone con carciofi» disse la Tallone.

«Per me invece vitello tonnato. E anche una bottiglia di Morellino.»

«Non ci posso credere che hai ordinato il vitello tonnato!» disse la Tallone appena il cameriere si allontanò. «È un piatto degli anni Settanta.»

«E allora? Mi ricorda la mia gioventù. Ma che ne sai tu, che non eri nemmeno nata...»

Non aveva preso l'Aulin e ora il dente aveva ricominciato a battere, però gli dava fastidio tirare fuori le pastiglie davanti a lei.

«Uh, siamo proprio di un umore nero. Cosa posso fare per farti cambiare rotta? Attento, niente battute scontate, per favore.»

Ragonese sorrise. Quella ragazza lo conosceva bene. «Scusami, adesso mi passa. Raccontami qualcosa di te, dài. Per esempio, perché sei entrata in polizia?»

La Tallone fece un sorriso incerto. «La verità? Appena diplomata ho cominciato a iscrivermi a tutti i concorsi disponibili e, alla fine, questo è stato l'unico posto dove mi hanno chiamato.»

«È bello sentire che a volte i sogni si realizzano.»

«C'è poco da fare gli spiritosi. E tu? Perché sei entrato in polizia?»

Ragonese prese un pezzo di pane e cominciò a mangiarlo. Proprio in quel momento arrivò il cameriere con il vino.

«Da piccolo mi piacevano le armi» disse Felice, riempiendo il bicchiere della collega. «Avevo una vera e propria passione. Quando ero alle medie compravo sempre la rivista *Armi e tiro,* mi ricordo quando andavo dal giornalaio di Bonassola il giorno dell'uscita, la particolare emozione che provavo. La stessa eccitazione che qualche anno più tardi mi dava la prospettiva di uscire con una ragazza.»

La Tallone bevve un sorso di vino, poi disse: «A pensarci bene, però, io ti ho visto in giro con qualche donna ma non ti ho mai visto con un'arma.»

«No, non ne porto più da tanto tempo.»

«E perché?»

Anche Ragonese bevve, ma lui finì il bicchiere d'un fiato. «È successa una cosa che mi ha fatto perdere la voglia.»

Lei alzò lo sguardo e appoggiò i gomiti sul tavolo. «Ti va di parlarne?»

«Ero di pattuglia. I primi anni mi mettevano sempre di pattuglia. A quell'epoca, dopo il corso di addestramento, ero stato dislocato a Roma. Con il mio collega stavamo facendo il solito giro di routine quando dal comando ci avvisarono che era in corso una rapina in una gioielleria. Noi eravamo la pattuglia più vicina e quando arrivammo i ladri stavano uscendo. Appena ci videro cominciarono a sparare.» Ragonese prese un altro pezzo di pane e questa volta lo strinse fra le dita di entrambe le mani. «Il mio collega non ebbe fortuna.»

«Morto?» chiese la Tallone.

Ragonese fece cenno di sì con la testa.

«Cavolo... E tu?»

«Come vedi, io sono qui.»

«No, intendevo, tu cosa hai fatto, hai sparato? Sei stato ferito? Che fine hanno fatto i rapinatori? Li avete presi?»

Ragonese alzò una mano. «Calma. Dammi il tempo di respirare» disse, martoriando il pezzo di pane con le dita. «Sì, ho sparato e ne ho preso uno, uccidendolo. L'altro è riuscito a scappare.»

Lei non disse nulla, abbassò lo sguardo, i gomiti sempre sul tavolo e il volto tra le mani.

«Sembra strano, ma solo in quel momento ho capito davvero a cosa servissero le armi.»

Il cameriere si avvicinò con i piatti e li appoggiò davanti a loro.

«Adesso mangiamo, che sennò il vitello tonnato mi si raffredda» disse ancora Felice.

Lei alzò lo sguardo, simulò un soffio in direzione del piatto di lui e sorrise.

*

Alla convention Giovanni Haber mangiò ogni cosa, dall'antipasto al dolce, anche se gli sembrò che le pietanze avessero tutte lo stesso sapore. Fece anche conversazione con il vicino di tavolo, un uomo noioso e prevedibile. Ma parlare con qualcuno del più e del meno lo fece sentire bene, partecipe di una normalità che da tempo non gli apparteneva.

In quegli ultimi due giorni era entrato in un incubo, un vortice che lo aveva trascinato all'inferno, e ogni volta che aveva cercato di alzare la testa, lo aveva ritirato giù, sempre più in profondità.

Aveva ucciso e aveva bruciato due cadaveri.

Si era fatto schiacciare dalle circostanze. Il meccanismo del male si era messo in moto e lo aveva travolto, muovendogli le mani come fosse un burattino.

Ma per assurda e imprevedibile che fosse quella situazione, aveva cercato con tutte le sue forze di uscirne.

E alla fine c'era riuscito.

Nei giorni successivi si sarebbe rimesso in sesto. Ora che la convention stava per finire, gli era anche venuto sonno, l'adrenalina aveva lasciato spazio alla stanchezza. Ma doveva reagire. Per arrivare a casa avrebbe dovuto fare un viaggio di più di duecento chilometri.

Spesso durante le sue trasferte di lavoro su quelle strade interminabili, chilometro dopo chilometro, da una città a un'altra, con la pioggia, la nebbia, il sole cocente, la stanchezza lo intorpidiva. In quelle occasioni, pensare a suo figlio lo aveva aiutato a rimanere sveglio. Pensare perlopiù a come sarebbe stato, visto che avevano passato così poco tempo assieme. E allora si immaginava con lui a pattinare su una di quelle piccole piste ghiacciate che ci sono sempre in montagna, si immaginava di tenerlo per mano mentre le lame dei pattini scivolavano sulla superficie liscia producendo rumori sottili, di aiutarlo a non cadere. Oppure si immaginava a casa, davanti a una torre alta di lego costruita insieme, mattoncino dopo mattoncino, fino al crollo e alle risate finali.

Come rideva suo figlio? Provò a concentrarsi qualche secondo e gli sembrò di sentire ancora l'eco della sua risata argentina e senza ombre.

Anche questa volta pensare a lui riuscì a tenerlo sveglio, l'immagine di loro felici, complici. L'immagine di come sarebbe dovuta andare.

*

L'uomo col berretto era in grande anticipo sulla tabella di marcia. Allora aveva preso a camminare per le vie del centro storico di Pontebosio, fumando e pensando ancora al rischio che aveva corso fino a poco tempo prima portandosi appresso quel trolley intriso di sangue.

Camminando fra i vicoli acciottolati e saturi di storia, i suoi pensieri erano andati all'individuo che stava braccando, alla sera prima, quando si erano brevemente parlati in trattoria, al turbamento che aveva visto in quegli occhi. C'era un demone inquieto che stava lavorando dietro quello sguardo.

C'era una storia di sangue che si era svolta a sua insaputa e che quella sera, una volta a tu per tu con lui, si sarebbe fatto raccontare prima di ucciderlo.

32

Ricordare quella storia della rapina alla gioielleria lo aveva scombussolato.

E per colmare il vuoto allo stomaco che si era insinuato, aveva preso due dolci, profiterole e meringhe con panna. Ragonese amava le meringhe, fin da quando era bambino. Quell'amore non era appassito col tempo, come l'altro, quello per le armi. E le meringhe del Grifo Nero erano davvero super.

Non osava pensare cosa avrebbe detto sua sorella se l'avesse visto e avesse saputo delle analisi. Ma quel rischio non c'era, aveva distrutto le prove. E poi a volte, un piccolo sfizio, una coccola, uno strappetto alla regola non può fare così male. Anche se lo zucchero...

«A proposito, come va il dente?» gli chiese la Tallone, come se gli avesse letto nel pensiero. Erano in macchina, sulla strada per Montalcino. Essendo in servizio, avevano preso un'auto di ordinanza. Non c'era traffico, in una mezz'ora sarebbero arrivati.

«Ho fissato un appuntamento col dentista per stasera, alle sette.»

Intanto prima, in bagno, aveva preso l'ennesimo Aulin.

«Bravo, era ora.»

«La verità è che non mi sembrava così grave.»

«Per forza, lo tenevi a bada con quelle troiate chimiche.»

«Vedo che il tuo eloquio si è di molto raffinato da quando

frequenti Albertini» disse Ragonese. Ma intanto, solo a evocare le pastiglie, gli sembrava che la pelle in corrispondenza del fegato avesse cominciato a tirare.

L'enoteca 'Bacco e i suoi amici' si trovava in una deliziosa piazzetta circondata da alberi e panchine, nei pressi della cattedrale del Santissimo Salvatore, nel nucleo più antico dell'abitato di Montalcino.

«È qui che è stata aggredita, giusto?» chiese la Tallone, avvicinandosi all'ingresso.

«Sì» replicò lui. «Ora ci facciamo raccontare bene la dinamica degli eventi.» E spinse la porta, entrando.

Il locale non era molto grande ma aveva una discreta selezione di vini. Le mura di pietra erano occupate per intero da scaffalature alte fino quasi al soffitto, fin dove le mura si incurvavano per disegnare una volta a botte.

Non c'erano altri avventori.

«Buongiorno, in cosa posso esservi utile?» La prima cosa che notò Ragonese era che la donna, che ora stava fissando la divisa della Tallone con un forzato sorriso di attesa, somigliava a Patty. E subito dopo si fece strada il pensiero di Monica Favino, anche lei minuta, capelli lisci, biondi, carnagione chiara.

«Siamo del comando di polizia di Pontebosio» disse la Tallone, mostrando il suo badge identificativo. «Vorremmo farle alcune domande sull'aggressione di cui è stata vittima a novembre dello scorso anno.»

«Ci sono delle novità? È successo qualcosa da voi? Quel pazzo maniaco ha colpito ancora? Ho letto i giornali di stamattina» replicò la donna, subito tesa come una corda di violino.

«Si calmi, signora» disse Ragonese. «Siamo sulle tracce di una persona scomparsa e stiamo valutando tutte le possibilità. Le dispiace se chiudiamo il negozio per dieci minuti? Così possiamo parlare senza il pericolo di essere disturbati.»

«Certo» rispose lei andando verso la porta, chiudendola e girando il cartello da APERTO a CHIUSO. «Tanto a quest'ora c'è poco giro.» Poi tornò al suo posto dietro il bancone, le mani aperte appoggiate al pianale. «Ditemi, cosa volete sapere?»

«Ci parli dell'aggressione. Cosa ricorda?» chiese Ragonese.

«Come ho già detto a suo tempo ai vostri colleghi, non l'ho visto, se è questo che volete sapere. Era l'ora della chiusura ed ero andata nel retro a prendere l'asta per tirare giù la saracinesca. Improvvisamente ho visto come un'ombra e subito dopo ho sentito qualcosa stringermi qui.» La donna si portò una mano alla gola, nervosamente. Indossava un maglione a collo alto, forse aveva ancora il segno nero dell'ecchimosi sulla pelle.

«E poi?» la incalzò la Tallone, visto che la donna si era fermata, come congelata dal pensiero di quegli eventi.

«Poi non ricordo più nulla. Mi sono svegliata in ospedale, nove giorni dopo. Mi hanno detto che Mirella mi ha salvato la vita dopo che quel bruto mi aveva abbandonata lì credendomi morta.»

«Mirella è la sua amica medico, giusto? Quella con cui aveva appuntamento quella sera» precisò la Tallone.

«Sì, se non fosse stato per lei ora non sarei qui a parlarvi.»

«E la sua amica non ha visto niente di sospetto, che so, qualcosa che possa ricondurci a quel mostro?»

«No. Quando è entrata in negozio non c'era nessuno, allora è venuta nel retro e mi ha trovata sul pavimento. Quell'uomo se ne era già andato. C'era solo quel foulard vicino al mio corpo. Gli inquirenti all'inizio avevano pensato che fosse mio.»

«Come fa a dire con certezza che era un uomo?» chiese la Tallone.

La donna rimase sorpresa dalla domanda e ci pensò su un attimo. «L'impressione che mi è rimasta è quella di una forza che non sono riuscita minimamente a contrastare, la forza di un uomo. E poi lei crede veramente che una donna possa uccidere altre donne in quella maniera?»

«Sarebbe strano, ma non impossibile» replicò la Tallone.

«Adesso la prego di fare mente locale» intervenne Ragonese «e dirmi se ricorda qualcosa di particolare avvenuto quel giorno, prima che venisse aggredita.»

La donna abbassò gli occhi e si portò la mano destra al collo, iniziando a massaggiarlo con le dita. «No... non mi sembra proprio...»

«E il giorno prima o quelli ancora precedenti? Che so, qualche faccia nuova, qualcuno che è venuto a comprare e il cui comportamento per qualche ragione le è sembrato strano?»

La donna riprese a massaggiarsi il collo, concentrata. «Capita tutti i giorni che entri qualche faccia nuova e... Però, adesso che mi ci fa pensare, sì, qualcuno era venuto la sera prima, proprio all'orario di chiusura.»

«Qualcuno chi?»

«Era un uomo. Ero già andata nel retro a prendere l'asta e quando sono ritornata nel negozio lui era lì, che guardava le bottiglie.»

«La porta del negozio non ha un cicalino?» chiese la Tallone.

«Sì, ma funziona male. Se apri la porta lentamente non si attiva.»

«Quest'uomo quindi deve averla aperta lentamente» disse Ragonese. «E la sera dell'aggressione, il cicalino si è attivato?»

La donna non ebbe necessità di pensare. «No. Non si è attivato neanche quella sera. Se l'avessi sentito sarei tornata subito in negozio.»

Ragonese si avvicinò alla porta e controllò il cicalino. La molla era stata posizionata un po' troppo distante e l'asta tendeva a scivolare. Aprì l'anta e fece una prova. Poi notò una panchina sull'altro lato della piazzetta, proprio di fronte al negozio. Si chiuse la porta alle spalle e la raggiunse, sedendosi. Il cielo era nero di nuvole e l'interno del negozio era già illuminato dalla luce artificiale. Sì, da quella posizione si poteva vedere il bancone.

Quell'individuo aveva aspettato lì, su quella panchina, fino a quando non aveva visto la donna dirigersi nel retro. Poi era entrato aprendo la porta lentamente e l'aveva sorpresa alle spalle. Non era stata un'aggressione dettata dal caso, quell'uomo aveva pianificato la sua azione.

C'era ancora una cosa da chiedere, la più importante. Rientrò nel negozio e, senza dare spiegazioni del suo comportamento, si rivolse direttamente alla donna: «Ora la prego di concentrarsi. Che aspetto aveva quel cliente?»

«È da prima che ci penso» rispose lei, alzando gli occhi dal bancone. «Purtroppo non riesco a mettere a fuoco il suo volto, aveva un berretto e una sciarpa a coprire il collo e il mento. Quel giorno faceva particolarmente freddo e la cosa non mi era sembrata strana. Ma ora...»

«Alto, basso, magro, grasso?» chiese Ragonese portando la mano destra alla tasca posteriore dei suoi pantaloni e tirando fuori un foglio piegato in quattro.

«Corporatura normale, robusta. Ma aveva il cappotto e potrei sbagliarmi.»

«Potrebbe essere lui?» disse Ragonese porgendole il foglio con la foto di Pellizzari.

La donna la osservò attentamente. «No» disse poi. «Questo ha il volto più rotondo, la bocca più carnosa.»

«Le ha parlato?» chiese allora la Tallone.

«Mi ha chiesto delle informazioni su un Brunello della riserva Monti Santi.»

«E lo ha comprato?»

«No, quando ha saputo che costava trecentonovanta euro mi ha ringraziato e ha guadagnato la porta.»

«Ha notato qualche inflessione nella voce?»

«Niente di particolare. Sembrava... ecco, sì, sembrava romano.»

«Un'ultima cosa. Perché non ha parlato di questa persona ai nostri colleghi che l'hanno interrogata dopo che si è ripresa dal coma?»

«Perché allora non ricordavo niente. La memoria mi è tornata poco a poco. Ancora adesso sento di avere dei buchi. Se non mi aveste sollecitato voi con le vostre domande, non credo che questi particolari mi sarebbero mai tornati in mente.»

Ragonese assentì con la testa, pensieroso. Poi arretrò di qualche passo e indicò verso gli scaffali in alto. «Quelle telecamere le hanno messe i nostri colleghi?» Anche se erano ben camuffate, prima, quando si era guardato in giro, le aveva notate.

«Sì, per prudenza. Temono che possa tornare a finire il lavoro.»

Più che altro lo sperano, pensò Ragonese.

«Mi hanno assegnato anche una scorta, ma finché quel mostro non verrà catturato, non sarò tranquilla.»

«Lo prenderemo» replicò Ragonese asciutto. Poi salutò e uscì dal negozio, seguito dalla Tallone.

Quando rientrarono in ufficio erano solo le tre e mezza. Di strada erano passati a casa della Tallone dove lei aveva preso su al volo dei jeans, un maglione e una vecchia giacca a vento di ricambio, per tornare sul campo a controllare i danni del maltempo.

Ragonese aveva appena finito di mettere al corrente Albertini dell'incontro, quando dal fondo dello stanzone videro avvicinarsi l'inconfondibile figura di Valeri con il suo loden verde.

«Alla buon'ora!» commentò Albertini. «Ogni giorno che passa rientra dalla pausa pranzo sempre più tardi.»

«La solita discussione di calcio?» disse Valeri passando, dirigendosi verso l'ufficio.

Questa volta fu Albertini ad abboccare all'amo. «Veramente...» cominciò a dire.

Ragonese guardò il suo capo. Quell'uomo sarà stato anche antico, ma quando voleva non mancava d'astuzia. Conosceva i tasti giusti della provocazione.

L'assistente capo spinse la schiena contro la spalliera, ma non era di quelle flessibili, come quella del commissario. Allora buttò indietro la testa, le braccia larghe e distese. Adesso avrebbe voluto essere a casa, sua sorella fuori dai coglioni, le coperte pulite e fresche, il materasso a cullargli la spina dorsale.

E, vicino a lui, Sonia, ad accarezzargli il petto con il delicato strusciare delle dita.

Ma doveva farsi forza. Si alzò e a malincuore entrò in ufficio da Valeri per farsi ridare l'incartamento che era rimasto lì quando erano andati a fargli il resoconto.

«Sì può?» chiese, facendo capolino e vedendo il commissario specchiarsi nel vetro della foto di famiglia.

«Entra, entra, Ragonese» disse Valeri, finendo di sistemarsi i baffetti. «Purtroppo oggi ho questa rottura di scatole, un convegno con i massimi esponenti nazionali, a cui sono costretto a partecipare.»

Assecondare, abbozzare. Ragonese sapeva benissimo che Valeri si sarebbe fatto anche rompere un braccio pur di andare.

«Le incombenze dei capi» disse allora, cogliendo l'occasione per mettere in pratica il suo proposito.

«Parole sante. Proprio ora che bisogna trovare queste persone scomparse. Ma non dovrebbe durare molto. Il convegno è iniziato stamattina e la parte in cui è richiesta la mia *expertise* è nella seconda metà del pomeriggio. Forse dopo riesco a rientrare in sede.»

«Sarebbe importante» mentì Ragonese. «Le prime ore d'indagine sono cruciali perché c'è ancora la speranza di trovare le vittime vive e...»

«Sì, Ragonese, ma non c'è bisogno che ora mi racconti la favoletta americana delle settantadue ore dopo le quali non ci sarebbe più speranza. Se vuoi il mio parere, sono solo stronzate. Anzi, ricordati che la fretta fa nascere i gattini ciechi» replicò Valeri che ostentava proverbi e saggezza degni di sua nonna. «Qualche ora in più non cambierà certo le cose e ci darà il tempo di riflettere meglio sugli accadimenti.»

Ragonese si fece forza. «Certo, e proprio per riflettere meglio, in sua assenza, vorrei dare ancora un'occhiata all'incartamento. Non si sa mai che mi venga un'ispirazione.»

«Accomodati» replicò a quel punto Valeri indicando il fascicolo sulla scrivania. Poi abbottonò con cura il loden, che non aveva neanche tolto, inforcò il cappello, prese un ombrello perfettamente arrotolato e si avviò all'uscita.

In definitiva aveva ottenuto quello che voleva: Ragonese prese l'incartamento e lo seguì fino a metà open space, poi, all'altezza della sua scrivania, si fermò, senza sedersi, assorto nel pensiero che gli rimbalzava in testa già da qualche minuto: quale cazzo sarà stata mai l'*expertise* di Valeri?

*

L'ora era arrivata.

L'uomo col berretto si immise nel piazzale dell'hotel Diamante e andò a parcheggiare nei pressi dell'entrata, dove avrebbe potuto tenere sotto controllo il flusso della gente in uscita.

Aprì il finestrino a metà e si accese una sigaretta.

Fu allora che notò una Fiat Punto sospetta, con due persone a bordo.

Scese dall'auto ed entrò nell'hotel. Andò al bar e prese un caffè, poi uscì a fumare un'altra sigaretta e, facendo finta di niente, guardò verso il parcheggio, trovando conferma a quello che sospettava. La Fiat era ancora lì, con i due uomini a bordo, e aveva tutto l'aspetto di un'auto civetta.

Strinse la mascella e gettò a terra il mozzicone acceso.

Perché erano lì? Che cosa stavano cercando?

Tornò alla sua macchina e vi entrò, cercando una posizione comoda. Non sarebbe stata un'attesa lunga.

Ma il tempo passò, lento, inesorabile, senza che accadesse nulla.

L'uomo continuava a guardare l'orologio, sempre più impaziente. Erano già le sei passate, dalla convention non era ancora uscito nessuno e la Fiat Punto non se ne andava.

Non ce la faceva più a stare lì, seduto nella sua auto, a fissare il parcheggio. E poi, anche se aveva posteggiato lontano e a ridosso di alcune vetture, le due persone dentro la Punto, che probabilmente erano poliziotti in borghese, avrebbero potuto accorgersi della sua presenza e ritenerla sospetta. La polizia stava cercando un suv come il suo, questo lo sapeva.

Uscì dalla macchina e chiuse la portiera con discrezione, poi si accese una sigaretta e si incamminò senza fretta verso l'entrata dell'hotel. C'era solo una spiegazione di come potessero essere arrivati a sapere che tipo di macchina cercare, si disse.

Quella donna, quella che si era fermata la mattina precedente davanti alla villetta, aveva visto il suo suv parcheggiato nella piazzola antistante la casa e in seguito l'aveva segnalato alla polizia. Ma per fortuna non aveva preso la targa, altrimenti i poliziotti lo avrebbero portato dritto in centrale.

L'uomo rimase sulla soglia un paio di minuti, guardò ancora l'orologio, poi spense la sigaretta ed entrò, dirigendosi alla reception con urgenza. Ora era subentrato un altro dubbio: che la chiusura dei lavori fosse stata anticipata e che tutti se ne fossero già andati?

A volte può succedere che il secondo giorno di una convention venga accorciato.

«Buonasera, mi scusi» disse alla ragazza che lo stava guardando sorridente. «Che lei sappia, la convention della World Food quando dovrebbe finire?»

Sul volto della ragazza si disegnò un'espressione d'incertezza. «Non so, io ho appena iniziato il turno. I convegni comunque dovrebbero essere già finiti tutti circa un'ora fa.»

L'uomo avvertì una punta di ansia nello stomaco. «Sì, ma un'ora fa, però, non è uscito nessuno» replicò cercando di tenere calma la voce.

La ragazza sorrise ancora, imbarazzata. Evidentemente era nuova del lavoro. Rimase così, con quell'espressione vaga, fino a che l'uomo non aggiunse: «Può controllare, per favore?»

*

Finalmente quella maratona di due giorni stava volgendo al termine.

Speaker dopo speaker, erano stati sviscerati tutti gli argomenti possibili che riguardavano la sua nuova azienda: visione, obiettivi, strategie, concorrenza, mercati nazionali e internazionali, prospettive, analisi.

Un sorriso triste gli segnò il volto. Haber non era riuscito a seguire un solo intervento. Il suo cervello si era mosso per priorità e il suo sguardo sfuggente e vago su punti indefiniti della sala era stato la sua copertura. Quell'apatia apparente aveva celato un'intensa attività cerebrale, alla ricerca di un unico, ricorrente obiettivo: la fine di quei due giorni agghiaccianti.

I lavori sarebbero dovuti essere già conclusi, ma erano in ritardo. Dopo l'intervento in corso ce ne sarebbe stato un altro e infine, a chiusura, avrebbe parlato il presidente della società, per i saluti.

Se tutto andava bene non avrebbero finito prima delle sei e mezza.

Ma ormai lui quel che doveva fare l'aveva fatto.

E adesso, stare lì seduto, al caldo, con tutta la gente della sua azienda intorno, lo faceva sentire bene, al sicuro.

33

Ragonese non sapeva più cosa pensare. Quello che aveva scoperto a Montalcino poteva essere importante, avrebbe dovuto parlarne ai colleghi di Siena. Nello stesso tempo, però, non era utile per le sue indagini. Non aggiungeva nuovi indizi sul fatto che il killer del foulard di seta potesse essere coinvolto. Doveva analizzare le carte, riformulare tutte le possibili ipotesi.

La donna scomparsa sembrava condurre una vita normale, con l'unica eccezione di quella denuncia per percosse... il marito violento... Il suo pensiero tornò a Paolo Ferrante. Si ricordò l'apparente consapevolezza con la quale li aveva accolti e poi lo stupore nell'apprendere che l'ex moglie fosse scomparsa nel nulla. Allora rifletté sulla rivelazione che gli aveva fatto Manuel la sera prima riguardo all'attività di Ferrante come ricettatore di opere d'arte. E se lei l'avesse minacciato di raccontare i suoi traffici sporchi e lui avesse mandato qualcuno a spaventarla o addirittura a metterla a tacere per sempre?

Ma allora, quell'Adelmo Pellizzari come entrava in tutto questo? Perché il suo telefono era stato trovato in un cespuglio della stazione insieme a quello di Monica Favino?

E quell'Haber con la mano ferita?

Prese il telefono e digitò un numero interno. «Mi dite quando sono pronte quelle cazzo di analisi del sangue? Ah, il

E ce n'era anche un altro molto probabile: il suv nero.

Prese i due telefoni cellulari da una busta di plastica trasparente e li poggiò sulla scrivania.

Forse aveva ragione Valeri, le risposte ai loro interrogativi erano lì, nel fatto che quegli oggetti erano stati buttati nel cespuglio del piazzale della stazione.

Ma il tempo di formulare ipotesi era finito, ora doveva trovare qualche indizio concreto che gli desse la direzione giusta da seguire.

Riprese le carte e lesse di nuovo la dichiarazione messa a verbale da Camilla, quella della moglie di Pellizzari, poi ancora quella di Haber e le testimonianze degli altri colleghi, e infine le dichiarazioni dei dipendenti degli alberghi dove aveva soggiornato. Niente, non c'era un solo elemento a cui appigliarsi. Con un gesto di frustrazione allontanò bruscamente le carte, facendo cadere alcuni fogli sul pavimento.

Doveva calmarsi. Raccolse i documenti e li ripose nella cartellina. Poi si mise al computer e prese a esaminare i rapporti sul controllo dei suv neri che le pattuglie dei vari posti di blocco inviavano in centrale.

C'erano anche le foto dei documenti dei conducenti.

Nessuno risultava schedato.

Guardò con attenzione i volti, lesse i nomi cercando un collegamento nel suo archivio cerebrale, fino a che non si fermò davanti all'immagine di un uomo con i capelli rasati.

«Albertini!» gridò, senza alzare lo sguardo dallo schermo. «Vieni un attimo, per favore.»

Il collega si avvicinò.

«Guarda un po' questa foto. Non ti dice qualcosa?»

Albertini si chinò verso lo schermo. «Dove l'hai presa?»

«È stato fermato a un posto di blocco perché stava guidando un suv nero. Dal controllo non è risultato niente di anomalo.»

Albertini fissò ancora per qualche secondo quel volto, poi girò lo sguardo dallo schermo a Ragonese. «Tu l'hai capito chi è, vero?»

«Sì, è l'altro uomo che stava mangiando da solo alla trattoria.»

«Proprio lui. Un'altra coincidenza?»

«Che cazzo vuoi che ti dica, Albertini. Non so davvero cosa...»

In quel momento un suono lo interruppe. Era una musica jazz e proveniva dalla sua scrivania. Uno dei due cellulari trovati alla stazione stava suonando.

«Pronto» disse, attivando subito la comunicazione.

«Signor Pellizzari, la sua auto è pronta» disse una voce disturbata da forti rumori di fondo.

Ragonese rimase in silenzio, interdetto.

«Signor Pellizzari? Sono il meccanico. La sua auto è pronta. Mi dispiace per il ritardo, ma ieri proprio non ce l'ho fatta.»

«L'auto?» disse lui, cominciando a capire.

«Il SUV Mercedes, quello che ci ha portato due sera fa. Signor Pellizzari, mi sente?»

«Sì, sì, la sento.»

«Lo so, dovevamo sentirci ieri sera, ma lei non mi ha chiamato, allora ho pensato che la consegna non fosse urgente» riprese il meccanico alzando il tono. «Sapevo che la vostra convention sarebbe finita oggi. Be', noi siamo aperti fino alle otto. Ce la fa a passare?»

Ragonese staccò il telefono dall'orecchio e interruppe la comunicazione.

Dopo qualche secondo il cellulare riprese a suonare, ma lui non ci fece più caso, la sua mente era assorbita dal pensiero che se quell'uomo aveva portato il suo SUV dal meccanico due sere prima, quel SUV nero, quello che l'amica aveva visto davanti alla casa della donna scomparsa, non poteva essere quello di Adelmo Pellizzari.

*

In quella storia non c'era niente che andasse liscio. Neanche la cosa più semplice.

L'uomo col berretto osservò la receptionist mentre parlava a bassa voce con una collega, con un'ansia sempre crescente, che ora si stava mischiando a impazienza, irritazione.

Dopo qualche secondo la ragazza tornò verso di lui. «Mi dicono che sono in ritardo, la convention non è ancora terminata» disse poi, sempre con quel sorriso incerto.

«Alla buon'ora» rispose lui, a bassa voce. Poi si diresse verso una poltrona, prendendo un giornale dal tavolino vicino. Si sedette e lo aprì.

I suoi timori si erano rivelati infondati.

Quel tizio era ancora lì dentro, a pochi metri da lui, e a breve sarebbe uscito. In ogni caso, avendo già scoperto dov'era parcheggiata la sua auto, si sarebbe potuto anche concedere il lusso di non aspettare di individuarlo fra la folla. Sarebbe bastato uscire insieme ai primi e tenere d'occhio la station wagon.

Oltretutto quell'Haber la mattina era andato in una farmacia ed era uscito con una vistosa fasciatura. Doveva stare tranquillo, questa volta non poteva sbagliare.

Ma ciò che lo turbava adesso era il pensiero di quei due uomini sulla Fiat Punto. Non poteva rischiare di mettere in atto il suo disegno con due agenti piazzati nel parcheggio, peraltro piuttosto vicini alla macchina di quell'individuo.

Fossero stati lì per Haber, e poteva essere un'ipotesi plausibile, si sarebbero di certo accorti di quello che stava succedendo nella sua auto. Era un rischio che non poteva correre, aveva già fatto troppi errori, come quello di non pensare che potessero rintracciare la sua macchina. Doveva essere pronto a cambiare piani.

Una volta finita la convention sarebbe uscito con la folla e avrebbe verificato al momento se la presenza di quei due uomini potesse costituire un pericolo.

Alla peggio sarebbe tornato alla sua auto, avrebbe aspettato che il rappresentante partisse e lo avrebbe seguito.

*

Si alzarono tutti insieme.

Giovanni Haber si rese conto che la convention era finita. Guardò l'orologio: le sei e trentacinque.

L'onda di persone confluì verso la hall dell'hotel e lui si lasciò trasportare, docile. Il calo di tensione era stato improvviso, il suo fisico non era stato in grado di reggere oltre e, una volta sentitosi al sicuro, era sprofondato in una specie di torpore. Non era una sensazione spiacevole ma si sentiva strano, leggero e al tempo stesso pesante. Anche la sua mano destra fluttuava fra il caldo e il freddo. La fasciatura si era allentata e il cuore batteva nel polso a intervalli irregolari. Un leggero dolore andava e veniva al ritmo dei battiti. Forse sarebbe stato meglio tornare alla farmacia e farsi sostituire la fasciatura prima di affrontare il viaggio verso casa.

34

L'uomo col berretto si alzò dalla poltrona della hall e, richiuso il giornale, incominciò a scrutare fra la folla. Solo in quel momento gli venne in mente che Haber conosceva il suo volto. Cosa avrebbe pensato se lo avesse visto e riconosciuto? Ritrovarselo lì sarebbe stata una coincidenza un po' troppo strana per non metterlo in allarme.

Ecco, quella Fiat fuori nel parcheggio con quelle due persone a bordo lo aveva mandato in confusione. Per non correre il rischio di essere notato da loro era entrato nell'albergo, e adesso il pericolo era che lo notasse l'altro, e si ponesse delle domande.

Uscì frettolosamente, guardò verso il fondo del parcheggio e scrutò le sagome indistinte dei due uomini dentro la Fiat. Non si erano mossi.

Allora si diresse alla sua auto e salì. Anche da lì poteva tenere d'occhio l'uscita, senza correre il pericolo di attirare l'attenzione dei presunti poliziotti, perché oltre a lui stavano uscendo tutti. Si accese una sigaretta e, dopo un paio di tiri nervosi, finalmente lo vide.

Con quella fasciatura sarebbe stato impossibile non notarlo.

Accese il motore e si immise nel vialetto del parcheggio, nella stessa direzione verso la quale si stava dirigendo la sua preda, che camminava a testa bassa, come se i suoi pensieri avessero un peso eccessivo.

L'uomo col berretto procedette piano, fermandosi un paio di volte per far manovrare altre auto, valutando l'evolversi della situazione.

Poi, vide Haber fermarsi davanti alla propria vettura e aprire la sicura con il telecomando. In quello stesso istante le luci posteriori della Punto si accesero.

Quello sarebbe stato il momento giusto per scendere dal SUV e andare ad aprire la portiera di destra dell'Audi, salire e richiudere.

Ma adesso c'era la Punto, purtroppo.

La Fiat si era messa in moto e il guidatore stava guardando proprio in direzione dell'Audi A4, come se stesse aspettando che partisse per accodarsi. Se lui fosse entrato nell'abitacolo della station wagon di Haber l'avrebbero sicuramente visto.

L'uomo picchiò la mano aperta sul volante.

Le cose stavano andando di nuovo storte. Avrebbe dovuto aspettare ancora, pedinarlo, attendere un altro momento propizio per abbordarlo. Ma prima doveva accertarsi che quelle due persone sulla Punto fossero veramente lì per il suo uomo.

Intanto Haber fece manovra e si indirizzò verso l'uscita del parcheggio, puntualmente seguito dalla Fiat Punto.

Lui rimase un po' più indietro, abbastanza vicino da vedere che strada avrebbero preso.

Le due auto percorsero il tragitto fra l'hotel e il centro della cittadina, seguendo entrambe la stessa direzione. Non che ci fossero molte strade alternative per raggiungere il centro di Pontebosio, ma quella Punto si era proprio accodata all'Audi fin dalla prima curva, e l'ipotesi che fosse un'auto civetta si era rafforzata metro dopo metro, fino a diventare una certezza quando la vettura di Haber si era fermata nei pressi di una farmacia e l'altra aveva accostato a sua volta, parcheggiando poco più avanti.

Lui proseguì fino al semaforo, poi girò a sinistra e alla prima traversa ancora a sinistra, girando intorno all'isolato e fermandosi un centinaio di metri più indietro.

Le cose si stavano complicando.

*

«Cosa ci ha fatto con questa mano? Le avevo detto di tenerla a riposo.» La farmacista stava rigirando la mano destra di Haber fra le sue, riscontrando la mollezza della garza elastica.

«Ho dovuto spostare dei mobili» rispose lui in imbarazzo, sputando fuori la prima cosa che gli era venuta in mente.

La donna lo guardò con sospetto. Non riusciva a capire perché un uomo in giacca e cravatta, che quella stessa mattina le aveva raccontato di partecipare a una convention, avesse dovuto spostare dei mobili. In ogni caso la cosa non aveva importanza alcuna.

«Ora le rifaccio la fasciatura, bella stretta. E mi raccomando, non solleciti il tendine, perché sennò rischia che una semplice infiammazione si trasformi in tendinite.»

«Devo guidare fino a Roma» disse lui.

«Non può fare guidare qualche suo collega?»

«No, sono solo.»

«Be', allora cerchi di non fare troppa pressione sul volante, e di usare il cambio il meno possibile. Ora venga, si sieda qui.»

Haber si fece guidare verso una poltrona, si sedette e abbassò lo sguardo, fissando le mattonelle bianche. Ora gli sarebbe piaciuto rimanere lì, in quell'ambiente ovattato, con quella luce forte, rassicurante, e quella giovane donna dai capelli corti e biondi che si stava occupando di lui. Si sarebbe fatto fare volentieri anche un massaggio alle cervicali, che sentiva dure, incollate.

Ma purtroppo non poteva.

Doveva farsi forza, andarsene da quel posto e arrivare a casa.

Poi avrebbe dormito per due giorni di fila.

*

Ragonese scartò un gianduiotto trovato sulla scrivania di un collega e lo mise in bocca, poi ripensò alla storia di Pellizzari.

La sua auto era stata portata nell'officina di quel meccanico già dalla prima sera. Questo chiariva perché la mattina dopo fosse andato alla convention con l'auto del collega. Quello che non era chiaro era perché, dopo, si fosse fatto portare alla stazione e non all'officina a riprendere la macchina che, anche se non lo era, avrebbe dovuto essere pronta.

Cosa aveva fatto una volta arrivato alla stazione? Da quel momento nessuno lo aveva più visto. Le nuove scoperte portavano a credere che lì si fosse incontrato con Monica Favino e che avessero gettato i cellulari in un cespuglio. Come due amanti in fuga.

Eppure dai tabulati non risultava alcuna chiamata dal cellulare di Pellizzari a quello della Favino e viceversa. Magari avevano un numero dedicato... Ma allora perché lei non rispondeva al telefono dalla sera prima? E perché nella sua casa erano state trovate macchie di sangue? E di chi era allora il SUV che l'amica aveva visto davanti alla casa della donna? Che fosse coinvolto quel pelato che avevano incontrato la sera prima alla trattoria? Cosa ci faceva ancora in zona il giorno dopo? Aveva un SUV nero, e dai suoi documenti si evinceva un indirizzo di Roma.

Le domande a cui non riusciva a dare una risposta erano decisamente troppe e quel gianduiotto sapeva di vecchio.

«Ecco gli esami del sangue.» La voce di Albertini lo colse di sorpresa.

Ragonese alzò la testa e vide il collega che stava sventolando una cartellina trasparente.

«Dai qua!» disse, allungando il braccio e strappandogli i fogli di mano. Poi, senza perdere tempo, andò diretto verso il fondo del fascicolo, alle conclusioni.

«È il suo» disse, tornando a guardare Albertini.

«Sì. Il sangue trovato nella casa della signora Favino è il suo. E di nessun altro» confermò il collega.

L'assistente capo stette per un po' in silenzio, picchiettando la penna sulla scrivania. Quel ticchettio irregolare gli ricordava un linguaggio cifrato, uno di quelli usati durante la Seconda guerra mondiale per inviare informazioni criptate. Ma quel codice trasmetteva solo caos.

«Albertini, comunica all'auto civetta di rientrare» disse infine con voce asciutta, come se stesse dichiarando una sconfitta.

Il collega lo guardò con occhi interrogativi.

«Quell'uomo, Haber, ci ha detto la verità» riprese Ragonese. «Pellizzari non aveva disponibilità della sua auto, che era a riparare dal meccanico, e lui gli ha dato un passaggio, prima alla sede della convention, poi alla stazione. E poi l'ipotesi di un complotto fra di loro cade, non solo perché l'auto vista davanti alla casa della Favino non è quella di Pellizzari, ma soprattutto perché, come mi hai appena detto, il sangue rinvenuto in quella casa non è riconducibile a Haber.»

«Però ci ha mentito sulla cena aziendale» replicò Albertini. «Cosa ci faceva in quella trattoria?»

«E chi lo sa. Forse semplicemente non aveva voglia di stare insieme ai colleghi. E ci ha mentito solo per praticità, per non doverci raccontare i motivi.»

Albertini rimase in silenzio per qualche secondo. «Ma allora cosa è successo? Perché il telefono della donna era insieme a quello di Pellizzari? E di chi è l'altro suv?» chiese poi, con una vena di frustrazione.

Ragonese non rispose subito. Appoggiò i gomiti sulla scrivania e per un po' guardò verso l'angolo in ombra dell'open space. «La verità?» disse infine senza spostare lo sguardo. «La verità è che non ci sto capendo più un cazzo.» Poi si ricompose, come punzecchiato da un improvviso pensiero. «Una cosa però forse possiamo ancora farla. Abbiamo nome, cognome e indirizzo. Possiamo fare qualche indagine su quel pelato. Il fatto che guidi un suv nero e che sia romano mi ha acceso una strana lampadina in testa. Magari viene fuori che è qui in zona per lavoro, ma domani mattina, Albertini, per prima cosa vorrei che ci occupassimo di lui.»

35

Felice andò in bagno e si sciacquò a lungo la faccia con l'acqua fredda, cercando di azzerare i pensieri, fare tabula rasa di tutto per ricominciare da capo. Poi tornò nell'open space e andò a sedersi alla sua scrivania.

No, non poteva proprio arrendersi così.

Cos'altro rimaneva a cui non aveva ancora pensato? Era inutile esaminare di nuovo quelle carte, lo aveva già fatto abbastanza.

Quello che doveva fare ora era telefonare al suo amico, l'ispettore Librace, per metterlo al corrente di cosa aveva scoperto quel pomeriggio. Poteva rivelarsi una bolla di sapone, ma più ci pensava, più si convinceva che quell'uomo con l'inflessione romana, di cui gli aveva parlato la donna aggredita nel negozio, potesse essere il killer del foulard di seta. Non ne aveva avuto una descrizione soddisfacente, ma sapeva che, se era veramente lui, era stato lì anche il giorno prima. E forse aveva commesso qualche imprudenza.

Guardò l'orologio: le sette. A quell'ora il convegno doveva essere finito.

Forse l'avrebbe trovato libero. Prese il cellulare e cercò il numero di Librace.

Stava per inoltrare la chiamata ma si fermò a mezz'aria. Le sette. Porca puttana, erano già le sette. E il dentista lo stava aspettando.

*

L'uomo col berretto si accese l'ennesima sigaretta.

Doveva stare calmo, ma erano già dieci minuti che quel tale era entrato nella farmacia e lui non riusciva a smettere di pensare. Ma sapeva che era un errore. L'unica cosa che poteva fare era aspettare e stare a guardare.

Improvvisamente la Fiat Punto accese le luci, poi uscì dal parcheggio e si allontanò lungo la strada. Arrivata in fondo, al semaforo, svoltò a destra e scomparve.

L'uomo non capiva. Cosa poteva essere successo?

Forse il rappresentante di commercio era uscito dalla farmacia senza che lui se ne fosse accorto? Mise in moto e si avvicinò, parcheggiando nel posto lasciato libero dall'auto civetta. Ora la visuale era migliore. Non riusciva a vedere dentro la farmacia, ma aveva completamente sotto controllo la porta. Per un attimo pensò di scendere dalla macchina ed entrare.

Ma proprio in quel momento la porta della farmacia si aprì.

*

Quella farmacista gli aveva fatto proprio una bella fasciatura, la sentiva stringere sulla pelle. Haber uscì e si diresse all'auto.

Quelle bende nuove e immacolate lo facevano sentire bene, più sicuro.

Ora era subentrato un altro stato d'animo. Prima, in quella farmacia, si era sentito in equilibrio. Era una cosa strana da dire ma era stato proprio così. In quell'ambiente caldo e accogliente, leggermente profumato di essenze, era come se qualcosa dentro il suo cervello si fosse calibrata. La giovane farmacista lo aveva sgridato per aver strapazzato la mano, ma poi lo aveva trattato con gentilezza e anche il profumo della sua pelle, mischiato a quello delle essenze, aveva contribuito a risvegliare in Haber una sensazione antica, un desiderio pulito, di cui aveva perso la percezione da molto tempo.

Salì in auto e si immise nel traffico. Erano già le sette ed era buio.

Ora pioveva con un po' più di convinzione di quando era entrato nella farmacia. Arrivare fino a Roma sarebbe stato un viaggio lungo e faticoso, e lui, nonostante quella piacevole sensazione di positività, si sentiva stanchissimo. Il collo e le spalle continuavano a fargli male e tutti quei chilometri non avrebbero fatto altro che accentuare il dolore.

Fece per imboccare la nuova statale, ma vide traffico e i lampeggianti di un'ambulanza poco più avanti. Ci mancava solo di restare tre ore in coda per un incidente. Sterzò a sinistra e si diresse verso la vecchia strada comunale.

L'odore della benzina fuoriuscita dalla tanica la sera prima riempiva ancora l'abitacolo. Giovanni si sporse per guardare il pianale del lato passeggero, dove il recipiente era ancora lì, sdraiato su un fianco, sopra il tappetino sporco di fango. Anche quella mattina l'aveva sentito, ma non ci aveva ragionato sopra. E invece avrebbe dovuto. Ora la cosa gli appariva chiara. Avrebbe dovuto rimettere a posto quella tanica e passare le spugne anche lì, sul tappetino. E poi aprire i finestrini e far circolare l'aria. E se fosse stato necessario, comprare anche dei deodoranti, fino a che quell'odore non fosse scomparso. Perché se lo avessero fermato dei poliziotti e gli avessero perquisito la macchina e avessero trovato quella tanica fuori posto e tracce di benzina in un'auto diesel, cosa avrebbero potuto pensare?

Haber riemerse dai suoi pensieri accorgendosi che c'era una macchina dietro di lui che gli stava chiedendo strada. Gli aveva già lampeggiato un paio di volte. Dove cavolo dovrà andare con tanta fretta? Si chiese prima di rallentare e farsi più vicino al bordo destro della carreggiata. Vai, vai, pensò mentre l'altra auto lo superava, e speriamo che quel cazzo di suv ti si rompa alla prima curva.

36

Per fortuna che il dentista era vicino alla centrale. Ragonese aveva piantato tutte le carte sulla scrivania ed era corso via, arrivando solo con dieci minuti di ritardo. Il dentista aveva semplicemente constatato che il dente era troppo infiammato per intervenire e gli aveva prescritto degli antibiotici. Sarebbe dovuto tornare la settimana successiva per maggiori approfondimenti.

Era andato a piedi perché lo studio dentistico era nel centro pedonale, ma quando era uscito stava piovendo e lui non aveva neanche pensato di portarsi un ombrello.

Allora aveva camminato rasente ai palazzi fino alla centrale, l'aveva superata e aveva percorso a passo veloce altri centocinquanta metri, verso la farmacia, che però aveva trovato già chiusa. Imprecando, sempre a passo svelto, era tornato al commissariato.

Ora, con tutti i vestiti umidi, stava aspettando che gli passasse il fiatone per chiamare il suo amico, l'ispettore Librace. Guardò l'orologio: le otto meno un quarto.

Merda, era di nuovo in ritardo. Questa volta per la cena della sorella.

L'unica cosa positiva era che Valeri, com'era prevedibile, non era tornato dal convegno.

In quel momento entrò nell'open space vuoto la Tallone, andando dritta verso di lui.

«Finalmente sono riuscita a rientrare» disse, buttandosi sulla sedia e lasciando andare la testa all'indietro.

«Se hai deciso di fare il turno di notte allora ti dovresti cambiare» replicò lui guardandole le scarpe e la parte bassa dei jeans. «Sei di nuovo tutta sporca di fango.»

«Ma quale turno di notte!» replicò lei. «Fra una cosa e l'altra sono dodici ore ormai che sono in giro.»

«E allora cosa sei venuta a fare qui? Vattene a casa.»

«Volevo redigere il verbale.»

Ragonese la guardò di sghimbescio. «I verbali possono aspettare.»

«I tuoi sì, perché poi li copi da me.»

«Fanculo Tallone, è successo una volta sola e avevo una buona ragione.»

«Uh, come siamo nervosi!» replicò lei liberando i capelli dall'elastico che teneva la coda. Poi scosse la testa per ravvivarli. Era incredibile come i capelli sciolti le dessero un altro aspetto, più selvaggio, più intrigante.

«Dovresti tenerli sempre così» disse Felice, fissandola.

«I capelli?» replicò lei dopo un attimo di incertezza. «Al corso di formazione ci hanno detto che quando siamo in servizio dobbiamo sempre tenerli composti. Code, trecce, crocchie. Oppure tagliati corti.»

Felice cercò di immaginarla con i capelli corti. «No...» disse sovrappensiero.

«Come vanno le indagini, avete fatto qualche passo avanti?» chiese allora lei, anche per uscire dallo strano imbarazzo che si stava creando.

«Lasciamo perdere. Ogni volta che mi sembra di aver fatto un passo avanti, la terra mi frana sotto i piedi.»

La ragazza prese una sedia, la girò al contrario e si sedette con le braccia appoggiate alla spalliera. «Prima, quando ero fuori, ho pensato che forse potremmo visionare i filmati delle telecamere nei pressi dell'enoteca. Ci sarà pure qualche banca, o supermercato, o portone privato con un servizio di videosorveglianza.»

«I colleghi di Siena l'hanno già fatto e non hanno trovato niente di interessante.»

«Ma loro non sapevano cosa cercare. Un uomo con un berretto e una sciarpa che cammina tranquillamente per strada non è sospetto. Ma noi sappiamo che quell'uomo potrebbe essere coinvolto.»

«Ma certo... hai ragione. Avevo già in mente di chiamare Librace per metterlo al corrente della nostra scoperta. Gli chiederò anche questo, se ci sono immagini di un uomo con quelle caratteristiche.»

«Anche nei filmati del giorno prima, mi raccomando.»

«Certo, Tallone, certo.» Poi, senza aspettare ulteriori repliche, prese in mano il telefono. Forse Librace era ancora in ufficio.

*

La pioggia si era intensificata. Haber uscì da una curva e poco più avanti vide una macchina ferma, con le luci accese.

In mezzo alla strada c'era un uomo, che si riparava la faccia dalla pioggia con un braccio. Realizzò subito che si trattava della macchina che lo aveva superato da pochi minuti. Che le sue maledizioni fossero andate a segno? Rallentò e l'uomo si spostò sul lato destro, facendogli cenno di tirare giù il finestrino.

A quel punto avvenne qualcosa di strano nel suo cervello.

Capì che non aveva alcuna voglia di fermarsi. Perché aiutare quello stronzo che prima, quando tutto per lui andava ancora bene, si era comportato da prepotente?

Era arrivato il momento di finirla di abbozzare, di agire sempre da perdente.

Quello era un segnale forte che le cose erano veramente cambiate. Non avvertiva il bisogno civico di fermarsi, anzi, provava una sorta di soddisfazione nel vedere quell'uomo fermo in mezzo alla strada sotto la pioggia battente, con la macchina in panne.

E in un attimo decise di accelerare.

*

L'uomo col berretto ebbe un gesto di stizza. Aveva cercato di bloccarlo, ma Haber non si era fermato. L'aveva visto, aveva rallentato e lui si era spostato per andare alla portiera del passeggero e aprirla. Ma una volta che aveva liberato la strada quello era ripartito, lasciandolo lì come un fesso. Oltretutto si era bagnato. Adesso era arrivata veramente l'ora di mettere la parola fine a quella farsa.

Salì in macchina, mise in moto e ripartì facendo stridere le gomme.

Dopo qualche curva avvistò i fari posteriori dell'auto di quell'uomo comune, quella nullità che da quarantotto ore lo stava facendo diventare matto. E una rabbia pungente cominciò a pompare veleno nel suo sangue.

Lui, il professionista, con anni di esperienza alle spalle, avvezzo al crimine e al delitto, si era fatto portare in giro per due giorni, sballottato qua e là, da un insulso rappresentante di commercio, probabilmente un padre di famiglia. Un uomo qualunque che si era trovato per caso in una situazione più grande di lui e aveva perso la testa, diventando una scheggia impazzita.

Ormai gli era arrivato a ruota, ma non ridusse la velocità e il suo parafango anteriore agganciò quello posteriore dell'Audi. Cento metri più avanti c'era una curva, sulla sinistra.

L'uomo spinse il piede sull'acceleratore.

Ora l'avrebbe sistemato. Per sempre.

37

Quel pazzo lo aveva inseguito. Evidentemente la sua auto non era in panne. Forse aveva fatto solo finta, per farlo fermare e rapinarlo.

Ora aveva azionato gli abbaglianti e quella luce accecante si faceva sempre più vicina.

Haber spostò lo specchietto retrovisore interno per togliere quel riverbero accecante. Un secondo dopo sentì un colpo.

L'aveva tamponato.

Pigiò il piede sul freno ma quell'auto lo stava spingendo da dietro, avvantaggiata dal fatto che erano in discesa. Intanto la sua Audi si stava avvicinando a forte velocità a una curva. Azionò anche lui gli abbaglianti: la curva era vicina. Provò a frenare con più forza e riuscì a ridurre un po' la velocità, ma non era abbastanza e quel suv lo stava ancora spingendo.

Cosa voleva fare quel pazzo? Lo voleva uccidere perché non si era fermato?

Il cuore gli batteva in gola, togliendogli il respiro. Strinse entrambe le mani al volante, nonostante la destra fosse fasciata e il tendine avesse ripreso a fargli male.

La curva era arrivata. Provò con tutte le forze a girare verso destra, ma la velocità era ancora troppo elevata e quella vettura attaccata al suo posteriore lo stava spingendo dritto verso il bosco. Schiacciò ancora il piede sul freno, con tutta la forza che aveva e contemporaneamente tirò il freno a mano.

L'auto ebbe un sussulto, si contrasse come se avesse colpito qualcosa e si mise su un fianco, iniziando a roteare. Haber non capì quanti giri stesse facendo, due, tre, poi l'auto colpì un grosso albero e, come per miracolo, si rimise dritta, ma subito dopo prese velocità verso il basso, giù da una scarpata, fino a fermarsi definitivamente contro un altro albero.

L'airbag scoppiò e lo sferzò con violenza, nonostante avesse la cintura di sicurezza allacciata.

La prima cosa di cui si rese conto, fu di aver preso un colpo alla faccia. E anche al petto. Poi si accorse di avere ancora il piede destro schiacciato sul freno e le mani strette al volante. Assurdamente non sentiva più dolore al tendine.

Cercò di rilassare un po' la muscolatura. Il motore era ancora acceso ed era su di giri, come se il cavo dell'acceleratore fosse rimasto tirato. Con movimenti lenti cercò il motorino d'avviamento e spense quel rumore insopportabile.

Subito la pioggia si fece spazio, martellando sul tetto.

Cercò di ragionare. L'auto era impiantata a muso in giù e lui era praticamente abbracciato all'airbag. Si era rotto qualcosa? Al momento non poteva dirlo, ma gli sembrava di no.

Riusciva a muovere le gambe e le braccia, e il dolore alla faccia e al petto era sopportabile.

Quell'aggeggio lo aveva protetto.

Ma forse il peggio doveva ancora arrivare.

*

«Ciao Librace, sono Ragonese, scusa se ti disturbo sul cellulare a quest'ora, ma avrei bisogno di parlarti con una certa urgenza.»

«Non ti preoccupare, se è una cosa urgente hai fatto bene a chiamarmi. Dimmi tutto.»

Ragonese cercò di misurare le parole. «In verità non so se è importante. Qui da noi a Pontebosio in questi ultimi due giorni sono successi dei fatti strani, delle sparizioni a cui non si riesce a dare una spiegazione.»

«Ah, certo, quella che i giornalisti già chiamano la terza vittima del killer della Giraffa. Dimmi, in che modo posso aiutarti?»

«Be'... contrariamente a quando asserisce la stampa, non ci sono indizi che sia coinvolto il killer, anzi, i fatti sembrano proprio non ricalcare il suo modus operandi. D'altro canto non si può negare che questa donna abbia tutte le caratteristiche che rispondono al profilo delle sue vittime. Sola, sui quarant'anni, minuta, capelli biondi e lisci.»

«E questa donna non si riesce a trovare.»

«Sì, scomparsa nel nulla da due giorni. Come forse saprai, nella sua casa abbiamo trovato segni di lotta e del sangue, che poi è risultato appartenere a lei.»

«No, non so niente. Il tuo capo non ci ha ancora coinvolti.»

Ragonese rifletté sul fatto che Valeri non coinvolgeva mai il comando di Siena, neanche quando poteva approfittare della loro maggiore esperienza.

E poi sono due giorni che sono occupato full-time per il convegno di oggi» continuò Librace. «Ma dimmi, ci sono segni di effrazione alla porta?»

«No. Nessuna effrazione. La persona o le persone con le quali la donna ha lottato sembra siano state fatte entrare in casa da lei.»

«Qualche testimone, vicini o altro?»

«No, la donna vive in una casa isolata.»

«E tu pensi che potrebbe essere coinvolto il nostro uomo?»

«Non so, all'inizio abbiamo seguito altre piste, ma poi mi è venuto in mente questo pensiero e mi sono detto che magari questa volta al killer non gli è andata liscia come al solito: una amica della donna scomparsa ci ha detto che la signora, per paura dell'ex marito violento, si era procurata un taser, uno di quegli aggeggi che danno la scossa. Strumento che peraltro non è stato trovato...»

«Scusa se ti interrompo. Ovviamente avete già indagato sull'ex marito.»

«Sì, certo, ma ha un alibi solido e pare essere estraneo ai fatti. Abbiamo anche indagato sul passato della donna, e non è uscito niente di compromettente: né droga, né strozzini, prostituzione o simili. Così mi sono chiesto: e se la donna fosse riuscita a difendersi dall'attacco del killer?»

Librace rimase in silenzio.

«Sì, è una possibilità» disse infine, dopo una lunga pausa. «L'altro giorno abbiamo avuto una video conference con il dipartimento 'Behavioral Analysis' dell'FBI, una speciale unità che analizza il comportamento, le esperienze e la struttura psicologica di criminali e sospetti per ricavarne intuizioni utili a risolvere i casi. Ci hanno confermato il probabile comportamento ossessivo-compulsivo del nostro uomo. Quella di Montalcino, indubbiamente, è stata la sua prima azione, nella quale l'inesperienza lo ha portato a credere che la donna fosse già morta. La seconda azione, invece, l'ha pianificata con più cura, e non ha sbagliato.» Librace fece una pausa, poi concluse: «Ci hanno anche detto di aspettarci una terza vittima, perché questi individui, una volta scatenata la loro compulsione, non si fermano più.»

«Quindi potrebbe essersi introdotto nella casa della nostra donna, come ha fatto a Siena, ma lei potrebbe essere riuscita a difendersi.»

«Sì, ma se fosse stato lui a soccombere ne avremmo avuto evidenza, in quanto la donna ci avrebbe chiamato e, anche se il killer fosse riuscito a scappare, ci avrebbe raccontato la storia. Quindi ne deduco che alla fine, anche se è andata come dici tu, la meglio l'ha avuta lui. E infatti il sangue trovato a terra mi dicevi che è quello della donna. Ma allora perché portarsi via il corpo? Non poteva lasciarlo lì, come gli altri due, con il foulard di seta sul pavimento?»

«Sì, certo, l'ho pensato anch'io... E se questo inconveniente gli avesse fatto cambiare i piani? A volte questi soggetti sono maniacali. Che so, forse non voleva che ci fosse del sangue nella sua scena del crimine.»

Un altro lungo silenzio. Quando pensava, Librace non era tipo da preoccuparsi di tenere viva la conversazione. Proprio quando Ragonese stava per dire 'pronto', accertandosi che non fosse caduta la linea, rispose: «Be', la cosa non è da escludere a priori. Del resto è strano che scompaia una donna proprio con quelle caratteristiche. Oltretutto in un luogo così vicino alle precedenti scene del crimine. Forse vale la pena approfondire.»

«Sì, lo credo anch'io.» Felice fece una pausa, era arrivato il momento di raccontargli ciò che aveva scoperto. «C'è un'altra cosa che volevo dirti. Oggi, con la collega Tallone, ho fatto un salto a Montalcino per parlare con la donna superstite.»

«Avremmo dovuto coordinarci prima, perché non ci hai informato?»

Lo sapeva, era inevitabile prendersi la ramanzina. «È stata un'idea di Valeri» mentì con spudoratezza. «Sai com'è fatto, quando gli viene in mente una cosa...»

«Non mi dire niente, l'ho incontrato proprio oggi, al convegno. Ha fatto un intervento delirante sul fatto che i burocrati, così ci chiamava, non solo non servono, ma sono dannosi allo svolgimento delle indagini.»

«Appunto. Be', ti dicevo, è venuto fuori che il giorno prima dell'aggressione, sempre all'ora di chiusura, un uomo con berretto e sciarpa era entrato nell'enoteca, si era guardato bene intorno, aveva chiesto informazioni su un vino molto costoso e poi era uscito senza comprare niente.»

«Vai avanti.»

«Mi chiedevo se si potessero analizzare i filmati di eventuali telecamere installate in prossimità dell'enoteca.»

Librace fece un'altra delle sue pause. «Certo. Oltretutto questa volta è stato fatto un lavoro veramente certosino» disse poi. «I tecnici della scientifica di Roma hanno completato l'analisi dei filmati delle telecamere prossime alle due scene del crimine, anche nei giorni precedenti i delitti, proprio perché abbiamo pensato che quell'uomo avesse potuto fare una ricognizione prima di agire.»

«È venuto fuori qualcosa di interessante?»

«Per adesso nulla. I tecnici, quando possibile, hanno realizzato ingrandimenti dei fotogrammi in cui compaiono uomini ripresi a passare da soli. Dalle ricerche nei nostri archivi, non sono emerse corrispondenze fra quelle immagini e i soggetti dei nostri schedari. Inoltre tutte quelle persone appaiono solo una volta.»

«Vuoi dire che non sono state riprese in tutti e due i luoghi?»

«Esatto. E neanche due volte nello stesso luogo. Sarebbe stato un bel colpo di fortuna se fosse successo. Ma dimmi, vicino alla casa della donna scomparsa, ci sono esercizi pubblici, che so, supermercati, distributori, banche, con telecamere?»

«Purtroppo no. Si tratta della classica casa in mezzo al bosco. Ma tu puoi mandarmi copia di quei fotogrammi?»

«Certo, te li invio subito, dal computer di casa. Prima però dimmi: sbaglio o all'inizio avevi parlato di altre persone scomparse?»

«Sì, un uomo.»

«E non può essere collegato all'altro evento?»

Era arrivato il momento che Ragonese temeva. Adesso avrebbe dovuto mentire. Non poteva rivelare che i cellulari dei due scomparsi erano stati rinvenuti insieme. Librace avrebbe dubitato, c'erano troppi elementi distanti, che non combaciavano con le altre scene del crimine. Ma lui sentiva di dover andare avanti.

«No, per adesso siamo orientati a credere che i due fatti siano separati fra loro, accaduti nello stesso giorno per pura coincidenza.»

«Okay, allora ti mando le foto. Se vuoi, domani potresti anche venire qui a Siena, così analizziamo insieme le immagini più nel dettaglio.»

«Va bene, mi sembra una buona idea.»

«Dài, e magari troviamo anche il tempo di andare a mangiare un ottimo piatto di gnocchi verdi in un ristorantino da paura in contrada dell'Onda.»

Un impulso di fame percorse le viscere di Felice, ma si trasformò subito in una fitta quando pensò all'appuntamento che lo aspettava con la sorella. Ed era anche in forte ritardo. «Va bene, a domani allora» disse e chiuse la comunicazione. Ora doveva correre.

*

L'uomo col berretto stava guardando quel groviglio di alberi illuminato dagli abbaglianti della sua auto, le piante piegate, i rami spezzati dove era appena passata quella massa fuori controllo: l'auto di Haber aveva preso il volo, rotolando dentro il bosco e cadendo poi nella scarpata.

Cos'aveva fatto? La tensione accumulata in quei giorni si era sfogata tutta insieme. Aveva perso il controllo. E aveva esagerato. Non voleva ammazzarlo, non prima che avesse risposto alle sue domande.

Parcheggiò sul ciglio della strada e aprì il vano portaoggetti. Prese una torcia e il taser di quella donna. Quel maledetto oggetto che era stato la causa di tutto. Li infilò nelle tasche del suo giaccone e alzò lo sguardo verso il parabrezza. La luna era coperta dalle nuvole e non si vedeva niente. Si sentiva solo la pioggia, che sembrava essere aumentata ancora.

Era giunto il momento di scendere dalla macchina, anche se sentiva freddo e si sarebbe nuovamente bagnato. Ma ormai quell'assurda storia era all'ultimo atto e non poteva fermarsi proprio ora. Si rimise il berretto con visiera e fece per uscire, ma in quel momento sentì il rumore di un motore.

38

Il rumore di un'auto ruppe il silenzio della notte. Stava venendo dalla valle, andando verso Pontebosio.

Haber realizzò subito che se fosse riuscito a raggiungere la strada e si fosse sbracciato, il conducente di quell'auto si sarebbe fermato, per chiedergli se aveva bisogno di aiuto. Per un attimo pensò a prima, a quando lui aveva tirato dritto.

Con una certa apprensione si guardò intorno, mentre il rumore di quel motore si faceva progressivamente più forte. Doveva uscire dall'auto e doveva farlo subito.

Fece pressione sulla leva di apertura della portiera, ma il meccanismo non funzionò. Provò ancora, spingendo con la spalla, anche se gli faceva male. Tutto gli faceva male, ma doveva stringere i denti.

La portiera non si muoveva.

Provò una terza volta, mettendo tutta la forza di cui era capace.

Niente da fare, era bloccata.

Pensò febbrilmente a cosa avrebbe potuto fare, i battiti del cuore in gola.

L'altra portiera.

Sì, avrebbe dovuto provare a uscire dall'altro sportello. Ma prima doveva liberarsi dalla morsa dell'airbag.

Piantò i piedi sul pianale e con la mano sinistra cercò il meccanismo di guida del sedile. Poi tirò la leva facendo forza sulle gambe e spingendo indietro con la schiena, riuscendo a spostarlo di una decina di centimetri. Erano abbastanza. Provò a spostarsi verso il posto del passeggero, ma si rese conto che la cintura di sicurezza lo teneva legato.

Fece un respiro profondo per calmare la tensione, poi con un paio di tentativi riuscì a sganciarla e riprovò a spostarsi, mettendo le mani sull'airbag del passeggero, anch'esso scoppiato. Ma con la destra fasciata non riusciva a fare presa, le mani scivolavano su quella superficie liscia. Allora tirò indietro il busto e provò con le gambe.

Lentamente riuscì a sfilarsi dal suo posto. Per fortuna il sedile del passeggero era tirato più indietro del suo e in quel vano c'era un po' più spazio.

Gli airbag, sollecitati, avevano rilasciato della polvere. Un pulviscolo fitto, che gli toglieva il respiro e lo faceva tossire. Intanto la macchina era già passata, il suo rumore si stava allontanando.

Avrebbe dovuto cavarsela da solo.

Ormai era riuscito a sistemarsi sul lato del passeggero e, tenendo la sinistra appoggiata all'airbag, con la destra cercò la leva di apertura della portiera. La trovò quasi subito e, nonostante il dolore alla mano fosse ritornato, tirò con forza.

La portiera si aprì e, siccome l'auto era un po' inclinata da quel lato, si spalancò.

Per prima cosa sentì la pioggia. Il suo rumore, il suo odore.

Ora poteva di nuovo respirare e quella semplice cosa gli diede coraggio.

Girò il busto di centottanta gradi appoggiando con cautela la mano destra sul sedile e la sinistra sull'airbag, riuscendo a sollevare un po' il corpo e a far passare le gambe oltre il bordo del pianale. Poi seguì col busto e si lasciò andare, cadendo giù verso il bosco. Per fortuna erano solo un paio di metri e sul terreno c'erano degli arbusti morbidi.

Riuscì a mettersi in piedi.

No, non aveva niente di rotto.

Si guardò intorno. Un faro della sua auto era ancora acceso e proiettava un fascio di luce che rischiarava i dintorni.

Il bosco era fitto, quasi inaccessibile.

*

Messa giù la cornetta del telefono, Ragonese guardò l'orologio: le otto e cinque. Chiuse la posta elettronica e spense il computer.

Non poteva aspettare un minuto di più. Era già un miracolo che la sorella non avesse ancora chiamato per sapere dov'era.

Se anche Librace gli avesse inviato subito le foto, gli ci sarebbe poi voluto del tempo per analizzare quelle immagini con attenzione. Lo avrebbe fatto poi, da casa. Si alzò, si sgranchì la schiena e stirò un braccio verso l'alto e uno verso il basso, emettendo un suono gutturale.

«Sembri l'Orso Yoghi.»

Ragonese sobbalzò.

La Tallone era ancora lì, nella penombra della sua scrivania, e lo stava fissando con sguardo divertito.

«Tallone, mi farai crepare!» esclamò, con la voce in gola. Si era talmente concentrato nelle sue cose da dimenticarsi di lei. «Che cazzo ci fai ancora qui?»

«Non ti scaldare tanto, ora me ne vado» disse lei, tornando a battere sui tasti. «Come ti dicevo volevo stilare una breve verbale sulla giornata. Lo sai come sono fatta, non mi piace rimandare.»

Quella ragazza era decisamente tagliata per quel lavoro. Si era rotta la schiena tutto il giorno in giro per verificare i cedimenti, le frane e gli smottamenti causati delle piogge torrenziali e ancora aveva voglia di redigere il verbale, nonostante fossero le otto passate.

«A proposito, prima non ti ho chiesto com'è andata oggi pomeriggio, con le frane» disse allora Felice, pensando che se aspettava che fosse Valeri a dare un po' di soddisfazione ai suoi uomini, campava cent'anni.

«Faticosamente» rispose lei smettendo di scrivere e incrociando le braccia al petto. «C'è fango dappertutto e sono stati rilevati altri smottamenti. Ma quello che mi preoccupa di più è che sta continuando a piovere.»

Ragonese si avvicinò a una finestra. Era buio e il primo lampione era dall'altra parte della strada, ma si poteva sentire il rumore della pioggia che batteva sull'asfalto. Doveva essere aumentata d'intensità da quando era tornato in centrale.

«Se va avanti così, qui rischia di venire giù mezza collina» disse ancora lei, raggiungendolo alla finestra.

Ragonese guardò ancora l'orologio: le otto e dieci. Doveva volare.

«Va bene, Tallone, è un piacere stare qui con te, da soli, a parlare di disgrazie, ma purtroppo devo proprio scappare.»

«Che scemo...»

Le parole della Tallone si spensero nel corridoio.

Raggiungendo a passi svelti l'uscita, Ragonese stava pensando che se non avesse trovato parcheggio sotto casa avrebbe rischiato di bagnarsi di nuovo. Questa volta seriamente.

*

L'uomo col berretto si era abbassato sul sedile e la macchina era passata, senza rallentare. Aveva aspettato che fosse lontana, poi era uscito dall'auto.

In fondo alla scarpata, una trentina di metri più sotto, si vedeva la luce di un faro.

L'uomo realizzò con disappunto che sarebbe dovuto scendere fino a lì. Si guardò intorno, facendo luce con la torcia. Il terreno era fradicio e i cespugli grondavano acqua. Con quelle scarpe, poi, sarebbe dovuto stare attento a non scivolare.

Per prima cosa ispezionò il tratto di bosco tutto intorno, alla ricerca di un sentiero per scendere. Ma non ce n'erano. Avrebbe dovuto farsi strada fra i cespugli e i rovi.

Scivolò più volte, si aggrappò all'erba, alle radici sporgenti, fino a che arrivò all'altezza della macchina. La portiera di destra era aperta.

Si avvicinò, con il taser in una mano e la torcia nell'altra. Dentro l'abitacolo c'era ancora il fumo degli airbag.

Illuminò l'abitacolo e gli ci volle un attimo per rendersi conto che lì dentro non c'era più nessuno. Si sentì sollevato e al tempo stesso contrariato. Quel figlio di puttana non solo si era salvato, ma era anche riuscito a uscire dalla macchina.

Indirizzò la torcia verso il bosco, roteandola lentamente, e notò un solo passaggio degno di quel nome, proprio nella direzione illuminata dal faro dell'auto. Un piccolo viottolo immerso in una nebbia fitta. Puntò la torcia verso il terreno: sì, era smosso. Haber era passato da lì. E non doveva avere che un paio di minuti di vantaggio.

39

L'uomo col berretto si muoveva lentamente. Quella dannata nebbia limitava la visuale anche nel raggio di luce della torcia. Cercò di ragionare. Cosa avrebbe fatto lui in una situazione del genere? Lui si sarebbe addentrato nel bosco, perché con quella scarsa visibilità sarebbe stato impossibile trovarlo.

Ma l'istinto di conservazione quasi sempre prevale sul ragionamento, soprattutto nelle persone non abituate a certe situazioni. La priorità di ripristinare il prima possibile la normalità, di raggiungere la strada asfaltata dove sarebbe potuta passare qualche macchina, era una tentazione troppo forte per resistere.

E poi faceva freddo e quel poveraccio doveva essere tutto bagnato e probabilmente spaventato a morte.

L'uomo posizionò la pila verso l'alto facendola roteare lentamente a destra. Con quella nebbia non sarebbe stato facile riuscire a individuare la sua preda, ma valeva la pena tentare. Quell'Haber avrebbe sicuramente visto la luce della torcia e questo avrebbe fatto buon gioco, perché la sua paura sarebbe aumentata. E la paura, in certi momenti, non è mai la migliore alleata.

*

Haber sentiva che il cuore gli sarebbe scoppiato da un momento all'altro, ma non poteva fermarsi. Doveva continuare a scappare, anche se con il buio e quella nebbia non vedeva praticamente niente.

Si appoggiava agli alberi, che erano molto vicini uno all'altro e avanzava il più velocemente possibile, facendo attenzione a non fare rumore o, ancora peggio, a non finire in qualche fosso.

Una cosa però l'aveva capita. Doveva andare verso l'alto.

Ora la pendenza si era accentuata e i suoi piedi scivolavano sulla terra argillosa.

Appoggiò le mani e il corpo al terreno, aggrappandosi alle radici, ai rami, a tutto quello che trovava.

La fasciatura era fradicia ma non era certo il momento per preoccuparsi di quello. La mano gli faceva male, ma allo stesso tempo riusciva ancora a fare forza. Ed era quello che contava.

Improvvisamente, alla sua sinistra apparve una luce che iniziò a convergere verso di lui. Veniva dal basso. Voleva dire che quell'uomo era sceso a cercarlo.

Perché lo stava braccando in quel modo?

Si concentrò sul percorso, allungò il braccio sinistro e sentì una superficie spianata, in orizzontale. Fece forza e tirò su il corpo. Poi allungò anche la destra, posandola con maggiore attenzione. Sì, finalmente era arrivato sulla strada.

Ora stava pensando che quella luce era passata sul suo corpo e sembrava essersi soffermata per qualche secondo prima di continuare il percorso verso destra. Forse quell'uomo lo aveva individuato.

Ma che cosa voleva da lui? Non poteva essere solo frutto d'irritazione e frustrazione per non essere riuscito a rapinarlo. Doveva esserci qualcosa di più.

Che quell'uomo avesse in qualche modo a che fare con Adelmo e la sua sparizione? Non riusciva a ragionare con lucidità, era troppo agitato. Il cuore gli rimbombava nel torace, accorciandogli il fiato. Doveva fare dei respiri più lunghi, rallentare il flusso del sangue. Ma un pensiero improvviso diede un'ulteriore accelerazione ai battiti. E se invece avesse avuto a che fare con quella donna?

Gli interrogativi erano troppi. Ora doveva pensare a salvarsi.

Si mise in piedi sulla strada e guardò verso i due lati: il buio era fitto. Ci sarebbe voluto il colpo di fortuna che passasse qualcuno.

Poi vide la macchina parcheggiata, il SUV nero. Si avvicinò con prudenza, anche se sapeva che quell'uomo era nel bosco. Ma forse poteva esserci un complice. Con tutto quello che aveva passato in quei giorni, non si sarebbe più meravigliato di niente.

Arrivò abbastanza vicino da vedere che dentro non c'era nessuno, allora si fece sotto e provò ad aprire la portiera del conducente. Era chiusa. Verificò anche quella posteriore, pur sapendo che era inutile. Fece qualche passo indietro e guardò ancora la strada. Doveva andare via subito.

Si buttò verso la discesa, in una corsa disarticolata. Il cuore accelerato, il fiato strozzato, le scarpe piene d'acqua, le braccia lunghe un po' piegate in avanti. La pioggia che batteva senza pietà sui capelli e sugli abiti zuppi.

Se la fortuna lo avesse assistito, almeno una volta in quei due terribili giorni, sarebbe arrivato presto all'incrocio che portava all'autostrada e lì avrebbe sicuramente trovato delle auto a cui chiedere aiuto.

*

Mentre guidava cercando di decifrare la strada fra il debole alternarsi dei tergicristalli, Felice aveva sentito il telefono vibrare nella tasca, ma non si era preoccupato di controllare. Sapeva che era sua sorella, che lo stava chiamando per sapere dove diavolo fosse finito.

Quando arrivò sotto casa stava piovendo davvero forte e il lunotto si era anche appannato. Mise l'aria al massimo e la indirizzò verso il vetro, con l'unico risultato di sprigionare un odore acre di plastica marcescente.

Neanche a dirlo, di posti liberi non ce n'erano, se si faceva eccezione per un tratto di marciapiede nel palazzo vicino, che però aveva un gradino talmente alto che neanche i suv si azzardavano. Ma Felice sapeva per esperienza che se ci arrivava in retromarcia e lo affrontava con una delle ruote posteriori, ce la poteva fare.

E infatti il maggiolino, dopo un primo slittamento, al secondo tentativo aveva avuto ragione del gradino e lui l'aveva lasciato così, incurvato, con una ruota sopra il marciapiede e le altre tre nella strada. L'importante era che rimanesse abbastanza spazio alle altre macchine per passare, e lui con una breve occhiata decise che c'era.

Poi, la giacca tirata sulla testa, si precipitò verso la casa e, come un cane in cerca di pipì, rasentò i muri fino al suo portone.

Quando varcò la porta del suo appartamento erano le otto e venticinque. Aveva avuto l'accorgimento di sistemare la giacca in posizione normale, ma nel complesso era un disastro.

«Alla buon'ora!» lo accolse la sorella, squadrandolo dalla testa ai piedi. «Piove?» aggiunse con nonchalance.

In quel momento la serratura della porta del bagno scattò e ne uscì una donna bionda, alta, sugli ottantacinque, novanta chili. Il suo sguardo e quello di Ragonese si incrociarono un secondo, per poi scendere sui rispettivi corpi, muovendosi come due stampanti ad aghi.

«Pamela, questo è Felice, Felice, questa è Pamela» disse Cinzia, dopo che il silenzio si era fatto un po' troppo lungo.

In quanto a vecchiezza, sua sorella era anche peggio del suo capo. Se la moglie di Valeri fosse passata a miglior vita, si sarebbe impegnato a farli incontrare.

«Piacere» disse lui allungando un braccio grondante.

La curvy gli strinse debolmente la mano, con riluttanza.

«Forse è meglio se ti vai a fare una doccia e metterti su qualcosa di asciutto. Tanto ormai, tardi per tardi. Mi dispiace solo per il maialino, non vorrei che a stare in forno si asciughi un po' troppo» disse Cinzia e, al seguito di quella preoccupazione, si diresse verso la cucina, lasciandoli soli.

«Be', allora a dopo» disse Ragonese rompendo un imbarazzante silenzio. Poi, a testa bassa, si avviò verso la sua camera, giurandosi che era l'ultima volta che assecondava le paturnie di quella pazza di sua sorella.

40

L'uomo era completamente bagnato e la pioggia, seppur parzialmente attutita dagli alberi, continuava a cadergli addosso, fredda, implacabile.

Gli abiti gli si erano appiccicati alla pelle e stava provando una sensazione di soffocamento, come se gli avessero otturato tutti i pori. Aveva qualcosa in macchina con cui cambiarsi? Forse nel bagagliaio c'era una vecchia felpa che usava come straccio. Certo, non era il massimo ma... Improvvisamente gli venne in mente che il suo uomo aveva un bagaglio. Ma certo, doveva tornare sui suoi passi.

Arrivò alla macchina di Giovanni Haber e si arrampicò sul terreno fino a raggiungere il baule. Tenendosi aggrappato a un ramo riuscì ad aprirlo con facilità. Poi si appoggiò con tutte e due le mani al bordo e con la torcia illuminò l'interno. Come aveva previsto, in fondo c'era il trolley. Si sporse dentro fino ad afferrare la maniglia. Lo tirò fuori, si mise la torcia in tasca e iniziò la risalita verso la strada, trascinandosi dietro la valigia. Il terreno era viscido e scivolò più di una volta, aggrappandosi agli alberi, ai rami e ai cespugli con l'unica mano libera.

Quando finalmente arrivò in cima si guardò intorno. Era buio e sembrava tutto tranquillo. Si avvicinò alla sua auto, l'aprì e buttò il trolley sui sedili posteriori. Solo il fatto di sapere che si sarebbe potuto cambiare con dei vestiti asciutti aveva placato il suo disagio. Ora aveva una cosa più urgente da fare. Aveva perso tempo e la sua preda si era dileguata. Ma non poteva essere andata troppo lontano.

Se aveva raggiunto la strada, e probabilmente l'aveva raggiunta, da che parte si era diretto? Che cosa avrebbe fatto lui al suo posto? O meglio, che cosa avrebbe detto di fare l'istinto?

*

Haber aveva smesso di correre perché altrimenti il suo cuore sarebbe scoppiato.

Certo sarebbe stata una soluzione per porre fine a quell'incubo, si era detto, ma l'istinto di sopravvivenza aveva prevalso, e ora stava camminando in modo scomposto, perché la strada era in discesa e lui voleva andare il più veloce possibile.

Non pensava, non ci riusciva. Era stato trascinato di nuovo nel baratro e questa volta con una tale forza che le sue capacità logiche si erano annullate. La salvezza duramente conquistata si era disintegrata in un attimo e l'incubo l'aveva inghiottito ancora, con tutta la sua forza dirompente.

Com'era stato possibile?

No, non ce la faceva proprio a riflettere, l'unica cosa su cui riusciva a concentrarsi era l'asfalto bagnato, l'acqua che i suoi piedi sollevavano in quell'incedere scoordinato, completamente assorbito dallo sforzo di non cadere. I polmoni gli bruciavano e non riusciva a riprendere fiato. Da qualche minuto gli era venuto anche il singhiozzo.

Di tanto in tanto si girava, rischiando ogni volta di perdere l'equilibrio, per vedere se per caso stesse arrivando qualche macchina. Ma da quella maledetta strada non passava proprio nessuno.

Della pioggia ormai non si accorgeva più. Il suo corpo era talmente congestionato e accaldato che non sentiva neanche il freddo.

Improvvisamente gli abbaglianti di un'auto uscita da una curva lo illuminarono.

Stava arrivando qualcuno da Pontebosio, in direzione valle.
Il suo cuore, se possibile, intensificò il battito. Forse non era ancora tutto perduto.
Si mise in mezzo alla strada e si sbracciò. Sentiva l'acqua cadergli in faccia e negli occhi, mentre quella luce accecante si faceva sempre più vicina.
Era stato visto, l'auto stava rallentando.
Allora abbassò un braccio ad altezza occhi, per ripararsi, per mettere meglio a fuoco. E lo vide.
Era il suv nero.
Con la forza della disperazione si buttò di nuovo nel bosco.
Scattò velocemente verso la macchia ma inciampò su una radice e cadde a terra, scivolando nella fanghiglia per un paio di metri, fino a una pozzanghera, dove entrò con la faccia e metà del petto.
La mano destra gli dette una fitta fortissima, come se qualcuno lo avesse pugnalato.
Non ebbe neanche il tempo di pensare alle conseguenze, non riuscì neanche a realizzare la gravità dell'accaduto. La rabbia sorda che sarebbe dovuta salire venne superata dall'agitazione e dalla paura, sentendo l'auto frenare sul bordo della strada e la porta del conducente aprirsi e poi richiudersi.
Provò istintivamente ad alzarsi usando solo la sinistra, ma il palmo della mano scivolò nella fanghiglia e dovette annaspare più del dovuto per mettersi sulle ginocchia.
Poi sentì tirarsi indietro la testa per i capelli e qualcosa di freddo e rigido gli si posò sulla gola tesa.

*

Quando Ragonese entrò nuovamente nella sala, la sorella e la maxi avvocato stavano parlando fitto. Sembravano discutere di qualcosa, ma le loro voci erano basse e lui non riuscì a intercettare abbastanza per capire l'argomento.
Vedendolo si fermarono.
«Vado a buttare la pasta» disse Cinzia e li lasciò ancora soli.

«Tua sorella mi ha parlato molto di te» disse la donna, prendendo un grissino dalla tavola e mettendolo in bocca.

Ecco, brava, mangiamo un po' di grissini, che per la commestibilità del resto non garantisco, pensò lui e ne prese uno per sé. «Ah sì? E cosa ti ha detto?» L'ultima cosa che voleva era flirtare con questo donnone, che sicuramente sarebbe andata a riferire tutto, parola per parola, a Cinzia.

«Si preoccupa per te. Dice che sei sbandato, che da quando tua moglie ti ha lasciato, hai perso un po' la rotta.»

Ci mancava solo la paternale, adesso. «Veramente la separazione è stata consensuale» precisò lui. «Anzi, diciamo pure che l'ho voluta più io.»

«Strano» disse lei tirando su un secondo grissino. «La sua legale è una mia amica e mi ha raccontato un'altra storia.»

Ragonese sentì le guance avvampare. «Quella... quella è una tua amica?»

La cicciona faceva di sì con la testa, sgranocchiando. «Dice che non volevi concederle il divorzio.»

«Fesserie.»

«D'altronde tu l'avevi tradita e ti eri fatto anche beccare. Che cosa pretendevi?»

Ragonese si chiese chi glielo facesse fare di sottoporsi a quel supplizio. Di fronte a lui, un'avvocata obesa che ce l'aveva col genere maschile, questo era evidente. Di là, una sorella folle con la vocazione della crocerossina, che cucinava roba immangiabile e gli organizzava appuntamenti al buio senza speranza.

Cinzia riapparve dalla cucina. «Sono quasi pronte, ancora una decina di minuti» disse tornando a sedersi.

Ragonese si chiese quanto cuocessero le orecchiette.

«Vedo che avete già rotto il ghiaccio» disse ancora Cinzia. «Bene, bene.»

Sì, ancora un po' e mi fa scrivere una lettera dalla sua amica avvocato, pensò Ragonese.

Fu in quel momento che si ricordò che non aveva controllato la posta elettronica. Si alzò di scatto. «Scusate, concedetemi ancora un minuto, devo verificare una cosa urgente di lavoro» disse e, senza aspettare risposta, prese il cellulare e si spostò verso il divano.

La mail di Librace era arrivata, ma c'erano un sacco di allegati.

Allora andò in camera e accese il computer.

Gli allegati erano le foto di cui gli aveva parlato Librace, quelle prese dalle varie telecamere di sorveglianza.

Ragonese le aprì, una alla volta, scrutando con attenzione quei volti, fino a quando si fermò di colpo davanti a un'immagine. Era tratta dalla telecamera di un bancomat, il giorno prima dell'aggressione di Montalcino, alle sette e cinque di sera. C'era un uomo che stava prelevando. E quell'uomo aveva un cappello e una sciarpa.

Un'accelerata del cuore.

«A tavola! È pronto!»

La voce della sorella, dalla sala, echeggiò nelle sue orecchie come un sottofondo lontano.

Sì, non poteva sbagliarsi.

Il volto di quell'uomo era illuminato dalla luce del bancomat e, nonostante il cappello e la sciarpa, i suoi lineamenti si vedevano bene.

E lui lo aveva riconosciuto.

«Felice, le orecchiette si raffreddano, su!» La sorella aveva messo la testa dentro la camera.

Alzò lo sguardo e, come se fosse la cosa più naturale del mondo, le disse: «Tienimele in caldo, che io ora devo andare in ufficio.»

«Ma ti senti bene? E io cosa dico a Pamela?»

Ragonese raccolse le foto che aveva appena stampato, si alzò e uscì dalla camera, si diresse verso l'ingresso di casa, prese il giubbotto dall'attaccapanni, aprì la porta e si girò piano, guardando la sorella. «Dille che forse ho scoperto l'identità del serial killer.»

41

Alla fine l'aveva preso. C'era voluto un po', ma ora era lì, nelle sue mani e non sarebbe più scappato.

L'uomo col berretto avvicinò la bocca all'orecchio di Haber e, tirandogli i capelli con più forza, parlò lentamente: «Se cerchi di liberarti, ti taglio la gola.»

Haber mugugnò qualcosa d'indistinto, come se non riuscisse a parlare.

L'uomo allentò la presa.

«Mi lasci andare, non ho fatto niente!» disse con la voce della disperazione.

L'uomo riprese a tirare i capelli con forza. «Sei sicuro?» sussurrò avvicinandosi ancora all'orecchio.

Haber si sentiva male. Il cuore gli batteva all'impazzata. Il suo cervello si stava ancora aggrappando all'ipotesi della rapina andata male, a una reazione spropositata frutto di rabbia, a una temporanea perdita del controllo di una mente disturbata.

«Prenda il portafogli e se ne vada!» urlò, con tutta la voce che era in grado di tirare fuori. Ne uscì un lamento strozzato.

«Non me ne frega un cazzo del tuo portafogli. Io voglio sapere cosa ne hai fatto del corpo di quella donna» replicò l'uomo, sempre con voce controllata.

Una fitta tagliò lo stomaco di Giovanni Haber e il suo cuore aumentò ancora i battiti, fino a togliergli il respiro. Tossì ripetutamente e pensò di avere un infarto. Il suo peggior timore si era avverato. Quell'uomo sapeva cosa aveva fatto.

«L'hai abbandonato in qualche discarica, è vero?» disse ancora quella voce e Giovanni per un attimo pensò che fosse la voce del diavolo. Sì, era il diavolo che era venuto a prenderlo, perché l'aveva fatta troppo grossa. Era venuto il momento di pagare per tutte le sue nefandezze. Poi cercò di ragionare, di recuperare un minimo di lucidità. Provò a fare dei respiri più lunghi, per calmare un po' il parossismo. Quell'uomo gli aveva chiesto della donna, solo di lei. Quindi non sapeva di Adelmo. Che fosse un poliziotto? No, non l'avrebbe trattato così, gli avrebbe messo le manette e lo avrebbe portato in centrale. Ma allora chi era?

«Da qualche parte qui in zona... Dico bene?» riprese l'uomo. Il tono era ancora calmo, ma si avvertiva una tensione latente, che sarebbe potuta scoppiare da un momento all'altro.

Arrivati a quel punto era inutile negare. Haber fece cenno di sì con la testa. Ora la cosa più importante era prendere tempo.

L'uomo allentò la presa. «Bene, vedo che sei collaborativo. Adesso dimmi, perché l'hai fatto?»

Haber fece ancora un cenno di assenso con la testa. «L'ho investita e quando mi sono accorto che era morta, preso dal panico, l'ho caricata in auto e sono scappato» disse cercando di non strozzare le parole in gola.

L'uomo sorrise. Il suo ragionamento era stato giusto e, fatto più importante, la donna era morta. Bene, le cose stavano andando a posto. «Forza, andiamo. Andiamo a controllare. Voglio vedere se mi hai detto la verità. Andiamo, su, sbrigati» disse prendendolo per un braccio e strattonandolo verso la strada.

Arrivati alla macchina, fece salire Haber sul sedile del passeggero, poi, visto che non aveva niente per legargli le mani, prese il taser e gli diede una scarica sul fianco sinistro.

Era proprio uno strumento del demonio, pensò, vedendo quel povero cristo muoversi scompostamente e svenire.

Poi andò sui sedili di dietro, aprì il trolley e tirò fuori i vestiti asciutti. Avevano pressappoco la stessa taglia, gli sarebbero andati benissimo, anche se non avevano certo gli stessi gusti. Ma andava bene così. L'importante era togliersi quegli abiti bagnati.

Si spogliò quasi strappandosi gli indumenti di dosso fino a rimanere nudo. Poi prelevò un asciugamano dal trolley e se lo passò sul corpo. Infine prese i vestiti asciutti, tranne le mutande. La sola idea che potessero essere usate lo disgustava. Si mise i pantaloni, una maglietta, una camicia e un maglione. La sensazione di quegli indumenti asciutti sulla pelle gli ridiede subito vigore.

*

Sua moglie gli stava stringendo la mano destra con tutte e due le sue, mentre lo guardava con un odio negli occhi di un'intensità tale che non avrebbe creduto potesse esistere. La stretta aumentava progressivamente, come il dolore, che stava diventando insostenibile, ma la sua attenzione era catturata completamente da quegli occhi rossi.

Improvvisamente capì che sua moglie era l'essenza del male. A quel punto lei sorrise e strinse ancora più forte. Il dolore era come una lama che ti entra nelle carni e l'orrore di quello sguardo era diventato insostenibile.

Haber aprì gli occhi di colpo e fissò disorientato il tettuccio della macchina.

Sua moglie era sparita, ma il dolore era ancora lì.

Guardò istintivamente la mano destra. Le fasciature si erano ridotte a un amalgama marrone che a prima vista gli sembrò un alveare.

Un'onda di paura gli ghiacciò lo stomaco e la colite riprese a battere. Cosa stava succedendo? Dov'era?

Poi una voce lo riportò alla realtà: «Dimmi dove devo andare.»

C'era un uomo accanto a lui, sul sedile di guida, che indossava vestiti vagamente familiari.

Sì, sembravano i suoi. Dove li aveva presi? Sentiva anche un dolore sul fianco sinistro e ricordò che quell'uomo gli aveva appoggiato qualcosa che gli aveva dato una scarica elettrica. Poi doveva essere svenuto.

Piano piano il disorientamento stava passando. Forse quell'uomo aveva recuperato i vestiti asciutti dalla sua auto, infatti prima era tutto bagnato anche lui. Ora se lo ricordava. Ma la sua auto non era finita nel fosso?

Intanto l'uomo aveva ripetuto la domanda, ma lui continuava a non rispondere, voleva prendere ancora tempo, cercare di capire. Ma di tempo non ce n'era più.

«Vuoi un'altra scarica?» gli disse, sollevando quello strumento nero.

Giovanni sentì che se avesse preso un'altra scarica elettrica sarebbe morto. E forse sarebbe stata la cosa migliore.

L'uomo avvicinò minacciosamente il taser.

«La vecchia cava» disse infine con voce tremante. All'improvviso aveva sentito freddo. Un freddo terribile, dentro le ossa. Si strinse le braccia al petto e cercò di fermare il tremore che lo stava sconquassando.

L'uomo lo osservò per un attimo. Era veramente ridotto male. Era bagnato da capo a piedi, tremava come una foglia e il colorito del suo volto era di un pallore spettrale. E la scossa elettrica aveva dato il colpo finale. Il fisico di quell'individuo stava per collassare. E non era ancora il momento.

L'uomo accese il motore dell'auto e mise il riscaldamento al massimo. Poi fece inversione di marcia e si diresse verso Pontebosio. Aveva capito qual era la vecchia cava. C'era già stato, ma troppo presto.

Intanto l'aria calda sparata da tutte le bocchette aveva riscaldato l'abitacolo e Haber aveva smesso di tremare. Ma di lì a poco sarebbero arrivati alla cava e allora quell'uomo non avrebbe trovato solo il corpo di una donna che forse, in qualche recondito angolo del suo animo, sperava potesse essere ancora legata alla vita da un sottilissimo filo. No, avrebbe trovato un mucchietto d'ossa non identificabili, appartenenti a due persone. Come avrebbe reagito? Chi era quella donna per lui? Da come si comportava non poteva certo essere il marito o l'amante. A quell'uomo non importava niente di che fine avesse fatto, voleva solo trovarla. Probabilmente era un investigatore privato. In ogni caso, doveva cominciare a giocare le sue carte ora.

«Le ho dato fuoco» disse, in un filo di voce.

L'uomo lo guardò con incredulità. «Le hai dato fuoco?» E improvvisamente gli venne in mente quella tanica di benzina che aveva trovato quando aveva controllato la sua auto. Gli stava dicendo la verità. «E perché?»

Aveva reagito come si aspettava. Non era sentimentalmente coinvolto.

«Per cancellare ogni traccia.»

L'altro lo guardò ancora. Si vedeva che era perplesso, che non sapeva cosa dire.

Intanto erano arrivati al bivio. L'uomo gli fece un cenno, come per chiedere se la cava era quella.

«Sì» disse Haber, già pensando a cosa si sarebbe potuto inventare per giustificare la presenza dell'altro teschio, quello con la mascella distrutta.

*

Nell'androne delle scale, Ragonese chiamò il suo capo, mettendolo al corrente della scoperta che aveva appena fatto. Valeri gli chiese per ben due volte se era sicuro, poi, seppur ricalcitrante, gli diede appuntamento in centrale.

Uscito in strada, rasentò ancora i muri delle case fino a raggiungere la macchina. Questa volta aveva esagerato, si disse, rendendosi conto che quella povera auto, tutta storta, occupava una buona metà della carreggiata. Si ripromise di essere più disciplinato in futuro e salì, girando la chiave per avviare il motore. Ora aveva ben altro a cui pensare. E doveva agire nel più breve tempo possibile. Ma il maggiolino, per via di quella posizione, si era ingolfato e non ne voleva sapere di mettersi in moto. Provò ancora per un tempo più lungo. Poi si fermò qualche secondo e riprovò ancora, ma il brontolio si fece più flebile e si alzò un preoccupante odore di benzina. Provò ancora, con frustrazione, e l'auto rispose con un colpo di tosse isolato, seguito da un desolante silenzio. Tentò un'ultima volta: un altro colpo di tosse, questa volta ancora più flebile, poi solo il ronzio del motorino di avviamento. Merda.

Ragonese guardò oltre il parabrezza: la pioggia veniva giù ancora piuttosto fitta, anche se meno forte di prima. Prese il cellulare.

«Albertini, cosa stai facendo?» disse senza preamboli, appena il collega rispose.

«Mamma, sei tu?» rispose quello.

«Albertini, non scherzare, ho bisogno di te, è successa una cosa, ho fatto una scoperta molto importante. Puoi venirmi a prendere sotto casa?»

«Quando?» chiese Albertini masticando.

«Subito!»

«Ma ora sto mangiando...»

«Non me ne frega un cazzo, Albertini. Vuoi catturare il killer del foulard di seta?»

Per un attimo dall'altra parte della linea ci fu silenzio.

«Penso di aver scoperto la sua identità. E se ci sbrighiamo, forse, possiamo ancora sperare di beccarlo.»

«Sono lì fra cinque minuti.»

Quando giunsero in centrale Valeri era già arrivato. Stava camminando avanti e indietro nel breve tratto fra l'open space e il suo ufficio, il loden verde e il cappello alla borsalino ancora indosso. Non sembrava neanche lui, aveva perso la sua usuale flemma.

«Ragonese, ma sei proprio sicuro?» disse, appena li vide.

«Sì, commissario. Le faccio vedere le foto» rispose lui, tirando fuori dal giaccone i fogli piegati. «Ho già un'idea di quello che potremmo fare. Ora le spiego.» Poi si rivolse ad Albertini. «Dobbiamo cambiarci. Dobbiamo indossare le divise.»

*

Era calato il silenzio.

L'uomo col berretto stava percorrendo lo sterrato lentamente, fra le innumerevoli buche, per non rischiare di danneggiare la sua vettura, e intanto rifletteva. Quell'Haber era capitato in una situazione paradossale e aveva cercato di barcamenarsi come poteva. Aveva fatto anche troppo, era arrivato a dare fuoco al corpo di quella donna. Sarà stata anche già morta, ma bruciare un cadavere non è comunque cosa da tutti.

Ma perché aveva deciso di fare un atto così estremo e definitivo come usare il fuoco? Che bisogno c'era? Aveva temuto di aver lasciato tracce del suo DNA?

Allora forse quella fasciatura alla mano voleva dire che si era tagliato e il suo sangue era finito sul corpo della donna.

«Che cosa hai fatto alla mano?» chiese, dando voce al pensiero quasi involontariamente.

«Niente... una distorsione» rispose l'altro, minimizzando.

Non voleva parlarne. Sembrava quasi vergognarsi. Aveva confessato di aver bruciato un corpo e si vergognava di raccontare come si era fatto male, magari dovendo ammettere uno stato emotivo alterato? Con gli esseri umani tutto era possibile.

Lo guardò ancora. Ora sembrava più calmo. Anche il respiro gli si era regolarizzato. Se avesse saputo che fine stava per fare, non sarebbe successo.

Ma prima di ucciderlo avrebbe dovuto farsi raccontare la storia del secondo trolley.

42

Ecco, erano arrivati.

L'uomo si girò verso Haber e lo osservò con attenzione notando un tormento interiore, come se stesse lottando contro qualcosa troppo grande per essere arginato. Tutto quello che era successo era eccessivo per un semplice rappresentante di commercio. E adesso era tardi per tornare indietro.

Fermò l'auto in prossimità di quelli che sembravano i resti di un rogo, spense il motore togliendo le chiavi, ma lasciò accesi gli abbaglianti. Poi prese la torcia dalla tasca del giaccone e scese. Quell'individuo, e quello che restava del suo sistema nervoso, era ridotto troppo male da tentare ancora la fuga.

Per fortuna aveva smesso di piovere. Si avvicinò ai resti del fuoco e notò subito le ossa. Accese la torcia. C'era già abbastanza luce con i fari dell'auto ma lui voleva esaminare i dettagli.

Si chinò sulle ginocchia, puntò la torcia e si rese subito conto che c'erano due teschi. Uno sembrava martoriato.

La prima cosa assurda a cui pensò fu che uno dei due cadaveri fosse già lì e che quel maldestro rappresentante di commercio fosse andato proprio in quel punto ad accendere il suo fuoco.

Ma poi gli venne in mente il secondo trolley.

In quella storia c'era un altro individuo, non si era sbagliato.

E forse quei resti erano la prova che non si trattava di un fantasma.

L'uomo tornò alla macchina e salì.

Haber non si mosse.

«Chi era quell'uomo?» chiese con voce calma.

«Un pezzo di merda» rispose Haber, sempre guardando davanti a sé. Poi girò la testa e sorrise, questa volta mostrando i denti. «Dopo, se vuole, le racconto. Ma ora, se permette, vorrei tornare un attimo alla donna, chiarire un aspetto importante. Più ci penso e più mi convinco che quando l'ho investita fosse già morta» disse guardandolo come a cercare conferma.

L'uomo rimase in silenzio. Il tono di voce del rappresentante di commercio ora era diverso: era il tono di uno che non aveva più niente da perdere.

«Forse aveva avuto un malore, perché io ho investito un corpo sdraiato, non eretto.» Fece un'altra pausa, poi aggiunse: «O forse qualcuno l'aveva già uccisa prima di me.»

L'uomo adesso sentiva lo sguardo di Haber addosso, improvvisamente penetrante.

«E forse tu non sei l'investigatore privato che pensavo fossi, forse tu vuoi solo accertarti che sia veramente morta, perché altrimenti non mi avresti portato qui ma alla polizia.»

L'uomo cercò di reggere quello sguardo, ma era veramente difficile. Era come se qualcosa adesso fosse cambiato, come se i rapporti di forza si fossero invertiti. Quell'individuo era improvvisamente passato al 'tu' e il suo modo di fare ora era diverso. Sembrava un'altra persona e la cosa lo disorientava.

«E se è così, allora sei stato tu a ucciderla o stordirla prima che arrivassi io e ti portassi via la prova che fosse veramente morta. E tu a quel punto lo dovevi appurare, non avevi altra scelta.»

E bravo, aveva capito. A questo punto che bisogno c'era di negare?

«Sì, è vero. Ero andato in quella casa con l'intento di ucciderla. Poi qualcosa è andato storto e lei è riuscita a scappare. Ma non troppo lontano, a quanto pare.»

«Perché volevi ucciderla?»

«Niente di personale. Io sono un mercenario. Qualcuno mi ha commissionato il delitto, chiedendomi di farlo nelle modalità operative del killer che da qualche tempo sta uccidendo le donne sole con un foulard di seta.» L'uomo fece una pausa, seguendo un pensiero. «Sembrava un piano perfetto, ma le cose sono andate storte» aggiunse poi con un sorriso amaro. «Molto storte. Ma stasera, finalmente, potrò chiamare il mio cliente e fargli sapere che, in ogni caso, può stare tranquillo.»

Giovanni Haber non replicò. Tornò a fissare davanti a sé, come immerso nei suoi pensieri, con una strana luce negli occhi.

Solo dopo un po' disse: «Ora quindi dovrai uccidere anche me, giusto? Non puoi lasciare un testimone così scomodo.»

«Mi dispiace. Niente di personale» rispose l'uomo tirando fuori il coltello.

Lo avrebbe colpito al cuore, l'aveva già fatto in passato, e lo avrebbe scaricato dall'auto lasciandolo lì. Aveva cambiato idea, non avrebbe più inscenato la sua sparizione. Arrivati a quel punto, gli importava poco cosa avrebbero pensato gli inquirenti quando sarebbero arrivati sulla scena. L'importante era che non risalissero a lui e non c'era nessuna possibilità che potessero farlo.

Caricò il braccio ma un attimo prima di colpire sentì una fitta al collo e un bruciore fortissimo, poi il respiro cominciò a mancargli.

*

Improvvisamente Haber si era ricordato del cacciavite che aveva usato come stecca per la fasciatura della mano e che poi quella mattina si era messo nella tasca della giacca.

Quell'uomo era uscito dalla macchina e lo aveva lasciato solo. Si sentiva sicuro. Evidentemente lo stato emotivo in cui era precipitato accelerandogli il cuore, mozzandogli il respiro e disegnando sul suo volto i caratteri più cupi della paura, avevano tranquillizzato quell'individuo tanto freddo e calcolatore, facendogli credere che lui fosse solo un innocuo rappresentante di commercio, incapace di fare del male a qualcuno volontariamente. Non aveva minimamente pensato all'eventualità di perquisirlo.

Così aveva tirato fuori il cacciavite e lo aveva nascosto sotto la coscia della gamba sinistra. Quando quell'uomo era rientrato, aveva deciso di provocarlo, di capire se quell'idea che si faceva sempre più pressante nella sua testa avesse un fondamento. Purtroppo aveva la mano destra fuori uso. Avrebbe dovuto usare la sinistra.

In quelle condizioni, se doveva combattere, il luogo più opportuno era in quell'abitacolo. E la sua arma migliore era la sorpresa.

Quando quell'uomo tirò fuori il coltello, lui prese il cacciavite da sotto la coscia e, con una torsione del braccio verso l'esterno, lo colpì alla gola con rabbia disperata. Quando sentì la punta penetrare dopo aver sfondato la resistenza della cartilagine, tenne premuto il braccio, girando convulsamente avanti e indietro il polso, per aprire il più possibile la ferita, anche quando le mani dell'uomo si aggrapparono disperatamente al suo arto, cercando di tirarlo via. Resistette, con tutte le sue forze, aiutandosi anche con il braccio destro, stringendo i denti per sopportare il dolore.

Poi, con uno strattone, tolse il cacciavite, e vide un fiotto di sangue uscire.

Allora le mani dell'uomo si staccarono dal suo braccio e, in un gesto estremo, andarono a cercare di tappare quel buco.

Era troppo tardi. Il cacciavite era arrivato all'arteria, in meno di un paio di minuti sarebbe morto dissanguato.

Haber si spostò verso il suo sedile, tornando in una posizione composta, la testa girata a guardare lo spettacolo. Poi prese le braccia di quell'uomo e le tirò con decisione verso di sé. Il sangue zampillò nuovamente dalla ferita e lui avvertì le forze abbandonare progressivamente quelle membra. Rimase così, senza mollare, fino a che non le sentì cessare del tutto.

Era nuovamente tutto sporco di sangue. Era il destino di quella storia assurda.

Improvvisamente riprese a piovere forte, uno scroscio d'acqua che batteva sul tetto della macchina con un rumore fortissimo.

Uscì dall'auto e alzò le braccia e la faccia al cielo, fino a che il sangue fresco scivolò via dai vestiti.

Poi aprì la portiera del conducente e tirò fuori il cadavere di quell'uomo, adagiandolo a terra. Si accucciò e cercò nelle tasche le chiavi dell'auto. Si espose ancora per qualche secondo alla pioggia battente. Ora non aveva più freddo, non si sentiva più debole.

Salì in macchina dai sedili posteriori, dove prima aveva visto che c'era il suo trolley. Quell'uomo, prendendolo dalla sua auto gli aveva fatto un grande favore. Nonostante avesse indossato i suoi vestiti, era rimasto ancora un cambio. Si tolse gli abiti bagnati e strappò anche quell'amalgama indistinto e zuppo d'acqua che era diventata la sua fasciatura. Quel rito pazzesco della vestizione in macchina ormai non gli carpiva più neanche un sorriso. Un destino beffardo si era accanito su di lui in quei due giorni, lo stesso destino che, per altri motivi, aveva fatto di lui un assassino.

Uccidere non era poi così difficile, no. Era più difficile salvarsi.

Si asciugò meglio che poteva con l'asciugamano umido, finì di vestirsi e scese dall'auto, approfittando del fatto che la pioggia avesse concesso una tregua. Portò fuori la valigia e prese gli ultimi indumenti rimasti, poi aprì la portiera del guidatore e cominciò a pulire i vetri e gli interni dal sangue. Andò avanti fino a che non raggiunse un risultato soddisfacente, poi gettò tutto fuori. Si sedette al volante, mise in moto, alzò il riscaldamento al massimo, fece manovra e tornò verso la statale.

Aveva lasciato il trolley alla cava insieme con quel che rimaneva dei suoi vestiti zuppi di sangue. Ma non importava, quando li avrebbero trovati, vicini al cadavere di quell'uomo, nessuno sarebbe potuto risalire a lui. Ora doveva solo arrivare a Roma, abbandonare quell'auto e poi raggiungere il suo appartamento. Il giorno dopo avrebbe denunciato il furto della sua macchina. Prima o poi l'avrebbero trovata conficcata a testa in giù nella scarpata di quel bosco e avrebbero pensato a un atto di vandalismo o forse che il ladro avesse perso il controllo della vettura ma fosse riuscito comunque a salvarsi e dileguarsi. Non era importante sapere quali congetture avrebbero fatto. L'essenziale era che la sua versione dei fatti fosse credibile. E gli sembrava proprio che lo fosse. Se l'era cavata ancora. Miracolosamente.

Intanto la pioggia aveva ripreso e rimbalzava sull'asfalto, vaporizzandosi come una nube. Un vero e proprio diluvio.

Con il busto in avanti e gli abbaglianti azionati, Giovanni Haber procedeva lentamente, facendo attenzione a non andare fuori strada.

Superò la trattoria dove aveva mangiato in quei giorni, poi il distributore automatico.

Fece una curva e vide delle luci.

Abbassò gli abbaglianti e ridusse la velocità.

Era un posto di blocco e un poliziotto gli stava facendo segno di fermarsi.

*

«Buonasera, favorisca patente e libretto» disse Ragonese, avvicinando la testa al finestrino.

«Certo» rispose Haber pronto e sfilò la patente dal portafogli porgendola attraverso la fessura aperta del vetro. Poi si chinò lateralmente verso il cruscotto. Con un po' di fortuna i documenti dell'auto sarebbero stati lì. E infatti c'erano. Li prese e si raddrizzò girandosi verso il finestrino.

In quel momento una luce gli illuminò il volto, facendogli strizzare gli occhi. «Per favore, scenda dall'auto» disse Ragonese, la voce improvvisamente tesa.

Haber lo riconobbe e si riparò gli occhi con l'avambraccio;

vide che anche un altro agente si era avvicinato. Sì, erano loro, quelli che erano venuti all'hotel Diamante a interrogarlo.

Ragonese stava mostrando i documenti ad Albertini. «È lui» disse.

Albertini, guardandolo a sua volta, confermò: «Sì, è lui.»

E subito dopo fecero un paio di passi indietro tirando fuori le pistole.

43

«La prima cosa che ho notato, quando l'hanno portato in centrale, sono stati i capelli.»

«I capelli?» replicò la Tallone disorientata.

«Sì, i capelli» confermò Ragonese. «E poi i vestiti.»

«Erano vestiti strani?»

«No, erano asciutti.»

La ragazza aveva cominciato a guardarlo con preoccupazione.

«E i capelli bagnati» continuò lui senza badare alle reazioni della Tallone. «Come ci aveva detto il receptionist. Quell'uomo, Giovanni Haber, per due sere consecutive si era presentato in albergo con i vestiti asciutti e i capelli bagnati. E per la terza sera, quando è stato portato in centrale, la cosa si ripeteva.»

«Be', strano...» replicò lei prendendo tempo. Poi, in silenzio, prese il pacchetto delle sigarette dalle tasche di Ragonese, ne tirò fuori una e se la mise in bocca, aspettando che lui la facesse accendere.

Lui la guardò un po' sorpreso. «Tu fumi?»

«Solo nelle occasioni speciali. Ma ora dimmi, qual è la ragione di questa cosa dei capelli?»

Ragonese non rispose subito. Prima la fece accendere, poi se ne accese una anche lui e si guardò in giro. Il cortile della centrale dove andavano a fumare era buio e umido come al solito, ma lassù, oltre le mura del palazzo, il cielo era finalmente tornato ad essere azzurro.

«La ragione di questa cosa...» disse, ancora con la testa all'insù, e per un attimo si fermò, come se non riuscisse a trovare le parole che potessero rappresentare a pieno la situazione. Fece un sorriso amaro e riprese: «La ragione di questa cosa è una storia pazzesca.»

Lei fece un altro tiro poi spense la sigaretta nel portacenere. Non era più abituata e il fumo le faceva girare un po' la testa. «Devo proprio tirarti fuori le parole con le pinze? Io sono rimasta che ieri sera stavi informando quel tuo amico di Siena sulla nostra scoperta, ma non mi sembrava che ci fossero elementi tali che permettessero la risoluzione del caso.»

«Sì, hai ragione. Ma poi è successo tutto a una velocità impressionante» replicò lui spegnendo a sua volta la sigaretta. «Dài, vieni, andiamo dentro che ti racconto tutto per bene. Qui c'è troppa umidità.»

L'open space si era riempito e, come ogni mattina, il rumore delle voci aveva superato la soglia della decenza. Ma come facevano gli americani ad amare tanto gli open space? Ragonese se lo era chiesto molte volte e l'unica spiegazione che si era dato era che fossero un popolo più civile, o almeno più rispettoso del prossimo. In effetti, sarebbe bastato parlare più piano.

Quando finì il suo racconto, Ragonese appoggiò la schiena alla spalliera rigida della sedia, cercando un sollievo che sapeva non sarebbe arrivato. Erano stati tutta la notte in sala interrogatori, ora era veramente a pezzi. E il dolore al dente era ancora peggiorato.

Per fortuna, fra poco, sarebbe finalmente riuscito ad andare in farmacia a comprare gli antibiotici.

«Pazzesco...» commentò la Tallone, come se stesse parlando a sé stessa. «Avete intensificato i posti di blocco andando anche voi sul campo. E lui è finito proprio nella vostra rete.»

«Esattamente. Speravamo che, come la sera prima, Haber avesse mangiato in qualche trattoria in zona. Questo ci avrebbe permesso di bloccare le strade prima che rientrasse a Roma.»

«E lo avete incastrato subito perché sia lui che la macchina erano sporchi di sangue.»

«Sì, poi la macchina non era nemmeno la sua, era il suv del sicario, lui aveva un'Audi e noi lo sapevamo. Così ha confessato e ci ha portato alla cava.»

«A quel punto però poteva anche non confessare di essere il killer del foulard di seta.»

«È vero, ma c'era quell'immagine, quella ripresa dalla telecamera del bancomat. Così con Albertini abbiamo fatto delle ricerche e abbiamo scoperto che Haber, nelle notti in cui le donne erano state uccise, aveva soggiornato in alberghi nei pressi delle loro abitazioni. Con il suo lavoro di rappresentante di commercio la cosa non destava sospetti. Davanti a queste evidenze ha confessato. Era ossessionato dalla moglie, che lo aveva lasciato sparendo nel nulla, portandosi via il loro bambino. Poi un giorno, a quasi tre anni di distanza, arrivato a Montalcino per via del suo lavoro, gli era sembrato di vederla. E il suo cuore era precipitato con un tuffo improvviso, togliendogli il respiro. Ma quando era tornato a guardarla si era reso conto che non era lei. Quella donna non era sua moglie. Anche se le assomigliava moltissimo. Allora l'aveva seguita fino all'enoteca dove la donna lavorava. Si era allontanato, ma poi era tornato, era entrato in quel negozio e l'aveva osservata ancora. La sua nuca, con quei capelli biondi legati in una coda, la gonna un po' larga sopra il ginocchio, le calze di lana spessa, le scarpe basse, comode. Sembrava lei in tutto. E improvvisamente, parole sue, aveva avuto la sensazione che qualcosa dentro di lui si rompesse, come una falla in un tubo, e fuoriuscisse un liquido spesso, contaminante. Una rabbia sorda si era liberata e si era propagata dentro il suo corpo, centimetro dopo centimetro, fino all'ossessione. E c'era stato un unico modo per placarla.»

«Ucciderla» disse la Tallone. Per qualche secondo calò il silenzio. «Poi, un paio di mesi dopo, a Siena, si è imbattuto nell'altra donna» disse ancora la Tallone, portando avanti la sua deduzione logica.

«Esattamente. Una volta aperta la falla, non si è più fermato. Oltre alla donna di Siena, ha sulle spalle altri tre cadaveri di cui pagare il conto.»

«Da quello che mi hai raccontato, la donna, per la verità, l'aveva investita senza volerlo.»

«Sì, ma poi ne ha occultato il cadavere e l'ha anche bruciato, insieme a quello del suo collega, che invece ha ucciso spaccandogli la testa con una pietra.»

«Evidentemente non sapeva che oggi è possibile fare un profilo genetico sulle ossa bruciate e scoprire comunque l'identità delle vittime» disse la Tallone. «Ha pensato che bruciando i corpi e togliendo i denti sarebbe stato al sicuro.»

«Si vede che sei fresca di studi, Tallone.»

«E poi ha ucciso anche l'altro» continuò lei. «Il sicario... il pelato proprietario del famoso suv nero. A proposito, avete scoperto chi ha commissionato il delitto?»

«Nel suo cellulare abbiamo trovato il numero di una nostra conoscenza. E risulta che siano state effettuate diverse conversazioni fra i due nei giorni precedenti l'aggressione di Monica Favino.»

Ragonese si fermò, guardando la Tallone che ascoltava, concentrata, fissando un punto indefinito in fondo allo stanzone. Aspettò che quello sguardo convergesse sul suo, poi aggiunse, tronfio: «È quello di Paolo Ferrante, l'ex marito della donna.»

«Ah! Il violento!»

«Sì, lui.»

«Ci avevi preso sin dall'inizio!»

«Sì, ma solo perché il sicario ha commesso un errore. Se la donna non lo avesse colpito a sorpresa con quel taser, sarebbe stato il delitto perfetto. Non avremmo mai pensato a un suo coinvolgimento, perché avremmo dato subito la colpa al killer del foulard di seta.»

La Tallone sorrise. «E non avreste preso neanche lui. Lo diceva sempre il mio prof che il delitto perfetto non esiste. Ferrante ha già confessato?»

«No, ma credo sia solo questione di tempo. Abbiamo già perquisito la sua casa e abbiamo trovato in cantina diversi oggetti antichi trafugati chissà dove. In questo momento è di nuovo sotto torchio in sala interrogatori.»

«Albertini è ancora lì?»

«No, è andato a casa a riposarsi un po'. Era sfinito.»

«E Valeri? Sarà fiero di voi. Il piccolo commissariato di Pontebosio che smaschera il famigerato killer del foulard di seta, anzi, ancora meglio, il killer della Giraffa!»

«A dire il vero sembra che gli freghi solo della conferenza stampa di oggi.»

«Dove magari si prenderà anche tutto il merito.»

«Lasciamo perdere, Tallone, che è meglio.»

Non c'era bisogno di aggiungere altro.

Ragonese si alzò e si stirò in quella buffa maniera della sera prima, pensando che quel week-end sarebbe dovuto assolutamente andare a fare quella camminata al parco dell'Uccellina che voleva fare da tempo. Avrebbe cominciato da lì il suo recupero fisico e psichico.

Poi avrebbe dovuto parlare con la sorella e aiutarla a trovarsi un monolocale in zona, a sufficiente distanza da casa sua.

Prima però doveva ricordarsi di cambiare la batteria del maggiolino. E magari per la camminata avrebbe potuto invitare Camilla. O Patty, o... perché no... sentì che era arrivato il momento giusto.

«Sonia» disse con voce tirata.

La Tallone fece una faccia stupita. Tra loro non si chiamavano mai per nome. «Sì?»

«Ti va questo week-end di venire con me al parco dell'Uccellina?»

La ragazza sembrò pensarci un po' su, poi sorrise. «Ma sì, sono curiosa di conoscere l'habitat dell'Orso Yoghi.»

Anche Ragonese sorrise e senza dire altro si avviò un po' claudicante verso la sala d'aspetto che, per fortuna, era vuota. Si sedette sul divanetto a due posti in finta pelle.

Ora che la tensione era calata sentì la stanchezza salirgli

dalle gambe in un lento crescendo, come una marea. Appoggiò la schiena al divano e reclinò la testa all'indietro, fissando la superficie bianca del soffitto fino a che poco a poco non cominciò a sfumare in un magma indistinto.

Senza forma.

Senza dimensione.

Senza pensieri.

Ringraziamenti

Prima di tutto vorrei ringraziare Sergio Fanucci per aver creduto nel mio romanzo, senza bisogno dell'intermediazione di un agente letterario.

Poi vorrei ringraziare le editor Pepa Cerutti e Rita Feleppa che, con attente osservazioni e suggerimenti, hanno contribuito a rendere il racconto più coerente e interessante.

In ultimo, ma non per importanza, vorrei ringraziare Giovanna, mia moglie, che con il suo modo sempre sincero di dire quello che pensa mi ha fatto capire che un personaggio del romanzo non funzionava come avrebbe dovuto, aprendomi a una di quelle consapevolezze che diventano ovvie solo dopo essere state rivelate dall'esterno.

Quel personaggio era Felice Ragonese, al quale ho deciso di cambiare completamente pelle, età, ruolo e vicende familiari dopo che il romanzo era già terminato, facendolo diventare quello che avete appena avuto modo di conoscere e, spero, apprezzare.

Dal catalogo Fanucci Editore

Nero Italiano

La notte del santo di Remo Bassini
Delitto dietro le quinte di Jonathan Arpetti e Christina B. Assouad
Il gioco del ragno di Donatella Perullo
La bambina del mare di Lucio Figini
Senza moscioli né pistole di Marco Apolloni
I bambini delle Case Lunghe di Corrado Peli
Fashion Mafia di Timothy Casanova
Leopardi si tinge di nero di Jonathan Arpetti e Christina B. Assouad
Il sesto indizio di Giovanni Sechi
Io sono El diablo di Mario Baldrati
Tempo da lupi di Corrado Pelagotti

Timecrime

L'ombra della verità di Karin Slaughter
Venti corpi nella neve di Giuliano Pasini
In difesa di Jacob di William Landay
Omicidio allo specchio di David Ryan Jahn
Ogni goccia di sangue di Michael Robotham
I dannati non muoiono di Jim Nisbet
I sonnambuli di Paul Grossman
La lunga notte di Linda Castillo
L'ultimo Vangelo di Barbara Goldstein
Il caso Maloney. La prima indagine dell'ispettore Faraday di Graham Hurley
Tre giorni per morire di Karin Slaughter
Il settimo sacramento di David Hewson
L'ultima profezia di Liz Jensen
La casa sul fiume di Penny Hancock
L'ermellino di porpora di Pierre Borromée
La trilogia nera di Dave Zeltserman
Punto di rottura di Simon Lelic
Morte di uno sbirro di William Landay
Vittime di Jonathan Kellerman
Il canto delle sirene di Val McDermid
Genesi di Karin Slaughter
The Game di Michael Olson
Tra due fuochi di Karin Slaughter
Nessun indizio di Paul Grossman
La preda di Graham Hurley
Il Codice Amadeus di Phillip Swann
Killer di Tom Wood

Lo Strangolatore di William Landay
Sotto tiro di David Baldacci
Il libraio di Parigi di Mark Pryor
I tre demoni di John Connolly
L'imprevisto di Liz Jensen
Morte sospetta di Tim Weaver
Senza nessuna colpa di Helene Tursten
Abisso senza fine di Karin Slaughter
Venerdì nero di Michael Sears
Il Giardino del Male di David Hewson
Il manipolatore di Michael Robotham
Costretta al silenzio di Linda Castillo
Ossa di Jonathan Kellerman
Senza traccia di David Levien
L'assassino americano di Vince Flynn
Il burattino di Jim Nisbet
In un vicolo cieco di Linda Castillo
Nel segreto dei codici di Barbara Goldstein
La colpa di Jonathan Kellerman
L'innocente di David Baldacci
Il testimone di Nora Roberts
Omicidi a luci rosse di Allison Brennan
Attrazione letale di JoAnn Ross
Noi siamo qui di Michael Marshall
Alta velocità di David Jackson
Nemico di Tom Wood
La frode di Michael Sears
Mente criminale di Karin Slaughter
Tracce di morte di Tim Weaver
Indagine mortale di David Levien
Sotto protezione di Chris Ewan
Sutler di Richard House
Scomparsa di Linda Castillo
Non guardarti indietro di Clare Donoghue
Il mistero della cripta sepolta di Mark Pryor
Una sporca faccenda di Robert Littell
Diari di sangue di Chuck Driskell
L'invisibile di Karin Slaughter
Colpo mortale di Vince Flynn
Assassino di Jonathan Kellerman
La sfida di David Baldacci
Svanito di Tim Weaver
Il gioco di Tom Wood
Libero arbitrio di Allison Leotta
Deadline di Chris Ewan
La maschera di Dante di David Hewson
Il suo ultimo respiro di Linda Castillo

La rabbia degli angeli di John Connolly
Codice cinque di J.D. Robb
L'orlo del baratro di Karin Slaughter
Senza pietà di John Gilstrap
Il barone della droga di Stephen Leather
Jihad di Jean-Marc Ligny
Oro bianco di Rachel Amphlett
Doppio delitto al Grand Hotel Miramare di Emilio Martini
Tracce dal passato di Linda Castillo
Il manuale dello stagista killer di Shane Kuhn
Nessun ritorno di Tim Weaver
Un'anima che brucia di John Connolly
Voci soffocate di Beppe Quintini
Complotto in riva d'Arno di Parigi & Sozzi
El Diablo di Allison Leotta
L'occhio di Dio di Andreas Eschbach
Tutto ciò che muore di John Connolly
Il Golem di Hollywood di Jonathan e Jesse Kellerman
I misteri del passato di David Hewson
Lo spettro dei Borgia di Elena e Michela Martignoni
La caccia di Tom Wood
Cerimonia di morte di J.D. Robb
La resa dei conti di Andrew Pyper
Il ciclo delle stagioni di John Connolly
Il ministero delle Ultime Ombre di Mariangela Cerrino
Una rete di inganni di Nikki Owen
Senza via di fuga di Douglas E. Richards
Chiudi gli occhi di S.K. Paisley
American Blood di Ben Sanders
Una fuga sospetta di Mason Cross
Oscure verità di Tim Weaver
Gente che uccide di John Connolly
Noir di Richard Matheson
Connessioni di sangue di Val McDermid
Indagine su un mago senza testa di Enrico Caria
Dopo la tempesta di Linda Castillo
La ragazza senza nome di Sandra Block
Segreti sepolti di Linwood Barclay
Il sangue dei baroni di Matteo Strukul
Ogni quindici minuti di Lisa Scottoline
Il manuale dello stagista killer. L'avversario più letale di Shane Kuhn
Il giorno più buio di Tom Wood
E morì a occhi aperti di Derek Raymond
Aprile è il più crudele dei mesi di Derek Raymond
L'ultima tentazione di Val McDermid
Il lupo in inverno di John Connolly
Triplice omicidio di Tim Weaver

Sei ore e ventitré minuti di Domitilla Shaula Di Pietro
Come vivono i morti di Derek Raymond
Il mio nome era Dora Suarez di Derek Raymond
Tra i malvagi di Linda Castillo
Chance di Kem Nunn
Il museo dell'inferno di Derek Raymond
Quando cala la nebbia rossa di Derek Raymond
La bugia perfetta di Emily Elgar
Lontano dalla verità di Linwood Barclay
Il tormento degli altri di Val McDermid
La canzone delle ombre di John Connolly
Il collezionista di Nora Roberts
Cuore infranto di Tim Weaver
Non dire niente di Brad Parks
False identità di Lisa Scottoline
Testimone ostile di Rebecca Forster
Un cliente innocente di Scott Pratt
L'assassino americano di Vince Flynn
Ossessione di Nora Roberts
Il silenzio uccide di Dean Koontz
Colpo mortale di Vince Flynn
In buona fede di Scott Pratt
Doppia verità di David Baldacci
Il giustiziere della notte di Brian Garfield
Una strada oscura di Linda Castillo
Charlie Parker indaga tre volte – La trilogia di John Connolly
Tre omicidi per Kate Burkholder – La trilogia di Linda Castillo
Lo straniero di Stephen Leather
Il penalista di Francesco Gradozzi
Nessuna scelta di Tom Wood
Testimone silenzioso di Rebecca Forster
Ventitré di Linwood Barclay
La notte uccide di Dean Koontz
Codice Lumière di Sergio Fanucci
Chi sono? di Tim Weaver
Il bugiardo di Nora Roberts
Oltre ogni sospetto di Joe Sharkey
Promessa di sangue di Mark Pryor
L'impostore di George Harrar
Ingiustizia totale di Scott Pratt
Un tempo per soffrire di John Connolly
Dopo Anna di Lisa Scottoline
Connect di Julian Gough
Una ragionevole paura di Scott Pratt

Mario Baldrati

Io sono El Diablo

288 pagine • 14,00 euro

Il passato e il presente dell'Inglese, con il suo enigmatico volto sfigurato da un solco sghembo che gli attraversa l'occhio coperto da una benda nera, sono avvolti nel mistero. Le sue giornate seguono una disciplina marziale: pur non essendo un clochard, dorme in un campo nomadi abusivo, si sveglia all'alba e cammina tutto il giorno per le strade di una Bologna degradata e sconosciuta ai più, macinando chilometri senza un'apparente meta. La sua vita scorre così, uguale da anni, finché una sera si imbatte in Violeta, una donna albanese in fuga da un passato pericoloso. È l'incontro tra due solitudini, due anime perse, oscure e affini. Per aiutare Violeta, l'Inglese recupera il suo vecchio nome di battaglia, El Diablo, e si immerge in un frenetico vorticare tra Italia, Inghilterra e Albania, tra legami nocivi con la criminalità organizzata, anime corrotte, botteghe a luci rosse, traffici di merci ed esseri umani Per portare a termine la sua complicata e rischiosa missione, El Diablo si troverà scaraventato in un abisso in fondo al quale pulsa il cuore nero del male. Allora sapremo chi è davvero l'Inglese.

IN LIBRERIA

Giovanni Sechi

Il sesto indizio

320 pagine • 13,00 euro

La Orpheus è un'agenzia investigativa fondata dai fratelli Carta: Enrico e Salvatore, il primo ex insegnante di religione insoddisfatto, il secondo ex poliziotto dedito al divertimento sconsiderato, con forti tendenze autodistruttive. La loro specializzazione è alquanto originale: rintracciare persone scomparse e date per morte, anche dopo tanti anni. Quando una donna, Monica Ghersi, si rivolge a loro per ritrovare il cadavere di Dario Spadafora, il pregiudicato che dieci anni prima ha rapito e torturato sua figlia Teresa, i Carta accettano l'incarico. Le indagini, però, li mettono in contatto con un pericoloso gruppo criminale del nord Italia per scoprire che nessuno crede alla versione ufficiale: la verità sembra coperta da un velo di mistero che ognuno vuole mantenere. In un serrato susseguirsi di colpi di scena, i fratelli Carta dovranno ricorrere a tutte le risorse a disposizione, lecite o meno, per fare luce sulla scomparsa di Spadafora. Ma come recita il motto tatuato sulla pelle dei due fratelli, *Sed gladium*, la verità spesso non porta la pace bensì alla violenza, e il vero compito è capire fino a che punto è opportuno spingersi in suo nome…

Un'indagine intricata, dal ritmo frenetico, alla ricerca di una verità scomoda dai risvolti drammatici e inimmaginabili.

IN LIBRERIA

Jonathan Arpetti – Christina B. Assouad

Leopardi si tinge di nero

304 pagine • 13,00 euro

In un venerdì come tanti, l'elegante e tranquillo borgo di Recanati si ritrova a fare da scenario a un delitto efferato. Nella prestigiosa Biblioteca del Centro Studi Leopardiani l'addetta alle pulizie rinviene il corpo senza vita del giovane bibliotecario, un ragazzo solare, amato da tutti, una morte violenta e inspiegabile. Il caso viene affidato al commissario Luca Bonaventura della questura di Macerata, affiancato dall'ispettore capo Francesca Gentilucci, una coppia consolidata sul lavoro, un po' meno fuori dalle mura del commissariato. Le indagini sembrano gettare un'ombra scura sui luoghi rarefatti e fuori dal tempo legati a Giacomo Leopardi. La quiete ovattata di quel mondo, infatti, non convince del tutto i due investigatori. Forse è proprio lì, tra le stanze in cui si consumò la vita straordinaria del poeta, tra le pagine polverose di antichi e preziosi manoscritti, che si nasconde un assassino insospettabile. Perché, come spesso accade, le cose sono molto più complesse e torbide di quanto appaiano…

IN LIBRERIA

Timothy Casanova

Fashion Mafia

208 pagine • 13,00 euro

Affiliato quasi per caso a una potente cosca palermitana, Timothy Casanova è quanto di più lontano si possa immaginare da un mafioso: un dongiovanni fashion, di nobili origini, amante dei bei vestiti e del lusso sfrenato, mosso più dalla brama di divertimenti ed eccessi che non da quella di potere. Eppure, suo malgrado, si ritrova a rivestire i panni dell'uomo di fiducia del boss Vito Sapienza, dal quale è incaricato di svolgere un compito assai delicato: rintracciare nel capoluogo lombardo suo fratello Riccardo, rapito da un pericoloso cartello della droga colombiano. Una volta giunto a Milano, però, Timothy pensa principalmente a spassarsela tra night e avventure, raccogliendo in modo piuttosto estemporaneo e rocambolesco le informazioni chieste da Vito. Finché la situazione non si complica e, in un vorticoso susseguirsi di imprevisti e colpi di scena, Timothy scopre di essere invischiato in una ragnatela di trame complesse e intricate, e quando infine capirà di esserne addirittura il centro, non gli resterà che agire di conseguenza...

IN LIBRERIA

Corrado Peli

I bambini delle Case Lunghe

288 pagine • 13,00 euro

1985. A Case Lunghe, località della piccola frazione di San Felice nella Bassa bolognese, la vita scorre lenta e i bambini crescono giocando nei campi e nei casolari abbandonati. Ma quei silenzi, quegli orizzonti bassi, quelle nebbie che sembrano non diradarsi mai custodiscono segreti inconfessabili, violenze soffocate nel perbenismo, passioni proibite consumate e rinnegate, silenzi ottenuti col ricatto... Finché un gruppo di bambini si ribella tragicamente all'ipocrisia e alla violenza degli adulti, ristabilendo un nuovo ordine destinato in apparenza a durare. Ma trentun anni dopo, quando don Stefano Vitali viene inviato a San Felice per curare i particolari burocratici di un ingente lascito alla parrocchia della frazione, dietro a quella realtà riemerge un dramma ormai dimenticato, pronto a reclamare che il cerchio venga chiuso una volta per tutte.

IN LIBRERIA

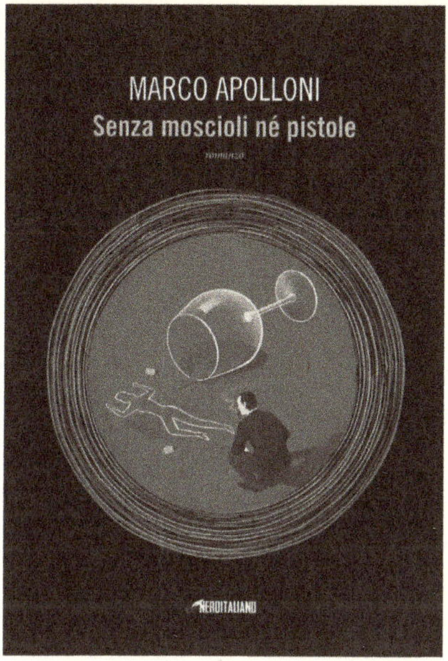

Marco Apollini

Senza moscioli né pistole

304 pagine • 13,00 euro

L'investigatore privato Tarcisio Muzzo è un tipo che o lo si ama o si odia. Smodato, amante degli eccessi, ma sempre genuino e mosso dalla ferrea volontà di spedire nel posto che merita la peggiore feccia in circolazione, sogna di vivere come Magnum P.I., il celebre protagonista dell'omonima serie tv anni Ottanta. La realtà, però, è che le sue giornate scorrono tutte uguali, tra un adolescente disagiato da pedinare e adulteri da cogliere in flagrante. Finché l'indagine sul misterioso suicidio di una giovane universitaria apre scenari inimmaginabili per la tranquilla realtà anconetana. E così, tra un Rosso Conero e un tuffo nelle acque cristalline del litorale marchigiano, tra epiche abbuffate di moscioli – le prelibate cozze di Portonovo – e capatine al night club, Tarcisio si muove nella sorniona vita di provincia; come un eroe improbabile, dotato però di un sottile acume e una sorprendente profondità, capirà che si nasconde ben altro dietro la morte della ragazza e si addentrerà sempre più nelle pieghe oscure dell'animo umano.

IN LIBRERIA

Per consultare il nostro catalogo
visita il sito www.fanucci.it
e iscriviti alla newsletter
per essere continuamente aggiornato
sulle nostre pubblicazioni.
Seguici su:

e sul blog Timecrime, www.fanucci.it

Finito di stampare nel dicembre 2018 presso
Rotolito – via Sondrio, 3 – Pioltello (MI)
Printed in Italy